Stellar Concerto
对望的恒星

Звёзды перекликаются

刘慈欣 等著

杨枫 姚雪 主编

新星出版社　NEW STAR PRESS

图书在版编目（CIP）数据

对望的恒星 / 杨枫，姚雪主编；刘慈欣等著. -- 北京：新星出版社，2023.10
（2023.11 重印）

ISBN 978-7-5133-5307-6

Ⅰ. ①对… Ⅱ. ①杨… ②姚… ③刘… Ⅲ. ①幻想小说 - 短篇小说 - 小说集 - 世界 - 现代 Ⅳ. ① I14

中国国家版本馆 CIP 数据核字 (2023) 第 155740 号

光分科幻文库

对望的恒星

杨枫，姚雪 主编；刘慈欣 等 著

责任编辑	杨 猛
监 制	黄 艳
责任印制	李珊珊

出 版 人	马汝军
出版发行	新星出版社
	（北京市西城区车公庄大街丙 3 号楼 8001 100044）
网 址	www.newstarpress.com
法律顾问	北京市岳成律师事务所
印 刷	北京汇瑞嘉合文化发展有限公司
开 本	910mm×1230mm 1/32
印 张	13.75
字 数	352 千字
版 次	2023 年 10 月第 1 版 2023 年 11 月第 2 次印刷
书 号	ISBN 978-7-5133-5307-6
定 价	88.00 元

版权专有，侵权必究。如有印装错误，请与出版社联系。
总机：010-88310888　　传真：010-65270449　　销售中心：010-88310811

写在《对望的恒星》前面

姚海军

2023年是一个特别的年份，拥有着八十一年历史的世界科幻大会首次来到中国，这也是该盛会第二次来到亚洲。世界科幻大会是一个全球性的科幻Party，同样也是世界科幻文化深入交流、碰撞与融合的平台。有人问，在世界科幻大会上可以看到什么？要我说，你可以近距离感受科幻人身上散发出的理想主义光芒。那光芒或许像北极星一样，算不上多么耀眼，但对人类意义非凡。在人类的共同理想被消解之时，它更是无比珍贵。

本届世界科幻大会申办成功后，便确定了三位主宾：加拿大的罗伯特·索耶、中国的刘慈欣和俄罗斯的谢尔盖·卢基扬年科。刘慈欣是为中国科幻打开世界之门的人，几乎没有人不知道他的划时代巨著《三体》三部曲。罗伯特·索耶是中国科幻的老朋友。2007成都国际科幻·奇幻大会上，索耶第一次来到中国。他幽默睿智的演讲，让会场挤得水泄不通。索耶多次来中国，主要作品也几乎都有中译本，且深受读者喜爱。谢尔盖·卢基扬年科是中国读者最熟悉和欢迎的俄罗斯幻想文学作家。他的奇幻小说《守夜人》系列改变了读者对俄罗斯幻想文学的认知；他的科幻小说《星星是冰冷的玩具》《深潜游戏》《创世草案》重建了俄罗斯科幻的荣光。

将这三位重量级科幻作家的作品汇聚到一本书的世界中，是一个大胆且绝妙的选题创意。因此，当姚雪——我的前同事，现在是八光分文化的版权经理——跟我聊起这个想法时，我想，要是身边有酒，真应该敬她一杯。我非常喜欢这个想法，也因此答应在这本集子前写几句话。这其实是一份荣幸。

刘慈欣、索耶和卢基扬年科都是我非常喜爱的科幻作家，他们的科幻世界深邃而宽广。他们像科幻的守护神一样，用精彩的故事和超凡的想象巩固了科幻这一类型文学的核心价值，让人类得以摆脱世俗观念的纠缠，思索人类这个种族未来面临的共同挑战。

在这本选集中，三位作家都写到星星。卢基扬年科在《潜入群星》中描写了一位世代飞船中的少年所面对的残酷现实：他苦苦追寻的璀璨繁星，要九十三年后才会在真正的夜空中显现。刘慈欣的《中国太阳》虽然在写一个人梦想的不断升华，但最终传达的却是星空之于人类的重要性。索耶在《星星闪，星星亮》中写到了戴森球强光世界中的人类，他们重新拥有了看到暗淡星光的能力。

上述作品表明，尽管语言不同、文化迥异，甚至思想观念上存在差异，但科幻作家仍然拥有某种甚至某些种共同的梦想，就如同那广袤宇宙中的群星，那可能就是这个世界的希望，是我们作为一个物种的希望。就像索耶小说中的那句话：

  它一定还在那里，仍然保存在我们的DNA当中。

让我们就此开始，感受恒星的对望。祝阅读愉快！

目 录

潜入群星	谢尔盖·卢基扬年科 著／邱天池 译	1
星星闪，星星亮	罗伯特·J.索耶 著／熊月剑 译	11
梦之海	刘慈欣 著	25
像过去一样	罗伯特·J.索耶 著／谢宏超 译	57
吞食者	刘慈欣 著	71
买只猫吧	谢尔盖·卢基扬年科 著／敬如歌 译	103
驶向温暖之地	谢尔盖·卢基扬年科 著／肖楚舟 译	123
手牌	罗伯特·J.索耶 著／谢宏超 译	137
山	刘慈欣 著	155
如果您现在就下单……	谢尔盖·卢基扬年科 著／敬如歌 译	189
视而不见	罗伯特·J.索耶 著／谢宏超 译	199
我的爸爸是抗生素	谢尔盖·卢基扬年科 著／邱天池 译	217
赡养上帝	刘慈欣 著	239
鹰舱已着陆	罗伯特·J.索耶 著／陈阳 译	271
蜕去的外壳	罗伯特·J.索耶 著／谢宏超 译	279
残废	谢尔盖·卢基扬年科 著／宋红 译	301
巨人的肩膀	罗伯特·J.索耶 著／华龙 译	371
中国太阳	刘慈欣 著	391
附录		427

潜入群星

谢尔盖·卢基扬年科

老人和孩子坐在海岸上。老人挑拣着贝壳里的串珠。男孩假装在思索什么。事实上，他只是望着地平线。

曾有人告诉男孩，当白天变成黑夜时，就能看见天空中的星星。这当然是句谎话。可每到傍晚，男孩总是会来海边眺望地平线。

夜晚降临人间。天色暗了下来，空气凉爽宜人。星星没有出现，只有浮游生物在漆黑的海水中闪烁着火花。老人晃了晃身子——

"时候差不多了。说吧。"

男孩叹了口气，目光从地平线转向老人。地平线是何物？老人又是什么？对一个男孩来说，他们都古老且深奥。

"三桨阿胡穷其一生都在寻找奇异之物。"男孩开口了。

"为什么要叫他三桨？"老人问。

"因为在船上，阿胡一个人就能顶三个桨手。"男孩有些惊讶，如此浅显的问题让他有些不快。

"继续说。"老人道。

"阿胡完成了许多惊人的壮举。那时他还只有十岁……"

我暂时把注意力从他们身上挪开了。我喜欢观察老人，但他的寿命所剩无多。我也喜欢观察这个男孩，可不知道他阳寿几何。

这世间的一切都由我掌控，可命运除外。

我决定去看看星星，做这件事几乎和观察人类一样有趣。因为星星衰亡的频率要低一些。我不曾目睹星星的诞生，也不会见证它们的消亡。再没什么事物的区别要比人类和星星之间的还大了。

可二者观赏起来同样有趣。

我想，这个男孩出生得太早了，他永远都看不到星星。

当我重新注视老人和孩子时，故事已经接近尾声。

"造好这艘奇迹之船后，阿胡与他的妻子们道别，驶向世界的尽头。"男孩诉说着，"脚下的船只在风暴中翻滚，但阿胡一往无前。海浪卷走了水袋，他就喝海水；食物耗尽了，他就抓海龟，吃它的肉。"

"这不违反法则吗？"老人轻声问。

"法则规定禁止食用海龟。"男孩答道，"但法则还规定，能存活下来时，禁止死亡。当两项法则各执一词时，所有人都需要各行其是。"

说完，男孩陷入了沉默，但老人依然在等待什么，于是男孩补充了一句："阿胡选择了生存，并吃掉了海龟。"

老人点了点头。

"阿胡乘风破浪，在太阳的指引下一路航行。"男孩继续说道，"有一天，他看到了前方的岛屿。他以为自己发现了世界边缘的陆地，无比兴奋。可当船靠岸时，阿胡却看到自己的妻子和孩子们正等在岸上。三桨阿胡就这样完成了一次环球旅行。人类终于得知世界是球形的。"

老人点了点头，手指依然在拨弄串珠。漆黑的夜色中，男孩看不清他的动作，只听见贝壳互相撞击的声响。

"你喜欢阿胡。"老人说。

"是的，老师。我想成为他的儿子。"

我觉得男孩出生得太晚了，否则阿胡一定会为这样的儿子感到骄傲。不过这男孩正是他的后代，只是他不知道。

"你想听什么？爱问问题的索维？"

男孩重振精神，他知道该问些什么，"给我讲讲星星吧，四重音阿拉图。"

老人的手指抚过光滑的贝壳，把玩着里面的串珠。他犹豫了，他不想作答。可老师有教学的义务，这也是法则。

"星星仿佛天空中燃烧的火花，也像海洋里发光的浮游生物。"老人说，"曾几何时，天空布满繁星。白天是看不见的，但到了晚上，人们便都从茅舍中走出来，仰望天空……想望多久就望多久。星星高悬在天空中，闪烁不停，但永远不会熄灭。它们遥不可及，也没有任何作用，但只是看着它们，却能让人那么快乐。"

男孩认真聆听，也许是在想象，如果自己生活在过去，一定每晚都出门看星星。

我歇了一会儿，也去看了看星星。对我而言，这既是消遣，也是工作。

星星很美，而且它们不会轻易消失。

星星的死亡是非常罕见的。

"……终有一日会出现新的天空和新的星星，"老人说，"会有新人们看着它们。但谁也不知道这一切什么时候会发生。"

老人错了。我就知道。这一切会在九十三年两个月又六天后发生。只是他们无从得知。

"人类应该记住星星，否则星星也会忘记人类。"老人总结，"你惦记着星星，这很好。"

男孩叹了口气，"三桨阿胡见过星星，对吗？"

老人沉默不语，他真的不想再说了，真的。

"有关阿胡最后一次壮举的传说是这样记述的。"他还是开口说道。

"讲讲吧。"男孩恳求道。

老人开始讲述。

这世上的一切都受我掌控，除了命运。但我能够预知命运——几乎如预知星辰运转般准确。而现在我已知晓，男孩将先于老人死去。

我很难过。

"我望见天上有光,却没有找到星星——阿胡如是说。我已历经人所能经历的一切,但这还不够——阿胡如是说。如果天上没有星星,那我就去海底找它们——阿胡如是说。于是,他乘坐最小的舢板在夜里出海。他深吸一口气,抱起一块沉重的石头,纵身入水。他不断下潜,直抵海床。而在那里,在海底,他看到了星星。它们如此的绚丽,以至于阿胡不愿再返航。他留在了水底,眼睛一直注视着星星。"

如果阿胡没回来,又是谁讲述了关于星星的事呢?男孩没有问。他知道,传说的真相比生活的真相更为关键。他沉默地思索着。

"阿胡是一位杰出的游泳健将,"老人说,"他比你潜得更深,比任何人潜得都要深。不是每个留在深渊中的人都能看见星星。"

这话没错。

"四重音阿拉图,"男孩说,"可你说过,海水每年都会变浅,岛屿会越来越大。现在从拉纽走到奥塔卢都不会把脚沾湿,我小时候可是得游泳才能过去。"

这也没错。

"海洋正在变浅,"老人静静地说,"但还是很深。可能再过一百年……"

他止住了话头。他不愿思考一百年后发生的事情。但他是对的。世界将在五十年后发生变化,渺小的岛屿和广阔的大海将变成巨型陆地和小湖泊。

这是因为我对水的需求与日俱增。

"谢谢你,四重音阿拉图。"男孩说。

他起身离开了。而老人徒劳地注视着黑暗,试图看清爱问问题的索维去了哪里,是村里还是船上。

老人仰面朝天看向我,他似乎看到了。

我有些不适。

"保护他,全能之主,"老人喃喃絮语,"他才十五岁。他提问的时间太早了。保护他！我知道你能听见。你对世间万物都了如指掌。你能看到鱼群在海渊里游动，星星在天穹中奔行。当我请求时，你送来雨；当我请求时，你送来鱼。而现在我请求的，是件最微不足道的事，全能之主！阻止那个孩子！用我的命换他的命！"

我羞愧难当。

"请保护他，"老人低吟道，"阻止他……"

我想对他说，保护和阻止不是一码事，可我无法告诉他。我眼看着老人哭泣，看着男孩选了最破的那条船。老人不想让他死，而男孩不想让部落蒙受损失。

我唤来了雨。

世界中心正值白昼，人类口中的太阳泼洒着灼热的光辉，云层慢慢变厚。

我费了些周折，让暴雨朝着岛屿倾盆而下，冲走了老人脸颊上的泪水。雨滴密集地击打着翻倒的小船，男孩驻足抬头，仰望天空。

雨水冰凉。

村民们已经醒来，纷纷祈求我的宽恕。而我置若罔闻。

男孩把船推进水中。船上放着一块连着长绳子的石头，当作是锚。绳子是用椰子壳纤维拧成的。男孩抱起锚掂量了一下，点点头。石头很沉。

我呼来了风。

阿胡出海时我没这么做。

他老了，只剩下一个念想，就是看星星。他见到了星星，但他的眼睛早已喂了鱼。

男孩很固执。他划着桨，把船驶离岸边。他靠近的那片海域沉眠着阿胡的骸骨——上面也缠着一根椰子绳。

我能为男孩做的事只剩一件了。

我要向他昭示星星。

对望的恒星

  我望向海底。玻璃陶瓷上几乎没有沙石,科里奥利力[1]将它们吸附到了岛屿上。黑暗的海底如同天空——一片光洁、闪耀的黑色天空。

  我下达了指令,飞船巨型圆柱形外壳上的伺服驱动器激活了。我本就需要测试这些机器,以确保在飞船抵达南河三[2]的那天,为人类创造新的天空。

  饱受陨石侵蚀的防护板开始移动了,但非常缓慢。而男孩正划着船与狂风搏斗,我应该还来得及。

  这是地球的第一艘殖民飞船、世代相传的方舟。它已经在太空中航行了近四百年,未来的移民就将生活在这温和的热带天堂里。大多数人都对这样的日子感到满足——捕鱼、狩猎、婚礼和庆祝活动。这是座安宁、温柔的乐园。

  但总有人想要见到星星。否则我也不会踏上这趟长达五千年的旅程。

  男孩扔掉了桨。他坐下来,双手扒着船舷,开始用力且快速地呼吸,让肺部充满空气。

  而水下深处,星星已开始闪耀。

  我必须守护人类。这是我存在的意义。每一个生命都是无价的,每一个生命都是串联星辰的丝线,是过去通向未来的道路。这便是法则。

  但我不能对人类个体施以援手。凡事依靠善良全能的神,人就不再是人。这也是法则。

  我只能向男孩昭示星星。

  船已被水淹没,水面上只剩下一个浮标,男孩用一把锋利的刀从贝壳碎片上割下绳子,把绳子缠在自己手上。他突然抬起头,瞥了我一眼。

---

1. 物理学术语,指当一个物体旋转时,其周围空气或液体产生的向心力。
2. 指小犬座 α 星。

然后石头被扔向船外,而他也直直跳入水中。

我开始害怕了。

我的核心部件位于海平面上方十公里处的无重力区域内,沿着飞船中轴线排布。我用它来思考。但同时,我也是这艘在星海中航行的飞船本身。在某个尺度上,我既是在海岸上哭泣的老人,是坠入海渊的男孩,也是在茅屋里瑟瑟发抖的人们。

而我渴望拯救那个想要看见星星的人。

我可以做到。

可我仍然没有为自己找到理由。

男孩周围的水越来越冷了。宇宙正在透过船体吸收热能,而我消耗的能量仅能保证深处的水不结冰。男孩睁着眼睛,朝下方望去,如弦般紧绷的绳子将他吸向海底。

片刻之后,他就会看见星星了。

但他将不再有机会返航。

留给我救他的时间不多了。但我依然没找到理由,没有。在我的认知里,个体的生命一文不值。它比不上一焦耳的能量,比不上助动装置的一个循环,比不上热核发动机炉膛中燃烧的一公斤水。

但我已经打破了规则,我打开了发动机的闸门。

这个男孩想要看星星。

他与那些塑造了我的躯体并教会我思考的人有同样的渴望。

我吸收了萦绕在周围的水蒸气,把它们转化成水,投入燃烧室,接着下达指令,反应堆达到运行功率。我触摸主发动机,磁力装甲覆上了钛质喷口。

辅助系统发出犬吠般的尖啸:"计划外启动……消耗运行资源……需要理由……需要理由……"

我变成了雷达,向它展示前方的小行星。一颗不可思议的、硕大无朋的小行星正穿越星际太空,直奔我而来。

7

辅助系统平静下来。

我再次看向男孩。

他看见了星星。他悬在海底之上，透过玻璃陶瓷看见了星星，星辰璀璨。

我看向他的眼睛，在他的瞳孔中看见了星星的倒影。男孩的双眼因为缺氧显得有些浑浊，但他还活着。

星星那么美，仿若人类。

男孩虚弱地摆着手臂，试图挣脱绳结，而三桨阿胡当时并没有这么做。阿胡太老了，他心中只剩一个念想。

而男孩想要见到星星，同时也想要活下去。

绳结扎得死死的。男孩拿出一把刀，割断了绳子。他最后看了一眼星星，然后朝上方冲去。

水深四十七米。他没法浮出水面了。

当两条法则各执一词——人人自行其是。

我点燃了等离子体。成吨的水化成气体，从主发动机的喷口冒出来。

飞船震颤了一下。天旋地转。

现在最重要的，是保证所有计算正确。

波浪沿着内表面，涌过瞬间露出底部的圆筒。我机动躲避一颗并不存在的小行星。现在有三件我需要保护的事物——

梦想见到星星、在浪涛中命悬一线的男孩。

即将化作山丘的岛屿。

当然，还有我自己。

减震器纷纷从海底伸出来。有些没有运转，没有完全展开。需要维修了……以后再说吧。

海啸舔舐着岛屿，吞没了棕榈树林，冲向站在海边的老人。

我很抱歉。但对此我无能为力。

老人看见一道波浪自黑暗中袭来,活跃的浮游生物闪闪发光,如同星星一般。

"感谢全能之主。"被巨型海浪覆盖之前,老人沉吟道。

海洋带走了他。

海啸已经平息,但带走了一名遇难者。

随着最后一台发动机的开启,我操控海浪从一侧涌向另一侧,然后将耳聋目眩、头昏脑涨、喝足了水的小家伙推向岸边,把他抛到了海滩上。

风暴停息了。

男孩躺在沙滩上,贪婪地呼吸着。

我看了看他眼中的星星,转身离开。飞船继续航行在虚空中。

群星璀璨,仿若人类。

邱天池 译

《潜入群星》,2004年首次发表于俄罗斯《环游世界》杂志。小说以方舟中的文明守护者为第一人称视角,欣赏着那些向往星辰的宝贵生命。意境高古,充满极致的浪漫主义。

本篇获奖情况:
2003年 提名俄罗斯撕裂的热水袋奖最佳短篇小说

星星闪，星星亮

罗伯特·J. 索耶

"爸爸，那些是什么？"我年幼的儿子达尔特指着上方问道。此刻，我们飘浮着，远离了那些古老的建筑，差不多到达了我们社区的透明穹顶与戴森球表面的交界处。

四只白色的母鸡正从空中飞过，翅膀飞快地扇动着。"那些是鸡，达尔特，就是——为我们产蛋的一种鸟。"

"我不是指那些鸡。"达尔特说道。我的回答似乎暗示了他连鸡都不认识，这很冒犯他。"我是说那些亮光，那些光点。"

我眯起眼看了看，说道："我没看见什么光点。在哪儿？"

"到处都是。"他说道。他的头缓缓转动，视线扫过了整个天空，"到处都是。"

"你能看见多少个光点？"

"几百个，几千个。"

我感觉到自己的后背轻轻地撞击着地面，就用手掌把自己推开，再次飘浮起来。我一直在翻译的古代文献里说，人类从来就不应该生活在如此低的重力环境中，但这就是我以及我无数代先人所生活的环境。"达尔特，没有任何光点啊。"

"有，有的，"他很坚持，"有成千上万个，而且——看！——天空中有一条光带。"

我看向他指的方向，"除了又有一只鸡飞过之外，我什么也没看见。"

"这不可能，爸爸。"达尔特还在坚持，"你看！"

达尔特是个好孩子。他几乎从没对我撒过谎——我也不认为他会在这种事情上说谎。我转过身,面向他悬浮着,然后伸出手。

"你能看清我的手吗?"我问他。

"当然。"

"我伸出了几根手指?"

他翻了个白眼,"哦,爸爸……"

"我伸出了几根手指?"

"两根。"

"我的手指上也有光点吗?"

"你的手指上?"达尔特一脸疑惑。

我点点头。

"当然没有。"

"所以你在我的手指前面看不到光点。那我的脸上呢?"

"爸爸!"

"有吗?"

"当然没有。光点不在这里。它们在天上!"

我安慰地拍了拍儿子的肩膀,"明天,我们去找塔德丝医生看看你的眼睛。"

这座保护性穹顶——戴森球(这里采用的是祖先为这座家园起的古老的名字,我们只能直接音译,无法翻译其含义)外表面上的透明气泡不是我们的人建造的。穹顶在我们走出来时已经存在了。与之相连的是一个巨大的黑色金字塔型结构,看起来不像是戴森球外壳的一部分,而像是被固定在外壳上的。没有人确切地知道金字塔是做什么用的,不过你可以从一条由穹顶延伸出来的通道进去。金字塔里遍布走廊和房间,还有很多用古代文字标示的控制按钮。

透明穹顶比金字塔大得多——大得足以覆盖祖先们在这里建造的

三十多座建筑，以及我们用从戴森球内部运来的土壤所建成的同心圆农田。尽管如此，如果穹顶不是透明的，我在里面仍可能会产生幽闭恐惧。而相对于浩瀚的戴森球，金字塔连粒芝麻都算不上。

我们很幸运，祖先们把所有建筑都建在保护性穹顶之下。这些建筑现在成了我们的家园和工作空间。在大多数情况下，我们只能去猜测这些建筑的最初用途，而塔德丝医生办公室所在的建筑以前很可能是一座仓库。

睡醒之后，我带达尔特去见塔德丝医生。相对于视力表，他似乎对医生的人体骨骼挂图更感兴趣，不过我们还是让他在半空中转了过来，面向视力表。

我在达尔特身边自由地飘浮着。有那么一瞬间，我感觉很恐慌，因为手腕上没有拴固定绳。一辈子的习惯很难打破，即使已经在戴森球的外面待了这么久了。我从出生到中年，一直生活在球体内部。在那里，如果东西不固定，就会飘起来。当然，你不可能一直往太阳飘去，最终会撞到维持大气的玻璃顶上。但没有人愿意被困在那上面等待救援，那可太丢脸了。

不过在戴森球外部，在透明的保护性穹顶之下，东西是往下沉的。我和达尔特最终会落到铺着软垫的地板上。

"你能认出最上面一行字母吗？"塔德丝医生指着视力表问道。她和我差不多年纪，浅蓝色的眼睛，红色的头发刚有些变白。

"当然。"达尔特回答，"E，B，D，SH，K。"

塔德丝点点头，"下一行呢？"

"H，F，R，SH，P，S。"

"能读出最后一行吗？"

"A，D，T，N，T，S，G，H，F，R。"

"第二个字母你确定吗？"

"是D，不是吗？"达尔特说道。

13

如果说有哪个字母是我儿子肯定认识的,那一定是D,因为这是他自己名字的第一个字母。但是视力表上并不是D,而是F。

塔德丝医生在她的本子上记了一笔,然后问道:"那最后一个字母呢?"

"是R。"

"你确定吗?"

达尔特眯起眼睛,"那,如果不是R,就是SH,对吗?"

"你觉得是哪个?"

"是SH……或R。"达尔特耸了耸肩,"字太小了,我不确定。"

我能看清那是R。我很惊讶自己的视力比儿子还好。

"谢谢。"塔德丝说道。她看向我,"他有一点近视,没什么好担心的。"然后她转向达尔特,"现在来说说你眼前的光点,现在能看到吗?"

"不能。"达尔特说道。

"一个都没有?"

"只有在黑暗处才能看见它们。"他说道。

塔德丝用手掌推了推软垫墙,这足以让她飘过房间,来到电灯开关前。祖先们做的开关是摇杆式的,而不是我们那种揿钮式。她拨下开关,软垫屋顶边缘的照明条暗了。"现在呢?"

达尔特疑惑地说道:"看不到。"

"让你的眼睛适应一阵子。"她说道。

"等多久都不会有差别。"达尔特恼火地说,"因只能在外面看见那些光点。"

"外面?"塔德丝重复道。

"是的,"达尔特应道,"外面。在黑暗中。在天上。"

达尔特是我们这群人离开戴森球体内部之后出生的第一个孩子。我们的小镇现在有二百四十个人,其中有十五个人是在戴森球外面出生的。

达尔特平时的玩伴叫苏托，她是住在我们隔壁的那对夫妇的女儿。我们住的这栋楼显然是祖先设计的生活区。

所有的成年人都会花一半时间在自己的专业领域。对我而言，就是翻译存储在这栋楼和金字塔内计算机里的古代文献；另外一半时间则是从事维持这个新生社会所需的一些杂务。下班后，我带着达尔特和苏托去飘游。我们飘离古代建筑的灯光，穿过农田，向着通往金字塔的通道飘去。

当然，我知道下方这颗球体表面是弯曲的。在戴森球外面，它是向上凸起的。但是由于整个球体足够大，所以看起来还是平的。不过，仍然可以辨认出一些凹陷的地方，那是球体外壳另一侧的山丘以及储存着水源的高原。尽管我们身处边界——来到了球体外面！——我们与下面的世界却只有一个身长的距离；这也正是球体外壳的厚度。但是通往内部的双向入口已经封死了；在我们选择离开后，里面的人把它焊死了。他们不想与我们有任何关系，还把我们对外部宇宙的探索称为对古人智慧的亵渎。

当我们在黑暗中飘浮时，达尔特又抬头看了看，说道："快看！光点！"

苏托也往上看。我本以为她会满脸疑惑，对达尔特的话感到莫名其妙。然而，我在黑暗中却近乎可以看到，她露出了惊叹的微笑。

"你——你也能看见那些光点？"我问苏托。

"当然。"

我很震惊，"它们有多大？"

"很小。就这么大。"她伸出手，用拇指和食指比画了一下，我几乎看不出她的手指之间有任何空隙。

"它们的排列有规律吗？"

苏托像是没听懂，她的词汇量还没有达尔特那么大。她看着我，我试着换了一种问法："它们排列成了某种形状吗？"

"也许吧。"苏托说道,"有一些更亮。那里的三颗排成了一条直线。"

我皱了皱眉,"达尔特,遮住你的眼睛。"

他用手把眼睛遮得严严实实。

"苏托,指出天空中最亮的光点。"

"太多了。"她说道。

"好吧,好吧。指出这片天空中最亮的一个。"

她毫不迟疑地说:"那一个。"

"好的,"我说道,"现在请放下你的手。"

她收回手臂。

"达尔特,把你的手张开。"

他照做了。

"达尔特,现在你来指出这一片天空中最亮的一个光点。"

他抬起手,似乎在两个选择中犹豫不决。

"不是那个,笨蛋。"苏托的声音响起,她指了指,"这一个更亮。"

"啊,是的,"达尔特说道,"应该是这个。"他也指向了同一个光点。我什么也没看见,但是在一片黑暗中,如果我沿着两个孩子伸出的手指各画一条线,它们将会在无穷远处会合。

塔德丝医生是我们的老朋友,由于苏托和达尔特都能看见光点,所以我决定找她一起吃午饭聊聊。我们在球体外面种植了小麦、玉米和其他作物,还养了鸡和猪。如果你想孵小鸡,就必须给母鸡搭一个低矮的顶棚,好让它们能够待在鸡窝里,而不会动辄就飞起来——鸡似乎真的很喜欢飞行。我和塔德丝都知道,如果我们待在球体内部,会吃到更美味的食物,但是古代的文献说,尽管球体内部十分巨大,但宇宙还要广袤得多。

大多数留在戴森球内部的人并不关心这些事情。他们知道球体的内表面可以容纳超过一百亿的人类——比目前的人口多得多——而且祖先把我们与宇宙的其余部分隔绝开来是有原因的。但是，我们中的一些人依然决定去探索外部世界，在这个世界唯一的真正边界上建立一个新的定居点。我对内部世界没有太多留恋，但我确实很怀念那里的食物。

"好吧，罗达尔。"塔德丝医生拿着块三角形的三明治，比画着手势，"我觉得事情是这样的——"她做了一个深呼吸，似乎在说出自己的想法之前，还要深思熟虑一番，"在很久很久以前，我们的祖先围绕着太阳建造了一个双层的壳体。外层是不透明的，而与之相距五十个身长的内壳则是透明的。两层外壳之间的区域就是栖息地，所有仍然生活在球体内部的人都居住在这里。"

我点了点头，轻轻地踢了一下地面，让自己飘浮起来。我们离开餐厅，向室外飘去。

"当然，"她接着说道，"几代人之前发生过一场战争，人类被打回了原始状态。我们已经花了很长时间来重建文明，但是仍然远远不如祖先们建造的世界先进。"

这当然是事实。"所以呢？"

"所以，你前阵子翻译的那个故事进行得怎么样了？就是推测我们来自哪里的那个故事。"

我在古代计算机里找到了一个故事，说是在我们定居戴森球内部之前，祖先曾经在一个小而坚硬的岩质星球表面定居。"但那很可能只是一个神话。"我说道，"我是说，这样的星球可能会小得不可思议。在神话里，曾经的家园直径是六百万个身长。科博斯特——我们社区的一位物理学家——计算过了，如果它是由神话中描述的元素构成的，即使这颗星球很小，也会有巨大的引力作用：五个身长每平方心跳。那是我们这里的引力的一万倍以上。"

当然，一个空心球体内部的任何一点上引力都是零。当我们生活在球体内部，唯一的引力来自太阳，那股力轻轻把物体向上拉。而在这里，也就是球体的外面，引力作用是向下的，向着球体表面——向着位于球体中心的太阳。

我接着说道："虽然科博斯特认为人类或许可以把肌肉锻炼得足够强壮，来对抗这么巨大的引力，但他的研究表明，神话中描述的星球不可能是我们的'家园'。"

"为什么不可能？"塔德丝问道。

"因为鸡。某些古代文献表明，从我们祖先建设戴森球之前到现在，鸡基本上是没有变化的。但是如果在五个身长每平方心跳的重力加速度下，它们的翅膀不可能有足够的力量飞起来。所以神话中那颗星球不可能是我们祖先的家园。"

"好吧，我同意鸡的问题令人费解。"塔德丝说道，"但是无论我们的祖先来自哪里，你都得承认那肯定不是另外一颗戴森球。戴森球的内部会形成一种非常特殊的天空。还记得我们住在那里的时候是什么样的吗？无论什么时候抬头，都会看见——当然，会看见太阳，如果向正上方看的话；但是在其他任何方向，你看见的都会是球体内部的其他部分。某些部分离得很远很远——球体的远端有一千五百亿个身长那么远，对吧？但是不管怎么样，无论你往哪里看，看到的不是太阳，就是球体内表面。"

"所以呢？"

"所以，球体的表面是反光的——即使是暗淡的，被草覆盖的部分也会反射回大量光线。事实上，平均来说，球体表面反射回来的光线，约占它从太阳接收到的光线的三分之一，这使得整个天空都非常明亮。"

球体内部的人在飘浮时确实更喜欢面向地面，而不是天空。我点头让她继续说下去。

"嗯，我们的眼睛在这里并没有进化。"塔德丝继续说道，"如果我们真的来自那颗岩质星球，那么太阳应该是在一片空旷的、不反光的天空中。太阳在戴森球内部肯定会比在原来的家园中亮得多。"

"肯定是我们的眼睛已经适应了这里更亮的光线。"

"怎么适应?"塔德丝问道,"即使经历了大战,我们还是很快就恢复了一定程度的文明。我们没有经历一个适者生存的阶段。从祖先建造戴森球之前到现在,人类一直没有经历过任何明显的进化。这意味着我们的眼睛还是原来的样子:适合暗得多的光线。当然,祖先们也许用过某种药物或其他什么东西,让眼睛在看球体内部的亮光时更加舒适。可是无论他们用了什么,一定在战争期间失传了。"

"也许吧。"我说道。

"但是居住在戴森球里的你、我,还有定居点的其他人,我们的视网膜可能已经在不知不觉中损坏了。"

我知道她想说什么了。"但是孩子们——那些在这里,在戴森球外部出生的孩子……"

她点点头,"我们离开戴森球之后,在这里出生的孩子,从未暴露在球内的强光之下。所以他们和我们那些生活在家园的远古祖先一样,在黑暗中也能看得很清楚。孩子们看到的光点确实存在,只不过它们太微弱了,无法反映在我们成年人受损的视网膜上。"

我的脑子一片混乱。"也许吧,"我说道,"也许。但是——但那些光点是什么呢?"

塔德丝抿了抿嘴,然后轻轻耸了一下肩,"你想知道我的猜测吗? 我认为那是其他的太阳,就像我们的祖先包裹在戴森球里的那个一样,但是离我们非常远,所以很难被看见。"她抬起头,视线穿过覆盖小镇上方的透明穹顶,望向无尽的黑暗——我们两人唯一能看见的,就是黑暗。然后,她用了一个我教她的词,一个从古代文献中音译过来的词。我们会发音,但是从未真正弄明白它的意思。"我觉得,"她说道,"那些光点就是星星。"

古代计算机里存储着成千上万的文件,我的工作就是尽量把它们弄明白。随着达尔特逐渐长大，我也取得了不少进展。于是，他和其他孩子终于能将在天空中看到的星象和祖先记载的星图对应起来。但二者并不完全吻合，与星图相比，星星的相对位置已经发生了明显的位移。但是孩子们——现在已经是青少年了——还是能够辨别出古代文献中的星座；奇怪的是，他们说，当小镇开着灯的时候，辨认起来更加容易，因为灯光淹没了较暗的星星，让那些最亮的星星凸显出来。

根据星图，我们的太阳——包裹在戴森球内的太阳——即是被古人称为"Tau Ceti"（鲸鱼座T星）的恒星。不过，这里不是人类最初的家园，我们的祖先显然不愿意为了制造戴森球而吞噬他们自己的恒星系统。相反，他们——还有我们——来自另一颗恒星——一个并不属于多重星系，且与这里的太阳最接近的一颗恒星，一个我们祖先称之为"Sol"的太阳。

而那个我们在上面完成进化的"行星"——这是古人的一个术语——被我们智慧的祖先极尽谦卑地采用了一个简单的、不起眼的名词来称呼，这个名词很容易翻译：Dirt（土地）。

当然，像我这样的老家伙现在已经无法在"土地"上生活。我们的肌肉——包括心脏——与成长于那颗小小的岩质星球的巨大重力下的祖先们相比，已经变弱了。

但是……

但是，就像被锁进保险箱的珍宝一样，我们作为一个物种所有的潜力仍然深藏在基因中。比如看到暗淡光源的能力，还有……

是的，它一定还在那里，仍然保存在我们的DNA中。

那种能够产生足够强壮的肌肉，以承受强大得多的重力的能力。

塔德丝医生说，必须在这样的重力下成长，从出生开始就生活在其中，才能真正适应那样的重力，但是如果你真的适应了……

我看过科博斯特在电脑上的演示，显示了我们如何在更大的重力下移动：如何垂直地运用身体；脊柱如何支撑头部的重量；腿如何通过膝盖和脚踝的连接反复进行活动,以完成持续向前的运动。对于一生中大部分时间都在飘浮的人来说,这一切看起来都无比怪异、效率低下,但是……

但是,仍有新的世界以及旧的家园等着我们去探索。要充分体验,必须要能够站在它们的表面上。

达尔特正在成长为一名优秀的青年。在这样的小社区里,没有太多职业可供选择:他只能选择跟着在银行工作的妈妈黛拉学习,或者跟着我学习。最后他选择了我,所以我尽自己最大的努力教他如何解读古代文献。

有一次,他说:"我已经翻译完了你给我的那份文件,和你预想的一样,只是一份无聊的物资清单。"我觉得他看出来我有些心不在焉。"你看什么看得这么入迷?"他问道。

我抬起头,朝他笑了笑,他的脸上长出了一层绒毛。我得尽快教他怎么刮胡子了。"抱歉。"我说道,"我找到了一些和金字塔有关的文件。但是有几个词我之前从没见过。"

"比如?"

"比如这一个,"我指着电脑屏幕上八个字母的字符串说:"'Starship'。前面几个字母显然就是你在天空中看到的那些光点,Stars(星星)。后半部分,hip(臀部),嗯——"我拍了拍我的臀部——"那是他们对大腿与躯干连接处的称呼。他们经常用这种方式来组成词语,但我实在想不出'星星的臀部'是什么。"

我总是说,多一个人,多一份力。"是的,他们经常用那种嘶嘶的发音来表示复数,"达尔特说道,"但是这里的两个字母——s和h,也许并不是前后两部分的结尾和开头,而是连接在一起的sh?"

我点点头。

"所以也许不是'stars hip'(星星的臀部),而是'star ship'(星船)。"

"船（ship），"我重复道，"船，船，船——我以前见过这个词。"我快速翻阅一叠笔记，在里头查找；纸张在房间里飞舞，达尔特尽职地帮我收拾整齐。"船！"我大喊道，"在这里：'一种可以浮在水面上的交通工具'。"

"如果可以飘浮在空中，为什么要浮在水面上呢？"达尔特问道。

"在'家园'，"我说道，"水不会在你每次碰到它时都飞溅起一大片，而是会待在原地。"我皱了皱眉，"星星，船。星船。一种——一种星星的交通工具？"然后我突然明白了，"不对，"我兴奋地抓着儿子的手臂说道，"不对——是一种用来星际旅行的交通工具。"

达尔特和苏托结婚了，这在所有人的意料之中。

但是，儿子的手臂却出乎我的意料。他和苏托已经锻炼了好几年，当达尔特弯曲手肘时，上臂部分会鼓出来。塔德丝医生说自己从未见过这样的手臂，但是她向我们保证，这不是肿瘤。这是肉，是肌肉。

达尔特的腿也比我的粗壮得多。苏托虽然不像达尔特那么强壮，但也练出了相当强的力量。

我当然知道他们要做什么。我羡慕他们俩，然而我有一个莫大的遗憾。

苏托在和达尔特结婚后不久就怀孕了——至少，他们告诉我，受孕是在婚礼后发生的。作为家长，我选择相信他们，但是我永远无法求证。而这就是我的遗憾：我永远不会见到自己的孙子或孙女。

达尔特和苏托将会站在"土地"上，而且，也能够承受去往那里的旅程。这艘星际飞船的设计加速度是五个身长每平方心跳，模拟了"土地"上的重力。它将在前一半旅程中加速，以达到一个惊人的速度，然后掉转，并在后一半旅程中减速。

选择他们前往是合理的。达尔特现在对古代语言的了解程度已经和我水平相当；如果祖先在"家园"留下了什么记录，他应该能看懂。

他和苏托必须尽快离开，塔德丝医生说。他们未出生的孩子最好在星际飞船加速产生的模拟重力下发育。达尔特和苏托也许能够在"土地"上生存下来，而他们的孩子将会真正地适应那里的生活。

我和妻子去为他们送行，当然，定居点的所有人都来了。我们想知道，当金字塔升空时，戴森球内的人们会有什么反应——它升空时的冲击力无疑在壳体另一边也能察觉到。

"我会想你的，儿子。"我对达尔特说道。泪水在我的眼眶里打转。我抱抱他，他也抱抱我，他的力气却比我大得多。

"还有你，苏托，"当妻子去拥抱儿子时，我转向我的儿媳说，"我也会想你的。"我也拥抱了她，"我爱你们。"

"我们也爱你。"苏托说道。随后，他们走进了金字塔。

我在农田上空悬浮着，采收萝卜。这是个挺棘手的工作。如果你拔得太用力，当然萝卜会拔出来，但是你也会和萝卜一起飞上天去。

"罗达尔！罗达尔！"

我看向声音传来的方向。是老塔德丝医生，她正向我疾驰而来，简直就像一颗白头炮弹。在她这个年纪，应该多加小心——以那样的速度，即使是撞在软垫墙上，也有可能会摔断骨头。

"罗达尔！"

"怎么了？"

"来！快来！有'土地'传来的信息。"

我踢了一脚地面，向通道（这曾经是进入星际飞船的入口）旁边的通信站冲去。塔德丝好不容易安全地掉了个头，和我一起飞过去。

我们到达时，那儿已经聚集了相当多人。

"信息里说了些什么？"我问离电脑屏幕最近的那个人。

他恼怒地看着我。这台古代电脑显示出的文字，理所当然是古代的文字，除了我之外，很少人能看懂。

他让开了，我看着屏幕，大声读了出来，好让每个人都听得见。

"写的是，'大家好！我们已经安全到达土地。'"

人群中爆发出欢呼声和掌声。

在等待他们安静下来的时候，我忍不住往后看了一小段，所以在我继续读下去的时候，眼眶已经湿润了。"然后是，'告诉罗达尔和黛拉，他们的孙子出生了；我们给他取名叫玛达尔。'"

我的妻子前段时间去世了——但她一定很高兴他们选择了玛达尔这个名字；这是她父亲的名字。

"'土地'很美，到处都是植被和巨大的水体。"还有别的人类在这里居住。对科技感兴趣的人似乎都搬到了戴森球，但是一小部分喜欢田园生活的人留在了家园。我们正在学习他们的语言——它与古代文献中的语言有相当大的偏差——而且我们已经和他们成了好朋友。"

"太棒了。"塔德丝医生说道。

我对她笑了笑，擦了擦眼睛，继续念道："我们稍后会发来更多信息。不过，现在至少可以弄清楚一个困惑已久的谜团了。"我笑着念出了接下来的部分，"这里的鸡不会飞。很显然，有翅膀并不代表就一定能飞。"

信息到这里就结束了。

我抬头看着黑暗的天空，希望能认出Sol或者任何一颗星星。"但是，就算你没有翅膀，"我思念着离我很远很远的儿子、儿媳和孙子，说道，"也不代表你一定不能飞。"

熊月剑 译

《星星闪，星星亮》，2000年9月首次发表于美国《遥远边疆》选集。索耶在读了拉里·尼文的随笔《更大的世界》后，一直对比地球更大的人造太空栖息地印象深刻，后来便有了这个故事。小说中的人类早已移居戴森球多年，而在达成奔向星辰大海的夙愿后，人类终将走向何方？索耶为我们提供了一个有趣的答案。

梦之海

刘慈欣

上　篇

低温艺术家

　　是冰雪艺术节把低温艺术家引来的。这想法虽然荒唐，但自海洋干涸以后，颜冬一直是这么想的，不管过去多少岁月，当时的情景仍然历历在目。

　　当时，颜冬站在自己刚刚完成的冰雕作品前，他的周围都是玲珑剔透的冰雕，向更远处望去，雪原上矗立着用冰建成的高大建筑，这些晶莹的高楼和城堡浸透了冬日的阳光。这是最短命的艺术品，不久之后，这个晶莹的世界将在春风中化作一汪清水，这一过程除了带给人一种淡淡的忧伤外，还包含了更多说不清道不明的东西，这也许就是颜冬迷恋冰雪艺术的真正原因。

　　颜冬把目光从自己的作品上移开，下定决心在评委会宣布获奖名次之前不再看它了。他长出一口气，抬头扫了一眼天空。

　　就在这时，他第一次看到了低温艺术家。

　　最初他以为那是一架拖着白色尾迹的飞机，但那个飞行物的速度比飞机要快得多，它在空中转了一个大弯，那尾迹如同一支巨大的粉笔在蓝天上随意地画了个勾。在勾的末端，那个飞行物居然停住了，就停在颜冬正上方的高空中。尾迹从后向前渐渐消失，像是被它的释放者吸了回去似的。

颜冬仔细地观察尾迹最后消失的那一点，发现那个点正在不时地出现短暂的闪光，他很快确定，那闪光是一个物体反射阳光所致。

接着，他看到了那个物体。它是一个小小的球体，呈灰白色；很快他又意识到那个球体并不小，它看上去小只是因为距离的原因，它这时正在飞快地变大……

颜冬很快明白了，那个球体正从高空向他站的地方掉下来！周围的人也意识到了这一点，人们立刻四散而逃。

颜冬也低头跑起来，他在一座座冰雕间七拐八拐，突然间，地面被一个巨大的阴影所笼罩，颜冬顿时头皮一紧，一时间血液仿佛凝固了。

然而预料的打击并未出现，颜冬发现周围的人也都站住了脚，呆呆地向上仰望着。他也跟着抬头看去，只见那个巨大的球体就悬在他们百米左右的上空。

其实它并不是一个完全的球体，似乎在高速飞行中被气流冲击得变了形：向着飞行方向的一半是光滑的球面，另一半则出现了一束巨大的毛刺，使它看上去像一颗剪短了彗尾的彗星。它的体积很大，直径肯定超过了一百米，像悬在半空中的一座小山，使地面上的人产生了一种巨大的压迫感。

急剧下坠的球体在半空中急刹住后，被它带动的空气仍在向下冲来，很快到达地面，激起了一圈飞快扩散的雪尘。据说，当非洲的土著人首次触摸西方人带来的人造冰块时，总是猛抽回手，惊叫：好烫！在颜冬接触到那团下坠的空气的一刹那，他也产生了这种感觉。而能使身处东北露天严寒中的人产生这种感觉，这团空气的温度一定低得惊人。幸亏它很快就扩散了，否则地面上的人都会被冻僵，但即使这样，几乎所有人暴露在外的皮肤都受到了不同程度的冻伤。

颜冬的脸已经由于突然出现的严寒而麻木，他抬头仔细观察那个球体表面，那半透明的灰白色物质是他再熟悉不过的东西：冰。

这悬在半空中的，是一个大冰球。

空气平静下来之后，颜冬吃惊地发现，那个半空中巨大冰球的周围，居然飘起了雪花。雪花很大，在蓝天的背景前显得异常洁白，并在阳光中闪闪发光。但这些雪花只在距球体表面一定距离内出现，飘出这段距离后立刻消失，于是，以球体为中心形成了一个雪圈，仿佛是雪夜中的一盏街灯照亮了周围的雪花。

"我是一名低温艺术家！"一个清脆的男音从冰球中传出，"我是一名低温艺术家！"

"这个大冰球就是你吗？"颜冬仰头大声问道。

"我的形象你们是看不到的，你们看到的冰球是我的冷冻场冻结空气中的水分形成的。"低温艺术家回答道。

"那些雪花是怎么回事？"颜冬又问。

"那是空气中氧和氮的结晶体，还有二氧化碳形成的干冰。"

"你的冷冻场真厉害！"

"当然，就像无数只小手攥紧无数颗小心脏一样，它使其作用范围内所有的分子和原子停止了运动。"

"它还能把这个大冰团举在空中吗？"

"那是另一种场了——反引力场。你们每个人使用的那一套冰雕工具真有趣：有各种形状的小铲和小刀，还有喷水壶和喷灯，有趣！为了制作低温艺术品，我也拥有一套小小的工具，那就是几种力场，种类没有你们的这么多，但也很好使。"

"你也创作冰雕吗？"

"当然，我是低温艺术家，你们的世界很适合进行冰雪造型艺术，现在我惊讶地发现这个世界早已存在这种艺术，我很高兴地告诉你们，我们是同行。"

"你从哪里来？"颜冬旁边的另一位冰雕作者大声问道。

"我来自一个遥远的、你们无法理解的世界,那个世界远不如你们的世界有趣。本来,我只从事艺术,一般不同其他世界交流的,但看到这样一个展览会,看到这么多的同行,我产生了交流的欲望。不过坦率地说,下面这些低温作品中真正称得上是艺术品的并不多。"

"为什么?"有人问。

"过分写实,过分拘泥于形状和细节,当你们明白宇宙除了空间什么都没有,整个现实世界不过是一大堆曲率不同的空间时,就会知道这些作品是何等可笑。不过,嗯,这一件还是有点儿感觉的……"

话音刚落,冰团周围的雪花伸下来细细的一缕,仿佛是沿着一只看不见的漏斗流下来的,这缕雪花从半空中一直伸到颜冬的冰雕作品顶部才消失。

颜冬踮起脚尖,试探着向那缕雪花伸出戴着手套的手,在那缕雪花附近,他的手指又有了那种灼热感,于是他急忙抽回来,但这只手已经在手套里冻僵了。

"你是指我的作品吗?"颜冬用另一只手揉着冻僵的手说,"我,我没有用传统的方法,也就是用现成的冰块雕刻作品,而是建造了一个由几大块薄膜构成的结构,在这个结构下面长时间地升腾起由沸水产生的蒸汽,蒸汽在薄膜表面冻结,形成一种复杂的结晶体,当这种结晶体达到一定的厚度后,去掉薄膜,就做成了你现在看到的造型。"

"很好,很有感觉,很能体现寒冷之美!你这件作品的灵感是来自……"

"来自窗玻璃!不知你是否能理解我的描述:在严冬的凌晨醒来,你蒙眬的睡眼看到窗玻璃上布满了冰晶,它们映着清晨暗蓝色的天光,仿佛是你寒夜之梦的产物……"

"理解理解,我理解!"低温艺术家周围的雪花欢快地舞动起来,"我的灵感也被激发了,我要创作!我必须创作!现在就要创作!"

"那个方向就是松花江,你可以去取一块冰,或者……"

"什么？你以为我这样的低温艺术家，要从事的是你们这种细菌般可怜的艺术吗？这里根本没有我需要的冰材！"

地面上的人类冰雕艺术家们都茫然地看着来自星际的低温艺术家，颜冬呆呆地说："那么，你要去……"

"我要去海洋！"

取　冰

一支庞大的机群在五千米空中向海岸线方向飞行。

这是有史以来最混杂的一个机群，它由从体型庞大的波音巨无霸到蚊子似的轻型飞机在内的各种飞机组成，主要是全球各大通讯社派出的采访飞机，还有研究机构和政府派出的观察监控飞机。这乱哄哄的机群紧跟着前面一条短粗的白色航迹飞行着，像一群追赶着牧羊人的羊群。那条航迹是低温艺术家飞行时留下的，它不停地催促后面的飞机快些，为了等它们，它不得不忍受这比爬行还慢的速度（对于可以随意进行时空跃迁的它而言，光速都已经是爬行了），它不停地抱怨说，这么慢会使自己的灵感消失的。

对于后面飞机上的记者们通过无线电传来的喋喋不休的提问，低温艺术家一概懒得回答，它只有兴趣同坐在一架中央电视台租用的运十二多用途运输机上的颜冬交流，于是到后来记者们都不吱声了，只是专心地听着这一对艺术家同行的对话。

"你的故乡是在银河系之内吗？"颜冬问道。这架运十二距离低温艺术家最近，可以看到那个飞行中的冰球在白色航迹的前端时隐时现，这航迹是冰球周围的超低温冷凝大气中的氧氮和二氧化碳形成的，有时飞机不慎驶入这滚滚掠过的白雾中，机窗上会立刻覆盖上厚厚的白霜。

"我的故乡不属于任何恒星系，它处于星系之间广漠的黑暗虚空。"低温艺术家回答。

"你们的星球一定很冷。"

"我们没有星球，低温文明起源于一团暗物质云中，那个世界确实很冷，生命从接近绝对零度的环境中艰难地取得微小的热量，吮吸着来自遥远星系的每一丝辐射。当低温文明学会走路时，我们便迫不及待地进入银河系这个最近的温暖世界。在这个世界里，我们还是必须保持低温状态才能生存，于是我们成了温暖世界的低温艺术家。"

"你指的低温艺术，就是冰雪造型吗？"

"哦，不不，用远低于一个世界平均温度的低温与这个世界发生作用，以产生艺术效应，这都属于低温艺术。冰雪造型只是适合于你们世界的低温艺术，冰雪的温度在你们的世界属于低温，但是在暗物质世界就属于高温了；而在恒星世界，熔化的岩浆也属于低温材料。"

"我们之间对艺术美的感觉好像有共同之处。"

"不奇怪。所谓温暖，不过是宇宙诞生后一阵短暂的痉挛所产生的同样短暂的效应，它将像日落后的暮光一样转瞬即逝，能量将消失，只有寒冷永存，寒冷之美才是永恒的美。"

"这么说，宇宙最终将热寂[1]？！"颜冬听到耳机中有人高声问道，事后得知，提问者是坐在后面飞机上的一位理论物理学家。

"不要离题，我们只谈艺术。"低温艺术家冷冷地说。

"下面是海了！"颜冬无意间从舷窗望下去，看到弯曲的海岸线正在下方缓缓移过。

"继续向前，我们要到最深的海洋，那里便于取冰。"低温艺术家又兴奋起来。

"可哪儿有冰啊？"颜冬看着下面广阔的蓝色海面，不解地问。

---

1. 热寂：猜想宇宙终极命运的一种假说，所有物质温度达到热平衡，再也没有生命存在。

"低温艺术家到哪里，哪里就会有冰。"

低温艺术家又向前飞行了一个多小时，颜冬从飞机上向下看，下面早已是一片汪洋。

这时，飞机突然拉升，快速增大的过载使颜冬两眼一黑。

"天啊，我们差点撞上它！"飞行员大叫，原来低温艺术家突然停下了，后面的飞机都猝不及防地纷纷转向。

"真是吓死人，惯性定律对这家伙不起作用，它的速度好像是在瞬间减到零，按理说这样猛烈的减速，早把冰球扯碎了！"飞行员对颜冬说，同时拨转机头，与别的飞机一起，浩浩荡荡地围绕悬在空中的冰球盘旋着。

静止的冰球又在空气中产生了大量的氧氮雪花，但由于高空的强风，雪花都被吹向同一个方向，像是冰球随风飘舞的白发。

"我要开始创作了！"低温艺术家说，没等颜冬回话，它突然垂直降落下去，仿佛在空中举着它的那只无形的巨手突然放开了。

飞机上的人们看着低温艺术家以自由落体越来越快地下落，很快消失在海面蓝色的背景中，只能隐约看到它在空气中拉出的一道雾化痕迹。

很快，海面上出现了一团白色的水花，水花消失后，有一圈波纹在扩散。

"这个外星人投海自杀了。"飞行员对颜冬说。

"别瞎扯了！"颜冬操着东北口音白了飞行员一眼，"飞低些，那个冰球很快就要浮起来了！"

但冰球并没有浮出来，在那个位置的海面上出现了一个白点，这白点很快扩大成一个白色的圆形区域。这时，飞机的高度已经很低，颜冬仔细观察，发现那块白色区域其实是覆盖海面的一层白色雾气。

白雾区域急剧扩大，加上飞机在继续下降，很快可以看到海面全部冒起了白雾。这时颜冬听到了一个声音,像连续的雷声,又像是大地和山脉在断裂,这声音来自海面,盖住了引擎的轰鸣声。

飞机贴海飞行,颜冬向下仔细观察白雾下的海面,首先发现海面反射的阳光很完整、很柔和,不像刚才那样呈刺目的碎金状;他接着看到海的颜色变深了,海面的波浪变得平滑了。

然而真正震撼他的是下一个发现:那些波浪是凝固不动的!

"天啊,海冻住了!"颜冬惊叫起来。

"你没疯吧?"飞行员扭头扫了他一眼说。

"你自个儿仔细看看……嗨,我说你怎么还往下降啊?想往冰面上降落?!"

飞行员猛拉操纵杆,颜冬眼前又一黑,听到他说:"啊,不,该死的,真邪门儿了……" 颜冬再看了看飞行员,发现他一副梦游的表情,"我没下降,那海面,哦不,那冰面,在自己上升!"

这时,他们听到了低温艺术家的声音:"你们的飞行器赶快让开,别挡住上升的路!哼,要不是有同行在其中一架飞行器里,我才不在乎撞着你们呢!我在创作时最讨厌干扰灵感的东西。向西飞,向西飞,那里距边缘比较近!"

"边缘?什么的边缘?"颜冬不解地问。

"我采的冰块呀!"

所有的飞机像一群被惊飞的候鸟,边爬高边向低温艺术家指引的方向飞去,在它们下方,因温度突降产生的白雾已消失,深蓝色的冰原一望无际。

尽管飞机在爬高,但冰原的上升速度更快,所以飞机与冰面的相对高度还是在不断降低。

"天啊,地球在追着我们呢!"飞行员惊叫道。

渐渐地,飞机又紧贴着冰面飞行了,凝固的暗蓝色波涛从机翼下滚滚而过,飞行员喊道:"我们只好在冰面上降落了!我的天,边爬高边降落,这太奇怪了!"

就在这时,运十二飞到了冰块的尽头,一道笔直的边缘从机身下飞速掠过,下面重新出现了波光粼粼的液态海洋。这情形很像航空母舰上的战斗机起飞时跃出甲板的瞬间所看到的景象,只是后面这艘"航母"有几千米高!颜冬猛地回头,看到一道巨大的暗蓝色悬崖正在向后退去,这道悬崖表面极其平整,向两端延伸出去,一时还望不到尽头;悬崖下部与海面相接,可以看到海浪拍打在上面形成的一条白边。但这条白边在颜冬看到它几秒钟后,就突然消失了,代之以另一条笔直的边缘——大冰块的底部已离开了海面。

大冰块以更快的速度上升,运十二同时在下降,它的高度很快位于海面和空中的冰块之间。这时,颜冬看到了另一块广阔的冰原,与刚才不同的是它在上方,形成了一片极具压抑感的阴暗的天空。

随着大冰块的继续上升,颜冬终于在视觉上证实了低温艺术家的话:这确实是一个大冰块,一大块呈规则长方体的冰。现在,它在空中已经可以完整地看到,这暗蓝色的长方体占据了三分之二的天空,它那平整的表面不时反射着阳光,如同高空的一道道刺目的闪电。在由它构成的巨大的背景前,有几架飞机在缓缓爬行,如同在一座摩天大楼边盘旋的小鸟,只有仔细看才能看到。事后从雷达观测数据得知,这个冰块长为六十公里,宽二十公里,高五公里,为一个扁平的长方体。

大冰块继续上升,它在空中的体积渐渐缩小,终于在心理上可以让人接受了。与此同时,它投在海面上巨大的阴影也在移动,露出了海洋上有史以来最恐怖的景象。

颜冬看到,他们飞行在一个狭长的盆地上空,这个盆地就是大冰块离开后在海中留下的空间。盆地四周是高达五千米的海水的高山,人类从未见过水能构成这样的结构:它形成了几千米高的悬崖!这液态的悬崖底部翻起百米高的巨浪,上部在不停在崩塌着,悬崖就在崩塌中向前推进,它的表面起伏不定,但总体与海底保持着垂直。随着海水悬崖的推进，盆地在缩小。

这是摩西劈开红海的反演。

最让颜冬震撼的是，整个过程居然很慢！这显然是尺度的缘故，他见过黄果树瀑布，觉得那水流下落得也很慢，而眼前的这海水悬崖，尺度要比那瀑布大两个数量级，这使得他可以有充足的时间欣赏这旷世奇观。

这时，冰块投下的阴影已完全消失，颜冬抬头一看，冰块看上去只有两个满月大小，在天空中已不太显眼了。

随着海水悬崖的推进，盆地已缩成了一道峡谷，紧接着，两道几十公里长、五千米高的海水悬崖迎面相撞，一声沉闷的巨响在海天间久久回荡，冰块在海洋中留下的空间完全消失了。

"我们不是在做梦吧？"颜冬自语道。

"是梦就好了，你看！"飞行员指了指下面，在两道悬崖相撞之处，海面并未平静，而是出现了两条与悬崖同样长的波带，仿佛是已经消失的两道海水悬崖在海面的化身，它们分别朝着相反的方向分离开来。从高空看去波带并没有惊人之处，但仔细目测可知它们的高度都超过了两百米，如果近看，肯定像两座移动的山脉！

"海啸？"颜冬问道。

"是的，可能是有史以来最大的，海岸要遭殃了！"

颜冬再抬头看，蓝天上，冰块已经看不到了，据雷达观测，它已成了地球的一颗冰卫星。

在这一天，低温艺术家以同样的方式，又从太平洋中取走了上百块同样大小的冰块，把它们送入绕地球运行的太空轨道。

这一天，在处于夜晚的半球，每隔两三个小时，就可以看到一群闪烁的亮点横贯夜空飞过，与背景上的星星不同的是，如果仔细看，每个亮点都可以看出形状，那是一个个小长方体，它们都以不同的姿势自转着，使它们反射的阳光以不同的频率闪动。

人们想了很久也不知如何形容这些太空中的小东西，最后还是一名记者的比喻得到了认可：

"这是宇宙巨人撒出的一把水晶骨牌。"

两名艺术家的对话

"我们应该好好谈谈了。"颜冬说。

"我约你来，就是为了谈谈，但我们只谈艺术。"低温艺术家说。

颜冬此时正站在一个悬浮于五千米空中的大冰块上，是低温艺术家请他到这里来的。现在，送他上来的直升机就停在旁边的冰面上，旋翼还转动着，随时准备起飞。四周是一望无际的冰原，冰面反射着耀眼的阳光，向脚下看看，蓝色的冰层深不见底。在这个高度上，晴空万里，疾风劲吹。

这是低温艺术家从海洋中取走的五千块大冰中的一块，在这之前的五天里，它以平均每天一千块的速度从海洋中取冰，并把冰块送到地球轨道上去。在太平洋和大西洋的不同位置，一块块巨冰在海中被冻结后升上天空，成为夜空中那越来越多的亮闪闪的"宇宙骨牌"中的一块。

这期间，世界沿海的各大城市都受到了海啸的袭击，但随着时间的推移，这种灾难渐渐减少了，原因很简单：海面在降低。

地球的海洋，正在变成围绕它运行的冰块。

颜冬用脚跺了跺坚硬的冰面，说道："这么大的冰块，你是如何在瞬间把它冻结，如何使它成为一个整体而不破碎，又用什么力量把它送到太空轨道上去？这一切远超出了我们的理解和想象。"

低温艺术家说："这有什么，我们在创作中还常常熄灭恒星呢！不是说好了只谈艺术吗？我这样制作艺术品，与你用小刀小铲制作冰雕，从艺术角度看没什么太大的区别。"

"那些轨道中的冰块暴露在太空强烈的阳光中时，为什么不融化呢？"

"我在每个冰块的表面覆盖了一层极薄的透明滤光膜，这种膜只允许不发热频段的冷光进入冰块，发热频段的光线都被反射，所以冰块可以保持不化。这是我最后一次回答你这类问题了，我暂停艺术创作，不是为了谈这些无聊的事。下面我们只谈艺术，要不你就走吧，我们不再是同行和朋友了。"

"那么，你最后打算从海洋中取多少冰呢？这总和艺术创作有关吧。"

"当然是有多少取多少，我向你谈过自己的构思，其实要完美地表达这个构思，地球上的海洋还是不够的，我曾打算从木星的卫星上取冰，但太麻烦了，就这么将就做吧。"

颜冬整理了一下被风吹乱的头发，高空的寒冷使他有些颤抖，他问道："艺术对你很重要吗？"

"艺术是我的一切。"

"可⋯⋯生活中还有别的东西，比如，我们还需要为生存而劳作，我就是长春光机所的一名工程师，业余时间才能从事艺术创作。"

低温艺术家的声音从冰原深处传了上来，冰面的振动使颜冬的脚心有些发痒，"生存，咄咄，它只是文明的婴儿时期要换的尿布，以后，它就像呼吸一样轻而易举了，以至于我们都已经忘了有那么一个时代竟需要花精力去维持生存。"

"那社会生活和政治呢？"

"个体的存在也是婴儿文明的麻烦事，以后个体将融入主体，也就没有什么社会和政治了。"

"那科学呢，总有科学吧？文明不需要认识宇宙吗？"

"那也是婴儿文明的课程,当探索进行到一定程度,一切将毫发毕现,你会发现宇宙是那么简单,科学也就没必要了。"

"只剩下艺术?"

"只剩艺术,艺术是文明存在的唯一理由。"

"可我们还有其他的理由,我们要生存,下面这颗行星上有几十亿人和更多的其他物种要生存,而你要把我们的海洋弄干,让这颗生命行星变成死亡的沙漠,让我们全渴死!"

从冰原深处传出一阵笑声,又让颜冬的脚痒起来,"同行,你看,我在创作灵感汹涌澎湃的时候停下来同你谈艺术,可每次,你都和我扯这些鸡毛蒜皮的小事,真让我失望,你应该感到羞耻!你走吧,我要工作了。"

"你这个混蛋!"颜冬终于失去了耐心,用东北话破口大骂起来。

"这是句脏话吗?"低温艺术家平静地问,"我不太能理解你这句话,再说你对同行怎么这样呢?嘻嘻,我知道,你嫉妒我,你没有我的力量,你只能搞细菌的艺术。"

"可你刚才说过,我们的艺术只是工具不同,没有本质的区别。"

"但是我现在改变看法了,我原以为自己遇到了一位真正的艺术家,可你原来只是一个平庸的可怜虫,成天喋喋不休地谈论诸如海洋干了呀生态灭绝呀之类与艺术无关的破事,太琐碎太琐碎!我告诉你,艺术家不能这样。"

"你真是个大混蛋!!"

"随你便吧,我要工作了,你走吧。"

这时,颜冬感到一阵强劲的过载,使他一屁股跌坐在光滑的冰面上,同时,一股强风从头顶上吹下来,他知道冰块又继续上升了。他赶紧连滚带爬地钻进直升机,直升机立刻艰难地起飞,从最近的边缘飞离了冰块,险些在冰块上升时产生的龙卷风中坠毁。

人类与低温艺术家的交流彻底失败了。

梦之海

颜冬站在一个白色的世界中,脚下的土地和周围的山脉都披上了银装,那些山脉高大险峻,使他感到仿佛置身于冰雪覆盖的喜马拉雅山中。

事实上,这里与那里相反,是地球上最低的地方,这是马里亚纳海沟,昔日太平洋最深的海底。覆盖这里的白色物质,并非积雪,而是以盐为主的海水中的矿物质,当海水被冻结后,这些矿物质就析出并沉积在海底,这些白色的沉积盐层最厚的地方可达百米。

在过去的二百天中,地球上的海洋已被低温艺术家用光了,连南极和格陵兰的冰川都被洗劫一空。

现在,低温艺术家邀请颜冬来参加他的艺术品最后完成的仪式。

前方的山谷中有一片蓝色的水面,那蓝色很纯很深,在雪白的群峰间显得格外动人。这就是地球上最后的海洋了,它的面积大约相当于滇池大小,早已没有了海洋那广阔的万顷波涛,表面只是荡起静静的微波,像深山中一个幽静的湖泊。有三条河流汇入这最后的海洋,这是在干涸的辽阔海底长途跋涉后幸存下来的大河,是地球上有史以来最长的河,到达这里时已变成细细的小溪了。

颜冬走到海边,在白色的海滩上把手伸进轻轻波动着的海水,由于水中的盐分已经饱和,海面上的波浪显得有些沉重,而颜冬的手在被微风吹干后,析出了一层白色的盐末。

空中传来一阵颜冬熟悉的尖啸声,这是低温艺术家向下滑落时冲击空气发出的。颜冬很快在空中看到了它,它的外形仍是一个冰球,但由于直接从太空返回这里，在大气中飞行的距离不长，球的体积比第一次出现时小了许多。这之前，在冰块进入轨道后，人们总是用各种手段观察离开冰块时的低温艺术家，但什么也没看到，只有它进入大气层后，那个不断增大的冰球才能标识它的存在和位置。

低温艺术家没有向颜冬打招呼，冰球在这最后一片海洋的中心垂直坠入水面，激起了高高的水柱。然后又出现了那熟悉的一幕：一圈冒出白雾的区域从坠落点飞快扩散，很快白雾盖住了整个海面；然后是海水快速冻结时发出的那种犹如断裂般的巨响；再往后白雾消散，露出了凝固的海面。与以往不同的是，这次整个海洋都被冻结了，没有留下一滴液态的水；海面也没有凝固的波浪，而是平滑如镜。在整个冻结过程中，颜冬都感到寒气扑面。

接着，已冻结的最后的海洋被整体提离了地面，开始只是小心地升到距地面几厘米处，颜冬看到前端冰面的边缘与白色盐滩之间出现了一条黑色的长缝，空气涌进长缝，去填补这刚刚出现的空间，形成一股紧贴地面的疾风，被吹动的盐尘埋住了颜冬的脚。

随着提升速度加快，这一片最后的海洋，转眼间升到半空中，体积如此巨大的物体的快速上升，在地面产生了强烈的气流扰动，一股股旋风卷起盐尘，在峡谷中形成一道道白色的尘柱。

颜冬吐出飞进嘴里的盐末，那味道不是他想象的咸，而是一种难言的苦涩，正如人类现在面临的现实。

最后的海洋不再是规则的长方体，它的底部精确地模印着昔日海洋最深处的地形。颜冬注视着最后的海洋不断上升，直到它变成一个小亮点融入浩荡的冰环中。

冰环从地球上看去，大约相当于银河的宽度，由东向西横贯长空。与天王星和海王星的环不同，冰环的表面不是垂直而是平行于地球球面，这使得它在空中呈现一条宽阔的光带。这光带由二十万块巨冰组成，环绕地球一周。在地面可以清楚地分辨出每个冰块，并能看出它的形状，这些冰块有的自转，有的静止，这二十万个闪动或不闪动的光点构成了一条壮丽的天河，这条天河在地球的天空中庄严地流动着。

在一天的不同时段，巨大冰环的光和色都发生着丰富的变幻。

清晨和黄昏是它色彩最丰富的时段，这时冰环的色彩由地平线处的橘红渐变为深红，再变为碧绿和深蓝，犹如一道宇宙彩虹。

白天的时候，冰环在蓝天上呈耀眼的银色，像一条流过蓝色平原的钻石大河。白天冰环最壮观的景象是环食，即冰环挡住太阳的时刻，这时大量的冰块折射着阳光，天空中出现奇伟瑰丽的焰火表演。依太阳被冰环挡住的时间长短，分为交叉食和平行食。所谓平行食，是太阳沿着冰环走过一段距离。每年还有一次全平行食，这天太阳从升起到落下，沿着冰环走完它在天空中的全部路程。这一天，冰环仿佛是一条撒在太空中的银色火药带，在日出时被点燃，那璀璨的火球疯狂燃烧着越过长空，在西边落下，其壮丽至极，已很难用语言表达。正如有人惊叹："这一天，上帝从空中踱过。"

然而冰环最迷人的时刻是在夜晚，它发出的光芒比满月还亮一倍，这银色的光芒撒满大地。这时，仿佛全宇宙的星星都排成密集的队列，在夜空中庄严地行进。与银河不同，这条浩荡的星河中可以清楚地分辨出每个长方体的星星。这密密麻麻的星星中有一半在闪耀，足足十万颗闪动的星星在星河中构成涌动的波纹，仿佛宇宙的大风吹拂着河面，使整条星河变成了一个有灵性的整体……

在一阵尖啸声中，低温艺术家最后一次从太空返回地面，悬在颜冬上空，一圈纷飞的雪花立刻裹住了它。

"我完成了，你觉得怎么样？"它问道。

颜冬沉默良久，只说了两个字："服了。"

他真的服了。这之前，他曾连续三天三夜仰望着冰环，不吃不喝，直到虚脱。卧床休息了一段时间，能起床后，他又到外面去仰望冰环，他觉得永远也看不够。在冰环下，他时而迷乱，时而沉浸于一种莫名的幸福之中,这是艺术家找到终极之美时的幸福,他被这宏大壮丽的美完全征服了,整个灵魂都融化其中。

"身为一个艺术家,能看到这样的创造,你还有他求吗?"低温艺术家又问。

"我真无他求了。"颜冬由衷地回答。

"不过嘛,你也就是看看,你肯定创造不出这种美,你太琐碎。"

"是啊,我太琐碎,我们太琐碎,可有啥法子?大家都有自己和老婆孩子要养活啊。"

颜冬坐到盐地上,把头埋在双臂间,沉浸在悲哀之中。这是一个艺术家在看到自己永远无法创造的美时,在感觉到自己永远无法超越的界限时,所产生的最深的悲哀。

"那么,我们一起给这件作品起个名字吧,叫——梦之环,如何?"

颜冬想了一会儿,缓缓地摇了摇头,"不好,它来自海洋,或者说是海洋的升华,我们做梦也想不到,海洋还具有这种形态的美,就叫——梦之海吧。"

"梦之海……很好,很好,就叫这个名字,梦之海!"

这时颜冬想起了自己的使命,他说:"我想问一下,你在离开之前,能不能把梦之海再恢复成我们的现实之海呢?"

"让我亲自毁掉自己的作品,笑话!不可能!"

"那么,你走后,我们是否能自己恢复呢?"

"当然可以,你们把这些冰块送回去不就行了?"

"怎么送呢?"颜冬抬头问。

全人类都在竖起耳朵听。

"我怎么知道?"低温艺术家淡淡地说。

"最后一个问题:作为同行,我们都知道冰雪艺术品是短命的,那么梦之海……"

"梦之海也是短命的,冰块表面的滤光膜会老化,不再能够阻拦热光。但梦之海消失的过程与你的冰雕完全不同，这过程要剧烈和壮观得多：冰块汽化，压力使薄膜炸开，每个冰块变成一个小彗星，整个冰环将弥漫着银色的雾气，随后梦之海将消失在银雾中，然后银雾也扩散到太空慢慢消失，宇宙只能期待着我在遥远的另一个世界的下一个作品。"

"这将在多长时间后发生？"颜冬声音有些发颤。

"滤光膜失效，用你们的计时，嗯……大约二十年吧。嗨，怎么又谈起艺术之外的事了？琐碎琐碎！好了，同行，永别了，好好欣赏我留给你们的美吧！"

冰球疾速上升，很快消失在空中。据世界各大天文机构观测，冰球沿垂直于黄道面的方向疾速飞去，在其加速到光速一半时，突然消失在距太阳十三个天文单位[1]的太空中，好像钻进了一个看不见的洞，以后它再也没回来。

---

1. 天文单位：地球和太阳之间的平均距离，1天文单位约等于1.496亿千米。

下　篇

纪念碑和导光管

干旱已持续了五年。

焦黄的大地从车窗外掠过，时值盛夏，大地上没有一点绿色，树木全部枯死了，裂纹如黑色的蛛网覆盖着大地，干热风扬起的黄沙不时遮盖了这一切。有好几次，颜冬确信他看到了铁路边被渴死的人的尸体，但那些尸体看上去像是旁边枯死的大树上掉下的一根根干树枝，倒没什么恐怖感。

这严酷的干旱世界，与天空中银色的梦之海形成鲜明的对比。

颜冬舔了舔干裂的嘴唇，一直舍不得喝自己带的那壶水，那是他全家四天的配给，是妻子在火车站硬让他带上的。昨天单位里的职工闹事，坚决要求用水来发工资，市场上非配给的水越来越少，有钱也买不到了……

这时有人拍了拍颜冬的肩膀。

他扭头一看，是邻座。

"你就是那个外星人的同行吧？"

自从成为人类与低温艺术家沟通的信使，颜冬就成了名人。开始他是一位正面角色和英雄，可是低温艺术家走后，情况就发生了变化。很快就有种说法，说就是他在冰雪艺术节上激发了低温艺术家的灵感，造成海洋消失，如果当时没有他，其实什么事都不会发生。大多数人都知道这是无稽之谈，但有个发泄怨气的对象总是好事，所以到现在，他在人们眼中简直成了外星人的同谋。好在后来有更多的事要操心，人们渐渐把他忘了。然而这次出远门，他虽戴着墨镜，还是被认了出来。

"你请我喝水!"那人沙哑地说,嘴唇上有两小片干皮屑掉了下来。

"干什么,你想抢劫?"

"放聪明点儿,不然我要喊了!"

颜冬只好把水壶递给他,这家伙一口气喝了个底朝天,旁边的人惊异地看着他,从过道上路过的列车员也站住呆呆地看了他半天,他们不敢相信现在竟有人这么奢侈。这就像有海时(人们对低温艺术家到来之前的时代的称呼)看着一个富豪一人吃一顿价值十万元的盛宴一样。

那人把空水壶还给颜冬,又拍了拍他的肩膀,低声说:"没关系的,很快就都结束了。"

颜冬明白他这话的含义。

首都的街道上已经很少有汽车,罕见的少量汽车也都是改装后的气冷式,传统的水冷式汽车已经严格禁止使用了。幸亏世界危机组织中国分部派了辆车来接颜冬,否则他绝对到不了危机组织的办公大楼的。一路上,他看到街道都被沙尘暴带来的黄尘所覆盖,路上见不到几个行人,缺水的人在这干热风中行走是十分危险的。

世界像一条离开水的鱼,已经奄奄一息了。

到了危机组织办公大楼后,颜冬首先去找该组织的负责人报到,负责人带着他来到了一间很大的办公室,告诉他这就是他将要工作的机构。

颜冬看了看办公室的门,与其他办公室不同,这扇门上没有标牌。

负责人说:"这是一个秘密机构,这里所有的工作严格保密,以免引起社会动乱,这个机构的名称叫纪念碑部。"

走进办公室,颜冬发现这里的人都有些古怪:有的人头发太长,有的人没有头发;有的人的衣着在这个艰难时代显得过分整洁,有的人除了短裤外什么都没穿;有的人神色忧郁,有的人兴奋异常……中间的长桌上放着许多奇形怪状的模型,看不出是干什么用的。

"欢迎您，冰雕艺术家先生！"在听完负责人的介绍后，纪念碑部的部长热情地向颜冬伸出手来，"您终于有机会把您从外星人那里得到的灵感发挥出来，当然，这次不能用冰为材料，我们要创作的，是一件需要永久保存的作品。"

"这是要干什么？"颜冬不解地问。

部长看了看负责人，又看了看颜冬，说道："您还不知道？我们要建立人类纪念碑！"

颜冬显得更加茫然了。

"就是人类的墓碑。"旁边一位艺术家说，这人头发很长，衣衫破烂，一副颓废派模样，一手拿着一瓶二锅头喝得很有些醉意，这东西是有海时剩下的，现在比水便宜多了。

颜冬向四周看了看，说："可……我们还没死啊。"

"等死了就晚了，"负责人说，"我们应该做最坏的打算，现在是考虑这事儿的时候了。"

部长点了点头，说："这是人类最后的艺术创作，也是最伟大的创作，作为一名艺术家，还有什么比参加这一创作更幸福的呢？"

"其实纯属多……多余！"长发艺术家挥着酒瓶说："墓碑是供后人凭吊的，没有后人了，还立个什么碑啊？"

"注意名称，是纪念碑！"部长严肃地更正道，然后笑着对颜冬说："虽然他现在这么说，可他提出的创意还是不错的：他提议全世界每人拿出一颗牙齿，用这些牙齿可以建造一座巨碑，每个牙齿上刻一个字，足以把人类文明最详细的历史都刻上了。"他指了指一个看上去像白色金字塔的模型。

"这是对人类的亵渎！"另一位光头艺术家喊道，"人类的价值在于我们的大脑，他却要用牙齿来纪念！"

长发艺术家又抢起瓶子灌了一口，口齿不清地说："牙……牙齿容易保存啊！"

"可大部分人都还活着!"颜冬又严肃地重复一遍。

"可是还能活多久呢?"长发艺术家说,一谈到这个话题,他说话又变得利落了,"天上滴水不下,江河干涸,农业全面绝收已经三年了,百分之九十的工业已经停产,剩下的粮食和水,还能维持多长时间?"

"这群废物,"秃头艺术家指着负责人说:"忙活了整整五年时间,到现在一块冰也没能从天上弄下来!"

对秃头艺术家的指责,负责人只是付之一笑,"事情没有那么简单。以人类现有的技术,从轨道上迫降一块冰并不难,迫降一百甚至上千块冰也能做到,但要把在太空中绕地球运行的二十万块冰全部迫降,那就完全是另一回事了。如果采用传统手段,用火箭发动机减速冰块使其返回大气层,就需要制造大量可重复使用的超大功率发动机,并将它们送入太空,这是一项巨大的技术工程,以人类目前的技术水平和资源储备,有许多不可克服的障碍。比如说,要想拯救地球的生态系统,如果从现在开始,需要在四年时间里迫降一半冰块,这样平均每年就要迫降两万五千块冰,那它所需要的火箭燃料在重量上比有海时人类一年消耗的全部汽油还多!可那种火箭燃料不是汽油,那是液氢液氧和四氧化二氮、偏二甲肼之类,制造它们所消耗的能量和资源,是生产同等分量汽油的上百倍,仅此一项,就使整个计划成为不可能。"

长发艺术家点了点头,说:"所以说末日不远了。"

负责人说:"不,不是这样,我们还可以采取许多非传统非常规方法,希望还是有的,但在我们努力的同时,也要做最坏的打算。"

"我就是为这个来的。"颜冬说。

"为最坏的打算?"长发艺术家问。

"不,为希望。"颜冬转向负责人说,"不管你们召我来干什么,我来这里,有自己的目的。"他说着指了指自己带的那个体积很大的行囊,"请带我到海洋回收部去。"

"你去回收部能干什么?那里可都是科学家和工程师!"秃头艺术家

惊奇地问。

"我一直从事应用光学研究，职称是研究员，除了与你们一样做梦搞艺术之外，我还能干些更实际的事。"颜冬扫了一眼周围的艺术家说。

在颜冬的坚持下，负责人带他来到了海洋回收部。这里的气氛与纪念碑部截然不同，每个人都在电脑前紧张地工作着。办公室的正中央，放着一台可以随意取水的饮水机，这在现在简直是国王的待遇，不过想想这些人身上集中了人类的全部希望，也就不奇怪了。

见到海洋回收部的总工程师后，颜冬对他说："我带来了一个回收冰块的方案。"说着他打开背包，拿出了一根白色的长管子，管子有手臂粗，接着他又拿出一个约一米长的圆筒。

颜冬走到一个向阳的窗前，把圆筒伸到窗外摆弄着，那圆筒像伞一样撑开，"伞"的凹面镀着镜面膜，使它成了一个类似于太阳灶的抛物面反射镜。

接着，颜冬把那根管子从反射镜底部的一个小圆洞中穿过去，然后调节镜面的方向，使它把阳光聚焦到伸出的管子的端部。立刻，管子的另一端把一个刺眼的光斑投到室内的地板上，由于管子平放在地上，那个光斑呈长椭圆形。

颜冬说："这是用最新的光导纤维做成的导光管，在导光时衰减很小。当然，实际系统的尺寸比这要大得多，在太空中，只要用一面直径二十米左右的抛物面反射镜，就可以在导光管的另一端得到一个温度达三千度以上的光斑。"

颜冬向周围看了看，他的演示并没有产生预期的效果，那些工程师扭头朝这边看了看，又都继续专注于自己的电脑屏幕不再理会他了。

直到那光斑使防静电地板冒出了一股青烟，才有最近的一个人起身走了过来，问道："你在干什么，还嫌这儿不够热啊？"同时把导光管轻轻向后一拉，使采光的一端脱离了反射镜的焦距，地板上的光斑虽然还在，但立刻变暗了许多，失去了热度。颜冬惊奇地发现，这人摆弄这东西很在行。

总工程师指指导光管说："把这些东西收起来，喝点儿水吧。听说你是坐火车来的，从长春到这儿的火车居然还在开？你一定渴坏了。"

颜冬急着想解释自己的发明，但他确实渴坏了，冒烟的嗓子一时说不出话来。

"不错，这确实是目前最可行的方案。"总工程师递给颜冬一杯水。

颜冬一口气喝光了那杯水，呆呆地望着总工程师问："您是说，已经有人想到了？"

总工程师笑着说："与外星人相处，使你低估人类的智力了。其实，在低温艺术家把第一块冰送到轨道上时，这个方案就已经有很多人想到了。后来又有了许多变种，比如用太阳能电池板代替反射镜，用电线和电热丝代替导光管，其优点是设备容易制造和运送，缺点是效率不如导光管方案高。现在，对它的研究已经进行了五年，技术上已经成熟，所需的设备也大部分制造出来了。"

"那为什么还不实施？"

旁边的一名工程师说："这个方案，将使地球海洋失去百分之二十一的水，这部分水或变成推进蒸汽散失了，或在再入大气时被高温离解了。"

总工程师扭头对那名工程师说："你们可能还不知道，美国人最新的计算机模拟表明，在电离层之下，再入时高温离解产生的氢气会立刻同周围的氧再化合形成水，所以高温离解的损失以前被高估了，总损失率估计应该是百分之十八，"他又转发向颜冬，"但这个比例也够高的了。"

"那你们有把太空中的水全部取回来的方案吗？"

总工程师摇了摇头，"唯一的可能是用核聚变发动机，但目前我们在地面上都得不到可控的核聚变。"

"那为什么还不快些行动呢？要知道，犹豫不决的话，地球会失去百分之百的水的。"

总工程师坚定地点了点头，说道："所以，在长时间的犹豫之后，我们终于决定行动了，很快，地球将为生存决一死战。"

回收海洋

颜冬加入了海洋回收部，负责对已经生产出的导光管进行验收的工作，这虽不是核心岗位，但也使他感到非常充实。

在颜冬到达首都一个月后，人类回收海洋的工程开始了。

在短短的一个星期内，从全球各大发射基地，有八百枚大型运载火箭发射升空，把五万吨荷载送入地球轨道。然后，在北美的发射基地，二十架航天飞机向太空运送了三百名宇航员。由于沿同一航线频繁发射，在各基地上空形成了一道长久不散的火箭尾迹，从轨道上看，仿佛是从各大陆向太空牵了几根蛛丝。

这批航天器集中发射，把人类在太空的活动规模提高了一个数量级，但所使用的技术仍是二十一世纪初的，这使人们意识到，在现有的条件下，如果全世界齐心协力、孤注一掷干一件事，会取得怎样的成就。

在直播的电视新闻中，颜冬同所有人一起目睹了在第一个冰块上安装减速推进系统的过程。

为了降低难度，首批迫降的冰块都是不自转的。三名宇航员降落在这样一个冰块上，他们携带着如下装备：一辆形状如炮弹能够在冰块中钻进的钻孔车，三根导光管，一根喷射管，以及三个折叠起来的抛物面反射镜。

只有这时才能感觉到冰块的巨大，他们三人仿佛是降落在一个小小的水晶星球上，在太空强烈的阳光下，他们脚下的冰雪大地似乎深不可测。在黑色的天空上，远远近近悬浮着无数个这样的水晶星球，有些还在自转着。周围那些自转或不自转的冰块反射和折射着阳光，在三名宇航员站立的冰面上，不停地进行着令人目眩的光与影的变幻。

向远处看，冰环中的冰块看去越来越小，密度却越来越大，渐渐缩成一条致密的银带弯向地球的另一面。距离最近的一个冰块与他们所在的这块间距只有三千米，以它的短轴为轴自转着，在他们眼中，这种自转有一种摄人心魄的气势，仿佛三只小蚂蚁看着一幢水晶摩天大楼一次次倒塌下来。

这两个冰块在一段时间后将会因引力而相撞，结果将使滤光膜破裂，冰块解体，破碎后的冰块将很快在阳光下蒸发消失。这种相撞在冰环中已经发生了两次，这也是首先迫降这块冰的原因。

操作开始后，一名宇航员启动了那辆钻孔车，钻头车首旋转起来，冰屑呈锥状向外飞溅，在阳光下闪闪发光。钻孔车钻破了冰面那层看不见的滤光膜，像一颗被拧进去的螺丝一样钻进了冰面，在后面留下了一个圆形的钻洞。

随着钻洞向冰层深处延伸，在冰层中隐约可以看到一条不断延长的白线。到达预定深度后，钻孔车转向，沿另一个方向驶出冰面，这就形成了另一条钻洞。最后，共向冰块深处打了四条钻洞，它们都相交于冰层深处的一点。

接下来，宇航员们把三根导光管插入三个钻洞，再把一根喷射管插入直径较大的第四条钻洞，喷射管的喷口正对着冰块运行的方向。然后，宇航员用一根细管向导光管、喷射管与洞壁之间填充某种速凝液体，使其形成良好的密封。

最后，他们张开了抛物面反射镜。

如果说回收海洋的最初阶段采用了什么最新技术的话，那就是这些反射镜了。它们是纳米科技创造的奇迹，在折叠起来时只有一立方米大小，但张开后就形成一面直径达五百米的巨型反射镜。这三面反射镜，像冰块上生长的三片银色的荷叶。宇航员们调整导光管的伸出端，使其受光端头与反射镜的焦点重合。

在冰层深处三条钻洞的交点，出现了一个明亮的光点，它像一个小太阳，照亮了大冰块中神话般的奇景：银色的鱼群，随波浪舞动的海草……这一切，在瞬间冻结时都保持着栩栩如生的姿态，甚至连鱼嘴中吐出的串串小气泡都清晰可见。在距此一百多公里的另一个也在回收中的冰块里，导光管导入冰层深处的阳光，照出了一个巨大的黑影，那是一条长达二十多米的蓝鲸！这就是人类昔日的海洋。

蒸汽使冰层深处的光点很快模糊了，在蒸汽散射下，变成了一个白色光球，随着被融化的冰体积的增加，光球渐渐膨胀。当压力达到预定值后，喷射管喷嘴上的盖板被冲开了，一股汹涌的蒸汽流急速喷出，由于没有阻力，它呈一个尖尖的锥形向远方扩散，最后在阳光中淡化消失了；还有一部分蒸汽进入了另一个冰块的阴影，被冷凝成冰晶，仿佛是一大群在阴影中闪闪发光的萤火虫。

首批一百个冰块上的减速推进系统启动了，由于冰块质量巨大，系统产生的推力相对来说很小，所以它们需要运行少则十五天多则一个月的时间，才能使冰块减速到坠入大气层的速度。在坠落之前，宇航员们将再次登上冰块，取回导光管和反射镜。要全部迫降二十万个冰块，这些设备应尽可能重复使用。

而后面对那些自转的冰块的回收操作，则要复杂许多，推进系统将首先刹住其自转，再进行上述那些减速操作。

冰流星

颜冬与危机委员会的人们一起来到太平洋中部的平原上，观看第一批冰流星坠落。

　　昔日的洋底平原一片雪白，反射着强烈的阳光，不戴墨镜是睁不开眼的。但这并没有使颜冬想起自己东北故乡的雪原，因为这里有如地狱一般炎热，地面气温接近50摄氏度，热风吹起盐尘，打得脸生疼。

　　在远处，有一艘十万吨油轮，那巨大的船体斜立在地面，下面那有几层楼高的螺旋桨和舵上覆满了盐层。

　　再看看更远处连绵的白色群山，那是人类从未见过的海底山脉，颜冬的脑海中顿时涌出两句诗：

　　大海是船儿的陆地，黑夜是爱情的白天。

　　他苦笑了一下，经历了这样巨大的灾难，自己还是摆脱不了艺术家的思维。

　　一阵欢呼声响起，颜冬抬头朝人们所指的方向望去，看到在横贯长空的银色冰环中，出现了一个红色的亮点，这亮点飘出了冰环，很快膨胀成一个火球，火球的后面拖着一条白色的尾迹，这水蒸气尾迹越来越长，越来越粗，其色彩也更浓更白。很快，火球分裂了成数十块，每一块又继续分裂，每一小块都拖着长长的白尾，这一片白色的尾迹覆盖了半个天空，似乎是一棵白色的圣诞树，每根树枝的枝头都挂着一盏亮闪闪的小灯……

　　更多的冰流星出现了，它们高速滑翔造成的超音速音爆传到地面，像滚滚春雷。天空中旧的水蒸气尾迹在渐渐淡化，新的尾迹不断出现，使天空被一张错综复杂的白色巨网所覆盖。

　　现在，已有几万亿吨的水重新属于地球了。

　　大部分冰流星都在空中分裂汽化了，但也有一个较大的碎冰块直接坠落到地面，坠落点距离颜冬所在的地方约四十公里，海底平原在一声巨响中震动不已，在远处的山脉间腾起一团顶天立地的白色蘑菇云，这一大团的水蒸气在阳光下发出耀眼的白光，并随风渐渐扩散，变为天空中的第一片云层。

后来,云多了起来,第一次挡住了炙烤大地五年的烈日,并盖满了整个天空,颜冬感到一阵沁人心脾的凉爽。

再后来,云层变黑变厚,其中红光闪闪,不知是闪电,还是仍在不断坠落的冰流星的光芒。

下雨了!

这是即使在有海时也罕见的大暴雨,颜冬和其他人在雨中欢呼狂奔,他们觉得灵魂都在这雨中溶化了。但后来大家只好都躲回车内或直升机里,因为这时人在雨地里会窒息。

雨一直下到黄昏才停,海底平原上出现了许多水洼,在从云缝中露出的夕阳下闪着金光,仿佛大地的一只只刚睁开的眼睛。

颜冬随着人群,踏着黏稠的盐浆,跑到最近的水洼前。他捧起一捧水,把那沉甸甸的饱和盐水撒到自己脸上,任它和泪水一同流下,哽咽着说:

"海啊,我们的海啊……"

尾　声

十年以后。

颜冬走上了冰封的松花江江面,他裹着一件破大衣,旅行袋里放着那套保存了十五年的工具:几把形状各异的刀铲,一个锤子,一只喷水壶。

他跺了跺脚,确认江面确实冻住了。

松花江早在五年前就有了水,但这是第一次封冻,而且是在夏天封冻。由于干旱少雨,同时大量的冰流星把其引力势能在大气层中转化为热能，全球气候一直炎热无比。

但在海洋回收的最后阶段，最大体积的冰块被迫降，这些冰块分裂后的碎块也较大，大多直接撞击地面。除了几座城市被摧毁外，撞击激起的巨大尘埃挡住了太阳的热量，使全球气温骤降，地球进入了新的冰期。

颜冬抬头看了看夜空，这是他童年时看到的星空，冰环已经消失，只有从快速的运动中才能把太空中残余的少量小冰块与群星的背景区分开来。

梦之海又变回了现实的海，这件宏伟的艺术品，其绝美与噩梦一起，永远铭刻在人类的记忆中。

虽然回收海洋的工程已经结束，但以后的全球气候，肯定仍是极其恶劣的，地球生态还要很长时间才能恢复。在可以看到的未来，人类的生活将仍然十分艰难。

但是，至少可以活下去了，这使所有的人感到了满足。确实，冰环时代使人类学会了满足，但人类还学会了更重要的东西。

现在，世界危机组织会改名为了太空取水组织，另一个宏大的工程正在计划中：人类打算飞向遥远的类木行星，把木星卫星上和土星光环中的水取回地球，以弥补地球在海洋回收过程中失去的那百分之十八的水。

人们首先打算用已经掌握的冰块驱动技术，驱动土星光环中的冰块驶向地球，当然，在那样遥远的距离上，阳光已很微弱，只有用核聚变来汽化冰块核心以得到所需的推力了。

至于木星卫星上的水，则要用更复杂和高级的技术才能取得。已经有人提出把整个木卫二从木星的引力巨掌中拉出来，使其驶向地球，成为地球的第二颗卫星。

这样，地球上能得到的水就大大多于损失的那百分之十八，这可以使地球的生态系统变得如天堂般美好！

当然，这都是遥远未来的事，活着的人谁都没有希望看到它实现，然而这希望，使人们在艰难的生活中感到了前所未有的幸福。

这是人类从冰环时代得到的最大财富：回收梦之海使人类看到了自己的力量，教会了他们做以前从不敢做的梦。

颜冬看到远处的冰面上聚着一小堆人，他一滑一滑地走了过去，那些人看到他之后都向他跑来，有人摔了一跤后爬起来接着跑。

"哈哈，老伙计！"跑在最前面的人同颜冬热情拥抱，颜冬认出来了，这个人就是冰环时代之前好几届冰雪艺术节的冰雕组评委之一。颜冬曾发誓不再同这些评委说话，因为上一届艺术节上的冰雕特等奖，显然是基于那个妙龄女作者的脸蛋和身段而非她的作品。

接着，他又认出了其他几个人，大都是冰环时代之前的冰雕作者，同这个时代的所有人一样，他们穿着破烂，苦难和岁月已把他们中许多人的双鬓染白。

现在，颜冬有一种流浪多年后终于回家的感觉。

"听说，冰雪艺术节又恢复了？"他问道。

"当然，要不咱们到这儿来干什么？"

"我寻思着，日子这么难……"颜冬裹紧了破大衣，在寒风中发抖，不停地跺着冻得麻木的脚。其他人也同他一样，哆嗦着，跺着脚，像一群乞丐难民。

"咄，日子难怎么了，日子难也不能不要艺术啊，对不对？"一位老冰雕家上下牙打着架说。

"艺术是文明存在的唯一理由！"另一个人说。

"去他的，老子存在的理由多了去了！"颜冬大声说，众人都大笑起来。

然后大家都沉默了，他们回顾着这十几年的艰难岁月，他们挨个数着自己存在的理由，最后，他们终于重新把自己从一群大灾难的幸存者变回为艺术家。

颜冬掏出了一瓶二锅头，大家你一口我一口传着喝了暖暖身子。

然后他们在空旷的江岸上生起一堆火，在火上烘烤一把油锯，直到它能在严寒中启动。大家走到江面上，油锯哗哗作响地切入冰面，雪白的冰屑四下飞溅。

很快，他们从松花江上取出了第一块晶莹的方冰。

《梦之海》首次发表于《科幻世界》2002年第1期。生活中不能没有艺术，生活中不能全都是艺术……这大概就是《梦之海》的核心立意了。实际上，艺术与生活是水乳交融、难分难离的。人类三百万年的种族历史中，只有类人猿时代生活中没有艺术，即便是旧石器时代的原始人，生活中也有了岩画和首饰等艺术作品。艺术源于生活、高于生活，艺术装点生活、美化生活。《梦之海》以科幻奇观想象、演绎未来艺术，探讨艺术与生活，它本身就是一件精美的文字艺术品。

像过去一样

罗伯特·J.索耶

转移过程很顺利,就像手术刀划开皮肤一样。

科恩兴奋的情绪中夹杂着失望。他很高兴来到这里——也许法官是对的,也许这的确是真正属于他的地方。但是闪闪发光的刀刃并未带给他什么兴奋感,没有伴随通常的生理反应:掌心出汗,心跳加速,呼吸变得急促。当然,心跳声还是有的,背景中如雷鸣般的心跳声,但那不是科恩的心跳。

而是恐龙的。

一切感知都是恐龙的:科恩此刻正通过霸王龙的眼睛观察世界。

他眼中看到的颜色与人眼看到的截然不同。当然,中生代植物叶片中的叶绿素和现代一样,但在恐龙眼里,它们是深蓝色。而天空呈淡紫色,脚下的尘土也成了灰白色。

这头古老的生命拥有不同的视锥细胞,科恩心想。他会习惯的。毕竟,他别无选择。他将作为霸王龙意识中的观察者,直到生命结束。他能看到这头野兽看到的,听到它听到的,感受到它感受到的。他们告诉他,他无法控制它的行动,但可以体验它的每一种感觉。

霸王龙在向前行进。

科恩希望血液还是鲜红的。

若不是红色,那感觉就变味了。

"科恩夫人,在案发当晚,你丈夫离家前说了什么?"

"他说他要出去猎杀人类,而我以为他在开玩笑。"

"您不用作任何多余的解释,科恩夫人。在法庭上只说你所记得的事情,只重复你丈夫的原话。"

"他说,'我要出去猎杀人类。'"

"谢谢你,科恩夫人,这起刑事案件可以定案了。"

尊敬的阿曼达·霍斯金斯法官房间墙壁上挂着一幅刺绣,是她丈夫为她做的。在她准备宣判时,她常常会抬头读它上面的几句话,这些话出自歌剧《日本天皇》,是她最喜欢的句子之一:

> 我的目标极尽崇高
> 我终将会实现——
> 使罪恶得到应有的惩罚——
> 罪恶得到应有的惩罚。

这是一件特别棘手的案子,一件骇人听闻的案件。

霍斯金斯法官继续着思考。

不仅仅只是颜色差异,霸王龙头颅观察到的视野也有所不同。

霸王龙只拥有小部分的立体视觉。在科恩的视野中央,只有这一块区域才能真正感觉到景深。而这怪物的眼睛是向外斜的,它具有比正常人更广阔的全景视野,如同蜥蜴类动物看到的270度超宽银幕。

当霸王龙沿着水平方向扫视时,广角视野便来回移动。

搜索着猎物。

搜索着要杀死的东西。

卡尔加里先驱报(印刷版)2042年10月16日,星期四:

像过去一样

43岁连环杀手鲁道夫·科恩，昨天被判处死刑。

曾经作为阿尔伯塔大学医学院杰出成员的科恩博士，在8月份被判犯有三十七起一级谋杀。

指向他的证词令人毛骨悚然，科恩却供认不讳，毫无悔意，在用外科手术工具割开每个受害者的喉咙之前，他都会对他们进行长达数小时的恐吓。

这是本国八十年来第一次下令执行死刑。

法官阿曼达·霍斯金斯女士在宣判时指出，科恩是"霸王龙之后在加拿大草原上出没的最冷血、最残忍的杀手……"

在大约十米远的水杉林后面，第二头霸王龙出现了。科恩在想，霸王龙应该具有强烈的领地意识，因为每一头霸王龙都需要大量的肉来保证生存。他不知道被他意识附身的野兽是否会攻击另一头霸王龙。

他的恐龙歪着脑袋看向正侧身站着的那头恐龙。当它在注视的时候，它脑海中几乎所有的画面都消散了，化成一片空白，似乎当它专注于细节时，这头野兽微小的大脑就丧失了对全局画面追踪的能力。

一开始，科恩认为他的霸王龙是在看另一只恐龙的头，但很快，视线转向了对方的头颅顶部，然后是口鼻前端，而从它强有力的脖颈往后，视野就逐渐消隐，化为白色的虚无。最后，恐龙的视野只集中在了对方的喉咙处。很好，科恩心想。咬断那里就可以将它杀死。

对方喉咙的皮肤呈灰绿色，质地很光滑。令人恼火的是，科恩的霸王龙没有攻击。相反，它只是转过头，重新看向了地平线。

一瞬间，科恩灵光一闪，意识到发生了什么。以前的时候，邻居家的孩子们养宠物狗或猫，而他自己则养蜥蜴和蛇——都是冷血的食肉动物（作为谋杀案件证人的心理学专家非常重视这一事实）。某些种类的雄性蜥蜴脖子上会挂着下垂的皮肉，就像袋子一样。他所附身的那头霸王龙——泰瑞尔博物馆古生物学家认定的雄性恐龙——正看向另一头恐龙，它的喉咙很光滑，可以判断是一头雌性霸王龙。也许它是想要和它交配，而非攻击。

可能很快就会开始。科恩只有在杀人的时候才能达到性高潮。他想知道霸王龙交配是什么感觉。

"我们花了十亿美元开发时间旅行，现在你告诉我这个系统没用了？"

"唔——"

"你是这个意思吗，教授？时间转移没有实际应用？"

"不尽然，部长。这个系统确实有用。我们可以将一个人的意识投射到过去，他（她）的意识会叠加到过去人的意识之上。"

"要是连接不会中断，那就太好了。"

"不，连接会自动断开。"

"嗯，当你意识转移到的历史人物死亡，连接就会断开？"

"没错。"

"而从我们这个时代转移过去的意识同样会死去？"

"我承认将两个大脑连接太过紧密，会产生这种不幸后果。"

"所以我是对的，这该死的时间转移根本没用。"

"哦，你想错了，部长。事实上，我想我已经找到了应用它的完美场景。"

霸王龙继续前进。虽然科恩的注意力最初是集中在野兽的视觉上，但他慢慢地也开始意识到它的其他感官。他能听到霸王龙的脚步声，树枝和植物被压碎的声音，鸟类或翼龙的鸣叫声，以及背景中昆虫不停的嗡嗡声。尽管如此，他听到的所有声音都低沉而迟钝；霸王龙简单的耳朵无法捕捉到高频声响，也无法辨别声音中丰富的层次。科恩清楚，白垩纪晚期实际上是一部汇集众多音色的交响乐，但即使他尽力聆听，也听不出多少内容，仿佛脑袋上戴着耳罩一般。

霸王龙继续前行，仍在搜寻。科恩对这个世界有了更多内在和外在的印象，包括炎炎午后阳光照射到身上，以及狼吞虎咽地啃食野兽腹部的感觉。

食物。

他想象着一块块肉进入食道的画面，这是他从这只动物身上发现的最接近思维的过程。

食物。

2022年《社会服务保护法》：加拿大建立在"社会保障体系"的原则之上，该体系包含一系列的权益和计划，旨在保证每一位公民享有高水平的生活。然而，不断增加的预期寿命加上不断降低的法定退休年龄，给我们的社会福利制度，特别是最核心的全民医保带来了难以承受的负担。在加拿大，随着大多数纳税人45岁退休，以及男性和女性的平均寿命分别达到94岁和97岁，这一体系面临着彻底崩溃的风险。于是，所有社会项目从今以后只能提供给60岁以下的人，除了一个例外：所有的加拿大人，无论年龄大小，都可以通过时间转移实现安乐死。此项目由政府资助。个人不必支付任何费用。

就在那里！前面！有东西在动！不知道它是什么，但非常庞大，在一小片冷杉树后面，只能间歇地看到一个模糊的轮廓。

这是一种四足动物，背对着他们（他和它）。

啊，在那儿。正在转头。霸王龙将视线向正面集中，它的外围视觉开始白化、消解。

三只角。

三角龙。

太棒了！当科恩还是个孩子的时候，曾花了好几个小时翻阅有关恐龙的书籍，寻找杀戮的场景。没有什么战斗比霸王龙与三角龙对决更加精彩了。三角龙生活在中生代，俨然是一辆四足坦克，它面部伸出来三只角，头颅后有一块头盾保护着颈部。

但是，霸王龙没有理睬，选择了继续前进。

不，科恩心想。转过去，该死的！转过去攻击！

科恩记得多年以前那命中注定的一天，那一切开始的时候。那次本来只是个平常的手术。病人也如预料，做好了充分的准备。科恩将手术刀向下对准病人腹部，然后，稳稳地切入皮肤。病人倒抽了一口冷气。这声音听上去非常舒服，非常美妙。

氧气不够，麻醉师急忙调整。

科恩知道他必须再听到那个声音，他必须听到。

霸王龙继续前进。科恩看不见它的腿，但他能感觉到它们在动。左，右，前，后。

进攻，你这个不争气的家伙！

左边。

进攻！

右边。

追上去！

上前。

去追那头三角龙。

"后来"说到一半——

野兽犹豫了一下，它的左腿仍然悬在空中，另一只脚暂时保持着平衡。

进攻！

进攻！

接着，霸王龙改变了路线。三角龙出现在霸王龙具有三维视野的中央区域，就像被枪瞄准了一样。

"欢迎来到时间转移研究所。能让我看看你的政府福利卡吗？不错，凡事都有最后一次，呵呵。现在，我肯定你想要一个刺激的死法。问题在于，要找到一个有趣的人，并且这个人没有被转移过。你也知道，我们只能把一个意识叠加到一个特定的历史人物身上。恐怕，所有为人熟知的人物都被转移过了。即使到现在，我们每周还会接到十几个预约杰克·肯尼迪的电话，说起来，他还是第一批开放的人物。要让我建议的话，我们还有数千名罗马军团的军官，他们会是不错的选择。这些军官死亡的方式都无可挑剔。你看回到高卢战争时期，体验那里的精彩好戏怎么样？"

三角龙从它一直咀嚼的根乃拉草的宽阔叶子中抬起头，看向上方。既然霸王龙已经将注意力集中在这头食草动物身上，它似乎也准备好了投入战斗。

霸王龙冲了过来。

三角龙侧对着霸王龙，它开始转身，将覆着盔甲的头角朝向霸王龙。

霸王龙奔跑时，视线中的景物都在疯狂跳动。科恩可以听到这头大东西的心脏迅猛的轰隆声，它的心肌跳动如同一连串炮火轰鸣。

三角龙在转身的过程中，张开了它鹦鹉般的嘴，但是没有发出声音。

巨大的步伐拉近了两只动物之间的距离。科恩感觉到霸王龙的上下颚快速分开，下巴张得越来越大。

它的下巴重重地咬在三角龙后背的外侧。科恩看到霸王龙的两颗牙齿飞进视野，它们在这次冲击中被撞掉了。

热血的味道，从伤口涌出……

霸王龙缩回头，又再次咬上去。

三角龙的头终于转了过来。它猛地向前冲，左眼上方的长矛刺进了霸王龙腿部。

痛，剧烈的、爽快的疼痛。

霸王龙咆哮一声。科恩听到了两次咆哮，第一次是在这头动物自己的颅骨内响起，第二次则在远处的山间回荡。一群长着银色羽毛的翼龙腾空而起。科恩看到它们从视野中消失了，恐龙简单的头脑将它们拒在了视野之外。这些都不过是无关紧要的干扰。

三角龙向后退去，尖角从霸王龙的血肉中拔出。

科恩欣喜地发现，血液看起来依然是红色的。

科恩的律师阿克斯沃西表示："要是霍斯金斯法官下令执行电刑，我们就能以违背宪章为由进行反对——这种惩罚残忍异常，诸如此类的说辞。但她可以全权执行时间转移这种安乐死。"阿克斯沃西停顿了一下，"她说得很直白，她只是想让你死。"

"她真体贴。"科恩说。

阿克斯沃西没在意他说什么话。"我有把握可以让你附身到任何想附身的人物，"他说，"你想将意识附到谁身上？"

"不是'谁'，"科恩说，"是'什么'。"

"你说什么？"

"那个该死的法官说我是阿尔伯塔这片土地上继霸王龙之后最冷血的杀手。"科恩摇了摇头，"白痴。她不知道恐龙是温血动物吗？不管怎样，这就是我想要的。我想化身成一头霸王龙。"

"你开玩笑吧？"

"开玩笑不是我的强项，约翰。杀戮才是。我想知道，我和霸王龙，哪个更厉害。"

"我甚至不知道他们能否实现这种愿望。"阿克斯沃西说。

"去想办法，该死的，我付你钱干什么用的？"

霸王龙跳到旁边，它这么庞大的身躯运动起来竟然异常矫捷，它又一次用它可怕的下颚咬住了三角龙的肩部。食草动物正在以难以置信的速度大量失血，它的后背就仿佛一座进行了千百次祭祀的祭坛。

三角龙试图向前扑去，但它的力量却在迅速衰减。这头霸王龙，尽管智力水平微不足道，但却以自己的方式狡猾地后退了十几步。三角龙朝它试探性地迈了一步，接着再迈一步，然后，费了很大的力气，又迈了一步。但随后这头恐龙坦克摇摇欲坠，眼皮慢慢合上，侧身倒了下去。科恩听到它扑通一声倒地时，先是一惊，接着便是一阵激动——他还没有意识到这头霸王龙在三角龙后背上撕咬出的巨大裂口到底流了多少鲜血。

霸王龙走近了，抬起左腿，狠狠地砸在三角龙的腹部，三根锋利的脚爪撕开了它的肚皮，内脏涌了出来，暴露在刺眼的阳光下。科恩以为霸王龙会发出胜利的咆哮，但它没有。它只是把嘴伸进三角龙的体腔，然后有条不紊地拉扯，撕咬下大块大块的血肉。

科恩很失望。恐龙之战充满乐趣，杀戮富有策略，过程也足够血腥，但却缺少了期望中的恐怖。没有感觉到三角龙在恐惧中不停地颤抖，没有乞求怜悯。没有凌驾一切的力量感，也没有主宰一切的掌控感。只有头脑简单的愚蠢野兽，按照它们基因预先设定好的方式按部就班地行动。

这还不够，远远不够。

办公室中，霍斯金斯法官看着桌对面的律师。
"一头霸王龙，阿克斯沃西先生？我当时只是打了个比方。"
"我明白，夫人，但这是一次恰当的观察机会，您不觉得吗？我已经联系了时间转移的工作人员，他们说要是能提供霸王龙样本，他们可以做到。他们必须利用实际的物质进行回溯,才能获得准确的时间定位。"

霍斯金斯法官对东拉西扯的科学术语不感兴趣,就如同她对法律术语感到不耐烦一样。"说出你的观点,阿克斯沃西先生。"

"我给位于德拉姆黑勒的皇家泰瑞尔古生物博物馆打了电话,向他们询问世界各地可以提供的霸王龙化石,结果发现只有极少的完整骨骼。不过,他们向我提供了一张附注清单,上面涵盖了所有已知的关于恐龙个体可能的死亡原因的信息。"他拿出一张薄薄的塑料打印纸,将它推到了法官宽大的办公桌前。

"把这个先放在这儿,律师,我到时给你答复。"

阿克斯沃西离开了,霍斯金斯浏览起这份简短的清单。接着,她向后靠在皮椅上,开始念起墙上刺绣的文字,重复着她已经念了不下一千遍的句子:

> 我的目标极尽崇高
> 我终将会实现——

她又重新读了一遍这句话,嘴唇微动,默念道:"我终将会实现……"

法官回过头来看向这张关于霸王龙死亡信息的清单。啊,那一头。是的,那一头将非常适合。她按下手机上的一个按钮:"大卫,帮我找一下阿克斯沃西先生。"

杀死三角龙的过程有一处格外不寻常,这引起了科恩的兴趣。时间转移这种安乐死法非常流行,已经进行了不知道多少次。有时附身者原本的身体会对正在发生的事情进行实时评价,就好像呓语一样。通过观察他们说话的过程,可以清楚地判断,附身者无法对附着的身体施加任何控制。

事实上，物理学家也声称任何控制都不可能实现。时间转移之所以有效，正是因为附身者无法施加任何影响，只能观察已经被观察到的事物。由于过去的历史已经固定，即不存在新的观察，也就不会造成量子信息的失真。毕竟，物理学家说过，如果一个人可以施加控制，那就会改变过去。这显然是不可能的。

然而，当科恩希望霸王龙改变路线时，它最终这样做了。

会不会是因为霸王龙的大脑太小，所以科恩的思想可以控制这头野兽？

太疯狂了，如果是真的，那这后果将难以置信。

不过……

他必须要知道这是不是真的。霸王龙此时有些委顿，重重地趴在地上，对着三角龙的肉大快朵颐。伴着傍晚的微风，它似乎准备在这里躺上很长时间。

起来，科恩集中意念。起来，该死的！

什么也没发生。没反应。

起来！

霸王龙的下颚搭在地上。它的上颚高高抬起，嘴巴大张。小小的翼龙在它张开的嘴里飞进飞出，它们将针状长嘴伸到霸王龙弯曲牙齿的缝隙中，显然是在拉扯着三角龙的血肉残渣。

起来，科恩再次集中意念。起来！

霸王龙动了。

起来！

霸王龙用它小巧的前肢保持平衡，防止躯干向前滑动，同时撑起它强有力的后腿，最后终于站了起来。

前进，科恩集中意念。前进！

此时，野兽的身体感觉有些不同，它的肚子都快要撑破了。

前进！

霸王龙开始迈着沉重的步子前进。

简直太奇妙了。再一次实现了控制！科恩想要狩猎，他感受到了那种久违的快感。

他很清楚自己在寻找什么。

"霍斯金斯法官同意了，"阿克斯沃西说，"她已经授权，可以将你转移到他们在阿尔伯塔泰瑞尔博物馆新引进的霸王龙身体中。他们说那是一头年轻的成年霸王龙。从骨架被发现时呈现的方式来看，霸王龙死于坠落，可能是掉进了一条裂缝。它的双腿和背部都发生了断裂，但骨骼还几乎完美地连接在一起，这说明食腐动物无法接近它。不幸的是，时间转移的工作人员说，要回溯到那么久远的过去，他们只能把你送到离事故发生前几个小时。但你也会得偿所愿，像头霸王龙一样死去。哦，这些是你要的书：这就是一座涵盖白垩纪各种动植物知识的图书馆。你应该有足够的时间浏览完所有内容；时间转移的工作人员还需要几个星期的时间来准备。"

当史前的夜晚进入深夜，科恩发现了他一直在寻找的东西，它们蜷缩在某种灌木丛中，拥有大大的棕色眼睛，突出的长脸，柔软的身体覆盖着毛皮，在霸王龙的眼中，这些皮毛看起来是蓝褐色的。

一只哺乳动物。但不是普通的哺乳动物。普尔加托里猴，最早的灵长类动物，生活在白垩纪末期，发现于蒙大拿州（美国）和阿尔伯塔省（加拿大）。它是一个小家伙，除去像老鼠一样的尾巴，只有10厘米长。这年头，它属于稀有动物，数量极其稀少。

这个小毛球相对于自己的体型来说，算是跑得相当快了，但对于霸王龙来说则缓慢至极，霸王龙一步就顶得上这只哺乳动物一百多步。它无法逃脱。

霸王龙俯身靠近，科恩看到了毛球的脸，在接下来的六千万年里，它都是最接近人脸的东西。那动物惊恐地睁大了眼睛。

赤裸裸的恐惧。哺乳动物的恐惧。

科恩看到那个生物在尖叫。终于听到尖叫声了。

太美妙了。

霸王龙张开血盆大口,凑近这只小小的哺乳动物,猛吸一口气,把这只生物吸进了自己的嘴里。通常情况下,霸王龙会把它的食物整个吞下,但是科恩阻止了这个行为。相反,他控制野兽停住不动,让这只小小的灵长动物在恐龙洞穴般的嘴里惊恐地四处乱窜,任它撞击着巨大的牙齿和厚实的肉墙,或者在干燥的巨大舌头上飞速掠过。

科恩饶有兴趣地享受着那恐惧的尖叫声。他沉醉在这只小动物的感受中——在一间活体监狱里左冲右撞,恐惧得发狂。

最后,伴随着这一伟大而辉煌时刻释放出的快感,科恩让霸王龙吞下了这只小动物,结束了它的痛苦,毛球在滑向巨兽喉咙的过程中,他还能感到一阵瘙痒。

就像过去一样。就像猎杀人类一样。

接着,科恩想到了一个绝妙的主意。啊,如果他将这种尖叫的小毛球杀得够多,它们就不会有后代了。也就根本不会有智人。科恩意识到,这就是在猎杀真正的人类——每一个可能存在的人类。

当然,几个小时的时间也杀不了多少只。毫无疑问,霍斯金斯法官认为这是他最好的报应,否则她不会允许转移:她要把他送回深坑,让他堕入地狱。

愚蠢的法官。哈,现在他可以控制这头野兽,他不可能让它英年早逝。他只会——

就是这里。那条裂缝——地面上蔓延的一道长长的伤口,其边缘正在崩塌。该死,那里很难看清。邻近树木投下的影子在地面上形成了一个令人迷惑的网格,使参差的裂缝看起来模糊不清。怪不得愚蠢的霸王龙没注意到这里,最后失足坠落。

但这次不会了。

左转,科恩用意识控制着。

左边。

他的霸王龙遵照了命令。

安全起见,他决定以后避开这个区域。再说了,还有很多地方可供他活动。幸运的是,这是一头年轻的霸王龙,它还处于青年时期。他的特殊狩猎还可以持续好几十年。科恩确信阿克斯沃西将履行自己的责任:一旦时间转移持续时间超过几小时之后,便会有人要求终止连接,而阿克斯沃西将在法庭上反驳那些申诉,和那些人进行长达数年的拉锯战。

科恩感到自己和霸王龙体内那种原始的压力大了起来。霸王龙在继续前进。

现在比过去更加畅快,他心想,畅快多了。

猎杀全人类。

这快感一旦释放,将极其美妙。

他聚精会神地注视着矮树丛,不放过一丝动静。

谢宏超 译

《像过去一样》,1993年5月首次发表于加拿大《冒险》杂志夏季刊。这篇小说一经发表便大受欢迎,多次收入以恐龙为主题的选集。小说视角独特,嗜血杀手与霸王龙的搭配既在意料之外,又在情理之中。荒诞的情节在令人发笑的同时,也展现了作者对科技滥用的反思。

本篇获奖情况:

1993年 获得加拿大推理作家协会亚瑟·埃利斯奖最佳短篇小说

1994年 获得加拿大极光奖最佳英文短篇小说

1998年 提名日本星云赏最佳外语短篇小说

吞食者

刘慈欣

一、波江座晶体

即使距离很近，上校也不可能看到那块透明晶体，它飘浮在漆黑的太空中，就如同一块沉在深潭中的玻璃。他凭借着晶体扭曲的星光确定其位置，但很快便在一片星星稀疏的背景上把它丢失了。

突然，远方的太阳变形扭曲了。那永恒的光芒也变得闪烁不定，使他吃了一惊；但以"冷静的东方人"著称的他，并没有像飘浮在旁边的十几名同事那样惊叫。他很快明白，那块晶体就在他们和太阳之间，距他们有十几米，距太阳有一亿公里。以后的三个多世纪里，这诡异的景象时常出现在他的脑海中，他真怀疑这是不是后来人类命运的一个先兆。

作为联合国地球防护部队在太空中的最高指挥官，他率领的这支小小的太空军队，装备着人类有史以来当量最大的热核武器。敌人是太空中没有生命的大石块，在预警系统发现有威胁地球安全的陨石和小行星时，他的部队负责使其改变轨道或摧毁它们。这支部队在太空中巡逻了二十多年，从来没有一次使用这些核弹的机会——那些足够大的太空石块似乎都躲着地球走，故意不给他们走向辉煌的机会。

但现在，晶体在两个天文单位外被探测到，它沿一条陡峭的、绝非自然形成的轨道，精确地飞向地球。

上校和同事们谨慎地向晶体靠近，他们太空服上推进器的尾迹像条条蛛丝，把晶体缠在正中。就在上校与它的距离缩小到不足十米时，晶体的内部突然出现了迷雾般的白光，使它那规则的长梭状轮廓清晰地显示出来。它大约有三米长，再近一些，还可以看到内部像是推进系统的错综复杂的透明管道。

当上校把戴着太空手套的右手伸向晶体表面，以进行人类与外星文明的首次接触时，晶体再次变得透明，内部浮现出一个色彩亮丽的影像，那是一个卡通小女孩，眼睛像台球那么大，长发直到脚跟，同漂亮的长裙一起像在水中那样缓缓漂动着。

"警报！呀！警报！吞食者来了！"她惊慌失措地大叫着，大眼睛盯着上校，一只细而柔软的手臂指向与太阳相反的方向，像在指一条追着她的大狼狗。

"那你是从哪里来的呢？"上校问道。

"波江座 ε 星，你们好像是这么叫的，按你们的时间，我已经飞行了六万年……吞食者来了！吞食者来了！"

"你有生命吗？"

"当然没有，我只是一封信……吞食者来了！吞食者来了！"

"你怎么会讲英语？"

"路上学的……吞食者来了！吞食者来了！"

"那你这个样子是……"

"路上看到的……吞食者来了！吞食者来了！呀，你们真不怕吞食者吗？！"

"吞食者是什么？"

"样子像个大轮胎，呵，这是按你们的比喻。"

"你对我们世界的东西真熟悉。"

"路上熟悉的……吞食者来了！"

波江座女孩喊叫着，闪向晶体的一端，在她空出的空间里出现了那个"轮胎"的图像,它确实像轮胎,表面发着磷光。

"它有多大?"另一名军官问道。

"总的直径为五万公里,'轮胎'宽为一万公里,内圆直径为三万公里。"

"……你说的公里是我们的长度单位吗?"

"当然是!它大着呢,可以把一颗行星套进去,就像你们的轮胎套一颗足球一样,套住那颗行星后,它就掠夺行星的资源,把它吸干榨尽后才吐出去,就像你们吃水果吐核儿一样……"

"我们还是不明白吞食者到底是什么。"

"它是一艘世代飞船。我们不知道它从哪里来,要到哪里去。事实上,驾驶吞食者的那些大蜥蜴肯定也不知道,这个家伙已在银河系中飘行了几千万年,它的拥有者肯定早已忘记了它的本原和目的。但可以肯定,它被创造出来时远没有那么大,它靠吃行星长大,我们的行星就被它吃了!"

这时,晶体中显示的吞食者在变大,渐渐占满了整个画面,显然正在向摄像者的世界缓缓降下来。此刻在这个世界居民的眼中,大地仿佛处于一口宇宙巨井的井底,太空就是一圈缓缓转动的井壁,可以看清井壁表面的复杂结构,这让上校想到了在显微镜下看到的微处理器的电路,后来他发现那是连绵不断的城市。再向上,井壁的顶端是一圈蓝色光焰,在天空中形成一个围绕着群星的巨大火圈,波江座女孩告诉他们,那是吞食者尾部的环形推进发动机。在晶体的一端,女孩手舞足蹈,她那飘舞的长发也像许多挥动的手臂,极力表达着她的惊恐。

"这就是波江座 ε 星的第三颗行星被吞食时的情形。当时你要是身在我们的世界,第一个感觉是身体在变轻,这是由于吞食者巨大质量产生的引力抵消了行星引力所致。这引力的扰动产生了毁灭性的灾难——海洋先是涌向行星朝向吞食者的那一极,当行星被套入'轮胎'后又涌向赤道,产生的巨浪能够吞没云层;接着,异常的引力将大陆像薄纸一样撕成碎片，火山在海底和陆地密密麻麻地出现……当'轮胎'套到行星的赤道上空时，吞食者便会停止推进，以后，其相对于恒星的轨道运动始终与行星保持同步，一直把这颗行星含在口里。

"这时对行星的掠夺就开始了——无数条上万公里长的缆索从筒壁伸到行星表面，使得行星如同一只被蛛网粘住的虫子；巨大的运载舱频繁地往来于行星表面与筒壁之间，运走行星的海水和空气；更有无数大机器深深地钻进行星的地层，狂采吞食者需要的矿藏……由于吞食者的引力与行星引力的相互抵消，行星与'轮胎'之间的一圈空间是低重力区，这使得行星的资源向吞食者的运输变得很容易，大掠夺因此有很高的效率。

"按地球时间，吞食者对被自己吞入的每颗行星要'咀嚼'一个世纪左右，在这段时间里，包括水和空气在内的所有资源都被掠夺一空，同时，由于'轮胎'长时间的引力作用，行星向赤道方向渐渐变扁，最后变成……还用你们的比喻吧——铁饼状。当吞食者最后移走并'吐出'这颗已被榨干的行星时，行星的形状会恢复成圆形，这又引发了最后一场全球范围的地质灾难。这时，行星的表面呈现其几十亿年前刚刚形成时的熔岩状态，彻底变成一个没有任何生命的地狱。"

"吞食者距太阳系还有多远？"上校问道。

"它紧跟在我后面，按你们的时间，再有一个世纪就到了。警报！吞食者来了！吞食者来了！"

二、使者大牙

正当人们为波江晶体带来的信息是否可信而争论不休时，吞食者的一艘小型先遣飞船进入了太阳系，最后到达地球。

首先与之接触的仍是上校率领的太空巡逻队，但这次接触的感觉与上次完全不同。

玲珑剔透的波江晶体代表了一种纤细精致的技术文明，而吞食者的飞船则相反，外形极其粗陋笨重，如同在旷野中被遗弃了一个世纪的大锅炉，令人想起凡尔纳描述的粗放的大机器时代。吞食帝国的使者也同样粗陋笨重，他那蜥蜴状的粗壮身躯披着大块的石板般的鳞甲，直立起来将近十米高。他自我介绍的名字发音为"达雅"，按他的外形特点和后来的行为方式，人们管他叫"大牙"。

当大牙的小型飞船在联合国大厦前着陆时，发动机的射流把地面冲出了一个大坑，飞溅的石块把大厦打得千疮百孔。

由于外星使者身材太高大，无法进入会议大厅，所以各国首脑就在大厦前的广场上与他见面，他们中有几个人正用手帕捂着刚才被玻璃和碎石划破的头。

大牙每走一步，地面都颤抖一下，而他的声音像十台老式火车头同时鸣笛，让人头皮发炸，然后由挂在他胸前的一个外形粗笨的翻译器把他的话译成地球英语（也是路上学的），由一个粗犷的男音读出来，声音虽比大牙低了许多，但仍然让听者心惊肉跳。

"呵呵，白嫩的小虫虫，有趣的小虫虫。"大牙乐呵呵地说，人们捂住耳朵等他轰鸣着说完，然后稍微放开耳朵听翻译器里的声音，"我们有一个世纪的时间相处，相信我们会互相喜欢对方的。"

"尊敬的使者，您知道，我们现在最关心的，是您那伟大的母舰到太阳系的目的。"联合国秘书长仰望着大牙说道。尽管秘书长大声喊着，但他的声音听起来仍像蚊子叫。

大牙做了一个类似于人类立正的姿势，地面为之一颤，随后他说道："伟大的吞食帝国将吃掉地球，以便继续它壮丽的航程，这是不可改变的！"

"那么人类的命运呢？"

"这正是我今天要决定的事。"

各国元首们纷纷相互交换目光,秘书长点了点头,说道:"这确实需要我们之间进行充分交流。"

大牙摇摇头,说:"这是一件十分简单的事情,我只需要品尝一下——"说着,他伸出强壮的大爪,从人群中抓起一个欧洲国家的首脑,从三四米远处优雅地将这位首脑扔进嘴里,细细地嚼了起来。

不知是出于尊严还是过度的恐惧,那个牺牲品一直没有叫出声,只听到他的骨骼在大牙嘴里裂碎时清脆的咔啪声。

半分钟后,大牙噗的一声吐出了那人的衣服和鞋子,衣服虽然浸透了血,但几乎完好无损,这时不止一个旁观者联想到了人类嗑瓜子的情形。

整个地球世界一时间陷入一片死寂,这寂静似乎无限期地持续着,直到被一个人类的声音打破——

"您怎么拿起来就吃啊?"站在人群后面的上校问道。

大牙向他走去,人群散开一条道,这个庞然大物咚咚地走到上校面前,用一双篮球大小的黑眼睛盯着他说道:"不行吗?"

"您怎么这么肯定他能吃呢?一个相距如此遥远的世界上的生物能被食用,从生物化学上讲,这几乎是不可能的。"

大牙点点头,大嘴一咧做出类似于笑的表情,"我一开始就注意到你了,你一直冷眼看着我,若有所思,你在想什么?"

上校也笑了笑,"您呼吸我们的空气,通过声波说话,有两只眼睛一个鼻子一张嘴,还有四条对称的肢体……"

"这不可理解吗?"大牙把巨头凑近上校,喷出一股让人作呕的血腥气。

"是的,因为太好理解,所以不可理解,我们不应该这么相似。"

"我也有不理解之处,那就是你的冷静,你是军人?"

"我是一名保卫地球的战士。"

"哼,不过是推开一些小石头而已,那能让你成为真正的战士?"

"我准备着更大的考验。"上校庄严地昂起头。

"有趣的小虫虫。"大牙笑着点点头,直起身来,"我们还是回到正题吧:人类的命运。你们的味道不错,有一种滑爽的清淡,很像我在波江座行星上吃过的一种蓝色浆果。所以祝贺你们,你们的种族将延续下去,你们将作为一种小家禽,在吞食帝国被大量从小饲养,直到六十岁左右上市。"

"您不觉得那时我们的肉太老了吗?"上校冷笑着说。

大牙大笑起来,声音犹如火山爆发,"哈哈哈哈……吞食人喜欢有嚼头的小吃。"

三、蚂 蚁

联合国又同大牙进行了几次接触,虽然再没有人被吃掉,但关于人类命运的谈判,结果却都一样。

人们把下一次会面的地点,精心安排在非洲的一处考古挖掘现场。

大牙的飞行器准时在距挖掘现场几十米处降落,同每次一样,降落看上去就像一场大爆炸,震耳欲聋,飞沙走石。据波江座女孩介绍,那种飞行器是由一台小型核聚变发动机驱动的。对于有关吞食者的信息,她一解释,人类的科学家就立刻明白了,但关于波江座人的技术却令地球人迷惑,比如那块晶体,着陆后便在空气中融化,最后把与星际航行有关的推进部分全化掉了,只剩下薄薄的一片,能在空气中轻盈地飘行。

大牙来到挖掘现场时,有两个联合国工作人员抬来一本一米见方的大画册递给他。画册是按他的个头精心制作的,有上百页精美的彩图,内容是人类文明的各个方面,很像一本儿童启蒙教材。

在挖掘现场的大坑旁,一名考古学家绘声绘色地描述了地球文明的辉煌历程,他竭力想让外星人明白这颗蓝色行星上有多么丰富的值得珍惜的东西。说到动情处,考古学家声泪俱下,好不凄惨。

最后,他指着挖掘现场的大坑说:"尊敬的使者,您看,这是我们刚刚发现的一处城市遗址,是迄今发现的最早的人类城市,距今已有近五万年,你们真的忍心毁灭一个历经五万年的岁月一点一滴发展到今天的灿烂文明?!"

大牙在这个过程中一直在翻看那本画册,好像觉得那是一件很好玩的东西,考古学家的最后一句话让他抬起头来。他看了看大坑,"呵,考古虫虫,我对这个坑和坑里的旧城市不感兴趣,倒是很想看看从坑里挖出的土。"说完,他指了指大坑旁边的一个几米高的土堆。

听完翻译器中的话,考古学家很迷惑,"土?那堆土里什么也没有啊……"

"那是你的看法。"大牙说着走到土堆旁,蹲下高大的身躯,伸出两只大爪在土里挖起来。

人们围成一圈看着,很惊叹他那看似粗笨的大爪竟是如此灵活。

大牙拨动着松土,不时拾起什么极小的东西放到画册上。他就这样专心致志地干了十多分钟,然后他端着画册直起身来,走到人们面前,让大家看画册上的东西。

上百只蚂蚁,有的活着,有的已经死了,卷成一团,仔细辨认才能看出是什么。

"我想讲一个故事,"大牙说,"是关于一个王国的故事。这个王国的前身是一个更大的帝国,它们先祖的先祖可以追溯到地球白垩纪末期,在恐龙那高耸入云的骨架下,那些先先祖建起帝国宏伟的城市……但那些历史太久太久了,帝国最后一世女王能记起的,就是冬天的降临,在这漫长的冬天中,大地被冰川覆盖,失去已延续了上千万年的生机,生活变得万分艰难。

"在最后一次冬眠醒来时,女王只成功唤醒了帝国不到百分之一的成员,其他的都已在寒冷中彻底长眠,有的已经变成透明的空壳。女王摸摸城市的墙壁,冷得像冰块,硬得像金属,她知道这是冻土,在这严寒时代中,它在夏天都不化。女王决定离开这片先祖留下的疆域,去找一块不冻的土地建立新的王国。

"于是女王率领所有的幸存者来到地面,在高大的冰川间开始艰难跋涉。大部分成员都在漫漫路途中死于严寒,但女王与不多的幸存者终于找到了一块不冻土,这是一块被溢出的地热温暖的土地。女王当然不明白,为什么在这严寒世界中有这么一小片潮湿柔软的土地,但她对能到达这里并不感到意外:一个延续了六千万年的种族是不会灭绝的!

"面对冰川纵横的大地和昏暗的太阳,女王宣布要在这里建立一个新的伟大王国,它将延续万代!她站在一座高大的白色山峰下,就把这个新王国命名为白山王国。那座白色山峰,其实是一头猛犸象的头骨。这是第四纪冰川末期的一个正午,这时的人类虫虫还是零星地龟缩在岩洞中发抖的愚钝的动物,九万年之后,你们文明的第一点烛光,才在另一个大陆的美索不达米亚平原上出现。

"以附近冰冻的猛犸象遗体为生,白山王国度过了一万年的艰难岁月。之后,地球冰期结束,大地回春,各大陆又重新披上了生命的绿色。在这新一轮的生命大爆炸中,白山王国很快达到了鼎盛,拥有数不清的成员和广大的疆域。在其后的几万年中,王国经历了数不清的朝代,创造了说不尽的史诗。"

大牙指了指眼前的大坑,说道:"这就是那个王国最后的位置,在考古虫虫专心挖掘下面那已死去五万年的城市时,并没有想到在它上面的土层中还有一个活着的城市。它的规模绝不比纽约小,后者只是一个二维的平面城市,而它是一座宏大的立体城市,有很多层。每一层密布着迷宫般的街道,有宽阔的广场和宏伟的宫殿,整座城市的给排水系统和消防系统的设计也比纽约高明得多。这座立体城市有着复杂的社会结构和严格的行业分工，整个社会以一种机器般的精密和协调高效地运转着，不存在吸毒和犯罪问题，也没有沉沦和迷茫。但它们并非没有感情，当有成员死亡时，它们表现出长时间的悲伤，它们甚至还有墓地，墓地位于城市附近的地面上，掩埋深度为三厘米。最值得说明的是：在这座城市的底层有一座庞大的图书馆，其中有数量巨大的卵形小容器，这就是一本本书，每个容器中都装有成分极其复杂的化学味剂，这些味剂用其复杂的成分记录着信息。这里有对白山王国漫长历史的史诗般的记载：你能看到在一次森林大火中，王国的所有成员抱成无数个团，顺一条溪流漂下逃出火海的壮举；还能看到王国与白蚁帝国长达百年的战争史，还有王国的远征队第一次看到大海的记载……

"但所有的这一切，在三个小时之内被彻底毁灭。当时，在惊天动地的轰鸣声中，挖掘机那遮盖了整个天空的钢铁巨掌凌空劈下，把包含着城市的土壤一把把抓起，城市和其中的一切在巨掌中被碾得粉碎，包括城市最下层的所有孩子和将成为孩子的几万只雪白的卵。"

地球世界再一次陷入死寂之中，这次寂静比大牙吃人的那一次延续得更长，面对外星使者，人类第一次无话可说。

大牙最后说道："我们以后有很长的时间相处，有很多的事要谈，但不要再从道德的角度谈了，在宇宙中，那东西没意义。"

四、加速度

大牙走后，考古现场的人们仍沉浸在迷茫和绝望之中。还是上校首先打破寂静，他对周围的各国政要说："我知道自己是个小人物，只是因为两次首先接触外星文明而有幸亲临这些场合，我只想说两句话：一，大牙是对的；二，人类的唯一出路是战斗。"

"战斗？唉，上校，战斗……"秘书长苦笑着摇头。

"对，战斗！战斗！战斗！！"波江座女孩大喊，此时她所在的晶体片正飘飞在人们头上几米高处，在阳光下的晶体中，那长发女孩正兴奋地手舞足蹈。

有人说："你们波江座人也战斗了，结果怎么样？人类得为自己种族的生存着想，我们并没有义务满足你那变态的复仇欲望。"

"不，先生，"上校对所有人说，"波江座人是在对敌人完全陌生的情况下进行自卫战争的，加上他们本来就是一个历史上完全没有战争的社会，所以失败是不奇怪的。但在这场长达一个世纪的惨烈战争中，他们对吞食者有了细致深刻的了解，现在那些大量的资料通过这艘飞船送到了我们手中，这就是我们的优势。

"冷静地初步研究这些资料，我们发现吞食者并没有最初想象的那么可怕。首先，除了不可思议的庞大外，吞食者并没有太多超出人类已有知识之外的能力。就生命形式而言，吞食人（据说在'轮胎'上居住着上百亿个）与地球人一样是碳基生物，且两种生命在分子层次的构造上十分相似。人类与敌人处于相同的生物学基础上，使我们有可能真正深刻地理解它们的各个方面，这比我们面对一群由力场和中子星物质构成的入侵者要幸运多了。

"更让我们宽慰的是，吞食者并没有太多的'超技术'。吞食人的技术比人类要先进许多，但这主要表现在技术的规模上，而不是理论基础上。吞食者的推进系统的能量来源，主要是核聚变，它所掠夺的行星水资源，除了用于吞食人的生活外，主要是被作为聚变燃料。吞食者发动机的推进方式，也是基于动量守恒的反冲方式，并没有时空跃迁之类玄妙的玩意儿……这些信息可能使科学家们深感失落，因为吞食者毕竟是一个延续了几千万年的文明，它们的技术层次也就标志了科学力量的极限；同时也使我们知道，敌人不是不可战胜的神。"

秘书长说:"仅凭这些,就能使人类建立起必胜的信心吗?"

"当然还有许多具体的信息,使我们能够制定出一个成功率较高的战略,比如……"

"加速度!加速度!"波江座女孩在人们头顶大叫。

上校对周围迷惑的人们解释道:"从波江座人送来的资料看,吞食者航行时的加速度有一个极限,在长达两个世纪的观察中,波江座人从未发现它突破过这个极限。为证实这一点,我们根据波江座飞船送来的其他资料,如吞食者的结构和构成它的材料的强度等,建立了一个数学模型,模型的演算证实了波江人对吞食者加速度极限的观察,这个极限是由它的结构强度所决定的,一旦超出,这个庞然大物就会被撕裂。"

"这又怎么样?"一位大国元首问道。

"我们应该冷静下来,用自己的脑子好好想想。"上校微笑着说。

五、月球避难所

人类与外星使者的谈判终于有了一点点进展,大牙对人类关于月球避难所的要求做出了让步。

"人是恋家的动物。"在一次谈判中,秘书长眼泪汪汪地说。

"吞食人也是,虽然我们没有家。"大牙同情地点了点头。

"那么,能否让我们留下一些人,等伟大的吞食帝国吃完后吐出地球,待地球的地质变化稳定下来,再回来重建我们的文明?"

大牙摇摇头,说道:"吞食帝国吃东西是吃得很干净的,那时的地球,将比现在的火星还荒凉,凭你们虫虫的技术能力,不可能重建文明。"

"总得试试吧,这样我们的灵魂也会安定,特别是在吞食帝国上被饲养的那些小家禽,如果记得在遥远的太阳系还有一个家,会多长些肉的,虽然这个家不一定真的存在。"

大牙点了点头,"可是当地球被吞下时,这些人去哪儿呢?除了地球,我们还要吃掉金星;木星和海王星太大了,我们吃不下,但要吃它们的卫星,吞食帝国需要上面的碳氢化合物和水;连贫瘠的火星和水星我们也想嚼一嚼,我们想要上面的二氧化碳和金属,这些星球的表面将是一片火海。"

"我们可以去月球避难。据我们所知,吞食帝国在吃地球之前,要把月球推开的。"

大牙又点了点头,"是的,由吞食帝国和地球组成的联合星体引力很大,有可能使月球坠落在大环表面,这种撞击足以毁灭吞食帝国。"

"那就对了,让我们住上去一些人吧,这对你们也没有多大损失。"

"你们打算留多少人?"

"从维持一个文明的最低限度着想,十万人吧。"

"可以,但你们得干活儿。"

"干活儿?!什么活儿?"

"把月球从地球轨道推开,这对我们来说也是一件很麻烦的事。"

"可是……"秘书长绝望地抓着头发,"您这等于拒绝人类这点小小的可怜要求,您知道我们没有这种技术力量的!"

"呵,虫虫,那我不管,再说,不是还有一个世纪吗?"

六、播种核弹

在泛着白光的月球平原上,一群穿着太空服的人站在一个高高的钻塔旁边,吞食帝国高大的使者站在更远一些的地方,仿佛是另一个钻塔。他们注视着一个钢铁圆柱体从钻塔顶端缓缓吊下,沉入钻塔下的深井中。

吊索飞快地向井中放下去，三十八万公里外的整个地球世界，都在注视着这一幕。

当放置物到达井底的信号传来时，包括大牙在内的所有观察者都鼓起掌来，庆祝这一历史性时刻的到来。

推进月球的最后一颗核弹已经就位，这时，距波江座晶体和吞食帝国使者到达地球，已有一个世纪。

这是一个绝望的世纪，人类在进行着痛苦的奋斗。

上半个世纪，全世界竭尽全力建造月球推进发动机，但这种超级机器始终没能建成，那几台试验用的样机只是给月球表面增加了几座废铁高山，还有几处在试运行时被核聚变的高温熔化，化成了一片钢水的湖泊。

人类曾向吞食帝国使者请求技术支援，推进月球需要的发动机还不及吞食者上那无数超级发动机的十分之一大，但大牙不答应，还讥讽道："别以为知道了核聚变就能造出行星发动机，造出爆竹离造出火箭还差得远呢。其实你们完全没有必要费这么大劲儿，在银河系，一个文明成为更强大文明的家禽是很正常的事，你们会发现被饲养是一种多么美妙的生活，衣食无忧，快乐终生，有些文明还求之不得呢……你们对此感到不舒服，其实完全是陈腐的人类中心论在作怪。"

于是人类把希望寄托在波江座晶体上，但这希望同样落空了。

波江座文明是沿着一条与地球和吞食者完全不同的技术路线发展的，他们的所有技术力量都来自本星的生物体，比如这块晶体，就是波江座行星海洋中的一种浮游生物的共生体。对这个世界中生命的这些奇特能力，波江座人只是组合和利用，也不知其深层的秘密，故此一旦离开本星，波江座人的技术就寸步难行了。

浪费了宝贵的五十多年后，绝望的人类突然想出了一个极其疯狂的月球推进方案，这个方案首先由上校提出，当时他是月球推进计划的主要领导人之一，其军衔现在已升为元帅。这个方案尽管疯狂，在技术上却要求不高，人类现有的技术完全可以胜任，以至于人们很惊讶大家为什么没有及早想到它。

新的推进方案很简单，就是在月球的一面大量埋设核弹，这些核弹的埋设深度一般为三千米左右，其埋设的密度以不被周围核弹的爆炸所摧毁为准，这样，将在月球的推进面埋设五百万枚核弹。与这些热核炸弹的当量相比，人类在冷战时期所制造的威力最大的核弹都只能算常规武器。因此，当这些埋在月球地下的超级核弹爆炸时，与以前地下核试验中被窒息在深洞中的核爆炸完全不同，巨大的爆炸会将上面的地层完全掀起炸飞，在月球的低重力下，被炸飞的地层岩石会达到逃逸速度，脱离月球冲进太空，进而对月球本身产生巨大的推进力。如果每一时刻都有一定数量的核弹爆炸，这种脉冲式的推进力就会变得连续不断，等于给月球装上了强劲的发动机。若使不同位置的核弹爆炸，就可以操纵月球的飞行方向。进一步的设计，则计划在月面下埋设两层核弹，另一层在第一层之下，约六千米深度，这样当上层核弹耗尽，月球推进面被剥去三千米厚的一层时，第二层核弹接着被不断引爆，使"发动机"的运行时间延长一倍。

当晶体中的波江座女孩听到这个计划时，认为人类真的疯了，她大叫着："现在我知道，如果你们有吞食者那样的技术力量，会比他们还野蛮！"

但这个计划使大牙赞叹不已："呵呵，虫虫们竟能有这样美妙的想法，我喜欢，喜欢它的粗野，粗野是最美的！"

"荒唐，粗野怎么会美？！"波江座女孩反驳说。

"粗野当然美，宇宙就是最粗野的！漆黑寒冷的深渊中燃烧着狂躁的恒星，不粗野吗？！宇宙是雄性的，明白吗？！像你们那种女人气的文明，那种弱不禁风的精致和纤细，只是宇宙小角落中一种微不足道的病态而已。"

一百年过去了，大牙仍然生机勃勃，晶体中的波江座女孩仍然鲜艳动人,但元帅感到了岁月的力量,一百三十五岁,他是老年人了。

这时,吞食者已越过冥王星轨道。它从由波江座 ε 星开始的六万年漫长的航程中苏醒了。太空中那个巨大的轮胎变得灯火辉煌,庞大的社会运转起来,准备好了对太阳系展开掠夺。

庞大的吞食者掠过外围行星,沿着陡峭的轨道向地球扑来。

七、人类的第一次和最后一次星战

月球脱离地球的加速开始了。

推进面的核弹开始爆炸时,月球正处于地球白昼的一面,每次爆炸的闪光,都把月球在蓝天上短暂地映现一下,这使得天空中仿佛出现了一只不断眨巴的银色眼睛。

入夜,月球一侧的闪光传过近四十万公里后仍能在地面上映出人影,这时还能在月球的后面看到一条淡淡的银色尾迹,它是由被炸入太空的月面岩石构成的。从安装在推进面的摄像机中可以看到,月面被核爆掀起的地层如滔天洪水般涌向太空,向前很快变细,在远方成为一条极细的蛛丝,弯向地球的另一面,描绘出月球加速运动的轨道。

但人们的注意力,都集中在天空中出现的那个恐怖的大环上!

吞食者此时已驶近地球,它的引力产生的巨大潮汐,已经摧毁了所有的沿海城市。吞食者尾部的发动机闪着一圈蓝色的光芒,它正在进行最后的轨道调整,以使其绕太阳运行的轨道与地球保持同步,同时使自己与地球的自转轴线对准在同一直线上,对准以后它将缓缓向地球移动,将地球套入大环中。

月球的加速运动持续了两个月,这期间在它的推进面平均两三秒钟就爆炸一枚核弹,到目前为止已经引爆了二百五十多万枚。

加速后的月球环绕地球第二圈的轨道形状已变得很扁。当月球运行到这椭圆轨道的顶端时,应元帅的邀请,大牙同他一起来到了月球面向前进方向一面。他们站在环形山环绕的平原上,感受着从月球另一面传来的震动,仿佛这颗地球卫星的中心有一颗强劲的心脏。在漆黑的太空背景下,吞食者的巨环光彩夺目,占据了半个天空。

　　"太棒了,元帅虫虫,真的太棒了!"大牙对元帅由衷地赞叹着,"不过你们要抓紧,现在只剩下一圈的加速时间了,吞食帝国可没有等待别人的习惯。我还有个疑问:你们十年前就已建成的地下城还空着,那些移民什么时候来?你们的月地飞船能在一个月时间里从地球迁移十万人?"

　　"不会迁移任何人了,我们将是月球上最后的人类。"

　　听到这话,大牙吃惊地转过身去,看到了元帅所说的"我们":这是地球太空部队的五千名将士,在环形山平原上站成严整的方阵,方阵前面,一名士兵展开一面蓝色的旗帜。

　　"看,这是我们行星的旗帜,地球对吞食帝国宣战了!"

　　大牙呆呆地站着,迷惑多于惊讶。

　　紧接着,他四脚朝天摔倒了,这是由于月面突然增加的重力所致。大牙一动不动地趴在地上,他那庞大身体激起的月尘在周围缓缓降落,但很快月尘又扬起来,这是从月球另一面传来的剧烈震波造成的,这震动使平原蒙上了一层白色的尘被。大牙知道,在月球的另一面,核弹的爆炸密度突然增加了几倍,从重力的急增他也能推测出月球的加速度增加了几倍。

　　大牙翻了个滚,从太空服胸前的口袋里掏出硕大的随身电脑,调出了月球目前的轨道数据。他看到,如果这剧增的加速度持续下去,轨道将不再闭合,月球将脱离地球引力冲向太空!只见一条闪着红光的虚线标示出预测的运动方向。

　　月球径直撞向吞食者!

大牙缓缓地站了起来，任手中的电脑掉下去。他抬头看去，在突然增加的重力和波浪般的尘雾中，地球军团的方阵仍如磐石般稳立着。

"持续了一个世纪的阴谋……"大牙喃喃地说。

元帅点了点头，"你明白得晚了。"

大牙长叹着说道："我应该想到地球人与波江座人是完全不同的两个物种，波江座世界是一个以共生为进化基础的生态圈，没有自然选择和生存竞争，更不知战争为何物，我们却用这种习惯思维来套地球人……而你们，从树上下来后就厮杀不断，怎么可能轻易被征服呢?!我真是……不可饶恕的失职啊！"

元帅说："波江座人为我们提供了大量重要的信息，其中关于吞食者的加速度极限值就是人类这个作战方案的基础：如果引爆月球上的转向核弹，月球的轨道机动加速度将是吞食者速度极限值的三倍，这就是说它比吞食者灵活三倍，你们不可能躲开这次撞击的。"

大牙说："其实我们也不是完全没有戒备，当地球开始生产大量核弹时，我们时刻监视着这些核弹的去向，确保它们被放置在月球地层中，可没有想到……"

元帅在面罩后面微微一笑，"我们不会傻到用核弹直接攻击吞食者，地球人那些简陋的导弹在半途中就会被身经百战的吞食帝国全部拦截。但你们无法拦截巨大的月球，也许凭借吞食者的力量，最终能击碎它或使其转向，但现在距离已经很近，时间来不及了。"

"狡诈的虫虫，阴险的虫虫，恶毒的虫虫……吞食帝国是心肠实在的文明，把什么都说在明处，可是最终被狡诈阴险的地球虫虫骗了！"大牙咬牙切齿地说，狂怒中想用大爪子抓元帅，但在士兵们指向他的自动步枪前停住了，他没有忘记自己也是血肉之躯，一梭子子弹足以让他丧命。

元帅对大牙说："我们要走了，劝你也离开月球吧，不然会死在吞食帝国的核弹之下的。"

元帅说得很对，大牙和人类太空部队刚刚飞离月球，吞食者的截击导弹就击中了月面。这时月球的两面都闪烁着强光，朝向前进方向的一面也有大量的岩石被炸飞到太空中，与推进面不同的是，这些岩石是朝着各个方向漫无目标地飞散开，从地球上看去，撞向吞食者的月球如一个披着怒发的斗士，任何力量都无法阻挡它。在能看到月球的地球大陆上，人山人海爆发出狂热的欢呼！

吞食者的拦截行动只持续了不长的时间就停止了，因为他们发现这毫无意义，在月球走完短暂的距离之前，既不可能使它转向，也不可能击碎它。

月球上的推进核弹也停止了爆炸，速度已经足够，地球保卫者要留下足够的核弹进行最后的轨道机动。

一切都沉静下来，在冷寂的太空中，吞食者和地球的卫星静静地相向飘行着，它们之间的距离在急剧缩短。

当两者的距离缩短至五十万公里时，从地球统帅部所在的指挥舰上看去，月球已与"轮胎"重叠，像是轴承圈上的一粒钢珠。

直到这时，吞食者的航向也没有任何变化，这是容易理解的——过早的轨道机动会使月球也做出相应的反应，真正有意义的躲避动作要在月球最后撞击前进行。这就像两名用长矛决斗的中世纪骑士，他们骑马越过长长的距离逼近对方，但真正决定胜负是在即将相互接触的一小段距离内。

银河系的两大文明都屏住了呼吸，等待着那最后的时刻。

当距离缩短至三十五万公里时，双方的机动航行开始了。吞食者的发动机首先喷出了上万公里的蓝色烈焰，开始躲避。月球上的核弹则以空前的密度和频率疯狂地引爆，进行着相应的攻击方向修正，它那弯曲的尾迹清楚地描绘出航线的变化。吞食者喷出的上万公里长的蓝色光河的头部辉耀着月球核弹银色的闪光，构成了太阳系有史以来最壮观的景象。

双方的机动航行进行了三个小时，它们的距离已缩短至五万公里，计算机显示的结果令指挥舰上的人们不敢相信自己的眼睛：吞食者的变轨加速度四倍于波江座晶体提供的极限值！

以前深信不疑的吞食者的加速度极限，一直是地球人取胜的基础，现在，月球上剩余的核弹已没有能力对攻击方向做出足够的调整，计算表明，即使尽全力变轨，半小时后，月球也将以四百公里的距离与吞食者擦肩而过。

在一阵炫目的剧烈闪光后，月球耗尽了最后的核弹。几乎与此同时，吞食者的发动机也关闭了。在死一般的寂静中，惯性定律完成了这篇宏伟史诗的最后章节：月球紧擦着吞食者的边缘飞过，由于其速度很高，吞食者的引力没能将其捕获，但扭弯了它的飘行轨迹，月球掠过吞食者后，无声地向远离太阳的方向飞去。

指挥舰上，统帅部的人们在死一般的沉默中度过了几分钟。

"波江座人骗了我们。"一位将军低声说。

"也许，那块晶体只是吞食帝国的一个圈套！"一位参谋喊道。

统帅部瞬间陷入一片混乱，每个人都声嘶力竭地叫喊着，以掩盖或发泄自己的绝望，几名文职人员或哭泣或抓着自己的头发，精神已到了崩溃的边缘。

只有元帅仍静静地站在大显示屏前。他慢慢转过身来，用一句话稳住了局面，"我提请各位注意一个现象：吞食者的发动机为什么要关闭？"

这话引起了所有人的思考，是的，在月球耗尽核弹后，敌人的发动机没有理由关闭，因为他们不可能知道月球上是否还剩有核弹，同时考虑到吞食者的引力捕获月球的危险，也应该继续进行躲避加速，继续拉开与月球攻击线的距离，而不可能仅仅满足于这四百公里的微小间距。

"给我吞食者外表面的近距离图像。"元帅说道。

大屏幕上立刻出现了一幅全息画面，这是一个飞掠吞食者的地球小型高速侦察器在其表面五百公里上空传回的。只见吞食者灯光灿烂的大陆历历在目，人们敬畏地看着那线条粗放的钢铁山脉和峡谷缓缓移过。

一条黑色的长缝引起了元帅的注意，在过去的一个世纪中，他已记熟了吞食者外表面的每一个细节，现在他绝对肯定这条长缝以前是不存在的。

很快，别人也注意到了这一点。

"这是什么？一条……裂缝？"有人问道。

"是的，裂缝，一条长达五千公里的裂缝。"元帅点点头说，"波江座人没有骗我们，晶体带来的资料是真实的，那个加速度极限确实存在，但当月球逼近时，绝望的吞食者不顾一切地用超限四倍的加速度来躲避，这裂缝就是超限加速的后果——它被撕裂了！"

接下来，人们又发现了另外几条裂缝。

"看啊，那又是什么？！"又有人惊叫。

这时，吞食者的自转正使它表面的另一部分进入了视野，金属大陆的边缘上出现了一个刺目的光球，如同它那辽阔地平线上的日出一般。

"自转发动机！"一名军官说。

"是的，是吞食者赤道上很少启动的自转发动机，它此时正在以最大功率刹住自转！"

"元帅，这证实了您的看法！"

"尽快用各种观测手段取得详细资料，进行模拟！"元帅说，其实在他下令之前，一切已在进行中了。

经一个世纪建立起来的精确描述吞食者物理结构的数学模型，在从前方取得必需的数据后高速运转，模拟结果很快出来了：需近四十个小时的时间，自转发动机才能把吞食者的自转速度减至毁灭值之下，而如果高于这个转速，离心力将使已被撕裂的吞食者在十八个小时内完全解体！

人们欢呼起来。

大屏幕上接着映出了吞食者解体时的全息模拟图像：解体的过程很

慢，如同梦幻，在漆黑太空的背景上，这个巨大的世界如同一团浮在咖啡上的奶沫一样散开来，边缘的碎块渐渐隐没于黑暗之中，仿佛被太空溶解了，只有不时出现的爆炸的闪光，才使它们重新现形。

元帅并没有同人们一起观赏这令人心旷神怡的画面，他远离人群，站在另一块大屏幕前，注视着现实中的吞食者，脸上没有一点儿胜利的喜悦。

冷静下来的人们注意到了元帅，也纷纷站到这个屏幕下。他们发现，吞食者尾部的蓝色光环又出现了，它再次启动了推进发动机。在环体已经被严重损伤的情况下，这似乎是一个不可理解的错误，这时任何微小的加速都可能导致大环解体。而吞食者的运行方向更让人迷惑：它正在缓缓回到躲避月球攻击前所在的位置，谨慎地建立与地球同步的太阳轨道，并使自己和地球的自转轴对准在一条直线上。

"怎么？这时它还想吃地球？"有人吃惊地说，他的话引起了稀疏的笑声，但笑声戛然而止，人们看到了元帅的表情：他已不再看屏幕，双眼紧闭，苍白的脸上毫无表情。一个世纪以来，作为抗击吞食者的精神支柱之一，太空将士们已经熟悉了他的音容，他们从来没有见到他像现在这样。

人们冷静下来，再看屏幕，终于明白了一个严峻的现实——吞食者还有一条活路。

吞食地球的航行开始了，已与地球运行同步、自转同轴的吞食者向着这颗行星的南极移动。如果它慢了，会在自转的离心力下解体；如果太快，推进的加速度可能使其提前解体。吞食者正走在一条生死存亡的钢丝绳上，它必须绝对正确地把握住时间和速度的平衡。

在地球的南极被套入大环前的一段时间，太空中的人们看到，南极大陆的海岸线形状在急剧变化，这片大陆像一块热煎锅上的牛油一样缩小着面积，地球的海水在吞食者引力的拉动下涌向南极，地球顶端那块雪白的大陆正在被滔天巨浪所吞没！

这时，吞食者大环上的裂缝越来越多，且都在延长扩宽，最初出现的那几条裂缝已不再是黑色的，里面透出了暗红色的火光，像几千公里长的地狱之门。有几条蛛丝般的白色细线从大环表面升起，接下来这样的细线越来越多，出现在大环的每一部分，仿佛吞食者长出了稀疏的头发。这是从大环上发射的飞船的尾迹，吞食人开始从他们将要毁灭的世界里逃命了。

但当地球被大环吞入一半时，情况发生了逆转：地球的引力像无数根无形的辐条，拉住了正在解体的大环，吞食者表面不再有新的裂缝出现，已有的裂缝也停止了扩展。十四个小时过去后，地球被完全套入大环，它那引力的辐条变得更加强劲有力，吞食者表面的裂缝开始缩小。又过了五个小时，这些裂缝完全合拢了。

在指挥舰上，统帅部的大屏幕都黑了，甚至连灯都灭了，只有太阳从舷窗中投进惨白的光芒。为了产生人工重力，飞船中部仍在缓缓旋转，使得太阳从不同位置的舷窗中升升降降，光影流转，仿佛在追述着人类那已永远成为过去的日日夜夜。

"谢谢各位在过去一个世纪中尽职尽责的工作，谢谢。"元帅说，并向统帅部的全体人员敬礼。在将士们的注视下，他平静地整理了一下自己的军装，其他的人也这样做了。

人类失败了，但地球保卫者们已经尽到了自己的责任，对于尽责的战士来说，这一时刻仍是辉煌的，他们接受了平静的良心授予自己的无形勋章，他们有权享受这一时光。

尾声 归宿

"真的有水啊！"一名年轻上尉惊喜地叫出来，面前确实是一片广阔的水面，在昏黄的天空下泛着粼粼波光。

元帅摘下太空服的手套，捧起一点儿水，推开面罩尝了尝，又赶紧将面罩合上，说道："嗯，还不是太咸。"

看到上尉也想打开面罩，元帅制止说："会得减压病的，大气成分倒没问题，硫黄之类的有毒成分已经很淡了，但气压太低，相当于战前的一万米高空。"

又一名将军在脚下的沙子中挖着什么，"也许会有些草种子的。"他抬头对元帅笑笑说。

元帅摇摇头，说："这里战前是海底。"

"我们可以到离这里不远的十一号新陆去看看，那里说不定会有。"那名上尉说。

"有也早烤焦了。"有人叹息道。

大家举目四望，地平线处有连绵的山脉，它们是最近一次造山运动的产物，青色的山体由赤裸的岩石构成，从山顶流下的岩浆河发着暗红的光，使山脉像一个巨人淌血的躯体，但大地上的岩浆河已经消失了。

这是战后二百三十年的地球。

战争结束后，统帅部幸存的一百多人在指挥舰上进入冬眠器，等待着地球被吞食者吐出后重返家园。指挥舰则成为一颗卫星，在一个宽大的轨道上围绕着由吞食者和地球组成的联合星体运行。

在以后的岁月里，吞食帝国并没有打扰他们。

战后第一百二十五年，指挥舰上的传感系统发现吞食者正在吐出地球，就唤醒了一部分冬眠者。当这些人醒来后，吞食者已飞离地球，向金星方向航行。而这时的地球，已变成一颗人们完全陌生的行星，像一块刚从炉子里取出的火炭，海洋早已消失，大地覆盖着蛛网般的岩浆河流。

他们只好继续冬眠，重新设定传感器，等待着地球冷却，这一等，又是一个世纪。

冬眠者们再次醒来时，发现地球已冷却成一颗荒凉的黄色行星，剧烈的地质运动已经平息下来，虽然生命早已消失，但有稀薄的大气，甚至还发现了残存的海洋，于是他们就在一个大小如战前内陆湖泊的残海边着陆了。

一阵巨大的轰鸣声，就是在这稀薄的空气中也显得震耳欲聋。那艘熟悉的外形粗笨的吞食帝国飞船在人类的飞船不远处着陆了。

高大的舱门打开后，大牙拄着一根电线杆长度的拐杖颤巍巍地走了下来。

"啊，您还活着?! 有五百岁了吧？"元帅同大牙打招呼。

"我哪能活那么久啊，战后三十年我也冬眠了，就是为了能再见你们一面。"

"吞食者现在在哪儿？"

大牙指向天空的一个方向，说道："晚上才能看见，只是一个暗淡的小星星，它已航出木星轨道。"

"它在离开太阳系吗？"

大牙点了点头，"我今天就要起程去追它了。"

"我们都老了。"

"老了……"大牙黯然地点了点头，哆嗦着把拐杖换了手，"这个世界，现在……"他指指天空和大地。

"有少量的水和大气留了下来，这算是吞食帝国的仁慈吗？"

大牙摇摇头，说："与仁慈无关，这是你们的功绩。"

地球战士们不解地看着大牙。

"哦，在那场战争中，吞食帝国遭受了前所未有的创伤，在那次大环撕裂中死了上亿人，生态系统也被严重损坏，战后用了五十个地球年的时间才初步修复。这以后才有能力开始咀嚼地球。但你知道，我们在太阳系的时间有限，如果不能及时离开，有一片星际尘埃会飘到我们前面的航线上，如果绕道，我们到达下一个恒星系的时间就会晚一万七千年，那颗恒星将会发生变化，烧毁我们要吞食的那几颗行星，所以对太阳这几颗行星的咀嚼就很匆忙，吃得不太干净。"

"这让我们感到许多的安慰和荣耀。"元帅看看周围的人们，说道。

"你们当之无愧，那真是一场伟大的星际战争，在吞食帝国漫长的征战史中，你们是最出色的战士之一！直到现在，帝国的行吟诗人还在到处传唱着地球战士史诗般的战绩。"

"我们更想让人类记住这场战争，对了，现在人类怎样了？"

"战后大约有二十亿人类移居到吞食帝国，占人类总数的一半。"大牙说着，打开了他那宽大的手提电脑屏幕，上面映出人类在吞食帝国上生活的画面：蓝天下一片美丽的草原，一群快乐的人在歌唱舞蹈，一时难以分辨出这些人的性别，因为他们的皮肤都是那么细腻白嫩，都身着轻纱般的长服，头上装饰着美丽的花环。远处有一座漂亮的城堡，其形状显然来自地球童话，色彩之鲜艳如同用奶油和巧克力建造的。镜头拉近，元帅细看这些漂亮人儿的表情，确信他们真的是处于快乐之中，这是一种真正无忧无虑的快乐，如水晶般单纯，战前的人类只在童年能够短暂地享受。

"必须保证它们的绝对快乐，这是饲养中起码的技术要求，否则肉质得不到保证。地球人是高档食品，只有吞食帝国的上层社会成员才有钱享用，这种美味像我都是吃不起的。哦，元帅，我们找到了您的曾孙，录下了他对您说的话，想看吗？"

元帅吃惊地看了大牙一眼，点了点头。只见屏幕上出现了一个皮肤细嫩的漂亮男孩，从面容上看他可能只有十岁，但身材却有成年人那么高，他那双女人般的小手拿着一个花环，显然是刚刚被从舞会上叫过来的。

男孩眨着一双水灵灵的大眼睛说："听说曾祖父您还活着？我只求您一件事，千万不要来见我啊！我会恶心死的！想到战前人类的生活，我们都会恶心死的，那是狼的生活，蟑螂的生活！你和你的那些地球战士居然还想维持这种生活,差一点儿真的阻止人类进入这个美丽的天堂了!变态!您知道您让我多么羞耻吗?您知道您让我多么恶心吗?呸!不要来找我!呸!快死吧你!"说完,他又蹦跳着加入草原上的舞会中去了。

大牙首先打破了尴尬的沉默,"他将活过六十岁,能活多久就活多久,不会被宰杀。"

"如果是因为我的缘故,那么十分感谢。"元帅凄凉地笑了一下,说道。

"不是,在得知自己的身世后,他很沮丧,也充满了对您的仇恨,这类情绪会使他的肉质不合格的。"

大牙感慨地看着面前这最后一批真正的人类,他们身上的太空服已破旧不堪,脸上都深刻着岁月的沧桑,在昏黄的阳光中,如同地球大地上一群锈迹斑斑的铁像。

大牙合上电脑,充满歉意地说:"本来不想让大家看这些的,但你们都是真正的战士,能够勇敢地面对现实,要承认……"他犹豫了一下才说,"人类文明已经完了。"

"是你们毁灭了地球文明,"元帅凝视着远方说,"你们犯下了滔天罪行!"

"我们终于又开始谈道德了。"大牙咧嘴一笑,说道。

"在入侵我们的家园并极其野蛮地吞食一切后,我不认为你们还有这个资格。"元帅冷冷地说,其他人不再关注他们的谈话,吞食者文明冷酷残暴的程度已超出人类的理解力,人们现在真的没有兴趣再同其进行道德方面的交流了。

"不,我们有资格,我现在还真想同人类谈谈道德……'您怎么拿起来就吃啊!'"

大牙最后这句话让所有人浑身一震,这话不是从翻译器中传出,而是大牙亲口说的,虽然嗓门震耳,但他对元帅三个世纪前的声调模仿得惟妙惟肖。

大牙通过翻译器接着说:"元帅,您在三百年前的那次感觉是对的,星际间的不同文明,其相似要比差异更令人震惊,我们确实不应该这么像。"

人们都把目光聚焦在大牙身上,他们都预感,一个惊天的大秘密将被揭开。

大牙动动拐杖使自己站直,看着远方,说道:"朋友们,我们都是太阳的孩子,地球是我们共同的家园,但我们比你们更有权利拥有她!因为在你们之前的一亿四千万年,我们的先祖就在这个美丽的行星上生活,并创造了灿烂的文明。"

地球战士们呆呆地看着大牙,身边的残海跳跃着昏黄的阳光,远方的新山脉流淌着血红的岩浆,越过六千万年的沧桑时光,曾经覆盖地球的两大物种在这劫后的母亲星球上凄凉地相会了。

"恐——龙——"有人低声惊叫。

大牙点点头,说:"恐龙文明崛起于一亿地球年之前,就是你们地质纪年的中生代白垩纪中期,在白垩纪晚期达到鼎盛。我们是一个体形巨大的物种,对生态资源的消耗量极大,随着恐龙人口的急剧增加,地球生态圈已难以维持恐龙社会的生存,接着我们又吃光了刚刚拥有初级生态的火星。地球上恐龙文明的历史长达两千万年,但恐龙社会真正的急剧膨胀也就是几千年的事,其在生态上造成的影响,从地质纪年的长度看很像一场突然爆发的大灾难,这就是你们所猜测的白垩纪灾难。

"终于有那么一天,所有的恐龙都登上了十艘巨大的世代飞船,航向茫茫星海。这十艘飞船最后合为一体,每到达一个有行星的恒星系就扩建一次,经过足足六千万年,就成为现在的吞食帝国。"

"你们为什么要吃掉自己的家园呢?恐龙没有一点儿怀旧感吗?"有人问。

大牙陷入了回忆,"说来话长,星际空间确实茫茫无际,但与你们的想象不同,真正适合我们高等碳基生物生存的空间,并不多。从我们所在的位置向银河系的中心方向，走不出两千光年就会遇到大片的星际尘埃，在其中既无法航行也无法生存，再向前则会遇到强辐射和大群游荡的黑洞……如果向相反的方向走呢，我们已在旋臂的末端，不远处就是无边无际的荒凉虚空。在适合生存的这片空间中，消耗量巨大的吞食帝国已吃光了所有的行星。现在，我们的唯一活路是航行到银河系的另一旋臂去，我们也不知道那里有什么，但在这片空间待下去肯定是死路一条。这次航行要持续一千五百万年，途中一片荒凉，我们必须在起程前贮备好所有的消耗品。这时的吞食帝国，就像一个正在干涸的小水洼中的一条鱼，它必须在水洼完全干掉之前猛跳一下，虽然多半是落到旱地上在烈日下死去，但也有可能落到相邻的另一个水洼中活下去……至于怀旧感，在经历了几千万年的太空跋涉和数不清的星际战争后，恐龙种族早已是铁石心肠了，为了前面千万年的航程，吞食帝国要尽可能多吃一些东西……文明是什么？文明就是吞食，不停地吃啊吃，不停地扩张和膨胀，其他的一切都是次要的。"

元帅深思着说："难道生存竞争是宇宙间生命和文明进化的唯一法则吗？难道不能建立起一个自给自足的、内省的、多种生命共生的文明吗？像波江座文明那样。"

大牙长出一口气，"我不是哲学家，也许可能吧，关键是谁先走出第一步？自己生存是以征服和消灭别人为基础的，这是这个宇宙中生命和文明生存的钢铁法则，谁要首先不遵从它而自省起来，就必死无疑啊。"

大牙转身走上飞船，再出来时端着一个扁平的方盒子，那个盒子有三四米见方，起码要四个人才能抬起来。

大牙把盒子平放到地上，掀起顶盖，人们看到盒子里装满了土，土上长着一片青草，在这已无生命的世界中，这绿色令所有人心动。

"这是一块战前地球的土地，战后我使这片土地上的所有植物和昆虫都进入冬眠，现在过了两个多世纪，又使它们同我一起苏醒。我本想把这块土地带走做个纪念的，唉，现在想想还是算了吧，还是把它放回它该在的地方吧,我们从母亲星球拿走的够多了。"

看着这一小片生机盎然的地球土地,人们的眼睛湿润了,他们现在知道,恐龙并非铁石心肠,在那比钢铁和岩石更冷酷的鳞甲后面,也有一颗渴望回家的心。

大牙一挥爪子,似乎想把自己从某种情绪中解脱出来:"好了,朋友们,我们一起走吧,到吞食帝国去。"

看到人们诧异的表情,他举起一只爪子,"你们到那里当然不是作为家畜饲养,你们是伟大的战士,都将成为帝国的普通公民,你们还会得到一份工作:建立一个人类文明博物馆。"

地球战士们都把目光集中到元帅身上,他想了想,缓缓点了点头。

地球战士们一个接一个地上了大牙的飞船,他们踏着为恐龙准备的梯子一节一节像做引体向上一般爬上去。

元帅是最后一个上飞船的人,他双手抓住飞船舷梯最下面的一节踏板的边缘,在把自己的身体拉离地面的时候,他最后看了一眼脚下地球的土地。

此后他就停在那里看着地面,很长时间一动不动,他看到了——
蚂蚁。

这蚂蚁是从那块盒子中的土里爬出来的。元帅放开抓着踏板的双手,蹲下身,让它爬到手上,举起那只手,细细地看着它,它那黑宝石般的小身躯在阳光下闪闪发亮。

元帅走到盒子旁,把这只蚂蚁放回到那片小小的草丛中,这时他又在草丛间的土面上发现了其他几只蚂蚁。

他站起身来,对刚来到身边的大牙说:"我们走后,这些草和蚂蚁是地球上仅有的生命了。"

大牙默默无语。

元帅说:"地球上的文明生物有越来越小的趋势,恐龙、人,然后可能是蚂蚁。"他又蹲下来深情地看着那些在草丛间穿行的小生命,"该轮到它们了。"这时，地球战士们又纷纷从飞船上下来，返回到那块有生命的地球土地前，围成一圈，深情地看着它。

大牙摇摇头，"草能活下去，这海边也许会下雨的，但蚂蚁不行。"

"因为空气稀薄吗？看样子它们好像没受什么影响。"

"不，空气没问题，与人不同，在这样的空气中它们能存活，关键是没有食物。"

"不能吃青草吗？"

"那就谁也活不下去了：在稀薄的空气中青草长得很慢，蚂蚁会吃光青草，然后会饿死，这倒很像吞食文明可能的最后结局。"

"您能从飞船上给它们留下些吃的吗？"

大牙又摇了摇头，"我的飞船里除了生命冬眠系统和饮用水之外，什么都没有，我们在追上帝国前需要冬眠，你们的飞船里面还有食物吗？"

元帅也摇了摇头，"只剩几支维持生命的注射营养液，没用的。"

大牙指指飞船，说："我们还是抓紧时间吧，帝国加速很快，晚了我们会追不上它的。"

沉默。

"元帅，我们留下来。"一名年轻中尉说道。

元帅坚定地点了点头。

"留下来？干什么？！"大牙轮流看看他们，惊讶地问，"你们飞船上的冬眠装置已接近报废，又没有食物，留下来等死吗？"

"留下来走出第一步。"元帅平静地说。

"什么？"

"您刚才提过的新文明的第一步。"

"你们……要作为蚂蚁的食物？！"

地球战士们都点了点头。

大牙无言地注视了他们很长久，然后转身拄着拐杖慢慢走向飞船。

"再见，朋友。"元帅在大牙身后高声说。

老恐龙长长地叹息了一声："在我和我的子孙前面，是无尽的暗夜，不休的征战，还有茫茫宇宙，哪里是家哟……"人们看到他的脚下湿了一片，不知道是不是一滴眼泪。恐龙的飞船在轰鸣中起飞，很快消失在西方的天空，在那个方向，太阳正在落下。

最后的地球战士们围着那块有生命的土地，默默地坐了一会儿，然后，从元帅开始，大家纷纷掀起面罩，在沙地上躺了下来。

时间在流逝，太阳落下，晚霞使劫后的大地映在一片美丽的红光中，然后，有稀疏的星星在天空中出现。元帅发现，一直昏黄的天空这时居然现出了深蓝色。在稀薄的空气夺去他的知觉前，令他欣慰的是，他的太阳穴上有轻微的瘙痒感，蚂蚁正在爬上他的额头，这感觉让他回到了遥远的童年，在海边两棵棕榈树上拴着的一个小吊床上，他仰望着灿烂的星海，妈妈的手抚过他的额头……

夜晚降临了，残海平静如镜，毫不走样地映着横天而过的银河。这是这个行星有史以来最宁静的一个夜晚。

在这宁静中，地球重生了。

《吞食者》，首次发表于《科幻世界》2002年第11期。一首残酷而悲壮的星际战争史诗，一曲文明兴衰存亡的凄凉挽歌。面对异常强大的外星文明，人类拼死抵抗，最后依然战不能胜……《吞食者》壮烈残酷的故事中，有着太多的颠覆与反思，文明之间的交流与碰撞到底会如何，正义、道德、同情的基础是什么，人类与蚂蚁是否真有不同……这个高等文明入侵地球，人类奋起反击、血战自救的故事，被很多科幻迷视为《三体》的前传，可以说它预示着《三体》的出现。

本篇获奖情况：
2002年 获得第十四届中国科幻银河奖读者提名奖

买只猫吧

谢尔盖·卢基扬年科

"买只猫吧。"有人这么劝他。

"为什么买猫?"马克西姆问,"买狗不行吗?"

他向来相信过来人的建议,他自己也总爱给来接班的人提建议。有时候,一句简短的建议抵得上一个月的培训,也抵得上读说明书。

"买狗你会舍不得。狗认人,猫认地方。反正你也不会把动物带回地球。我想了很久才想明白,该给你什么建议。买只猫吧。"

马克西姆好奇地打量着这个独自工作了半年的人。他不清楚,这个人身上到底哪点表现得更明显——是对文明的厌恶,还是对冒险无法抑制的渴望。不过自打第一眼瞧见他,马克西姆就觉得这个人并不多愁善感。

"我以前一个人待过。"马克西姆补充道,"我在月球上待过三个月,还在冥王星搭建过空间站……"

"冥王星,不远,"这位前辈皱了下眉,"就在跟前。买只猫吧。"

钟摆星际飞行器(有时也被称作共振星际飞行器)并不需要驾驶员,反正飞行器上也没有发动机。飞行器只需启动一次——此后,构成星际飞行器的所有物质就会沿着其未来的飞行轨迹呈非线性排列。按理论来说,星际飞行器会同时存在于出发点、抵达点以及这两点之间的矢量上,至于何时在哪里出现,则取决于概率。

钟摆星际飞行器每年在出发点出现一次。每当这时,混凝土地面上方的空气会开始颤抖、模糊，就像被烤着。桁架、圆柱形的居住舱和服务舱的轮廓纷纷显现。这飞行器看起来不太像科幻电影里的飞船，倒更像一座空间站。

当星际飞行器终于有了实体，并重重地落在减震器上时，一阵警笛声在航天发射场响起。舷梯放下，几名乘客匆匆忙忙走出飞行器。技术员们忙着把铠装电缆和管道接上服务舱，装满食物的集装箱、氧气罐、信件、包裹以及给地球唯一殖民地提供的大量货物被推上货运坡道。作为交换，飞行器上还会卸下一些来自外星世界的稀有礼物——木头箱子，有时箱子里装的东西比外星木板还便宜；或是一集装箱一集装箱的蔬菜瓜果，它们最终会出现在百万富豪的餐桌上；还有成捆的各色皮草、鲜艳羽毛、少量稀有金属和宝石。

乘客们下飞行器后，会被装上公共汽车，随后被运往港口大楼。很快，这些乘客的位置又会被新乘客再次填满。接着，机组人员开始换班，成员包括空乘、技术员、一名医生、一名舰上在编心理学家以及一位大众娱乐师[1]。大约在换班的同一时间，吸污车赶到，抽出各种废弃物并清洗垃圾箱；人们取下管道——水在高压之下流出，十五分钟就能把水箱填满。然后，电缆被逐个拔掉。

星际飞行器在出发点会停留三十七分半钟。一般来说，给机组人员半小时就够了。在出发前五分钟，飞行器会关闭舱门，技术员则纷纷退回到安全距离以内。空气中弥漫着各种味道，交汇成一首交响曲——重型柴油车的臭油味、匆忙中溢出的污水味、刺鼻的臭氧味，还有一股奇异的、世上绝无仅有的怪味——星际飞行器自己的味道，飞行器在半小时内从虚无进入现实空间时散发的味道。也许，这样的味道自创世第一天起，当空间和时间出现时，就存在于宇宙中。

---

1. 俄语中，大众娱乐师（массовик-затейник）指那些专门从事组织大型娱乐活动、表演活动的人。

买只猫吧

五分钟之后，星际飞行器开始变得透明，逐渐消失。

飞行将近六个月之后，星际飞行器会出现在巴纳德星[1]，在这里同样也停留三十七分半钟。一切将再次重演。钟摆星际飞行器在任何时候都不会等任何人，它的飞行路线不由时间表决定，飞行器只遵循物理法则。

在密闭空间里度过六个月——这样的旅程并不轻松。为数不多的舷窗里只能显示出灰色混沌的非现实感。只有在上卫生间的时候，人才能独处，可惜厕所里也不能待太久。如此这般，人们才会在机组人员里加上心理学家和大众娱乐师——好稳定这些未来的殖民者的情绪，避免他们咬断彼此的喉咙。为了防止这样的悲剧发生，飞行器配有相当宽敞的禁闭室，机组人员也配有麻痹手枪。

不过，乘客们在旅途中还是有乐子可以期待的——"平衡点"。在太阳和巴纳德星之间，于星际的虚空之中飘浮着一颗小行星——银河系的建筑垃圾。这没什么特别之处，如它这般由石头和冰凝聚而成的硬块在太阳系非常多见。不过，钟摆星际飞行器飞过"平衡点"时，会被任何引力异常的地方吸引，然后出现在这颗小行星身旁。十分短暂，只有三分半钟，就像钟摆向下摆动时被冻住片刻那般。每六个月当中都有这三分半钟……

科学家们曾迫切想要奔向这颗小行星。在他们看来，这个星际虚空中的石块就好似命运的独特馈赠，就像巴纳德星殖民地的免费赠品。起初人们在这颗小行星上建空间站，往后年复一年地试图寻找研究这颗小行星的意义。

然而所谓的意义并不存在。同样的，谷神星和灶神星距离地球都只有两天文单位左右，正如这颗小行星与巴纳德星的关系。人们把这颗小行星叫作"平衡点"，把上面空间站的设备调到了自动运行模式。

在"平衡点"上每次只有一个人值勤，这已经是第四个年头了。这

---

[1] 距离地球约六光年的一颗恒星。

个人按照官方叫法是科学家，实际上就是技术员，要做的无非就是把满的磁盘换成空的，尽可能修理故障而已。如果刨根问底的话，空间站上的这个家伙还算是个演员，可以为那些长途旅行的乘客解解闷，生动地向他们展示什么叫作"一个人能有多惨"。在飞行器踏入下一段旅程之前的三分钟里，乘客们就能深刻体会到这个人孤独时的恐惧。

人们常说，旅程的后半段总是更轻松，彼此间的态度也变得更客气。

马克西姆在花鸟市场上买了一只猫。不知为何，他总觉得自己带只纯种猫去小行星上不太好，不管是娇贵的波斯猫，机灵的暹罗猫，还是傲慢的俄罗斯蓝猫，都不太好。这些纯种猫在地球上就能过得蛮好。

马克西姆给自己买了一只最普通的杂种小猫，小家伙全身黑油油的，只有胸口有一块白色的小斑点。卖猫的是一个十二岁左右、严肃的女孩子。"花一卢布，就能得到一只猫。"女孩眼疾嘴快地对马克西姆这么说道。马克西姆的注意力被一个可怜兮兮、喵喵叫的黑色小肉球吸引，他问道："这是公猫吗？"

"那当然！"女孩立马把猫肚子露出来，"您看到没？这猫的蛋蛋毛茸茸的，多健康。"

马克西姆有点窘迫，付了一卢布，再没问任何问题。他把小猫揣在怀里，这小家伙耐心地等了一路，直到进了家门才在走廊的地板上尿了一泡。

马克西姆的妈妈对小猫的到来表现冷淡。她对什么事都冷淡，就像一位养着三十好几的懒蛋儿子的合格犹太母亲一样。妈妈给小猫倒了牛奶，去了女邻居那儿一趟，拿回来一片驱虫药。邻居是一位爱猫人士。

"光是你个儿给太空带去的线虫还不够吗？"她边说，边把驱虫药塞进顽固的小猫嘴里，"还宇航员呢……"

妈妈对马克西姆的决定反应淡定，就好像马克西姆只是去其他城市出差似的。大概，这位妈妈的斯多葛主义[1]在她还是孩子的时候就形成了，那时候她好不容易才被带回俄罗斯。要是你也在七岁时为了躲过战火，完全出于偶然而变成了一个"约瑞德[2]"，那你也不会害怕宇宙。

"我不是宇航员，"马克西姆说，"我是天体物理学家，只不过我在月球上工作过，还有冥王星……"

"你是个白痴，"妈妈淡淡地说道，"只有白痴才会在被女人抛弃时做傻事。正常人会投入工作，搞些大发明，要么就是去挣大钱。"

"我也是去工作啊。"马克西姆试着怼回去，"他们给我开工资，而且还特别……"

"你准备在那儿干什么？"妈妈问道，"擦铁疙瘩？养猫？"

"养猫也挺合适。"

"买老鼠吧，"妈妈建议道，"做个封闭的生态系统。"

妈妈以前是生物学家。马克西姆一般都会听妈妈的建议，不过老鼠什么的他还是不打算买了。

路上三个月，猫长大了，从一只惹人怜爱、笨手笨脚的小猫球变成了一只举止优雅，但性格恶劣的猫小伙儿。小家伙被女殖民者们给宠坏了，还完美地适应了只有地球引力十分之一的"赝引力"。马克西姆很高兴，因为小行星上的引力还不到地球上的二十分之一。他和三个年轻的德国移民共享一个舱室，平时基本不出舱。有时候他会和大家打牌，但是大部分时间都在读书。他的阅读器是那种不怎么贵的俄式型号"读物"，装满了各种文本——从些许乏味的经典读物到现代流行小说，应有尽有。这些作品是马克西姆从网站上非法下载的，他满心欢喜地期待着，当自己读烦了萧伯纳、伍德豪斯和切斯特顿时，还可以往阅读器里

---

[1]. 又称斯多葛学派，是古希腊哲学学派之一。斯多葛主义者主张用理性指导人生，"过有德行且内心安宁的生活"，认为不顺意甚至不幸随时会发生，如果事与愿违，也不会感到强烈的沮丧。
[2]. 希伯来语音译，一种蔑称，有"堕落者"之意。犹太人从世界各地大规模移民到以色列，建设自己的国家，而以色列社会将那些离开以色列，到其他地方定居的犹太人称为"约瑞德"。

加点什么现代"创作者"的作品。对于这些人的书,马克西姆既没打算买,也没钱买,更没有地方搁。

不过当他从《万能管家吉夫斯》[1]读到《布朗神父探案集》[2],又回过头读萧伯纳的戏剧时,对自己相当满意。谁说在铁罐子里待三个月很难熬?大概,说这话的人不怎么会读书吧。

他的德国室友们也读书,读《农学指导》,有时也读《圣经》,大多数殖民者和他们一样。巴纳德星的第二颗行星有潮湿的丛林,那里并没有多吓人,或者有很多危险,只不过生活起来没有那么舒适,也不需要什么爱读书的人。那里需要的是体面、道德、健壮的年轻人(信仰基督教、浅色皮肤的人很受欢迎),这些人也不会产生太多伦理问题。爱动脑子的人都在第二梯队——自古以来都是如此。

马克西姆一边读着书,一边懒洋洋地逗猫玩——小家伙还是能认出谁是主人,似乎是预料到,未来还得和这个人类一起生活。不过,这只猫基本上见到乘客或是机组人员都会蹭一蹭。大家给它起了二十多个名字——从"小毛球"到"黑洞",什么样的名字都有,只有马克西姆坚持叫它"猫",除此之外不叫别的名字。机组人员一开始还对猫没好感,不过很快就全心全意地爱着它了。根据心理学家的说法,小猫显著改善了飞行器上乘客的心理状态——三百名乘客里,只有两三人反对这个"毛茸茸的生物"到处溜达。有人甚至暗示马克西姆,如果他把猫留在飞行器上就好了。对此,马克西姆也只是微笑回应。

在登陆"平衡点"的前一天,马克西姆把这只拼命抵抗的猫装进猫包里,放在自己眼皮子底下看着。从某些机组人员和乘客失望的眼神里,马克西姆明白了自己的防备一点儿也不多余。德国室友也纷纷赞赏马克西姆的小心翼翼。马克西姆甚至觉得,自己这么做让德国人对俄罗斯人

---

[1] 英国作家佩勒姆·G.伍德豪斯(1881—1975)创作的幽默小说。
[2] 英国作家吉尔伯特·基思·切斯特顿(1874—1936)的代表作。

的性格有了极大的改观。

在飞行器进入现实空间之前的十分钟,马克西姆站在气闸舱里,穿着宇航服,带着用来装东西的巨大密封箱,还有个小一些的箱子,里面有一只对自己命运和主人都无比恼怒的名为"猫"的猫。

漆黑暗沉的石头平原,平坦却又似有隆起,在脚下令人难以察觉地起伏着。

黑色的天空上点缀着无数星星,就像动画片和孩子梦里的星星那般璀璨出彩。

还有空间站。

空间站看起来像一个温室——一个建在混凝土石板上,带格栅结构的半圆柱体。透过厚厚的玻璃,可以看到明亮的日光灯照耀着,借着这光,人们能够看清楚这座舒适小屋——一座真正的木制小房子,铺着红色的瓦片。可以在维护得很好的欧洲乡村瞧见这样的小房子,或者偶尔可以在莫斯科近郊的一些别墅区里见到。马克西姆注意到,在小房子旁边还有一口井。实际上,这是进入地下空间站的通道。还有一个不大的水池——既是泳池,也是用来养鱼的鱼池,还是主要的水资源供应地。绿色肆意疯长,以至于普普通通的西红柿、黄瓜看起来都很像是热带雨林里的奇异物体。显然,在这里,低重力对植物而言是有益的。

马克西姆甚至在舷梯上停下脚步,惊讶地打量着这个如童话般熠熠生辉的小世界。这个地方如此舒适,宛若无尽虚空中一座充满光明与温暖的小岛,此情此景,应该能让任何一位前往巴纳德星的乘客发出烦闷的哀号——这算哪门子"乘客心理疏导"!但当马克西姆的前辈扶着绳索迎面跑过,甚至都没顾得上瞧他一眼时,马克西姆的心里一切就都明白了。不消几小时,前辈在孤独的半年里发生的各种故事,就会让那些需要继续前往巴纳德星的旅行者,坦然接受剩下的流放时光。

马克西姆走到闸门处,转过身,挥了挥手。现在飞行器暂时还停留在现实里，不过有两个技术员已经把装有食物的集装箱卸下，把它钩到钢制系缆柱上，然后这会儿正急着回飞行器上。客用闸门关闭了，接着货用闸门也关闭了。信号灯像告别似的一一闪过，影子在为数不多的舷窗上闪动。

接着，飞行器渐渐消失了。

"我们到家了，猫。"马克西姆说道。尽管没有人会费心给猫包安上无线电接收器，马克西姆还是对猫说道："我们到家了。"

在某一个瞬间，马克西姆害怕了，万一闸门没开，或者在应急入口发生什么意外怎么办？又或者，万一他被独自留在寒冷的深渊里，无法进入那个温馨的小世界怎么办？

然而，闸门还是打开了，舱门也密封好了，压缩机不紧不慢地给小房间充上了空气——马克西姆身上的宇航服软塌塌地瘪了下去。

他到家了，来到这个位于太阳和巴纳德星之间的玩具世界里，这个小世界创造于那个罗曼蒂克的时代，那时的人们还期盼着来自宇宙的奇迹。

第一个月，马克西姆尽情享受着生活。

十五米乘四十米——相当大了，六公亩[1]！这个数字有某种象征意义，一些源自俄罗斯历史的东西[2]。具体是什么，马克西姆一时间想不起来，不过他已经认定了，这"六公亩"是经科学证实过且足以让一个人感到幸福的面积。

他也确实幸福。

马克西姆把上一个值班人员留下的烂摊子收拾干净了。这个人似乎是个认真的人，英国人，不过他简直把这里住成了猪窝！

---

1. 1公亩=100平方米。
2. 苏联时期典型的乡间别墅占地面积为六公亩。

马克西姆还做了饭——圆顶下的蔬菜和部分水果是他自己带来的，剩余的食材则来自仓库。飞行器运来的集装箱甚至暂时都用不着打开。

一天的时间就在捣鼓各种设备的忙乱之中溜走了。大部分设备都是自动的，放在圆顶外围。还有一些设备拒绝工作——马克西姆打算过段时间穿宇航服去外面，看看要怎么处理传感器。不过，现在光是这个圆顶就够他忙了。每当马克西姆忙完一天的检修工作，就会开始读书。

晚上是最好的时候，当马克西姆示意关灯时，一盏盏灯开始缓缓熄灭。他走进花园，在小桌子旁坐下来。小桌子周围的西红柿藤蔓丛被稍微修剪过。马克西姆等待着黑暗来临。

真正的黑暗。

只有闪耀着各种颜色的星星在四周慢慢地游动着。小行星转动着，宇宙小姐一会儿转到这一侧，一会儿又转到那一侧，向马克西姆全方位展现着自己的美丽。

没有任何流星划过。万籁俱寂——只有星星在起舞。

马克西姆朝星星微笑，一杯自酿酒一饮而尽。酿酒的设备就在屋里，大概是空间站第一位值勤人员制作的，做得很用心，设备材质是玻璃和钛，仓库里还堆有大把备用零件。

这只名叫"猫"的猫一般在黑夜降临后出来溜达，白天一整天它都在花园里闲逛，抓抓老鼠。直到现在，马克西姆才猜到为什么前辈建议他买猫。显然，就是这位前辈把第一批动物带上了空间站。

马克西姆大方地让猫在自己的膝盖上休息，还让猫嗅了嗅酒杯——猫不满地皱了皱眉，但还是一次次地去嗅杯子。这变成了一种仪式，就像马克西姆老是从自己的零食里分一节香肠给猫一样。

"看见太阳了没？"马克西姆问，此时又一轮的转动将一颗明亮的黄色星星带向天顶。

猫默认它看见了。

"这道光，"马克西姆说道，"从太阳出发，已经走了快三年了，你能想象吗？整整三年啊。更准确地说，是一千零八十四天……三年前我们在做什么呢？猫？"

猫开始舔毛，暗示自己三年前还做不了什么事。

"我们去了克里米亚。"马克西姆一边说着，一边在备忘录上确认，"太傻了，我们为什么要去克里米亚，哪怕去土耳其呢？唉……那一天我们……哪儿也没逛。我是说，只是去沙滩上躺了躺，在房间里云雨了一番，喝了点甜酒。"

猫伸了伸懒腰，犯起困来。

"你好，小可爱，"马克西姆说道，不知是对着太阳说，还是对着一个叫奥莉加的女孩说，"那时你还相信我们会在一起，对吗？一辈子在一起……"

猫有些不满地喵了一声——马克西姆扬起酒杯的时候太用劲了，结果酒泼到了猫身上。

"安静，别笑！"马克西姆严厉地制止了猫，"你倒好，阳春三月结束了，你也不闹了，分手了。然后我们就忘了彼此……"

猫惭愧地不作声了。

"得了，我不生气。"马克西姆原谅了它，"反正我过得蛮好的。这里一个人都没有。没人！三光年内找不到一颗跳动的心，除非天使飞过来……"

天空转得越来越快。马克西姆通常会打个瞌睡，临到天亮才爬到床上，清晨用冷水洗把脸，一下子又精神抖擞起来。不，这简直和过节一样！这儿有酿酒器、忧郁地凝视星空并测量辐射水平的迟钝仪器、圆顶玻璃外的冰冷真空——管它是不是冰冷的——而且还有工资拿！

马克西姆不怎么怕喝醉。是啊，当然了，要是领导知道马克西姆这一天天都是怎么过的，估计要被吓得够呛。或许不仅吓得够呛，还会无比震惊，因为一直以来马克西姆都被认为是个可靠又克制的人。不过，马克西姆这半年一度的大狂欢是完全站得住脚的——要是没做完空间站的所有工作，他不会让自己喝醉，他会仔细思索哪些食物可以酿酒，并检查调试酿酒器。马克西姆还在地球上时就对此地的酿酒器有所耳闻。

"你知道我想要什么吗？猫？"马克西姆问道，猫用好奇的眼神回答道："你说啊，别卖关子了。"

"我想抓住那道波浪，很久很久以前离我而去的波浪，我的爱情。"

"喵呜。"猫疑惑地叫道。

"这就像童话里一样，"马克西姆摸着猫那身黑色的毛说道，"冰雪女王的童话故事，故事里有一个叫凯伊的小男孩，冰晶镜子的碎片落到了小男孩的眼里和心里。爱情——世上最可恨的镜子！碎片到现在都扎在我们心里。眼睛里的碎片倒是掉出来了。就像一道光，反射，又回到空中。猫，我也许还会再次看见它？那道光，它还会再次击中我的眼睛！"

"为什么？"猫饶有兴趣地问道。

"当人心里有爱时，"马克西姆毫不意外地解释道，"只会痛苦。除了痛苦，再没别的了。而当人眼里也有爱的时候……"

猫悄悄笑了，答道："愚蠢的马克西姆，你居然相信只要你眼里重新出现这道光，她就会回来？"

"你敢说你的主人蠢！"马克西姆厉声说道，"你自己就是个没脑子的动物……你都不会说话，这只是我的幻觉、妄想！"

"谁又晓得呢？"猫狡猾地应声道，接着拱起背，"好吧，我聪明的主人！我们猫很早以前就知道这个秘密了——眼里的光消失了，就不会再回来。你可以变得很强壮，很聪明，你甚至能学会飞得比光快，你可以骗到世界上所有人，包括你那聪明的妈妈，毕竟当妈的都能把儿子看得透透的！但是，你抓不住那道光。"

"我们走着瞧。"马克西姆答道，不想继续和这个蠢家伙争吵。

猫又笑了起来，理了理胡须，说道："人类啊……唉，愚蠢的人类。"猫嘟囔着，"如果你允许这邪恶的镜子碎片落到你的心里和眼里，那你就受着吧。既然眼睛里的碎片能掉出来，心里的碎片迟早也会钻出来的！"

很快你就轻松啦,接着又会去找新罪受。我们猫啊,很早就知道这个秘密了——千万别让自己爱上谁。三月过完,还有四月;四月过完,还有五月……有那么多不一样的月份,有那么多不一样的猫咪,有那么多数不尽的快活!但是,爱情是不存在的!"

"不对。"马克西姆小声嘟囔,他快睡着了,"这话我听过好多次了……我记得,谁这么讲过……但爱情还是有的。"

"没有。"猫固执地重复了一遍,"在你还没相信爱情之前——爱情就不存在!"

第二天早上马克西姆找了好久才找到猫。它在豆荚丛里捉老鼠呢。有时只看到一小条黑色的身影在绿茎中一闪而过,还有一对警惕的眼睛闪烁着。最后,马克西姆用一碟牛奶才引它出来。猫满意地喝完牛奶,却不打算开口说话,肚皮朝天躺了下来,允许人挠挠它的肚子。

"你只是个小动物,"马克西姆对着它说,"而我是个酒鬼,我得了酒精性妄想症,一种精神病。这周围空荡荡的,对吧?空虚和孤独……"

为了向自己,向猫,向那无尽的漆黑天空证明自己一切正常,马克西姆穿上宇航服走出了圆顶。细细的绳索在背后牵着他,慢慢地从他腰间的线圈一环环地展开。马克西姆围着所有故障设备跳着走了一圈,甚至还修好了其中一台——只是电缆松了而已。马克西姆还把两个传感器带回了圆顶进行彻底的检查,不过他没有立刻动手检查,而是打算读会儿书。为了阅读书目的多样化,他打算读点当代作品。马克西姆打开阅读器,调出流行长篇小说《波格达米尔少校——善良推销员》[1],好奇地打量着第一页的"告读者"。很多人都不喜欢这种每本书都附有自己的审核规定的新方式。马克西姆却认为这种方式很有趣。说到底,"遵纪守法"的色情网站也会警告误入的访客小心网站内容。

---

1. 俄罗斯当代科幻作家列昂尼德·卡加诺夫(1972—)所著的科幻小说。

《波格达米尔少校——善良推销员》分别得到了总统办公厅、俄罗斯东正教教会、穆斯林精神管理局、俄罗斯首席拉比的出版批准。其他能够左右读者的机构对这本书也没什么反对意见。卫生部可能会按照传统不让这本书过审，不过要是书里的主人公抽烟、喝酒、生活放荡，那任何一本书都过不了他们的审核。卫生部甚至都不建议读者阅读《小飞人卡尔松》[1]，原因是书里的创伤外科专家不喜欢主人公在屋顶散步，而营养学家看不惯主人公爱吃甜食。

因此，这本书给马克西姆带来的阅读体验很平静，不会有任何人受到冒犯，也不会有任何坏事发生。他沉浸在阅读里。

不得不说，作者把情节铺设得跌宕起伏。读到第五页时，马克西姆就已经对这本书真正感兴趣起来。他读到波格达米尔开始和太阳安全委员会的一个什么技术员针对电子书问题争吵，两人争论在盗版网站下载电子书是否合适。技术员提出一个有趣的想法：要是清楚了解处理器架构（所有阅读器都是同一类型的），就可以在图书文本中设置一个陷阱——字母、数字和标点符号的组合，这个组合就是摧毁处理器的指令。所有人都知道，任何电子设备都可以被程序摧毁。这样一来，电子书会自行检查每次下载行为是否合法，并在必要的时候惩罚偷书贼……

马克西姆笑了起来，点了"下一页"。

结果，书页没有翻，屏幕倒熄灭了。

过了几分钟，马克西姆把阅读器的电池抖落掉，又重新启动，这才确信作者可没在开玩笑。阅读器烧坏了！

"太混蛋了！"马克西姆只能挤出这一句，"我上哪儿搞新的啊？"

阅读器里的浏览记录也被抹去了。虽然空间站的电脑上能找到不少可以读的东西——有俄语的，也有英语的，但是习惯用轻便的阅读器阅读以后，就不想在笔记本电脑上读书了。

---

1. 瑞典童话大师阿斯特丽德·林格伦所著的儿童读物。主人公卡尔松会飞，最爱吃果酱。

马克西姆发起愁来,给自己倒了一杯自酿酒,命令电脑提前两个小时开启夜间模式,接着,他走进了花园。

当马克西姆喝完第二杯的时候,猫出现了。

"你有话说?"马克西姆温和地问猫。

"是的。"猫一屁股坐到桌子上,回答道。它的眼睛在微弱的星光下闪闪发亮。

"我现在一点儿也不痛苦。"马克西姆想了一会儿,又说道,"好吧,我还在痛苦,不过我本来就想这样。没错,我找不回我的旧爱了。不过我会疗好伤,回到地球,迎接我那命中注定的爱人,再次去爱。"

"别傻了。"猫说道,"只有人类才会想出爱这种蠢事。"

它拱起身子,舔了舔肚皮,悄悄地补充道:"爱……哈哈哈……你知道为什么我们猫一般不和你们说话吗?"

"为什么?"马克西姆感兴趣了。

"你们确实需要爱,"猫哼了一声,"需要所有这些奶声奶气的称呼——小猫猫、小猫咪、小猫团。你们就是想要我们像狗一样舔你们的手!让我们用自己的身体去温暖你们……"

"是谁跑到我床上睡觉的?"马克西姆问道。

"那是我在给自己暖身子!"猫生气了,"我们猫知道爱是什么——一个可怕的陷阱。爱谁不重要,不管是可爱的小猫猫还是人类!反正爱情充满了奴役和痛苦,而我们是自由的、幸福的!"

"但爱情也是一种幸福,"马克西姆说道,"即使爱情会死去!人就像凤凰一样,在爱情的火焰里燃烧并重生。每一段爱情都是完整的人生,可以过一辈子!"

"从灰烬开始,以大火告终的一辈子有什么价值?"猫问道,朝他露出肚皮,"挠挠我肚子。"

马克西姆一边望着那些盘旋的星星,一边挠了挠猫毛茸茸的肚子。

"你看吧,"猫报复似的说道,"你爱我,所以你是我的奴隶。"

"才不是,"马克西姆回应它,"我爱你,所以我才是自由的。下来!"

猫缓缓地飞向地面,同时懒洋洋地一翻身,爪子就轻柔地落到地上。猫赞许地叫道:"这就对啦!你很上道,马克西姆!"

马克西姆喝了一口酒,欣赏着星星的舞蹈。

起初他还等着飞行器返航,数着日子。一边笑,一边琢磨着自己到时候该怎么逗那些乘客——在飞行器旁疯狂地大喊大叫、手舞足蹈,大声哭诉自己多么无聊,多么孤独。

后来他想起,返程的路上不会有那么多乘客——只有一些政府大使、出差的人,以及断然拒绝到其他星球生活的超级胆小的殖民者。还有——接他班的人,某个来自殖民地的科学家。

之后,马克西姆干脆把返航的飞行器抛在了脑后。

四个月过后,他厌倦了一切。马克西姆关掉了酿酒器,甚至一度想把酿酒器拆成零件放回到仓库里,不过出于对下一任值班员的同情,他没这么做。小行星上空盘旋的那些星星也变得如此无趣,就好像电脑屏幕上的书一样。

猫向老鼠们发起了一场恶斗,却败下阵来——寡不敌众。猫长胖了,变得十分懒惰,而且完全无法交流。只有当马克西姆喝得半死不活的时候,它才开口说话。它还是固执己见——爱就是针对愚者的陷阱。

马克西姆生气了,不再和猫说话。后来,他也不再喝酒了,整星期都在读书,交替着读陀思妥耶夫斯基、尼采、海因里希·伯尔[1]、埃里希·玛利亚·雷马克[2],读罢,就从电脑里删去所有俄语文本,然后睡了整整一天。

"人不能一个人待着。"马克西姆对着镜子里的自己说道,决定把胡

---

1. 德国作家,诺贝尔文学奖获得者。
2. 德国作家,代表作《西线无战事》。

子刮了。他上一次刮胡子还是两周以前呢,现在已经长出了大络腮胡子,"人是群居动物。"

镜子里的马克西姆没有争辩。

刮完胡子,又洗了个冷水澡,然后马克西姆尝试努力投入工作。他看了一眼测试仪最近一个月的记录——那些或多或少不太正常的记录都会被电脑自动筛出来。

马克西姆没什么重大发现。星星一如既往地闪耀着,脉冲星还是发射着脉冲信号,类星体依旧散发着辐射,人们在两颗星之间的石块上徘徊,不知道自己在做什么。

马克西姆来到气闸舱,检查了下宇航服,扣好绳索,走出了圆顶。他回头看了一眼——透过厚厚的玻璃板,一张蛮横的猫脸正看着他。

"再见了,小猫。"马克西姆说道,一边解开连着绳索的线轴。耳机里响起嘟嘟的警报声,他把警报关掉了。

黏性鞋底在岩石上站得很稳。马克西姆径直走去——路过着陆平台,一个月后这里会出现飞行器;又路过堆放在地上的X射线传感器黑色方块。奇怪的是,要知道,钟摆星际飞行器此刻实际上就在这里……即使概率无限小。那些德国人正严肃守纪地读着农学相关的书籍,娱乐师和心理学家卖力地干着活,一段段短暂的旅途浪漫爱情和激烈争吵正在发生,机组人员监督着生命保障系统运作,因为飞行器上也没有别的东西可以监督了。星际旅行并不浪漫。能够破坏宇宙基础和物理法则的强大星际飞行器压根儿不存在,即使它们的发动机在轰鸣。可以瞬时从一颗星移动到另一颗星的零距离运输也不存在。有的只是憋闷、拥挤、汗味和脏衣服味。当一艘艘星际帆船攀爬上新的星星海岸之时,乘客和机组人员正无聊到发疯……

马克西姆特意转过身,走过平台中央,飞行器将在这里具象化。马克西姆挥舞着手,气喘吁吁。

他又走远了些,直到圆顶的光在近地平线上消失。

在那里，他没有做任何剧烈的运动，而是慢慢地躺到岩石上，仰望天空。

世间万物显得空虚而不真实。

既没有爱，也没有冒险，更没有奇迹。

马克西姆等了等，直到太阳这颗耀眼的星星升到他头顶上空，才开口说道："你好。"

太阳没有回应他。就算是酒精性妄想症患者，也有自己的规矩，不会不着边际地瞎想——星星不会说话。

就在这道现在触及他眼睛的光线下，他和奥莉加争吵过。那是他们第一次争吵，也是最后一次。爱情并不存在，猫是对的。有的只是专为愚者准备的陷阱。

真的有必要奔向"平衡点"吗？肯定会有一些正常的天体物理学家没日没夜地在设备前工作，既不喝自酿酒，也不和动物说话吧。可是，这种人不会去当宇航员。现如今也没有科学了。取代科学家的，是小丑。

"我没必要回到你那儿。"马克西姆看着逐渐消失在地平线上的太阳说道。

太阳第三次升到天顶。每一次它都变得越来越像一颗普通的星星。

宇航服发出警告声——氧气存量只剩下一半了。很快，警报声就会嘟个没完。无所谓了。宇航服也不能替他走路，那种宇航服只存在于拙劣的科幻小说里，和宇航服一起出场的还有强大的星际飞行器、狡猾的外星人和真爱。

不知为何，马克西姆并不觉得害怕。

接着，广播被打开了。

马克西姆甚至被这阵广播的沙沙声吓了个激灵。在那个地方，在空间站里，有人按下了控制台上的按钮。马克西姆猜，应该是某只毛茸茸的小黑爪子按的按钮——这个脑袋不灵光的小动物总想爬到温暖的仪表上睡觉。

"好吧,小磨人精,对我说点什么吧。"马克西姆请求道。耳机里发出沙沙声。勤勉的设备把小猫轻柔的脚步声放大了。接着,猫躺了下来,喉咙里发出咕噜声。

"说话啊!"马克西姆喊了一声,"为什么你不说话?"

猫咕噜咕噜地哼哼着,安静又舒服。它肯定听见了马克西姆的声音。不过,它从来都不会说话,因为它只是一只猫而已,一只喜欢睡在主人膝盖上、喝牛奶、抓老鼠的猫罢了。

"随便说点什么吧,"马克西姆说道,"只要你开口,我就回来。现在还来得及,大概……你说啊!傻瓜,你自己不会好过的!"

猫还是咕噜咕噜地哼着。它躺在温暖的仪表台上,听着主人的声音——不满的声音。主人生气了,因为它躺在仪表台上——猫用自己的小猫智慧这么理解着。不过,主人在某个很远的地方,所以不需要藏起来……

"你还是不懂……"马克西姆低声说道,小星星——太阳,再次升到他的头顶,"爱情就像空气,当它还在的时候,你不会留意到它。如果我没能回去的话……我就不回去了。"

"够了。"猫恼火地回应道,"爱情和要挟是不相容的!"

"当然能相容,"马克西姆回应道,"说服我啊!"

"回来吧。"猫请求道,"什么样的爱都不存在,但是……还有两个月,这周围只有老鼠!这太可怕了!我也没法儿给自己倒牛奶!"

"回答错误。"马克西姆说,"爱不只是利己主义。"

"求你啦。"猫紧张地说道,"你还有机会跑回来。我……我特别想你回来。不,我一点儿也不爱你,但是我喜欢和你一起睡在被窝里。"

马克西姆笑了起来,"你说的话和一个女人说过的一样,猫。"他说道,"不过答案还是不对。爱不只是愉悦。"

"这里只有石头和星星,"猫说,"老鼠不算数。这里很孤独……就算对猫来说也是如此。回来吧！"

"你基本上对了，但不全对。"马克西姆回答，"爱也不只是恐惧。然后呢？"

警报响起——剩余氧气刚刚够回去的量。

"我不知道说什么了。"猫坦白道，"我不知道什么是爱，我不过是只猫。你怎么不去和老鼠争论？或者和大麻草，就是长在圆顶角落的草丛去辩论哲学？我是猫，猫啊，你懂吗？一个不会说话的动物！你给自己臆想出一个聊天对象，你喝自酿酒，你还要把自己憋死，弄得多英勇似的。你妈还在地球上等你呢！还有十亿个女人——除了那个觉得爱是给傻瓜的陷阱、是利己主义、是性、是害怕孤单的傻姑娘！那个傻姑娘就是太年轻了，所以无法爱上别人！你试过再去找她吗，马克西姆？还是你觉得所有人在任何时候都应该跑去找你啊？我要走了，我只是你的幻想，但她还等着你迈出第一步呢。就算过了一年，两年，三年，也还是要去！"

马克西姆望着再次升起的太阳。遥远的光线刺痛了他的瞳孔——也许这就是那颗光子，曾经在某个时刻从他眼中反射而出，飞逝去了天空。

"晚了，你已经来不及了……"猫叹了口气。

"氧气瓶装的氧气量，一般都比说明书上规定的多——防呆设计，也就是预防措施。"马克西姆说，"我来得及。我啊，知道什么是爱。"

从巴纳德二号行星返程的乘客不多。那个在"平衡点"上值了六个月班的年轻小伙子自然让乘客们很惊喜。小伙子显摆着自己做过的科研工作以及近两个月内写完的学位论文，非常搞笑地讲述因为太孤单开始和自己的猫讲话，甚至还和它吵起来，还讲到自己如何用前辈留下的设备酿酒，最后他还发现一丛被人精心照料过的大麻草，不过，他把草连根都拔掉了。马克西姆似乎度过了一段相当愉快的时光，这甚至让他这么一个开朗的、热爱生活的人都感到有点意外。

"买只母猫吧。"马克西姆说。

他在休假，本不想谈论工作的事。不过，有个荷兰天体物理学家来拜访他，这个荷兰人一个月以后就要飞去"平衡点"值班了。

"为什么买母猫？买公猫不行吗？"荷兰人的笔在备忘录上顿了一下。他很严肃，很商务范儿——简直和那些德国农学家一样。

"我答应过的……"马克西姆含糊地解释道。荷兰人记了下来，他知道，过来人的话必须要信。

敬如歌 译

《买只猫吧》，2003年首次发表于乌克兰《幻想的现实》幻想文学月刊。本篇的主题是，人该如何面对孤独。主人公试图在生活中找到属于自己的位置，在陌生的星球上喝醉酒，跟猫探讨爱情，他们的对话就像《小王子》里小王子和狐狸的对话一样抚慰人心，足以引起当代孤独年轻群体的共鸣。

本篇获奖情况：

　　2004年 提名俄罗斯基尔·布雷乔夫奖最佳短篇小说

　　2004年 提名俄罗斯青铜蜗牛奖最佳短篇小说

　　2004年 提名俄罗斯国际新闻幻想大会奖最佳短篇小说

驶向温暖之地

谢尔盖·卢基扬年科

一、车 厢

"下雨了，"妻子说，"雨……"

她轻声呢喃，语气毫无波澜。有一阵子了，从他们赶到散发着柴油味的站台上，明白孩子们已经赶不上车的那一刻起，她就一直用这种语调说话。即便孩子们能侥幸挤进车站广场，也不可能穿过沸腾的人潮挤到车旁。在墙壁、铁轨与警备森严的列车之间，没买到车票的人们正疯狂地乱窜。他们曾经是人，如今只是遗留者。兴许是出于绝望，或是出于盲目的希望，时不时会有人冲向那些灰绿色的、承载着出路和希望的温暖车厢……一阵机枪扫射后，人群瞬间退去。车站广播里传来"即将释放气体"的警告，但人群置若罔闻，仿佛没有听懂……

男人再次朝检票员出示车票，并把妻子拽进车厢连接处。他们终于躲进了舒适的四人包厢，包厢里还有两个空座位，昂贵的车票被揉成一团，扔在墙角的折叠桌上。车窗外，遗留者们歇斯底里地捂着双眼。催泪弹释放的气体无孔不入，从车身缝隙中钻了进来。男人和妻子赶忙用矿泉水浸湿手帕，捂住鼻子。好在火车已经开动了，最后一批机枪手跳上了分配给他们的最末一节车厢。

人群渐渐安静了。可能是催泪弹起了作用，又或许是他们意识到一切已成定局。就在这时，鹅毛大雪从铅灰色的天空落下。这是八月降临的第一场雪……

"你要睡一会儿吗?"妻子问,"或者喝点茶?"

男人点点头,现在是时候把桌上的脏杯子拿去洗手间,在狭小的三角形水槽里涮干净……然后去售票员那儿了。如果有开水,就接上一杯;如果那儿有茶壶,就灌上一壶……等水变温了,把茶叶轻轻倒进去,用小茶匙缓缓搅拌,尽量泡出点儿颜色来……

妻子默默拿起杯子走了出去。火车行驶得很缓慢,或许是接近岔道了……

"没关系。"男人默默想着,自己也被这念头吓了一跳——它就像落在窗户上化作鞭子的冰雨,又冷又滑,"没关系,这是最后一场雨了。冬天紧跟在火车后头。从现在起只会下雪。"

车厢深处隐约传来窗玻璃打破的声音。一个孩子呜咽起来,售票员在大声嚷嚷,像是正和什么人吵架。接着又是几下砰砰巨响,可能是有人开枪了,要么是在拉拽一扇卡住的门。

男人小心翼翼地抓住窗框,往下拉了一点儿。一股新鲜空气扑面而来,冰凉又潮湿,几颗凶猛的雨滴飞快地扎进了眼里。他探出脑袋,想看看车头,但只望见长长的车身弯成曲线,沿着轨道往前蔓延。火车正在逃离冬天。

"那些人为什么不干脆炸掉铁轨呢?"他想,"换作是我,肯定会毫不犹豫地炸了它,难道是警戒太严密?"他把自己上半身拉回车厢里面,从桌上拿起烟盒,点燃一根烟。已经没必要省着抽了——他为儿子额外准备了一份,可两个儿子成了遗留者。他们是迟到了还是不想离开?他们明明很清楚车票有多么昂贵。不过,有什么要紧呢?反正遗留者们不必为物资发愁。

妻子回来了,端着两只杯子,杯子洗干净了,但空空如也。她的声音有些疲惫,"没有开水……你过会儿再去看看。"

男人点点头,嘬了一口湿漉漉的烟屁股。车厢里烟雾缭绕。

"走廊里，出什么事了？"

"有扇车窗被石头砸破了。在一号车厢，带着三个老婆的少校那个包间。"

妻子的语调依然毫无感情，甚至略带怒意，仿佛正在什么会议上做报告。

"少校开枪了？"他感到一阵后怕，关上了车窗，拉上帆布窗帘。

"没错……很快就要到下一站了。他们会在那儿换上新玻璃。售票员答应的。"

火车摇晃了一下，车厢随着铁轨的起伏发出哐当哐当的声音。

"为什么他们不把铁轨炸了？"

他躺在上铺望向妻子——她总爱顺着火车行进的方向睡下铺。这会儿她也躺着，和衣而卧，甚至连鞋都没脱。脚下皱巴巴的格子毛毯上有一对脏兮兮的脚印。

"这对谁都没好处，"妻子冷不丁地说，"有谣言说，还会有候补专列来的，能把所有人都带走。每个人都想坐上前往暖区的列车。"

男人点点头，接受了妻子的解释。他突然感到害怕，自己的妻子会不会永远都是这副样子了？或许从此以后，她将永远是一个冷静、聪明、通情达理的陌生女人。

二、车　站

列车已经在站台停靠了半个小时。

包厢门开了一条缝，售票员探进头来。一如既往地微醺、快活。她应该也是好不容易才登上这班开往暖区的列车。

"是例行检查，"她语气轻快，"固定节目了……警卫不打算插手。"

"他们在查什么?"男人心里忽然涌起一股不祥的预感。

"车票。和空位。"她朝两个空铺位瞥了一眼,仿佛是生平头一遭看见它们,"浪费空位的人,得赶下车。"

"我们有车票。四个位置的车票。"妻子也从自己的铺位上坐了起来,气冲冲地答道。

"那不重要。有票,还得有乘客。你们买了两张成人票,两张儿童票。你们得下车了。"

"把门关上!"妻子忽然尖声喊道。

妻子默默转向丈夫,期待他做出回应。窗子上的雨痕不见了,取而代之的是滑溜溜的白色毛毛雨,仿佛是在模拟过去三天里追赶火车的雪花。

"没有别的办法了吗?"妻子试探着问。

男人没有回答。他走出门外,环顾四周。所有包厢都关着,检查人员还没来到这节车厢。隔壁的包厢里隐约传来音乐声,不知为何,他断定那是格鲁克[1]的曲子。接着他打断了自己的思绪——让格鲁克见鬼去吧,这家伙永远不可能跻身经典大师的行列……现在得抓紧时间了。

男人径直走出了车厢。入口处的机枪手没有多问,只是瞥了一眼男人手里的车票。那些小小的方方形橙色纸片,就是前往暖区的通行证。

机枪手们在列车前稀稀拉拉排成一列,其中还有几个本地的警卫。他们的制服跟机枪手不同,配备的武器也不一样。站台上聚集着一些人,但不多,看来进入车站也受到限制了。

男人沿着列车往前走,下意识地贴近机枪手。很快,他就看到了自己要找的目标:带着孩子的妇女。母子三人紧紧拥在一起,缩成一团,一动不动,比周围的人更加沉默。

女人穿着暖和的长大衣,紧盯着一步步靠近的男人。她黑色的毛领

---

1. 克里斯托弗·威利巴尔德·格鲁克(1714—1787),德国作曲家。

上沾了点点雪花。身边两个男孩儿穿着灰色羽绒服，模样儿跟母亲出奇地相似。

"我有两张儿童票，"男人开口说，"两张。"

"你要什么？"穿长裙的女人问。她问的不是"要多少钱"，而是"要什么"——钞票早已成了废纸。

"什么也不要。"他突然意识到自己手中掌握的力量，暗自心惊，"什么也不需要。我的孩子没走成……"喉头一紧，他没能说完，接着又小声补充了一句，"我可以带你的孩子走。"

"您保证？"女人盯着他的脸问道。男人大为吃惊，这女人竟还敢提出要求！

"我保证，"他回头瞥了一眼列车，"快点儿，已经在查票了。"

"那……就这么办吧……"女人叹了口气，看上去竟一下子轻松许多。她把两个男孩儿推到男人身边，"去吧。"

真怪，他们甚至没有相互告别，可能母亲早已跟孩子们交代清楚——如果碰到这样的情况该怎么办。两个孩子默默跟在他身后，从机枪手的面前走过一节节车厢。男人来到自己的车厢入口，向机枪手出示了三张车票，对方点了点头，仿佛完全不记得男人是独自下车的。

车厢里很暖和——只是比寒风凛冽的车站稍暖一些。两个孩子静静站在一旁，男人这才发现，两个孩子的肩头各有一只塞得满满的绿色背包。

"我们带了吃的。"年纪小的那个低声说。

妻子没有答话。她带着厌恶的好奇看了看面前的两个孩子，仿佛在打量海洋馆水族箱里丑陋的热带鱼。他们是外人，是没有车票却上了车的陌生人，而这仅仅因为真正有票的人没赶上车。

"把外衣脱了，躺下歇会儿吧。"男人说，"如果有人问起，你们就说是跟着我们从首都出发的，我们是你们的父母。明白了吗？"

"明白。"小的那个说。

大的那个已经把衣服一层层扒了下来。从外到里，羽绒服，毛衣，卫衣……

"动作快点儿。"妻子说。

走廊上已经传来了脚步声——走得很快，但一扇门也不落下。门锁开关的咔嗒声越来越近。孩子们已经在卧铺上安顿下来了。

"年纪不对，"妻子忧伤地说，"应该挑两个大点儿的……"

门开了，一个穿着陌生制服的警官走了进来。看见地上的泥浆，他厌恶地皱了皱眉头。

"下车透气去了？"警官拖长了声音，不像是质问，也不像在怪罪，"车票。"

警官把四张小纸片攥在手里搓了搓，然后默默转身，走了出去。下一个包厢的门锁声随之响起。

"结束了？"妻子悄声问，旋即又换上一副刻薄的语调，呵斥道，"穿上衣服！马上出去！"

他默默抓起妻子的手摩挲，轻声说："后面可能还有检查。有什么关系？没准到了那儿，我们还能领些补贴……"

男人忽然一阵恍惚，不说话了。那儿是哪儿？是天国？还是暖区？

妻子久久望着他，然后耸了耸肩膀，"好像你知道似的。"

接着，她转向静静等待在一旁的两个孩子，"别出声。我头疼。好好坐着别动，最好假装你们不存在。"

大的还想说点儿什么，但看了看弟弟，还是闭嘴了。小的那个乖乖点了好几下头。

列车启动了。窗玻璃外头又下起了雪。那是真正的冬日大雪，厚重又蓬松。

三、储粮人

火车已经停了两个昼夜。从车窗望出去,附近的山脉清晰可见。它们高得出奇,山顶被白雪覆盖,山隘处飘浮着灰色云雾。

"有些人是徒步走过去的。"少校说。

少校钻进来是为了取暖。他自己的包间玻璃一直没换。不过少校有足够的"御寒神药"——装在普通的酒瓶、烧瓶甚至橡胶热水袋里面,只是不知够不够他撑到旅途终点。这会儿,他掏出一瓶伏特加,和夫妻俩慢慢喝了起来。妻子喝了半杯就睡着了。"装的。"丈夫提醒自己。

少校往玻璃杯里倒了一剂神药,继续解释:"这里只有一条隧道,没法让几列火车同时通过。听说会赶下去一些乘客,他们敢动我们试试看……"少校用手指弹了弹真皮枪套,"我跟警卫说了,我们有一车厢炸药,如果出了什么事儿,我们就把它们全都填进炮筒里。反正钱已经全结清了。"少校把酒一饮而尽,狠狠摇了摇头,"快点儿到吧,暖区……"

"暖区好吗?"大男孩儿突然从上铺探出头问道。

"那里很暖和,"少校语气坚定,"肯定能活下来。"

他站起身,似乎想伸手去拿喝了一半的酒瓶,但只是挥了挥手,离开了。

妻子轻声说:"醉醺醺的畜生……半列车都是警卫……还抢了乘客的名额。整个部队都想去暖和暖和身子呢。"

"如果警卫没这么多,我们的处境还要更糟糕。"丈夫反驳道。伏特加下了肚,他不得不为少校说句话,"我们很可能被赶下火车。"

他爬到上铺,躺下,闭上眼睛。车厢里很安静,没有雪,没有雨,也没有风。火车像死了一般悄无声息……他回过头,看了看两个男孩儿。他们彼此紧挨着,坐在旁边的铺位上,全神贯注地吃着罐子里的东西。大的那个察觉到他的目光,不自在地笑了笑。

"您要来点儿吗?"

他摇了摇头。没胃口,什么也不想吃。哪怕是想着暖区,也提不起劲儿……这还是第一次——想起暖区的时候丝毫没有雀跃之情,仿佛此行只是前往一座温暖的山谷避寒。

少校的脑袋又探了进来,"总算谈妥了,每列火车带上一半乘客,另一半下车留在这里。警卫同意了……"少校看看孩子们,略带关切地问:"你们打算怎么办?让孩子们走?我负责处理咱们这节车厢。我可以帮忙照看他们,万一有什么事……"

丈夫沉默不语。小男孩儿突然开始收拾散落在铺位上的东西。

"他们不是我们的孩子,"妻子果断地说,"路上捡来的。他们也没有车票。"

"啊……"少校拉长了音调,"那就简单多了。隔壁车厢的三个都是亲生的……得有一番闹腾了……"

孩子们默默穿好了衣服。

"我出去看看情况……"丈夫犹豫地说。

"二十分钟后,车就要开了。"少校提醒他,接着从桌上拿起孩子们的车票,撕碎了。粉色的纸屑打着旋儿掉到地上。

"粉雪。"少校突然冒出这句,然后抓住门框,退回到走廊。机枪手已经开始走动,把乘客划成两列。

"我要出去看看。"丈夫重复了一遍,穿上了外套。

"别像堂吉诃德一样逞英雄,"妻子冷冷地说,"他们会得到安置的。要么是红十字会,要么是教堂。听说这里的气候已经可以让人类生存了。只要能填饱肚子就行,天气不会太冷。"

列车外天寒地冻,站台上的水洼结着一层冰壳。一列火车已经开动了，一小群人不知所措地站在小小的车站旁，有些人的手里还抓着车票。

男人跟在两个孩子身后，想叫住他们，但心里明白自己什么都做不了。他甚至不知道他们的名字。只有二十分钟……这里到底是什么地方？该死，哪有什么红十字会？哪有什么教堂？

一个魁梧的妇人忽然出现在孩子们面前，看上去十分镇定，某些地方很像这兄弟俩的母亲。她问了两个孩子几句，孩子们一一回答。妇人打量了他们一番，似乎在思索着什么，掂量着什么……最后，男人听见她说："好吧，还有地方给你们。跟我走吧。"

男人追上她，抓住她的手。妇人猛地转过身，把一只手伸进口袋。

"您要带他们去哪儿？"

"去避难所。"

妇人的眼神锐利，充满戒备。

"我得告诉您，我们不收大人，只收孩子。放手。"

"我有车票，我也不求您带我走……他们不会有什么事吧？"

"不会的。"

孩子们看向他。小男孩儿低声说："谢谢。您走吧。"

男人站在原地，望着孩子们跟着妇人离开，走向一辆小巴。车上装满了人，全是女人和孩子，不过女人不多。

一个端着机枪的士兵走过来，制服跟列车上的那些都不一样。

男人开口问他："您好……"话音未落，机枪的枪口就转了过来。士兵等着他往下说。

"这里的避难所，他们送孩子去的地方……是谁办的？"

"这里没有避难所，"士兵把枪口转向一边，语气变得友善，"没有。我们在这儿驻扎了一个月，明天就开拔了。这里没有避难所。"

"但那个妇女说……"男人开始慌了。

"没有避难所，只有些极端分子。听说这里不会很冷，要生存下来，最主要的问题是存够口粮。"士兵戴着羊毛手套抚摸枪杆，接着说，"真该毙了他们，但上头没有下令……况且法不责众。"

男人小跑起来，并且越跑越快——实在太冷了。在大雪和冰霜之前，冬天已经降临。

他在小巴前追上了妇人。她紧紧抓着孩子们的手，领着他们往前走。男人朝她的背猛推一把，妇人踉跄了一下。他赶紧拽过孩子们的手，揽到自己身边。

妇人转过身，从口袋里掏出一把枪。那把枪看起来很小，没什么威慑力。但男人对枪械一无所知。

"滚开！"她厉声呵斥，"不然我就开枪了。孩子已经是我们的了。"

"不。"男人哑着嗓子回答。他环顾四周，想找个救兵，只看见刚才的士兵仍站在站台上，抚摸着自己的机枪。

"您不敢开枪，"男人冷静下来，"否则他们会把您打成筛子。"

他转过身，离开那辆装满女人和孩子的小巴。身后的人低声咒骂起来，但没有开枪。

很快，几列火车接连驶离站台。人们纷纷往车厢里挤。士兵没有开枪，只是用枪托拨开遗留者们。看来，他的火车也开走了。不过已经无所谓了。

四、山隘

起初遍地都是尸体，他们不得不绕着走。有些人是从火车上摔下来死的，有些是半路被杀死的。孩子们吓坏了，而阵阵尸臭也让男人作呕。渐渐地，连肉罐头的味道都让他恶心。那些肉罐头很久之前就被生产出来了，早在冬天到来以前。

后来，他们终于可以直线前进了。死尸越来越少，寒冷也延缓了尸体的腐烂。孩子们慢慢习惯了尸体，但他们的力气越来越少。

有一天，三个人停下来歇脚的时候，大男孩儿问道："金子真的有用吗？"

"有用，"男人回答，"虽然我不清楚原因……"

孩子们的夹克里缝了黄金。有金戒指、金吊坠、金项链、镶嵌着金色托帕石的金手镯……有一次，男人打算用自己的夹克衫换一点儿饼干或鱼罐头，孩子们便想起了自己衣服里的金子。车站集市上有很多肉，而且很便宜。

男人没有卖掉夹克，否则早该冻死了。

山里很冷，只能用枞树的树枝铺成床铺。多少黄金也买不到睡袋或帐篷。男人买了饼干和罐头，还有暖和的狗皮帽子，以及一把手枪。那是把"马格南"，真正的男人的武器。他在路上用掉了一个弹夹，用来练习瞄准、习惯后坐力，没想到出奇的简单；第二枚弹夹留在了一面石坡上，因为有人用散弹枪朝他们开火。一声惊叫之后，对方的枪声停止了。但他们没去查看情况。

第三个弹夹还在等待派上用场的时机。不知为何，男人坚信总会用得上它。

来到雪地以后，境况愈发艰难了。那只是山里一场普通的雪，并非来自身后紧追不舍的凛冬，但还是让人举步维艰。

男人开始频繁地查看地图。已经很接近通往暖区的山口了，只有这一点能给予他们力量。

路上几乎很难找到生火的燃料，可能都被走在前面的人用完了。有一次，他们没有生火就睡下，第二天一早，大男孩儿就起不了身了。他没有咳嗽，也没有发烧，但就是爬不起来。

不远处的山隘云雾缭绕。男人把大男孩儿抱在怀里，小男孩儿跟在后面，男人时不时地想，应该回头看看孩子跟上了没有……但怎么也不敢回头。他已经没法把两个孩子都带到那里了，必须做出选择。他在这世上最讨厌的事情，就是做选择。

他行走在迷雾之中，有时觉得背后传来脚步声，有时又什么也听不见了，怀里的男孩儿不时睁开眼睛。他觉得自己已经连续走了好几个小时，但理智冷冷地推翻了错觉。他只是因为负重而体力不支。

总算走得轻松了些，但男人没有意识到是在下坡。周围的云雾突然间变得稀薄，一轮朦胧的圆日出现在头顶上，越来越明亮刺眼。他在松软的雪地上坐下来，把大男孩儿的脑袋搁在自己膝盖上。男孩儿已经不再睁眼了，但似乎还活着。接着，他听见身后传来一阵微弱的动静，是断断续续的脚步声。

小男孩儿在他身边坐下。雾气被阳光撕碎成条缕，终于消散了。

五、暖　区

雾气终于散去，一切都清晰可见。

"这里就是暖区吗？"小男孩儿问。

"是的。"男人伸着僵硬的手指在口袋里翻找着什么。先是找到了火柴，接着是香烟，可两样东西都被浸湿了。他索性换了个舒服的坐姿，环顾四周。

斜坡向下延伸，起初很平缓，接着越来越陡，一直蔓延到远方的山谷。谷中绿意盎然，看起来十分暖和。

这就是暖区。

山谷里有一座小镇，能看见一排排闪闪发光的玻璃温室和灰色混凝土仓库的圆顶。

真的到暖区了——能够容纳两万人的温暖边疆。小镇上空盘悬着一架直升机，外观鲜艳华丽。男人一愣，随后才意识到，这里不需要迷彩伪装。

深深的峡谷入口处，能看见供火车通行的隧道连着一座横跨峡谷的长桥——那曾经是一座漂亮的桥，但已经被炸毁了，现在只剩下丑陋的残骸。

又有一列火车驶出隧道，在断桥上开始减速，但为时已晚。最先坠落的是车头，接着是绿色长蛇般的车身，一股脑儿冲向谷底。峡谷的底部是一堆皱巴巴的、焦黑的废铁，被大河的湍流不停冲刷着。火车猛然坠落，但他们离得太远，几乎听不见什么。只传来轻轻的拍打声，像是什么人在慵懒地鼓掌。

男人看了看小男孩儿。

男孩儿没看见火车坠落的那一幕，只是盯着半空，看那些在通往暖区的山坡上缓缓盘旋的直升机。坡下有许多黑点，那些是走在他们前面的人。有些人朝直升机挥手，有些人开始奔跑，还有些人呆立在原地。直升机在他们头顶盘旋了片刻，接着传来一阵微弱的嗒嗒声。直升机飞走了。山坡上的人统一了行动——他们彻底安静下来，不再有任何声息了。

"直升机会载我们去暖区吗？"小男孩儿问。

男人点点头。

"当然。会带我们去暖区。你最好躺下睡会儿，他们一时半会儿还顾不上我们。"

小男孩儿爬到一动不动的哥哥身边，躺在他的肚子上。小男孩困乏到了极点。

跟在男人身后长途跋涉了这么久，他又冷又累。他不知多少次叫那男人停下来等等自己，但男人都没听见……小男孩儿闭上了眼睛，直升机在远处歌唱。

"这比坐火车好玩儿多了。"小男孩儿说完便睡着了。

男人惊讶地看了他一眼，随即望向峡谷，又一列火车在那里坠落。

"没错，"他赞同道，"是好玩儿多了。"

又大又重的"马格南"在直升机面前看起来像把玩具枪，但男人还是紧紧握住了它。

这样要好玩儿多了。

肖楚舟 译

《驶向温暖之地》，1993年首次发表于白俄罗斯《超级幻想》杂志。该作是卢基扬年科最著名的早期作品之一，也被视为作家最残酷的一篇短篇小说。漫长而寒冷的冬天始终是俄罗斯文化的一部分。数百年来，恶劣的气候对人民生活构成了严峻的考验。因此，俄罗斯科幻作者笔下的冬日废土也显得格外真实、厚重。冰冷的寒气仿佛能刺破书页，钻入阅读者的每一个毛孔。

本篇获奖情况：
　　2002年 获得波兰SFinks科幻文学奖外国短篇小说二等奖
　　2020年 获得爱沙尼亚潜行者奖翻译类短篇小说二等奖
　　1993年 提名俄罗斯金环奖最佳短篇小说
　　1994年 提名俄罗斯国际新闻幻想大会奖最佳短篇小说
　　1994年 提名俄罗斯青铜蜗牛奖最佳短篇小说

手　牌

罗伯特·J.索耶

> 你们必晓得真相，真相必叫你们得以自由。
>
> ——《约翰福音》8：32

"有个新案子给你。"我的老板雷蒙德·陈说，"凶杀案。"

我的心开始怦怦直跳。按理说，孟德尔利亚栖居地是理想的乌托邦，几乎从未听说这里发生过谋杀。

陈是个胖子，从不锻炼，喜爱油腻食物。他知道这种生活方式会让他折寿几十年，但依旧选择如此。"有人在四号生态轮杀了个占卜师。"他带着轻微的喘息说道，"巴伦斯基已经到现场了。"

我的眉毛上扬起来。死了个占卜师？这也许会很有趣。

我带上袖珍的取证扫描仪离开了"警察事务所"，这是它的真名——毕竟在孟德尔利亚，各行业都不用交税。如果需要警察，则必须雇用。陈说了，此案的费用由占卜师协会（SG）支付。这意味着我们可以尽可能地抬价，SG可是富得流油。孟德尔利亚的法律条文并不多，其中之一便是，每个人都必须请占卜师占卜。

孟德尔利亚由五个单元组成，各单元形似马车轮子，每只轮子的辐条都通向一个中心轮毂。这些轮毂由一条长轮轴串联起来，轮子外缘连着独立的交通管道。这些轮子旋转起来，可以在外缘模拟出重力，交通管道可以使人在轮与轮之间往返，而不必再通过零重力的轮轴区域。

警察事务所是在二号生态轮。所有轮子的外缘都是中空的，建筑物自外缘壁向中心轴的方向延伸。在孟德尔利亚有很多开阔的生态地带——如果没有这些地方，就称不上是乌托邦。但这里的天空只是一幅全息图，投射在我们头顶上方凸起的内壁上。事务所入口就在二号生态轮的交通环路旁边，环路由一系列磁悬浮轨道组成，智能出租车就沿着这些轨道行驶。我叫了辆出租车，拿借记卡对着只一动不动的眼睛刷了一下，出租车就开走了。卡林家族拥有出租车的特许经营权，是孟德尔利亚历史最悠久、最富有的家族之一。

十五分钟后，出租车到达目的地。苏珊娜·巴伦斯基正在外面等着我。她是个好警察，但要独自处理谋杀案还是太稚嫩了。作为最初的接警人员，她可以从中分到一大笔钱。不过话说回来，接听电话时不可能提前知道买单者是谁。只有遇到大主顾才会得到很大比例的分成。

我之前和苏珊合作过几次，甚至还看过她在交响乐队中的大提琴演奏。她完美地诠释了孟德尔利亚这个地方。苏珊娜·巴伦斯基的父母都是蓝领，他们是五号生态轮建筑的焊接工，并不是那种通常会送女儿去上音乐课的人。但就在她出生之后，他们的占卜师说，苏珊有音乐天赋。这天赋即使不够维持生计——这就是她白天当警察的原因——但已经足以使人不忍荒废，否则就是暴殄天物。

"嗨，托比。"苏珊对我说。她有一头红色的短发和一双绿色的大眼睛，当然，她穿着便衣——你要是想找穿制服的警察，那就打电话给我们的竞争对手——"闪亮制服"公司。

"你好啊，苏珊。"我边说边向她走去。她把我领到门口，那扇门已经被锁定为打开状态。门旁边有个全息标志，写着：

斯凯·希索克

占卜师

让我揭示你的未来！

完全具备婴儿及成人占卜资格

我们走进一间设施齐全的接待室。对于这样一间办公室来说，这里的艺术品显得非比寻常，都是些政治漫画，由笔墨绘制而成的原画。有共和国首席执行官达·希尔瓦，她的大鼻子夸张得不成比例。旁边是阿克塞尔·杜蒙特，地球的现任总统，整个人被法令打印件和胶带遮挡了七七八八，官僚风气尽显无遗。作者的签名引起了我的注意，"斯凯[1]"这个名字后面还跟着蜿蜒的线条，我想应该是代表云彩。和苏珊一样，我们的受害人也是多才多艺。

"尸体在他私人办公室的里间。"苏珊说着给我带路。那扇门也是打开的，她先一步进去，我紧随其后。

斯凯·希索克的尸体坐在桌后的椅子上。他的头被打爆，脖子以上空空如也。他身后的墙壁上布满血迹，仿佛一朵盛开的康乃馨，大块大块的脑浆涂在墙上和桌子后的书柜上。

"上帝啊。"我说道。这就是乌托邦。

苏珊点点头。"很明显，是爆能枪。"她说道，听着就跟这类案子是家常便饭一样，"可能有十亿瓦特电量。"

我开始环顾房间四周。房间很豪华，老斯凯显然过得不赖。苏珊也在四处搜索。"嘿。"过了会儿，她喊了一声。我转过头看，她正往书柜上爬。爆炸的能量将雕塑从墙上炸下了一小块——它掉在地板上，碎裂成两半——她开始检查雕塑缺损的部位。

"我就知道是这样。"她点点头说，"这里有个隐藏摄像头。"

我的心突然紧了一下。"你不会认为，他把事情经过都存到了磁盘上吧？"我说着，来到她所在的位置，把她从书柜上扶下来。接着，我们一起打开了书柜——这项工作颇有难度，凝固的血液已经封住了柜子的推拉门。里面有个布满灰尘的记录装置。我转向斯凯的办公桌，按下一个开关，弹出了他的监视器面板。苏珊按下记录器的播放按钮，监视器亮

---

1. "斯凯"英文为"Skye"，源自苏格兰语，有"云朵"之意。

了起来。这个装置连接着办公桌的监视器，与我们的推测相吻合。

画面显示的是与斯凯办公桌相对的方向。私人办公室的门开了，进来一位年轻人。他看起来像有十八岁，意味着他刚好达到法定的成年占卜年龄。他留着齐肩的金棕色头发，穿了件印有某个流行乐队标志的T恤。我摇了摇头。要我说，自从凯西乐队之后，就没有一支像样的多媒体乐队了。

"你好，戴尔。"说话者肯定是斯凯。他的声调很低沉，还略带鼻音，"谢谢你能来。"

现在，我们已经知道了他的相貌、名字，以及他最喜欢的乐队。就算斯凯电脑的预约名单中没有记录戴尔的姓氏，也应该能轻易找到他。

"你知道，"录像中的斯凯说，"法律规定，每个人一生要进行两次占卜。第一次是刚出生的时候，你父母中的一方或者双方都在场。在那个时候，占卜者只会告诉他们一些必要信息，来帮助你度过童年。但当你到十八岁，就是你自己，而非你的父母，来对你所有的行为负法律责任。所以这时候，你应知道一切。现在，你想先听好消息还是坏消息？"

来了，我想。他肯定告诉了戴尔一些他不愿意听的事情，然后那家伙就开始发狂，掏出一把爆能枪，直接将他轰飞了。

戴尔咽了口唾沫，"还是，还是先听好的吧。"

"好吧。"斯凯说，"首先，你是个聪明的年轻人。你知道的，虽称不上天才，但还是比一般人聪明。你的智商应该在126到132之间。你在音乐上很有天赋，父母告诉过你吗？很好。我希望他们鼓励过你。"

"是的。"戴尔点点头道，"我从四岁就开始上钢琴课了。"

"很好，很好。浪费如此天赋就是犯罪。你在数学方面也有特殊天赋。音乐能力通常伴随数学天赋，所以没什么好惊讶的。你的视觉记忆力比平均水平好一些，相比之下，机械记忆的能力就稍微差些。你会是个不错的长跑运动员，但是……"

我示意苏珊按下快进按钮。这看起来就是一次普通的占卜，要是有必要，我会在之后再深入回顾。画面加快到四倍速，可怜的戴尔坐立不安了一会儿，然后苏珊松开了按钮。

"现在，"斯凯的声音响起，"是坏消息。"我向苏珊做了个钦佩的表情，她停止倍速的时机刚刚好。"恐怕有点儿多。虽然没有特别严重的，但小麻烦还是不少。你将在二十七岁生日前后开始脱发，到三十二岁开始出现白发。四十岁时你将几乎秃顶，剩下的头发会有一半变成灰白。

"说点儿不那么琐碎的。你还容易发胖，大概始于三十三岁，如果不注意的话，在接下来的三十年里，你每年都会增重半公斤。到五十五岁左右，这将对你的健康构成严重威胁。你很有可能患上成年发病型糖尿病。当然，这种病现在可以治愈，但治疗费用昂贵，所以你必须为此付出代价——要么保持好体重，这将有助于延缓或避免发病，要么现在就开始为手术存钱……"

我耸耸肩。这些都不足以导致杀人。苏珊将录像快进到了更后面。

"——就是这些。"斯凯总结道，"你现在知道了自己DNA里编码的所有重要信息。明智地利用这些信息，你就会享受一段健康长寿、幸福快乐的生活。"

戴尔感谢了斯凯，带上刚刚所听内容的打印件便离开了。录像到此结束。本不该对这条线索预期过高。不管杀害斯凯·希索克的凶手是谁，都应是在戴尔这位年轻人离开后才进来的。而他仍然是我们的第一嫌疑人，除非我们匆匆播放完的基因解读过程遗漏了什么可怕信息，否则他似乎没有任何杀死占卜师的动机。而且，这位斯凯口中的戴尔智商很高。只有白痴才会认为杀掉预言者就能改变结果。

看完录像之后，我对现场爆能枪的焦痕做了分析，就站在斯凯无头躯干的正上方，这可一点都不好玩。那里的大部分血管都被电击烧灼过。而且，据我所知，爆能枪只在两个地方生产——地球上的东京，以及新蒙地。如果这一把产自新蒙地，我们的运气就太背了——与新蒙地不同的是，地球无数的法律中有一条，即所有爆能枪都要留下一个特有的电磁标记，这样才能追踪到其拥有者的注册信息，而且——

好在这一把产自地球。我用掌上电脑录下了标记，然后将它传到警察事务所。如果雷蒙德·陈在往嘴里塞东西时有空看消息，就会向地球发送一条超光速信息，核查爆能枪的标记。当然，前提是没有哪个坏小子为了好玩儿，而干扰这条信息。与此同时，我让苏珊查看希索克的客户名单，而我自己则开始调查他的家属——事实上，尽管跟遗传基因没多大关系，但大多数人都是被自己的亲属所杀。

斯凯·希索克五十一岁了。自从获得遗传学博士学位以来，他已经做了二十三年占卜师。他一直未婚，父母早亡，还有个弟弟叫罗杰。罗杰的妻子是丽贝卡·康纳利，他们有两个孩子，长子格伦，和斯凯录像中的戴尔一样，刚满十八岁；次子比利，八岁。

当然，孟德尔利亚也没有遗产税，因此除非另有遗嘱声明，否则希索克的全部财产将直接传给他的兄弟。正常来说，这会是个很好的谋杀动机，但罗杰·希索克和丽贝卡·康纳利已经相当富有了，他们拥有孟德尔利亚大气循环工厂所属公司的控股权。

我决定先从罗杰入手。不只是因为自该隐杀了亚伯之后，兄弟们开始自相残杀，还因为斯凯私人办公室里间设置的DNA扫描锁只能识别四个人——斯凯本人；他办公室的清洁工，也是苏珊接下来要谈话的对象；另一位占卜师珍妮弗·哈拉兹，有时候她会在斯凯休假时帮他接待来访者（这桩谋杀案是她报的警，而她显然是来找斯凯喝咖啡的）；还有他亲爱的弟弟罗杰。罗杰住在四号生态轮，工作地点在一号轮。

我打车去了他的办公室。与斯凯不同，罗杰的接待员拥有真正的血肉之躯。大多数有人类接待员的公司雇用的都是干练的中年人，不论男女。而有些人钞票多得用不完，根本不在乎别人的看法：雇用漂亮的金发女郎，她们胸部都经过整形改造，远远超出了人类自然尺寸所属的范围。但罗杰的选择不同。他的接待员是位秀气的年轻男子，有着极其女性化的优雅面孔，实际年龄可能比看起来大些（他看上去只有十四岁）。

"托比·科萨科夫警探。"我说着，亮出证件。我没有主动和他握手——这个男孩看起来弱不禁风，我怕他的手握上之后就会碎裂，"我想见一见罗杰·希索克。"

"您有预约吗？"他的声调很高，带有一丝细微的咬舌音。

"没有，但我肯定希索克先生想见我。很重要的事情。"

男孩面露怀疑之色，但还是对着对讲机说道："罗杰，这里有位警察，说有要紧事。"

话筒另一端等了片刻。接着，一个响亮的声音传来："让他进来。"男孩向我点点头，我走过那扇沉重的木门——红木，毫无疑问是从遥远的地球运过来的。

我本以为斯凯·希索克的办公室已经装修得够好了，但跟他弟弟这儿比起来却相形见绌。水晶座上陈列着来自十几个世界的高雅艺术品。地毯很厚，走在上面甚至连鞋子都看不到。我来到办公桌前，罗杰站起身迎接我。他是个强健的男人，长着粗壮的脖子、浓密的黑发和淡灰色的眼睛。我们握了握手，他握得很用力，充分彰显着男性气概。"你好。"他开口道，说话的声音很大，显然习惯了引起所有人注意，"有什么可以效劳？"

"请坐。"我说道，"我叫托比·科萨科夫，来自警察事务所，受占卜师协会合约委托。"

"天哪。"罗杰说道，"是斯凯出了什么事吗？"

尽管通知死讯是件令人不快的差事，但在谋杀案调查中，没有什么比告诉嫌疑人有关死者的消息，并观察他的反应更有用的了。大多数有罪者会装傻很久，但现在的情况却不同，罗杰很快就发现了SG和他哥哥之间显而易见的关系，这让我对他的怀疑减少了几分。不过……"我很抱歉告诉你这个坏消息，"我说道，"恐怕你哥哥已经死了。"

罗杰瞪大了眼睛，"发生了什么事？"

"他被谋杀了。"

"谋杀。"罗杰重复着,就好像头一次听说这个词。

"没错,我在想你知不知道有谁想要他的命?"

"他是怎么被杀的?"罗杰问道。

我很恼火,因为这不是我问题的答案,更恼火的是,我不得不马上做出解释。很多嫌疑人会在可能得知具体细节之前,就提到犯罪的实质信息,不少杀人案件都是因此而破获的。"被爆能枪近距离射杀。"

"哦。"罗杰说着,瘫坐在椅子上,"斯凯死了。"他的头来回摇动。当他抬起头时,灰色的眼睛湿润了。至于是不是装的,我也说不准。

"很遗憾。"我说道。

"你知道是谁干的吗?"

"还不知道,我们正在追踪爆能枪的电磁标记,但他那里没有强行闯入的迹象,而且……"

"而且什么?"

"只有四个人的DNA能打开斯凯办公室里间的门。"

罗杰点点头,"除了我和斯凯,还有谁?"

"他的清洁工,以及另一位占卜师。"

"你在查他们吗?"

"我的同事在查。她还在调查斯凯最近约见的所有人——那些可能是他自愿让进去的人。"我停顿了一下,"我能问问今天早上十点到十一点你在哪里吗?"

"这里。"

"你的办公室?"

"没错。"

"你的接待员能作证吗?"

"唔……不。不,他不能。他整个早上都在外面。他的占卜师说他有语言天赋。我每周三会给他放半天假,让他去上法语课。"

"他不在的时候，有人给你打过电话吗？"

罗杰伸展了一下粗壮的双臂，"哦，可能有吧。但我从不回复自己掌上电脑的消息。说实话，我喜欢这种半天时间都无人打扰的状态，这样才能够高效地完成许多工作。"

"所以没人能证明你在这里？"

"嗯，没有……我想他们都不能证明。但是，天啊，警探，斯凯是我的兄弟……"

"我并不是在指控你，希索克先生——"

"而且，如果我乘坐智能出租车过去，我的账户就会有一笔扣款。"

"除非你付现金。或者步行。"交通管道可供行人通过，只是大多数人都不愿这么麻烦。

"你不会真的相信……"

"我还不相信任何事情，希索克先生。"是时候换个话题了，让他过度戒备对我没有任何帮助，"你哥哥是称职的占卜师吗？"

"非常称职。我十八岁的时候，他还给我做了占卜。"他看到我眉毛上扬，"斯凯比我大九岁，我想，何不让他来呢？他需要这笔生意，那时他才刚刚开始自己的业务。"

"斯凯也解读过你的孩子们的基因吗？"

奇怪的是，他有一阵犹豫，"嗯，是的，解读过，斯凯在他们还是婴儿时解读过。但是格伦——我最大的孩子，刚满十八岁——他决定去别的地方做他的成人解读。要我说，这纯粹是浪费钱。斯凯本来会给他打折的。"

其实，我在坐出租车来的路上，掌上电脑响过。我按下通话键。

"哟，托比。"雷蒙德·陈的胖脸出现在屏幕上，"我们拿到了那支爆能枪标记的注册信息。"

"然后呢？"

雷笑了，"要我说，这就是'一目了然的案件'。爆能枪属于罗杰·希索克。他是在大概十一年前买的。"

我点点头,关闭了通话。既然这位富商的DNA可以解锁他大哥的办公室,那他就可以毫不费力地直接溜进去,接着一枪爆了大哥的头。罗杰有办法,也有机会实施犯罪。现在我要做的就是找到他的动机,为此,继续访问他的家庭成员可能会对案件有所帮助。

十八岁的格伦·希索克在三号生态轮的弗朗西斯·克里克大学攻读工程学。他和他老爸长得简直一模一样,都有摔跤手的身材,一头黑发,一双水银色的眼睛。然而,父亲罗杰性格外向,有些粗线条——那种让人不可抗拒的握手方式,那洪亮的声音——而年轻的格伦性格内向,温声细语,还有些胆怯。

"关于你伯父的事,我很遗憾。"我对他说,此时罗杰已经将这个消息告诉了他儿子。

格伦看着地板,"我也是。"

"你喜欢他吗?"

"他还不错。"

"只是不错?"

"是的。"

"今天早上十点到十一点你在哪里?"

"在家。"

"还有其他人在那儿吗?"

"没有。我爸妈都在工作,比利——我的弟弟——在上学。"他第一次看向我的眼睛,"我是嫌疑人吗?"

他并不像。所有的证据似乎都指向他的父亲。我摇了摇头以示回应,然后说道:"听说你最近做了预言解读。"

"是的。"

"但你没有请你伯父。"

"没有。"

"为什么？"

他耸了耸肩，"没别的原因，只是觉得有点奇怪。我就从线上名录中随便挑了个人。"

"有什么令你惊讶的预言吗？"

男孩看着我说："预言属于个人隐私，我没必要告诉你。"

我点点头，"对不起。"

两百年前，也就是2029年，帕洛阿尔托纳米系统实验室（PANL）发明了一种分子计算机。你肯定在历史课上读到过：在"雪战"期间，美国利用这种计算机，将博加塔一个原子一个原子地分解得一干二净。

幸好有些时候，你还有可能把魔鬼封回瓶子里。还记得PANL的两位研究人员滨崎和德容吗？对于自己的研究成果被如此滥用，他们大为震惊。他们创造并释放了"纳米—戈尔茨"——一种自我复制的微型机器——搜寻并摧毁那些分子计算机，这样博加塔的悲剧就不会重演了。

当然，我们这里也有PANL的纳米—戈尔茨。它们充斥在"自由国度"的各个角落。但是，我们这里还有另一种分子守护者——不可避免地，它们被称作"螺旋—戈尔茨"。有传言称这是SG制造的，但经过大规模调查，没有人对此提起诉讼。螺旋—戈尔茨可以阻止所有人为干预的基因治疗。我们可以告诉你DNA里记录的一切，但我们什么都改变不了。在这里——孟德尔利亚，你只能玩你自己那一手牌。

我的掌上电脑又响了，我将它接通，"我是科萨科夫。"

苏珊的脸出现在屏幕上，"嗨，托比。我把斯凯的DNA样本带给了伦德施泰特。"——负责我们法医工作的占卜师——"她已经解读完毕了。"

"然后呢？"我问。

苏珊碧绿的眼睛眨了眨，"没什么特别的。斯凯不可能是嗜赌如命的赌徒,也不可能是瘾君子,更不可能与他人的配偶偷情——这就排除了几种可能的谋杀动机。事实上,伦德施泰特说,斯凯应该非常厌恶冲突。"她叹了口气,"看起来不像会有人想置他于死地。"

我点点头,"谢谢,苏珊。斯凯的客户那边有什么进展?"

"我几乎把过去三天他预约的所有人都查了一遍。到目前为止,他们都有可靠的不在场证明。"

"继续查,我要去见斯凯的弟媳,丽贝卡·康纳利,回头再聊。"

"再见。"

有时候我怀疑自己是否在做正确的工作。我知道,我知道,这想法太疯狂了。我的意思是,我父母从我婴儿时的解读中,就知道我长大后会有解谜的天赋,还有超强的观察力。他们确保我有充分的机会发挥潜能。我到十八岁的时候,又做了占卜解读,很明显,这将是我所能追求的完美工作。然而,我还是有些疑虑。我只是有时觉得自己不像警察。

但占卜是不会错的。几乎每个人的特征都有遗传基础——容易受骗,意志薄弱,哗众取宠,喜欢收集东西,擅长各种体育运动,具有特殊性癖(对于这一点,我还没机会根据自己的占卜结果进行验证)。

当然,孟德尔利亚刚建立的时候,我们还不知道各种基因以及不同基因组合的作用。而即使在今天,SG仍在不断给基因添加新的解释。尽管如此,我有时仍然会好奇,在自由国度的其他地方,人们在没有占卜师的情况下,究竟如何生活——为了追寻适合的工作,一直生活得磕磕绊绊;有时完全不清楚自己的才能,不知道具体该做哪些事情来保障自己的健康。哦,当然,你可以在任何地方进行基因解读,包括地球上,但只有这里才是强制性的。

我的强制解读表明,我会是个好警察。但我必须承认,有时我自己都不太确定……

我到丽贝卡·康纳利家的时候,她正好在。在地球上,像希索克和康纳利这样富裕的家庭会拥有一座豪宅。虽然这片栖居地中的空间非常宝贵，但他们的起居室已经足够大，甚至连地板上的轻微起伏都肉眼可见。墙上挂着许多艺术作品，包括格兰特·伍德和鲍勃·埃格尔顿的原作。毫无疑问，他们家很富有，这让人更难相信他们会为了斯凯伯父的钱而将他杀害。

丽贝卡·康纳利长得美丽动人。根据我读过的新闻报道，她应该四十四岁了，但看起来比实际年龄要年轻二十岁。基因治疗在这里是不太可能的，但任何有钱人都可以做整形手术。她有着赤褐色的头发，一双不同寻常的紫罗兰色眼睛。"你好，科萨科夫警探。"她说道，"我丈夫告诉我你可能会来。"她摇了摇头，"可怜的斯凯。多么可爱的人啊。"

我歪着头。她在斯凯的亲戚中是第一个真正说他好话的人——毕竟，如果尝试通过这种方式转移怀疑，将显得尤为笨拙。"你很了解斯凯吗？"

"不，说实话，不了解。他和罗杰并没那么亲密。有些奇怪的是，我们刚结婚的时候，斯凯经常来我家。他是罗杰的伴郎，罗杰告诉过你吗？但当格伦出生后，他就不常来了。我不知道为什么，也许他不喜欢孩子，他从来没有自己的孩子。总之，他已经，噢，有十八年不怎么与我们来往了。"

"但斯凯办公室的锁存入了罗杰的DNA。"

"哦，是的，罗杰拥有斯凯办公室所在单元的产权。"

"我本来不想问，但是——"

"我是'第十代计算'公司的董事会成员，警探。我们今早在开股东大会。大概有八百人在那里看到了我。"

我又问了更多的问题，但没有进一步确定罗杰·希索克的动机。所以我决定作弊——正如我所说，有时候我真的怀疑自己是否找对了工作。"谢谢你的帮助，康纳利女士。我不想再占用你的时间，但在走之前，我能用一下卫生间吗？"

她微笑着说："当然可以。走廊尽头有一间，楼上也有一间。"

对我来说，楼上那一间听起来似乎更有希望。我走了上去，关上门。我确实需要上厕所，但我还是首先拿出了取证扫描仪，开始寻找样本。剃须刀和梳子是寻找DNA样本的绝佳位置；还有毛巾，前提是使用者搓得够用力。不过，最好的还是牙刷。我扫描了所有东西，但有点不对劲。根据扫描仪显示，这里存在一个女人的DNA——XX染色体透露了她的性别。另外，还有一个男人的DNA。但是这所房子里住着三位男性：父亲罗杰，大儿子格伦和小儿子比利。

也许这个卫生间只是他们夫妇在使用，那样的话，我就搞砸了，我很难有机会再去另一个卫生间。但是，等等——这里有四套毛巾，四把牙刷，浴缸边上还有个水上玩具飞机……正是八岁男孩会玩的那种。

真奇怪。明明有四个人用过这个卫生间，但只有两个人留下基因痕迹。这根本说不通——我的意思是，的确，我像比利一样大的时候也不爱干净，但是不可能天天进出洗手间而不留下一丝DNA。

我小解了一下，马桶自动冲水。接着我下了楼，再次谢过康纳利女士，然后就离开了。

就像我说的，我在作弊——这让我再次怀疑自己是否真的适合从事执法工作。尽管这是对公民权利的侵犯，我还是把从希索克和康纳利家洗手间找到的男性DNA样本给了黛娜·伦德施泰特，让她帮我对这些DNA进行占卜。

结果令我惊讶。如果我没有作弊，可能永远也不会发现真相，因为这是一个近乎完美的犯罪。

但在看过这个男性DNA后，一切都吻合了。

对照以下这些事实：

在现存的希索克家族成员中，看似只有罗杰可以自由进出斯凯的办公室。

罗杰的爆能枪就是凶器。

看似只有两个人使用卫生间。

斯凯讨厌对抗。

希索克和康纳利家族有很多钱，想要传给下一代。

年轻的格伦相貌和他父亲一模一样，但是更内敛而压抑。

格伦找的是另外的占卜师。

罗杰挑接待员的品位……很不寻常。

所有的片段都吻合——至少我送去占卜的DNA不会说谎。我很擅长将事情拼凑出来，但我还是被天衣无缝的推理结果惊呆了。

雷蒙德·陈会解决法律问题，他是这方面的专家。他会想办法在庭审前摆平我未经授权而占卜的事情。

我上了辆出租车，前往三号生态轮找凶手对质。

"站住别动。"我一边叫着，一边向弗朗西斯·克里克大学那缓缓弯曲的长廊走去，"你被捕了。"

格伦·希索克停下脚步，"为什么？"

我环顾四周，然后把格伦拉进一间空教室，"谋杀你的伯父斯凯·希索克。或者应该说，谋杀你的哥哥？这其中的语义有点复杂。"

"我不知道你在说什么。"格伦用他那压抑而紧张的声音说道。

我摇了摇头。占卜师斯凯理应受到惩罚，他的弟弟罗杰更是罪不可恕——事实上，孟德尔利亚社会认为这种罪行和谋杀一样邪恶。可是，我也不能让格伦逍遥法外。"我对你的遭遇感到抱歉。"我说道。精神上的创伤确凿无疑地解释了他为何会闷闷不乐、孤僻寡言。

他怒瞪着我，"你以为几句轻飘飘的话就能让我好受一点？"

"什么时候开始的？"

他沉默了一会儿，然后耸了耸肩，似乎意识到再假装下去也没有意义了，"在我十二岁——刚进入青春期的时候。不是每晚，你明白的。但也足够频繁。"他停顿了一下，然后问道："你是怎么知道的？"

我决定告诉他真相："你家里只有两组不同的DNA，分别属于一名女性，还有，你也知道——唯一的男性。"

格伦什么都没说。

"我解读了男性DNA。我在寻找一种能作为你父亲杀人动机的特质。你知道我发现了什么。"

格伦仍然沉默不语。

"当你父亲刚出生时就被解读过,可能他的父母也知道他不能生育。毫无疑问,证据就在他的DNA中:无法产生有活力的精子。"我停顿了一下,想起了伦德施泰特向我解释的细节,"ABL-419d的变异基因有超过100个重复的T-A-T序列,当时的占卜者不可能知道它有何影响,这种变异基因的功能还没有被确认。但当罗杰到十八岁,去找他哥哥斯凯占卜的时候,这种基因就已经被破译了。"我顿了顿,"斯凯伯父讨厌冲突,对吧?"

格伦一动不动,就像一尊雕像。

"所以斯凯向你父亲隐瞒了。他如实告知了不育症,但觉得没必要为变异基因的功能而争论不休。"

格伦看着地面。当他终于开口说话时,声音透着苦涩:"我以为我爸知道。我跟他对质过——天啊,爸爸,如果你知道自己有那样的变异基因,为什么不去咨询呢?为什么还要生孩子?"

"但你父亲不知道,是吗?"

格伦摇了摇头,"斯凯伯父那个混蛋没有告诉他。"

"平心而论,"我说道,"斯凯可能认为,既然你父亲不能生孩子,这个问题便永远不会出现。但你爸爸赚了很多钱,想把钱传给继承人。又因为他无法以正常方式生下继承人……"

格伦的声音里充满了厌恶:"他不能以正常的方式生下继承人,于是就造了一个。"

我上下打量着这个男孩。我从没见过克隆人。格伦跟他父亲简直一模一样——完全是一个模子刻出来的。但就像其他王朝一样,希索克和康纳利家族不仅需要一位继承人,还想同时拥有继承人和备选人。比格伦小十岁的比利同样是罗杰·希索克基因的精确复制品,这个复制品通过将罗杰的DNA植入丽贝卡的卵子而诞生。三个希索克男性确实都在浴室里留下了DNA——完全相同的DNA。

"你一直都知道自己是克隆人吗?"我问道。

格伦摇了摇头,"最近才发现。在我开始成人占卜之前,我想看看父母在我出生时得到的占卜报告。但是根本没有报告——我爸决定不浪费钱。他肯定在想,根本不需要新的报告,毕竟,我的占卜结果肯定和他的一样。当我去做预言解读,发现自己不育的时候,一切真相都浮现在脑海里了。"

"所以你拿走了父亲的爆能枪,因为你的DNA和他的一样……"

格伦慢慢点了点头。他的声音低沉而苦涩:"我父亲一直都没能提前知道自己的问题——从来没有机会得到帮助。斯凯伯父没告诉过他。即使在父亲克隆了自己之后,斯凯也从来没有提起过此事。"他看着我,冰冷的灰色眼睛里充满了愤怒,"该死的,这完全就行不通——如果占卜者不说实话,我们生活中的一切都不可能进行下去。如果连自己手里的牌都不知道,你还怎么打牌?斯凯死有余辜。"

"而你陷害了你父亲,你也想要惩罚他。"

格伦摇摇头,"你不明白,警官,你不会明白的。"

"试试看。"

"我不想惩罚我父亲,我只是想保护比利。我父亲请得起孟德尔利亚最好的律师。当然,他依然会被定罪,但不会被判终身监禁。他的律师会把谋杀的强制性刑罚降到最低,也就是——"

"十年。"我恍然大悟,"再过十年,比利就是成年人了,也就逃脱了罗杰的威胁。"

格伦点了点头。

"但罗杰本可以随时说出真相,揭露你是他的克隆人。如果他那么做了,他就会脱罪,而你就成了嫌疑人。你怎么知道他不会说出来?"

格伦的声音听起来很老成，完全不像十八岁："如果我爸揭发我，我也会揭发他。而他对我犯下的罪行，至少够判十年。所以无论如何，这段时间他都会在牢狱中度过。"他直直地看着我，"杀人只会让他独守狱中，而对我犯下的罪行，会让他身败名裂。"

　　我点点头，领他出去，叫了辆智能出租车。

　　说实话，孟德尔利亚是个很好的居住地。

　　而且，我确实破了案，不是吗？这证明我是一名好警探。看来我的占卜师果然没骗我。

　　至少，至少我希望没有……

　　我突然感到一阵凉意，寻思着，在这个案子公开审理之前，SG肯定就会停止为我买单。

谢宏超 译

　　《手牌》，1997年7月首次发表于美国《自由国度》选集。这是一本以自由主义为主题的科幻选集。索耶认为自己并非自由主义者，写这篇小说是为了揭示自由主义可能存在的问题。作者在简短的篇幅内，便构建了一个新奇的异星世界。故事悬念丛生，最后一刻揭晓的真相让人不胜唏嘘。

　　本篇获奖情况：
　　1998年 提名雨果奖最佳短篇小说
　　1998年 提名轨迹奖最佳短篇小说
　　1998年 获得美国《科幻编年史》读者投票奖最佳短篇小说
　　1998年 提名加拿大极光奖最佳英文短篇小说
　　1999年 提名星云奖最佳短篇小说

山

刘慈欣

一、山在那儿

"我今天一定要搞清楚你这个怪癖，你为什么从不上岸？"船长对冯帆说，"五年了，我都记不清'蓝水号'停泊过多少个国家的多少个港口，可你从没上过岸，回国后你也不上岸。前年，船在青岛大修改造，船上乱哄哄地施工，你也没上岸，就在一间小舱里过了两个月。"

"我是不是让你想到了那部叫《海上钢琴师》的电影？"

"如果'蓝水号'退役了，你是不是也打算像电影的主人公那样随它沉下去？"

"我会换条船，海洋考察船总是欢迎像我这种不上岸的地质工程师。"

"这很自然地让人想到，陆地上有什么东西让你害怕？"

"相反，陆地上有东西让我向往。"

"什么？"

"山。"

他们现在站在"蓝水号"海洋地质考察船的左舷，看着赤道上的太平洋。一年前，"蓝水号"第一次过赤道时，船上还娱乐性地举行了那个古老的仪式，但随着这片海底锰结核沉积区的发现，"蓝水号"在一年中反复穿越赤道无数次，人们也就忘记了赤道的存在。

现在，夕阳已沉到了海平线下，太平洋异常的平静，冯帆从未见过这么平静的海面，竟让他想起了那些喜马拉雅山上的湖泊，清澈得发黑，像地球的眸子。有一次，他和两个队员偷看湖里的藏族姑娘洗澡，被几个牧羊汉子拎着腰刀追，后来追不上，就用石抛子朝他们射石头，贼准，他们只好做投降状停下。那几个汉子走近打量了他们一阵儿就走了，冯帆听懂了他们嘀咕的那一句藏语——还没见过外面来的人能在这地方跑这么快。

"喜欢山？那你是山里长大的了。"船长说。

"这你错了，"冯帆说，"山里长大的人一般都不喜欢山，在他们看来，山把自己与世界隔绝了。我认识一个尼泊尔夏尔巴族的登山向导，他登了四十一次珠峰，但每一次都在距峰顶不远处停下，看着雇用他的登山队登顶，他说只要自己愿意，无论从北坡还是南坡，都可以在十个小时内登上珠峰，但他没有兴趣。山的魅力是从两个方位感受到的，一是从平原上远远地看山，再就是站在山顶上。

"我的家在河北大平原上，向西能看到太行山。家和山之间就像这海似的，一马平川，没遮没挡。我生下来不久，妈第一次把我抱到外面，那时我脖子刚刚硬得能撑住小脑袋，就冲着西边的山咿咿呀呀地叫。学走路时，我总是摇摇晃晃地朝山那边走。大了些后，我曾在一天清晨出发，沿着石太铁路向山走，一直走到中午肚子饿了才回头，但那山看上去还是那么远。上学后，我经常骑着自行车向山走，可那山似乎在我前进时一直向后退，丝毫没有近些的感觉。时间长了，远山对于我已成为一种象征，像我们生活中那些清晰可见但永远无法到达的东西，那是凝固在远方的梦。"

"我去过那一带。"船长摇了摇头说，"那里的山很荒，上面只有乱石和野草，所以你以后注定要面临一次失望。"

"不，我和你想的不一样，我只想到山那里，爬上去，并不指望得到山里的什么东西。第一次登上山顶时，看着我长大的平原在下面伸延，真有一种新生的感觉。"

冯帆说到这里，发现船长并没有专注于他们之间的谈话，他在仰头看天，那里，已出现了稀疏的星星。"那儿，"船长用烟斗指着正上方天顶的一处说，"那儿不应该有星星。"

但那里有一颗星星，很暗淡，丝毫不引人注意。

"你肯定？"冯帆将目光从天顶转向船长，"GPS早就代替了六分仪，你肯定自己还是那么熟悉星空？"

"那当然，这是航海专业的基础知识……你接着说。"

冯帆点了点头，说道："后来在大学里，我组织了一个登山队，登过几座七千米以上的高山，最后登的是珠峰。"

船长打量着冯帆，"我猜对了，果然是你！我一直觉得你面熟，改名了？"

"是的，我曾叫冯华北。"

"几年前你可引起不小的关注啊，媒体上说的那些，都是真的？"

"基本上是吧，反正那四个大学登山队员确实是因我而死的。"

船长划了根火柴，将熄灭了的烟斗重新点燃，"我感觉，做登山队长和做远洋船长有一点是相同的，那就是最难的不是学会争取，而是学会放弃。"

"可我当时要是放弃了，以后也很难再有机会。你知道登山运动是一件很花钱的事，我们是一支大学生登山队，好不容易才争取到赞助……由于我们雇的登山协同向导闹罢工，导致在建一号营地时耽误了时间。然后就预报有风暴，但从云图上看，风暴到这儿至少还有二十个小时的时间，我们这时已经建好了位于海拔7900米的二号营地，立刻登顶的话，时间应该够了。你说我这时能放弃吗？我决定登顶。"

"那颗星星在变亮。"船长又抬头看了看。

"是啊，天黑了嘛。"

"好像不是因为天黑……你接着说。"

"后面的事你应该都知道。风暴来时,我们正在海拔8680米到8710米最险的一段上,那是一道接近九十度的峭壁,登山界管它叫第二台阶中国梯。当时峰顶已经很近了,天还很晴,只在峰顶的一侧雾化出一缕云。我清楚地记得,当时觉得珠峰像一把锋利的刀子,把天划破了,流出那缕白血……很快一切都看不见了,风暴刮起的雪雾那个密啊,密得成了黑色的,一下子把那四名队员从悬崖上吹下去了,只有我死死拉着绳索。可我的登山镐当时只是卡在冰缝里,根本不可能支撑五个人的重量,也就是出于本能吧,我松开了登山索上的钢扣,任他们掉下去……其中两个人的遗体现在还没找到。"

"这是五个人死还是四个人死的问题。"

"是的,从登山运动紧急避险的准则来说,我也没错,但就此背上了沉重的十字架……你说得对,那颗星星不正常,还在变亮。"

"别管它……那你现在的这种……状况,与这次经历有关吗?"

"这还用说吗?你也知道当时媒体上铺天盖地的谴责和鄙夷,说我不负责任,说我是个自私怕死的小人,为自己活命牺牲了四个同伴……我至少可以部分澄清后一项指责,于是那天我穿上那件登山服,戴上太阳镜,顺着排水管登上了学院图书馆的顶层。就在我即将跳下去时,导师也上来了,他在我身后说:'你这么做是不是太轻饶自己了?你这是在逃避更重的惩罚。'我问他,有那种惩罚吗?他说当然有,你找一个离山最远的地方过一辈子,让自己永远看不见山,这不就行了?于是我就没有跳下去。这当然招来了更多的耻笑,但只有我自己知道导师说得对,那对我真的是一个比死更重的惩罚。我视登山为生命,学地质也是为了山,让我一辈子永远离开自己痴迷的高山,再加上良心的折磨,实在是极重的惩罚。于是我毕业后就找到了这个工作,成为'蓝水号'考察船的海洋地质工程师,来到海上——离山最远的地方。"

船长盯着冯帆看了好半天,不知该说什么好,终于认定最好的选择是摆脱这个话题,好在现在头顶上的天空中就有一个转移话题的目标。

船长转头说道:"再看看那颗星星。"

"天啊,它好像在显出形状来!"冯帆抬头看后惊叫道。

那颗星已不是一个点,而是一个小小的圆形。那圆形极速扩大,转眼间成了天空中一个醒目的蓝光球。

一阵急促的脚步声把他们的目光从空中拉回了甲板,头上戴着耳机的大副急匆匆地跑来,对船长大声说:"收到消息,有一艘外星飞船正在向地球飞来,我们所处的赤道位置看得最清楚,看,就是那个!"

三人抬头仰望,天空中的小球仍在急剧膨胀,像吹了气似的,很快胀到满月大小。

"所有的电台都中断了正常播音,在说这事儿呢!那个东西早被观测到了,现在才证实了它是什么。它不回答任何询问,但从运行轨道来看,它肯定是有巨大动力的,正在高速向地球扑过来!他们说那东西有月球大小呢!"

现在看,那个太空中的球体已远不止月亮大小了,它的内部现在可以装下十个月亮,占据了天空相当大的一部分,这说明它比月球距地球要近得多。

大副捂着耳机,继续说道:"……他们说它停下了,正好停在36000公里高的同步轨道上,成了地球的一颗同步卫星!"

"同步卫星?就是说它悬在那里不动了?!"

"是的,在赤道上,正在我们上方!"

冯帆凝视着太空中的球体,它似乎是透明的,内部充盈着蓝幽幽的光。真奇怪,他竟有盯着海面看的感觉。每当海底取样器升上来之前,海呈现出来的那种深邃都会让他着迷。现在,那个蓝色巨球的内部,就是这样深不可测,像是地球海洋在远古丢失的一部分正在回归。

"看啊,海!海怎么了?!"船长首先将目光从具有催眠般魔力的巨球上挣脱出来,用早已熄灭的烟斗指着海面惊叫。

前方的海天连线开始弯曲,变成了一条向上拱起的正弦曲线。海面隆起了一个巨大的水包,这水包急剧升高,像是被来自太空的一支无形的巨手给提了起来。

"是飞船质量的引力!它在拉起海水!"冯帆说,他很惊奇自己这时还能进行有效的思考。飞船的质量相当于月球,而它与地球的距离仅是月球的十分之一!幸亏它静止在同步轨道上,引力拉起的海水也是静止的,否则滔天的潮汐将毁灭世界!

现在,水包已升到了顶天立地的高度,呈巨大的圆头锥形,它的表面反射着空中巨球的蓝光,而落日暗红的光芒又用艳丽的血红勾勒出它的边缘。水包的顶端在寒冷的高空雾化出了一缕云雾,那云飘出不远就消失了,仿佛是傍晚的天空被划破了似的。

这景象令冯帆心里一动,他想起了……

"测测它的高度!"船长喊道。

过了一分钟,有人大喊:"大约9100米!"

在这地球上有史以来最恐怖也是最壮美的奇观面前,所有人都像被咒语定住了。"这是命运啊……"冯帆梦呓般地说。

"你说什么?!"船长大声问道,他的目光仍然固定在水包上。

"我说这是命运。"

是的,是命运。为逃避山,冯帆来到太平洋中,而就在这距山最远的地方,出现了一座比珠穆朗玛峰还高二百多米的"水山",现在,它是地球上最高的山。

"左舵五,前进四!我们还是快逃命吧!"船长对大副喊道。

"逃命?有危险吗?"冯帆不解地问。

"外星飞船的引力已经造成了一个巨大的低气压区,大气旋正在形成。我告诉你吧,这可能是有史以来最大的风暴,说不定能把'蓝水号'像树叶似的刮上天!但愿我们能在气旋形成前逃出去。"

大副示意大家安静,他捂着耳机听了一会儿,说道:"船长,事情比你想的更糟!电台上说,外星人是来毁灭地球的,他们仅凭着飞船巨大的质量就能做到这一点!飞船引力产生的将不是普通的大风暴,而是地球大气的大泄漏!"

"泄漏?向什么地方泄漏?"

"外星飞船的引力会在地球的大气层上拉出一个洞,就像扎破气球一样,空气会从那个洞中逃逸到太空中去,地球大气会跑光的!"

"这需要多长时间?"船长问道。

"专家们说,只需一个星期左右,全球的大气压就会降到致命的低限……他们还说,当气压降到一定程度时,海洋会沸腾起来,天啊,那是什么样子啊……现在各国的大城市都陷入了巨大混乱之中,人们一片疯狂,都涌进医院和工厂抢劫氧气……呵,还说连美国卡纳维拉尔角的航天发射基地都有疯狂的人群涌入,他们想抢作为火箭发射燃料的液氧……"

"一个星期?就是说我们连回家的时间都不够了。"船长说,他这时反倒显得镇静了,摸出火柴来点烟斗。

"是啊,回家的时间都不够了……"大副茫然地说。

"要这样,我们还不如分头去做自己最想做的事。"冯帆说,他突然兴奋起来,感到热血沸腾。

"你想做什么?"船长问道。

"登山。"

"登山?登……这座山?!"大副指着海水高山吃惊地问。

"是的,现在它是世界最高峰了,山在那儿了,当然得有人去攀登。"

"怎么登?"

"登山当然是徒步的——游泳。"

"你疯了?!"大副喊道,"你能游上九千米高的水坡?那坡看上去有四十五度!这和登山不一样,你必须不停地游动,一松劲儿就滑下来了!"

"我想试试。"冯帆平静地说。

"让他去吧。"船长说,"如果我们在这个时候还不能照自己的愿望生活,那什么时候能行呢?这里离水山的山脚有多远?"

"二十公里左右吧。"

"你开一艘救生艇去吧,"船长对冯帆说,"记住多带些食品和水。"

"谢谢!"

"其实你挺幸运的。"船长拍拍冯帆的肩,说道。

"我也这么想。"冯帆说,"船长,还有一件事我没告诉你,在珠峰遇难的那四名大学登山队员中,有我的恋人。当我割断登山索时,脑子里闪过的念头是这样的:我不能死,还有别的山呢。"

船长点了点头,"去吧。"

"那……我们怎么办呢?"大副发问。

"全速冲出正在形成的风暴,多活一天算一天吧。"

冯帆站在救生艇上,目送着"蓝水号"远去,他原本打算在那上面度过一生的。

另一边,在太空中的巨球下,海水高山静静地耸立着,仿佛亿万年来它一直就在那儿。

海面仍然很平静,波澜不惊,但冯帆感觉到了风在缓缓增强,空气已经开始向海山的低气压区聚集了。救生艇上有一面小帆,冯帆升起了它,风虽然不大,但方向正对着海山,小艇平稳地向山脚驶去。

随着风力的加强,帆渐渐鼓满,小艇的速度很快增加,艇首像一把利刃划开海水,到山脚的二十公里路程只用了四十分钟左右。当感觉到救生艇的甲板在水坡上倾斜时,冯帆纵身一跃,跳入被外星飞船的光芒照得蓝幽幽的大海中。

他成为第一个游泳登山的人。

现在,已经看不到海山的山顶,冯帆在水中抬头望去,展现在他面前的，是一面一望无际的海水大坡，坡度有四十五度，仿佛是一个巨人把海洋的另一半在他面前掀起来一样。

冯帆用最省力的蛙式游着，想起了大副的话。他大概心算了一下，从这里到顶峰有十三千米左右，如果是在海平面，他的体力游出这么远是不成问题的，但现在是在爬坡，不进则退，登上顶峰几乎是不可能的。

但冯帆不后悔这次努力，能攀登"海水珠峰"，本身已是自己登山梦想的一次超值满足了。

这时，冯帆产生了某种异样的感觉。他已明显地感到了海山坡度的增加，身体越来越随着水面向上倾斜，游起来却没有感到更费力。回头一看，看到了被自己丢弃在山脚的救生艇。他在离艇之前已经落下了帆，却见小艇仍然稳稳地停在水坡上，没有滑下去。他试着停止了游动，仔细观察着周围，发现自己也没有下滑，而是稳稳地浮在倾斜的水坡上！冯帆一拍脑袋，骂自己和大副都是白痴：既然水坡上呈流体状态的海水不会下滑，上面的人和船怎么会滑下去呢！

空中巨球的引力与地球引力相互抵消，使得沿坡面方向的重力逐渐减小，这种重力的渐减抵消了坡度，使得重力对水坡上的物体并不产生使其下滑的重力分量，对于重力而言，水坡或海水高山其实是不存在的，物体在坡上的受力状态，与海平面上是一样的。

现在冯帆知道，海水高山是他的了。

冯帆继续向上游，渐渐感到游动变得更轻松了，主要是头部出水换气的动作能够轻易完成，这是因为他的身体变轻的缘故。重力减小的其他迹象也开始显现出来——冯帆游泳时溅起的水花下落的速度变慢了，水坡上海浪起伏和行进的速度也在变慢。这时大海阳刚的一面消失了，呈现出了正常重力下不可能有的轻柔。

随着风力的增大，水坡上开始出现排浪。在低重力下，海浪的高度增加了许多，形状也发生了变化，变得薄如蝉翼，在缓慢的下落中自身翻卷起来，像一把无形的巨刨在海面上推出的一卷卷玲珑剔透的刨花。

海浪并没有增加冯帆游泳的难度，反而推送着他向上攀游，因为浪的行进方向是向着峰顶的，推送着他向上攀游。随着重力的进一步减小，更美妙的事情发生了：薄薄的海浪不再是推送冯帆，而是将他轻轻地抛起来，有一瞬间他的身体完全离开了水面，旋即被前面的海浪接住，再抛出。他就这样被一只只轻柔而有力的海之手传递着，快速向峰顶进发。

冯帆发现，这时用蝶泳的姿势，效率最高。

风继续增强，重力继续减小，水坡上的浪已高过了十米，但起伏的速度却更慢了。由于低重力下，海水之间的摩擦并不剧烈，导致这样的巨浪居然不发出声音，只能听到风声。

身体越来越轻盈的冯帆从一个浪峰跃向另一个浪峰，他突然发现，现在自己腾空的时间已多过在水中的时间，分不清是在游泳还是在飞翔。有几次，薄薄的巨浪把他盖住了，他发现自己进入了一个由翻滚卷曲的水膜卷成的隧道中。在他的上方，薄薄的浪膜缓缓卷动，浸透了巨球的蓝光。透过浪膜，可以看到太空中的外星飞船，巨球在浪膜后变形抖动，像是用泪眼看去一般。

冯帆看了看左腕上的防水表，发现他已经"攀登"了一个小时。照这样出人意料的速度，最多再有这么长时间就能登顶了。

冯帆突然想到了"蓝水号"。照目前风力增长的速度看，大气旋很快就要形成，"蓝水号"无论如何也逃不出超级风暴了。他突然意识到船长犯了一个致命的错误：应该将船径直驶向海水高山。既然水坡上的重力分量不存在，"蓝水号"登上顶峰会如同在海平面上行驶一样轻而易举，而峰顶就是风暴眼，是平静的！

想到这里，冯帆急忙掏出救生衣上的步话机，但没人回答他的呼叫。

冯帆已经掌握了在浪尖飞跃的技术。他从一个浪峰跃向另一个浪峰，又"攀登"了二十分钟左右,便已经走过了三分之二的路程。浑圆的峰顶看上去不远了,它在外星飞船洒下的光芒中柔和地闪亮,像是一颗等待着冯帆的新星球。

这时,呼呼的风声突然变成了恐怖的尖啸,这声音来自所有方向。风力骤然增大,二三十米高的薄浪还没来得及落下,就在半空中被飓风撕碎。冯帆举目望去,水坡上布满了被撕碎的浪峰,像一片在风中狂舞的乱发,在巨球的照耀下发出一片炫目的白光。

冯帆进行了最后一次飞跃,他被一道近三十米高的薄浪送上半空,那道浪在他脱离的瞬间就被疾风粉碎了。他向着前方的一排巨浪缓缓下落,那排浪像透明的巨翅般缓缓向上张开,似乎也在迎接他。就在冯帆的手与升上来的浪头接触的瞬间,这面晶莹的水晶巨膜在强劲的风中粉碎了,化作一片雪白的水雾,浪膜在粉碎时发出一阵很像是大笑的怪声。

与此同时,冯帆已经变得很轻的身体不再下落,而是离癫狂的海面越来越远,像一片羽毛般被狂风吹向空中。

冯帆在低重力下的气流中翻滚着,晕眩中,只感到太空中发光的巨球在围绕着他旋转。当他终于能够初步稳住身体时,竟然发现自己在海水高山的顶峰上空盘旋!水山表面的排排巨浪从这个高度看去,像一条条长长的曲线,这些曲线标示出了旋风的形状,成螺旋状汇聚在山顶。冯帆在空中盘旋的圈子越来越小,速度越来越快,他正在被吹向气旋的中心。

当冯帆飘进风暴眼时,风力突然减小,托着他的无形的气流之手松开了,冯帆向着海水高山的峰顶坠下去,在峰顶的正中扎入了蓝幽幽的海水中。

冯帆在水中下沉着,过了好一会儿才开始上浮,这时周围已经很暗了。当窒息的恐慌出现时,冯帆突然意识到了他所面临的危险:入水前的最后一口气是在海拔近万米的高空吸入的,含氧量很少,而在低重力下，他在水中的上浮速度很慢，即使是自己努力游动加速，肺中的空气怕也支持不到自己浮上水面。

一种熟悉的感觉向他袭来，他仿佛又回到了珠峰风暴卷起的黑色雪尘中，死的恐惧压倒了一切。

就在这时，他发现身边有几个银色的圆球正在与自己一同上浮，最大的一个直径有一米左右，冯帆突然明白这些东西是气泡！低重力下的海水中有可能产生很大的气泡。

他奋力游向最大的气泡，将头伸过银色的泡壁，立刻能够顺畅地呼吸了！当缺氧的晕眩缓过去后，他发现自己置身于一个球形的空间中，这是他再一次进入由水围成的空间。透过气泡圆形的顶部，可以看到变形的海面波光粼粼。

在上浮中，随着水压的减小，气泡在迅速增大，冯帆头顶的圆形空间开阔起来，他感觉自己是在乘着一个水晶气球升上天空。上方的蓝色波光越来越亮，最后到了刺眼的程度，随着啪的一声轻响，大气泡破裂，冯帆升上了海面。在低重力下他冲出了水面近一米高，再缓缓落下来。

冯帆首先看到的是周围无数缓缓飘落的美丽水球，水球大小不一，最大的有足球大小。这些水球映射着空中巨球的蓝光，细看内部还分着许多球层，显得晶莹剔透。这都是冯帆落到水面时溅起的水，在低重力下，由于表面张力而形成球状。他伸手接住一个，水球破碎时发出一种根本不可能是水发出的清脆的金属声。

海山的峰顶十分平静，来自各个方向的浪在这里互相抵消，只留下一片碎波。这里显然是旋风的中心，是这狂躁的世界中唯一平静的地方。这平静以另一种宏大的轰鸣声为背景，那就是旋风的呼啸声。

冯帆抬头望去，发现自己和海山都处于一口巨井中，巨井的井壁是由被气旋卷起的水雾构成的，这浓密的水雾在海山周围缓缓旋转着，一直延伸到高空。

巨井的井口就是外星飞船，它像太空中的一盏大灯，将蓝色的光芒投到"井"内。冯帆发现那个巨球周围有一片奇怪的云,呈丝状,像一张松散的丝网,看上去很亮,像自己会发光似的。冯帆猜测,那可能是泄漏到太空中的大气所产生的冰晶云,它们看上去围绕在外星飞船周围,实际与之相距有三万多公里。如果真是这样,那么地球大气层的泄漏已经开始了,这口由大旋风构成的巨井,就是那个致命的漏洞。

不管怎么样,冯帆想,我登顶成功了。

二、顶峰对话

周围的光线突然发生了变化,暗了下来,闪烁着。冯帆抬头望去,看到外星飞船发出的蓝光消失了。他这时才明白蓝光的意义:那只是一个显示屏空屏时的亮光,巨球表面就是一个显示屏。

现在,巨球表面出现了一幅图像,图像是从空中俯拍的,是浮在海面上的一个人在抬头仰望,那人就是冯帆自己。半分钟左右,图像消失了,冯帆明白它的含义,外星人只是表示他们看到了自己。

这时,冯帆真正感到自己是站在了世界的顶峰上。

屏幕上出现了两排单词,各国文字的都有,冯帆只认出了英文的"ENGLISH"、中文的"汉语"和日文的"日本语",其他的,也显然是用地球上各种文字所标明的相应语种。有一个深色框在各个单词间快速移动,冯帆觉得这景象很熟悉。

他的猜测很快得到了证实,他发现深色框的移动竟然是受自己的目光控制的!他将目光固定到"汉语"上,深色框就停在那里。他眨了一下眼,但没有任何反应。

看来应该双击,他想着,连眨了两下眼,深色框闪了一下,巨球上的语言选择菜单消失了,出现了一行很大的中文:

你好！

"你好！！"冯帆向天空大喊，"你能听到我吗?！"

能听到，你用不着那么大声，我们连地球上一只蚊子的声音都能听到。我们从你们行星外泄的电波中学会了这些语言，想同你随便聊聊。

"你们从哪里来？"

巨球的表面出现了一幅静止的图像，由密密麻麻的黑点构成，复杂的细线把这些黑点连接起来，构成一张令人目眩的大网，这分明是一幅星图。果然，其中的一个黑点发出了银光，越来越亮。

冯帆什么也没看懂，但他相信这幅图像肯定已被记录下来，地球上的天文学家们应该能看懂。

巨球上又出现了文字，星图并没有消失，而是成为文字的背景，或者桌面。

我们造了一座山，你就登上来了。

"我喜欢登山。"冯帆说。

这不是喜欢不喜欢的问题，我们必须登山。

"为什么？你们的世界有很多山吗？"冯帆问，他知道这显然不是人类目前迫切要谈的话题，但他想谈，既然周围人都认为登山者是傻瓜，他只好与声称必须登山的外星人交流了，他为自己争取到了这一切。

山无处不在，只是登法不同。

冯帆不知道这句话是哲学比喻还是现实描述，他只能傻傻地回答："那么你们那里还是有很多山了？"

对于我们来说，周围都是山，这山把我们封闭了，我们要挖洞才能登山。

这话令冯帆迷惑，他想了半天也没想出是怎么回事。

三、泡世界

我们的世界十分简单,是一个球形空间,按照你们的长度单位计量,半径约为三千公里。这个空间被岩层所围绕,向任何一个方向走,都会遇到一堵致密的岩壁。

我们的第一宇宙模型自然而然地建立起来了:宇宙由两部分构成,其一就是我们生存的半径为三千公里的球形空间,其二就是围绕着这个空间的岩层,这岩层向各个方向无限延伸。所以,我们的世界就是这固体宇宙中的一个空泡,我们称它为泡世界。这个宇宙理论被称为密实宇宙论。当然,该理论并不排除这样的可能:在无限的岩层中还有其他的空泡,离我们或近或远。这就成了以后探索的动力。

"可是,无限厚的岩层是不可能存在的,会在引力下塌缩的。"冯帆问道。

我们那时不知道万有引力这回事,泡世界中没有重力,我们生活在失重状态中。真正意识到引力的存在是几万年以后的事了。

"那这些空泡就相当于固体宇宙中的星球了?真有趣,你们的宇宙在密度分布上与真实的正好相反,像是真实宇宙的底片啊。"冯帆感叹。

真实的宇宙?这话很浅薄,只能说是现在已知的宇宙。你们并不知道真实的宇宙是什么样子,我们也不知道。

"你们那里有阳光、空气和水吗?"

都没有,我们也都不需要。我们的世界中只有固体,没有气体和液体。

"没有气体和液体,怎么会有生命呢?"

我们是机械生命,肌肉和骨骼由金属构成,大脑是超高集成度的芯片，电流和磁场就是我们的血液。我们以地核中的放射性岩块为食物，靠它提供的能量生存。没有谁制造我们，这一切都是自然进化而来，由最简单的单细胞机械，由放射性作用下的岩石上偶然形成的PN结进化而来。我们的原始祖先首先发现和使用的是电磁能，至于你们意义上的火，从来就没有发现过。

"那里一定很黑吧？"冯帆问道。

亮光倒是有一些，是放射性在地核的内壁上产生的，那内壁就是我们的天空了。光很弱，在岩壁上游移不定，但我们也由此进化出了眼睛。地核中是失重的，我们的城市就悬浮在那昏暗的空间中，它们的大小与你们的城市差不多，远远看去，像一团团发光的云。机械生命的进化时间比你们碳基生命要长得多，但我们殊途同归，都走到了对宇宙进行思考的那一天。

"不过，这个宇宙可真够憋屈的。"

憋……这是个新词汇。所以，我们对广阔空间的向往比你们要强烈，早在泡世界的上古时代，向岩层深处的探险就开始了，探险者们在岩层中挖隧道前进，试图发现固体宇宙中的其他空泡。关于这些想象中的空泡，有着很多奇丽的神话，对远方其他空泡的幻想，构成了泡世界文学的主体。但这种探索最初是被禁止的，违者将被短路处死。

"是被教会禁止的吗？"

不，没有什么教会，一个看不到太阳和星空的文明是产生不了宗教的。元老院禁止隧洞探险是出于很现实的理由：我们没有你们近乎无限的空间，我们的生存空间半径只有三千公里。隧洞挖出的碎岩会在地核中堆积起来，由于相信有无限厚的岩层，那么隧洞就可能挖得很长，最终挖出的碎岩会把地核空间填满的！换句话说，会把地核的球形空间转换成长长的隧洞空间。

"好像有一个解决办法：把挖出的碎岩就放到后面已经挖好的隧洞中，只留下供探险者们容身的空间就行了。"冯帆说道。

后来的探险确实就是这么进行的，探险者们容身的空间其实就是一个移动的小空泡，我们把它叫作泡船。但即使这样，仍然有相当于泡船空间的一堆碎石进入地核空间，只有等待泡船返回时，这堆碎石才能重新填回岩壁，如果泡船有去无回，那么这堆碎石占据的地核空间就无法恢复了，就相当于这一小块空间被泡船偷走了，所以探险者们又被称为空间窃贼。对于那个狭小的世界，这么一点点空间也是宝贵的。天长日久，随着一艘艘泡船的离去，被占据的空间也很巨大。所以泡船探险在远古时代也是被禁止的。同时，泡船探险是一项十分艰险的活动，一般的泡船中都有若干名挖掘手和一名领航员，那时还没有掘进机，只能靠挖掘手（相当于你们船上的桨手）使用简单的工具不停挖掘，泡船才能在岩层中以极其缓慢的速度前进。在一个刚能容身的小小空洞里如机器般劳作，在幽闭中追寻着渺茫的希望，无疑需要巨大的精神力量。

由于泡船的返回一般是沿着已经挖松的来路，所以相对容易些。但赌徒般的发现欲望，往往驱使探险者越过安全的折返点，继续向前，这时，返回的体力和给养都不够了，泡船就会搁浅在返途中，成为探险者的坟墓。

尽管如此，泡世界向外界的探险虽然规模很小，但从未停止过。

四、哈勃红移

在泡纪元33281年的一天（这是按地球纪年法，泡世界的纪年十分古怪，你理解不了），泡世界的岩层天空上突然出现了一个小小的洞，从洞中飞出的一堆碎岩在空中飘浮着，在放射性产生的微光中像一群闪烁的星星。

中心城市的一队士兵立刻向小破洞飞去（记住，泡世界是没有重力的),发现这是一艘返回的探险泡船,它在八年前就出发了,谁也没有想到它竟能回来。

这艘泡船叫"针尖号",它在岩层中前进了二百公里,创造了返回泡船航行距离的纪录。"针尖号"出发时有二十名船员,但返回时只剩随船科学家一人了,我们就叫他哥白尼吧。船上其余的人,包括船长,都被哥白尼当食物吃掉了,事实上,这种把船员当给养的做法,是地层探险早期效率最高的航行方式……

按照严禁泡船探险的法律,以及哥白尼吃人的行为,他将在世界首都被处死。

这天,几十万人聚集在行刑的中心广场上,等着观赏哥白尼被短路时迸发出的美妙的电火花。

但就在这时,世界科学院的一群科学家飘过来,公布了他们的一个重大发现:"针尖号"带回了沿途各段的岩石标本,科学家们发现,地层岩石的密度,竟是随着航行距离减小的!

"你们的世界没有重力,怎么测定密度呢?"冯帆好奇地问。

通过惯性,比你们要复杂一些。科学家们最初认为,这只是由于"针尖号"偶然进入了一个不均匀的地层区域。但在以后的一个世纪中,在不同方向上,有多艘泡船以超过"针尖号"的航行距离深入地层并返回,带回了岩石标本。人们震惊地发现,所有方向上的地层密度都是沿向外的方向递减的,而且减幅基本一致!

这个发现,动摇了统治泡世界两万多年的密实宇宙论。

如果宇宙密度以泡世界为核心呈这样的递减分布,那总有密度减到零的距离!科学家们依照已测得的递减率,很容易地计算出这个距离是三万公里左右。

"嘿,这很像我们的哈勃红移啊!"冯帆叫道。

是很像,你们想象不出红移速度能够大于光速,所以把那个距离定为宇宙边缘;而我们的先祖却很容易知道密度为零的状态就是空间。

于是，新的宇宙模型诞生了。在这个模型中，沿泡世界向外，宇宙的密度逐渐减小，直至淡化为空间，这空间延续至无限。这个理论被称为太空宇宙论。

密实宇宙论是很顽固的，社会高层中的大多数人都是它的拥护者，这些人推出了一个打了补丁的密实宇宙论，认为密度的递减只是由于泡世界周围包裹着一层较疏松的球层，穿过这个球层，密度的递减就会停止。他们甚至计算出了这个疏松球层的厚度是三百公里。

其实对这个理论进行证实或证伪并不难，只要有一艘泡船穿过三百公里的岩层就行了。事实上，这个航行距离很快达到了，但地层密度的递减趋势仍在继续。于是，密实宇宙论的拥护者又说前面的计算有误，疏松球层的厚度应是五百公里。

十年后，这个距离也被突破了，密度的递减仍在继续，而且单位距离的递减率有增加的趋势。密实派信徒们接着把疏松球层的厚度增加到一千五百公里……

后来，一个划时代的伟大发现，终于将密实宇宙论永远送进了坟墓。

五、万有引力

那艘深入岩层三百公里的泡船叫"圆刀号"，它是有史以来最大的探险泡船，配备有大功率挖掘机和完善的生存保障系统，因而它在探测深度和航行距离方面创造了纪录。

在到达三百公里深度（或说高度）时，船上的首席科学家（我们姑且叫他牛顿吧）向船长反映了一件不可思议的事：当船员们悬浮在泡船中央睡觉时，醒来后总是躺在靠向泡世界方向的洞壁上。

船长不以为然地说：思乡梦游症而已，他们想回家，所以睡梦中总是向着家的方向移动。

但泡船中与泡世界一样是没有空气的，想要移动身体有两个方式：一是蹬踏船壁，这在悬空睡觉时是不可能的；另一种方式是喷出自己体内的排泄物作为驱动，但牛顿没有发现这类迹象。

船长仍对牛顿的话不以为然，但这个疏忽使他自己差点儿被活埋了。

这一天，向前的挖掘告一段落，由于船员十分疲劳，挖出的一堆碎岩没有立刻运到船底大家就休息了，想等睡醒后再运。船长也与大家一样在船的正中央悬空睡觉，结果醒来后船长发现自己与其他船员一起被埋在碎岩中！

原来，在他们睡觉时，船首的碎岩与他们一起移到了靠向泡世界方向的船底！

牛顿很快发现，船舱中的所有物体，都有向泡世界方向移动的趋势，只是它们移动得太慢，平时觉察不出来而已。

"于是牛顿没有借助苹果就发现了万有引力！"冯帆兴奋地叫道。

哪儿有那么容易?! 在我们的科学史上，万有引力理论的诞生比你们要艰难得多，这是我们所处的环境决定的。

当牛顿发现船中物体的定向移动现象时，想当然地认为引力来自泡世界那半径三千公里的空间。于是，早期的引力理论出现了让人哭笑不得的谬误：认为产生引力的不是质量，而是空间。

"能想象，在那样复杂的物理环境中，你们那个牛顿的思维任务比我们的牛顿可要复杂多了。"冯帆感叹道。

是的，直到半个世纪后，科学家们才拨开迷雾，真正认清了引力的本质，并用与你们相似的仪器测定了万有引力常数。引力理论获得承认也经历了一个漫长的过程。可一旦意识到引力的存在，密实宇宙论就完了，引力是不允许无限固体宇宙存在的。

太空宇宙论得到最终承认后，它所描述的宇宙对泡世界产生了巨大的诱惑力。在泡世界，守恒的物理量除了能量和质量外，还有一个便是空间。泡世界的空间半径只有三千公里，在岩层中挖洞增大不了空间，只是改变空间的位置和形状而已。同时，由于失重，地核文明是悬浮在空间中，而不是附着于洞壁（相当于你们的土地）上，所以在泡世界，空间是最宝贵的东西，整个泡世界文明史，就是一部血腥的空间争夺史。而现在惊闻空间可能是无限的，怎能不令人激动！

于是，出现了前所未有的探险浪潮，数量众多的泡船穿过地层向外挺进，企图穿过太空宇宙论预言的三万两千公里的岩层，到达密度为零的天堂。

六、地核世界

说到这里，如果你足够聪明，应该能够推测出泡世界的真相了。

"你们的世界，是不是位于一个星球的地心？"冯帆失声大叫。

正确。我们的行星大小与地球差不多，半径约八千公里。但这颗行星的地核是空的，空核的半径约为三千公里，我们就是地核中的生物。

不过，发现万有引力后，我们还要过许多个世纪，才能最后明白自己世界的真相。

七、地层战争

太空宇宙论建立后，追寻外部无限空间所付出的第一个代价，却是消耗了泡世界的有限空间。

众多的泡船把大量的碎岩排入地核空间。这些碎岩悬浮在城市周围，密密麻麻，无边无际，导致原来可以自由漂移的城市动弹不得。因为城市一旦移动，就将遭遇毁灭性的密集石雨。这些被碎岩占掉的空间，至少有一半永远无法恢复。

这时的元老院已由世界政府代替，作为地核空间的管理者和保卫者，疯狂的泡船探险受到了政府的严厉镇压。

但最初这种镇压效率并不高，因为当得知探险行为发生时，泡船早已深入地层了。所以政府很快意识到，制止泡船的最好工具，就是泡船。于是，政府开始建立庞大的泡船舰队，深入岩层拦截探险泡船，追回被它们盗走的空间。

这种拦截行动自然遭到了探险泡船的抵抗，于是，地层中爆发了一场旷日持久的战争。

"这种战争真的很有意思！"冯帆睁大眼睛说道。

也很残酷。首先，地层战争的节奏十分缓慢，因为以那个时代的掘进技术，泡船在地层中的航行速度一般只有每小时三公里左右。地层战争推崇巨舰主义，因为泡船越大，续航能力越强，攻击力也更强大。但不管多大的地层战舰，其横截面都应尽可能小，这样可以将挖掘截面减到最小，以提高航行速度。所以，所有泡船的横截面都是一样的，大小只在于其长短。大型战舰的形状就是一条长长的隧道。由于地层战场是三维的，所以其作战方式类似于你们的空战，但要复杂得多。当战舰接触敌舰并发起攻击时，首先要快速扩大舰首截面，以增大攻击面积，这时的攻击舰就变成了一根钉子的形状。必要时，泡舰的舰首还可以形成多个分支，像一只张开的利爪那样，从多个方向攻击敌舰。地层作战的复杂性还表现在：每一艘战舰都可以随意分解成许多小舰，多艘战舰又可以快速组合成一艘巨舰。所以当两支敌对舰队相遇时，是采取分解还是组合，这是一门很深的战术学问。

地层战争对于未来的探险并非只有负面作用，事实上，在战争的刺激下，泡世界发生了技术革命。除了高效率的掘进机器外，还发明了地震波仪，它既可用于地层中的通信，又可用作雷达探测，强力的震波还可作为武器。最精致的震波通信设备甚至可以传送图像。

地层中曾出现过的最大战舰是"线世界号"，它是由世界政府建造的。当处于常规航行截面时，"线世界号"的长度达一百五十公里，正如舰名所示，相当于一个长长的小世界了。身处其中，有置身于你们的英法海底隧道的感觉，每隔几分钟，隧道中就有一列高速列车驶过，这是向舰尾运送掘进碎石的专列。"线世界号"当然可以分解成一支庞大的舰队，但它大部分时间还是以完全体航行的。"线世界号"并非总是呈直线形状，在进行机动航行时，它那长长的舰体隧道可能形成一团，自相贯通，或交叉的十分复杂的曲线。"线世界号"拥有最先进的掘进机，巡航速度是普通泡舰的一倍，达到每小时六公里，作战速度可以超过每小时十公里！它还拥有超高功率的震波雷达，能够准确定位五百公里外的泡船；它的震波武器可以在一千米的距离上粉碎目标泡船内的一切。这艘超级巨舰在广阔的地层中纵横驰骋，所向披靡，消灭了大量的探险泡船，并每隔一段时间将吞并的探险泡船空间送还泡世界。

在"线世界号"的毁灭性打击下，泡世界向外部的探险一度濒于停顿。在地层战争中，探险者们始终处于劣势，他们不能建造或组合长于十公里的战舰，因为这样的目标在地层中极易被"线世界号"上或泡世界基地中的雷达探测定位，进而被迅速消灭。因此，要使探险事业继续下去，就必须消灭"线世界号"。

经过长时间的筹划，探险联盟集结了一百多艘地层战舰围歼"线世界号"，这些战舰中最长的也只有五公里。战斗在泡世界向外一千五百公里处展开，史称"一千五百公里战役"。

探险联盟首先调集二十艘战舰，在一千五百公里处组合成一艘长达三十公里的巨舰，引诱"线世界号"前往攻击。当"线世界号"接近诱饵，成一条直线高速冲向目标时，探险联盟埋伏在周围的上百艘战舰则沿着与"线世界号"垂直的方向同时出击，将这艘一百五十公里长的巨舰截为五十段。"线世界号"截断后分裂出来的五十艘战舰仍具有很强的战斗力，双方的二百多艘战舰缠斗在一起，在地层中展开了惨烈的大混战。

战舰空间在不断地组合分化，渐渐已分不清彼此。在战役的最后阶段，半径为二百公里的战场已成了蜂窝状，就在这个处于星球地下三千五百公里深处的错综复杂的三维迷宫中，到处都是短兵相接的激战。

在这个位置，星球的重力已经很明显，而与政府军相比，探险者对重力环境更为熟悉。在迷宫内宏大的巷战中，这微弱的优势渐渐起了决定性的作用，探险联盟取得了最后胜利。

八、海

战役结束后，探险者联盟将战场的所有空间合为一体，形成了一个半径为五十公里的球形空间。就在这个空间中，探险联盟宣布脱离泡世界独立。

独立后的探险联盟，与泡世界的探险运动遥相呼应，不断地有探险泡船从地核来到联盟，他们带来的空间使联盟领土的体积不断增大，使得探险者们在一千五百公里的高度获得了一个前进基地。

被漫长的战争拖得筋疲力尽的世界政府再也无力阻止这一切，只得承认探险运动的合法性。

随着高度的增加，地层的密度也逐渐降低，使得掘进变得容易了；另外，重力的增加，也使碎岩的处理更加方便。以后的探险活动变得顺利了许多。在战后第八年,就有一艘名叫"螺旋号"的探险泡船走完了剩下的三千五百公里航程,到达了距星球中心八千公里,距泡世界边缘五千公里的高度。

"哇,那就是到达星球的表面了!你们看到了大平原和真正的山脉,这太激动人心了!"冯帆激动地喊。

没什么可激动的,"螺旋号"号到达的是海底。

"……"

当时,震波通信仪的图像摇了几下就消失了,通信完全中断。在更低高度的其他泡船监听到了一个声音,转换成你们的空气声音就是啵的一声,这是高压海水在瞬间涌入"螺旋号"空间时发出的。泡世界的机械生命和船上的仪器设备是绝对不能与水接触的,短路产生的强大电流会让渗入人体和机器内部的海水迅速汽化,"螺旋号"的乘员和设备在海水涌入的瞬间都像炸弹一样爆裂了。

接着,联盟又向不同的方向发出了十多艘探险泡船,但都在同样的高度遇到了同样的事情。除了那神秘的啵的一声,再没有传回更多的信息。有两次,在监视屏幕上看到了怪异的晶状波动,但不知道那是什么。跟随的泡船向上方发出的雷达震波也传回了完全不可理解的回波,那回波的性质既不是空间也不是岩层。

一时间,太空宇宙论动摇了,学术界又开始谈论新的宇宙模型,新的理论将宇宙半径确定为八千公里,认为那些消失的探险船接触了宇宙的边缘,没入了虚无。

探险运动面临着严峻的考验,以往无法返回的探险泡船所占用的空间,从理论上说还是有希望回收的,但现在,泡船一旦接触宇宙边缘,其空间就可能永远损失了。到这一步,连最坚定的探险者都动摇了,因为在这个地层中的世界,空间是不可再生的。联盟决定,再派出最后五艘探险泡船,在接近五千米高度时以极慢速上升。如果发生同样的不测,就暂停探险运动。

又损失了两艘泡船后，第三艘"岩脑号"取得了突破性的进展。

在五千米高度上，"岩脑号"以极慢的速度小心翼翼地向上掘进，接近海底时，海水并没有像以前那样压塌船顶的岩层瞬间涌入，而是通过岩层上的一道窄裂缝变成一条高压射流喷射进来。"岩脑号"的航行截面长二百五十米，在高地层探险船中算是体积较大的，喷射进来的海水用了近一小时才充满船的空间。在触水爆裂前，船上的震波仪记录了海水的形态，并将数据和图像完整地发回联盟。

就这样，地核人第一次见到了液体。

泡世界的远古时代可能存在过液体，那是炽热的岩浆，后来星球的地质情况稳定了，岩浆凝固，地核中就只有固体了。有科学家曾从理论上预言过液体的存在，但没人相信宇宙中真有那种神话般的物质。现在，人们从传回的图像中亲眼看到了液体。

他们震惊地看着那道白色的射流，看着水面在船内空间缓缓上升，看着这种似乎违反所有物理法则的魔鬼物质适应着它的附着物的任何形状，渗入每一道最细微的缝隙。岩石表面接触它后似乎改变了性质，颜色变深了，反光性增强了。最让他们感兴趣的是：大部分物体都会沉入这种物质中，但有部分爆裂的人体和机器碎片却能浮在其液面上！而这些碎片的性质与那些沉下去的没有任何区别。

地核人给这种液体物质起了一个名字，叫无形岩。

以后的探索就比较顺利了。探险联盟的工程师们设计了一种叫引管的东西，这是一根长达二百米的空心钻杆，当钻透岩层后，钻头可以像盖子那样打开，将海水引入管内，管子的底部有一个阀门。携带引管和钻机的泡船上升至五千米高度后，引管很顺利地钻透岩层伸入海底。钻探确实是地核人最熟悉的技术，但另一项技术他们却一无所知，那就是密封。由于泡世界中没有液体和气体，所以也没有密封技术。引管底部的阀门很不严实，还没有打开，海水就已经漏了出来。事后证明这是一种幸运，因为如果将阀门完全打开，冲入的高压海水的动能将远大于上次从细小裂缝中渗入的,那道高压射流会像一道激光那样切断所遇到的一切。现在从关闭的阀门渗入的水流却是可以控制的。你可以想象,泡船中的探险者们看着那一道道细细的海水在他们眼前喷出,是何等的震撼啊!他们这时对于液体,就像你们的原始人对于电流那样无知。

在用一个金属容器小心翼翼地接满一桶水后,泡船下降,将那根引管埋在岩层中。在下降的过程中,探险者们万分谨慎地守护着那桶作为研究标本的海水,很快又有了一个新的发现:无形岩居然是透明的!上次裂缝中渗入的海水由于混入了沙土,使他们没有发现这一点。

随着泡船下降深度的增加,温度也在增加,探险者们恐怖地看到,无形岩竟是一种生命体!它在活过来,表面愤怒地翻滚着,呈现由无数涌泡构成的可怕形态。但这怪物在展现生命力的同时也在消耗着自己,化作一种幽灵般的白色影子消失在空中。当桶中的无形岩都化作白色魔影消失后,船舱中的探险者们相继感到了身体的异常,短路的电火花在他们体内闪烁,最后他们都变成了一团团焰火,痛苦地死去。

联盟基地中的人们通过监视器传回的震波图像看到了这可怕的情景,但监视器也很快短路停机了。前去接应的泡船也遭遇了同样的命运,在与下降的泡船对接后,接应泡船中的乘员也同样短路而死,仿佛无形岩化作了一种充满所有空间的死神。

不过,科学家们也发现,这一次的短路没有上一次那么剧烈,他们得出结论:随着空间体积的增加,无形死神的密度也在降低。

接下来,在付出了更多的生命代价后,地核人终于又发现了一种他们从未接触过的物质形态:气体。

九、星空

这一系列的重大发现终于打动了泡世界的政府，使其与昔日的敌人联合起来，也投身于探险事业之中，一时间对探险的投入急剧增加，最后的突破就在眼前。

虽然对水蒸气的性质有了越来越多的了解，但缺乏密封技术的地核科学家一时还无法避免它对地核人生命和仪器设备的伤害。不过，他们已经知道，在四千五百米以上的高度，无形岩是死的，不会沸腾。于是，地核政府和探险联盟一起在四千八百米高度上建造了一所实验室，装配了更长、性能更好的引管，专门进行无形岩的研究。

"直到这时，你们才开始做阿基米德的工作。"冯帆说道。

是的，可你不要忘记，我们在原始时代，就做了法拉第的工作。

在无形岩实验室中，科学家们相继发现了水压和浮力定律，同时与液体有关的密封技术也得以发展和完善。人们终于发现，在无形岩中航行，其实是一件十分简单的事，比在地层中航行要容易得多。只要船体的密封和耐压性达到要求，不需要任何挖掘，船就可以在无形岩中以令人难以想象的高速度上升。

"这就是泡世界的火箭了。"冯帆说道。

应该称作水箭。水箭是一个蛋形耐高压金属容器，没有任何动力设施，内部仅可乘坐一名探险者，我们就叫他泡世界的加加林吧。水箭的发射平台位于五千米高度，是在地层中挖出的一个宽敞的大厅。在发射前的一小时，加加林进入水箭，关上了密封舱门。确定所有仪器和生命维持系统正常后，自动掘进机破坏了大厅顶部厚度不到十米的薄岩层，轰隆一声，岩层在上方无形岩的巨大压力下坍塌了，水箭浸没于深海的无形岩之中。

周围的尘埃落定后,加加林透过由金刚石制造的透明舷窗,惊奇地发现发射平台上的两盏探照灯在无形岩中打出了两道光柱,由于泡世界中没有空气,光线不会散射,这时地核人第一次看到了光的形状。

震波仪传来了发射命令,加加林扳动手柄,松开了将水箭锚固在底部岩层上的铰链,水箭缓缓升离了海底,在无形岩中很快加速,向上浮去。

科学家们按照海底压力,很容易计算出了上方无形岩的厚度:约一万米。如无意外,上浮的水箭能够在十五分钟内走完这段航程,但以后会遇到什么,谁都不知道。

水箭在一片寂静中上升着,透过舷窗看出去,只有深不见底的黑暗。偶尔有几粒悬浮在无形岩中的尘埃在舷窗透出的光亮中飞速掠过,标示着水箭上升的速度。

加加林很快感到一阵恐慌,他是生活在固体世界中的生命,现在第一次进入了无形岩的空间,一种无依无靠的虚无感攫住了他的全部身心。

十五分钟的航程是那么漫长,它浓缩了地核文明十万年的探索历程,仿佛永无止境……

就在他的精神即将崩溃之际,水箭浮上了这颗行星的海面。

上浮惯性使水箭冲上了距海面十几米的空中。在下落的过程中,加加林从舷窗中看到了下方无形岩一望无际的广阔表面,这巨大的平面上波光粼粼,加加林并没有时间去想这表面反射的光来自哪里。水箭重重地落在海面上,飞溅的无形岩白花花一片洒落在周围,水箭像轮船一样平稳地浮在海面上,随波浪轻轻起伏着。

加加林小心翼翼地打开舱门,慢慢探出身去,立刻感到了海风的吹拂,过了好一阵儿,他才悟出这是气体。恐惧使他战栗了一下,他曾在实验室的金刚石管道中看到过水汽的流动,但宇宙中竟然有如此巨量的气体存在，这是任何人都始料未及的。加加林很快发现，这种气体与无形岩沸腾后转化的那种不同，不会导致肌体的短路。他在以后的回忆录中有过一段这样的描述：

我感到这是一只无形巨手的温柔抚摸，这巨手来自一个我们不知道的无限巨大的存在，在这个存在面前，我变成了另一个全新的我。

加加林抬头望去，这时，地核文明十万年的探索得到了最后的报偿。

他看到了灿烂的星空。

十、山无处不在

"真是不容易，你们经历了那么长时间的探索，才站到我们的起点上。"冯帆赞叹道。

所以，你们是一个很幸运的文明。

这时，逃逸到太空中的大气形成的冰晶云面积扩大了很多，天空一片晶亮，外星飞船的光芒在冰晶云中散射出一圈绚丽的彩虹。

下面，大气旋形成的巨井仍在轰隆隆地旋转着，像是一台超级机器在一点点碾碎着这个星球。

而周围的山顶却更加平静，连碎波都没有了，海面如镜，又让冯帆想起了藏北的高山湖泊……冯帆强迫自己把思想拉回到现实。

"你们到这里来干什么？"他问道。

我们只是路过，看到这里有智慧文明，就想找人聊聊，谁先登上这座山顶，我们就和谁聊。

"山在那儿，总会有人去登的。"

是，登山是智慧生物的一个本性，他们都想站得更高些、看得更远些，这并不是生存的需要。比如你，如果为了生存，就会远远逃离这山，可你却登上来了。进化赋予智慧文明登高的欲望是有更深层原因的，这原因是什么我们还不知道。山无处不在，我们都还在山脚下。

"我在山顶上。"冯帆说，他不容别人挑战自己登上世界最高峰的荣誉，即使是外星人。

你还在山脚下，我们都在山脚下。光速是一个山脚，空间的三维是一个山脚，被禁锢在光速和这狭窄的三维时空深谷中，你不觉得……憋屈吗？

"生来就这样，习惯了。"

那么，我下面要说的事你会很不习惯。看看这个宇宙，你感觉到了什么？

"广阔啊，无限啊，这类的。"

你不觉得憋屈吗？

"怎么会呢？宇宙在我眼里是无限的，在科学家的眼里，好像也有二百亿光年呢。"

那我告诉你，这是一个二百亿光年半径的泡世界。

"……"

我们的宇宙是一个空泡，一块更大固体中的空泡。

"怎么可能呢？这块大固体不会因引力而坍缩吗？"

至少目前还没有，我们这个气泡，还在超固体块中膨胀着。引力引起坍缩是对有限的固体块而言的，如果包裹我们宇宙的这个固体块是无限的，就不存在坍缩问题。当然，这只是一种猜测，谁也不知道那个固体超宇宙是不是有限的。有许多种猜测，比如认为引力在更大的尺度上被另一种力抵消，就像电磁力在微观尺度上被核力抵消一样，我们意识不到这种力，就像身处泡世界中意识不到万有引力一样。从我们收集到的资料上看，对于宇宙的气泡形状，你们的科学家也有所猜测，只是你不知道罢了。

"那块大固体是什么样子的？也是……岩层吗？"

不知道，五万年后我们到达目的地时，才能知道。

"你们要去哪里？"冯帆大声问道。

宇宙边缘，我们是一艘泡船，叫"针尖号"，记得这名字吗？

"记得，它是泡世界中首先发现地层密度递减规律的泡船。"

对，不知我们能发现什么。

"超固体宇宙中还有其他的空泡吗？"

你已经想得很远了。

"这让人不能不想。"

想想一块巨岩中的几个小泡泡，就是有，找到它们也很难，但我们已经在寻找了。

"你们真的很伟大。"

好了，聊得很愉快，但我们还要赶路，五万年太久，只争朝夕。认识你很高兴，记住，山无处不在。

由于冰晶云的遮拦，最后这行字已经很模糊。接着，太空中的巨型屏幕渐渐暗下来，巨球本身也在变小，很快缩成一点，重新变成星海中一颗不起眼的星星，这变化比它出现时要快许多。

这颗星星在夜空中疾驶而去，转眼消失在西方天际。

海天之间黑了下来，冰晶云和风暴巨井都看不见了，天空中只有一片黑暗的混沌。

冯帆听到周围风暴的轰鸣声在迅速减小，很快变成了低声的呜咽，再往后就完全消失了，只能听到海浪的声音。

冯帆有了下坠的感觉，他看到周围的海面正在缓缓地改变着形状，海山浑圆的山顶在变平，像一把在撑开的巨伞一样。他知道，海水高山正在消失，他正在由九千米高空向海平面坠落。

在他的感觉中，不过才两三分钟，他漂浮的海面就停止了下降，他知道这一点，是由于自己身体下降的惯性使他没入了已停降的海面之下，好在这次沉得并不深，他很快游了上来。

周围已是正常的海面，海水高山消失得无影无踪，仿佛从来就没有存在过一样。风暴也完全停止了。开始时风暴强度虽大，但持续时间很短，只是刮起了表层浪，所以海面也很快平静下来。

天空中的冰晶云已经散去很多，灿烂的星空再次出现了。

冯帆仰望星空，想象着那个遥远的世界，真太远了，连光都会走得疲惫，那是在很早很早以前，在那个海面上，泡世界的加加林也像他现在这样仰望着星空。穿越广漠的时空荒漠，他们的灵魂相通了。

冯帆一阵恶心，吐出了些什么，凭嘴里的味道他知道是血，他在九千米高的海山顶峰得了高反病，肺水肿出血了，这很危险。在突然增加的重力下，他虚弱得动弹不得，只是靠救生衣把自己托在水面上。他不知道"蓝水号"现在的命运，但基本上可以肯定，方圆一千公里内没有船了。

在登上海山顶峰的时候，冯帆感觉此生足矣，那时他可以从容地去死。但现在，他突然变成了世界上最怕死的人。他攀登过岩石的世界屋脊，这次又登上了海水构成的世界最高峰，下次会登上什么样的山呢？这无论如何得活下去才能知道。

几年前在珠峰雪暴中的感觉回来了，那感觉曾驱使他割断了连接同伴和恋人的登山索，将他们送进死亡世界，现在他知道自己做对了。如果现在真有什么可背叛的东西来拯救自己的生命，他会背叛的。

他必须活下去，因为，山无处不在。

《山》，首次发表于《科幻世界》2006年第1期。《山》可谓是"点子文学"的经典演绎范例。整篇小说都在演绎技术构想，但却有很强的代入感，故事也完整丰满，主人公的命运引起读者的强烈共鸣。这篇仅两万字出头的科幻小说，值得所有信奉"点子制胜论"的科幻作者认真分析学习。有科幻迷认为，《山》是刘慈欣最被低估的作品。

如果您现在就下单……

谢尔盖·卢基扬年科

飞船似乎不是在飞，而是漂浮在宇宙的汪洋大海之中。这个直径近一千米的球体缓慢旋转着，彩色的图案在球体表面走马灯似的跑过。两条彩虹色的光带在飞船身后延展。地球上，所有人都抬头望向天空——不安、怀疑，甚至还有一股赤裸裸的恐惧。即便如此，大多数人只是在单纯欣赏这前所未见的景象。这道外星彩虹如此美丽，徐徐地沿着地球轨道平稳滑行，所有糟糕的念头都被它那份壮美所打消，就好似在向人们许诺着某种欢乐、非凡之事。似乎，自第一颗卫星发向天际起，人们还从未如此频繁地望向天空……

在联合国安全理事会非公开会议上，各个大国（以及没那么大的国）的代表正紧盯着屏幕。这场面对于人类来说或许算不上印象深刻，但足够大开眼界。这是外星人和人类第一次接触。

"不，我们不打算登陆。"屏幕上传来声音，是一个长着豆豆眼的橙色小毛球在说话，"不，不，不。谢谢你们的好客。我们很赶时间，感谢你们的邀请。很高兴能和你们交流，不过我们后面还有很长很长的路要走。"

外星人提供了翻译服务，它的话被译成了俄语、英语、汉语、法语和西班牙语。对于那些没顾及的人类语言，外星人礼貌地向这些人类代表表示抱歉，感叹自己时间不够，能力不足。

"但是我们想多了解些。"联合国特别代表——一位马达加斯加公民说道，他是历经两天暗斗被选出来的人类代表。这位马达加斯加人的幸运之处就在于，他足够普通。中国代表坚持要从人口最多的国家里选出一位候选人，美国代表则坚持要从最发达、最民主的国家里选出一位候选人，俄罗斯代表——要从领土面积最大的国家里选出一位候选人。事实上，这位特别代表并不起任何作用——他只需要念出面前那块小小的、不起眼的提词器上的文字。在联合国大楼深处的某个地方，那些不为人知的顾问、心理学家、政治学家和情报部门的员工们正在匆忙打磨文本。

"我们会回答的。"外星人和善地说道，"您问吧，我们来回答。"

"您知道存在多少智慧文明吗？"马达加斯加人一边眯起眼睛辨认着屏幕上的字，一边问道。

"八十三个半，"外星人和善地回答，"包括海豚。如果算上人类，就是八十四个半。"

听罢，一个心理学家变得有点歇斯底里，随后就被人带走了。虽然发生了一个小意外，不过屏幕上很快出现了新问题。这位人类特别代表诚恳地念道："宇宙中不同文明之间的关系是基于什么建立的？"

"基于友谊、合作、互惠贸易。"外星人迅速答道，"有时也会发生一些武装冲突，不过那是为智慧生命所不齿和唾弃的。我们是坚定的和平主义者。"

美国代表满意地点点头。所有人的内心也都松了一口气。

"我们怎样才能与其他文明联系？"这位马达加斯加公民好奇地问道。

"你们可以发展科技，认真工作，和平生活，然后飞向其他星星。"外星人给出颇有价值的建议。

现场再次出现短暂的停顿。接着，一个新问题被抛出——

"地球文明有很多尚未解决的问题，我们能不能从你们这种更发达的文明那里，获得任何形式的帮助呢？"

在最后一秒，"更发达"被换成了"友好"，然而人类特别代表已经把第一版文本读出来了。

"问题蛮复杂的。"外星人有点忧伤地回答道,"很久以前我们就发现,免费获取的帮助往往不会带来什么好结果。文明会在发展中止步不前,寄希望于投资、贷款、人道主义援助……真是个非常非常复杂的问题。我们认为,可以和你们建立贸易关系,并出售一些新奇的设备。我们会收取一些重金属、手工艺品作为报酬。不过,得抓紧时间,我们的时间非常有限。"

屏幕上极快地闪过几个句子:"上帝存在吗?""什么金属?""生命的意义是什么?""海豚真的有智慧吗?""您能给我们提供什么?"马达加斯加人咳嗽了一声,瞪大眼睛盯着屏幕。最后一个句子闪烁了几下,停在了屏幕上。

"您能给我们提供什么?"人类特别代表问道。

"哦,一些非常棒的东西……"外星人开口说道,接着画面切换了。之前那个狭小、装潢简单的驾驶室被一座开阔明亮的大厅所取代,在大厅中央竖立着一艘宇宙飞船。或者说,是在人类看来非常近似于宇宙飞船的机器。"这是阿格尔文明制造的小吨位舒适型宇宙飞船。"外星人说,"可以在太阳系内移动,速度可达每秒五百千米,配有防陨石保护装置以及辐射护盾。飞船数量有限,我们可以给你们提供十二台,附上地球所有主要语言的说明文件。如果你们买下所有飞船,并现在就下单的话,我们还可以给每艘飞船附赠一个超棒的折叠式飞船库……"

接着,屏幕上出现了一个比飞船稍大一点儿的白色物体。

"……飞船通信站,以及三个小时的培训影片,用来指导飞行员在特别复杂的环境中驾驶飞船。每艘飞船的价格——四十吨黄金,四吨铂金,二点五吨钚。"

大厅里,人们闭口不语了一阵儿。接着,美国代表从自己的位子上跳了起来——

"我们国家准备买下所有飞船!"

人类特别代表在座位上坐立不安起来，不过已经没有人有工夫留意他了。

"太棒了，"外星人回应道，"我们相信，您会满意这笔交易的。我们在哪里交付飞船然后收取金属呢？"

在大厅冷冰冰的沉默中，美国代表口述了某个军事基地的坐标，然后表示可以直接从诺克斯堡[1]收取金属。惊呆了的外交官们马上悟到，安全理事会的美国代表把基地的经纬度记得那么清楚，肯定不是偶然，于是纷纷愤怒地吵嚷起来。不过此时，外星人开口打断了人们的斥责。

"我们还有更有意思的交通工具——拉克-哈尔文明制造的殖民飞船，可用来星际飞行。独家产品，仅此一份，绝对崭新，不受爱因斯坦理论的约束，飞行距离可达四十光年。一趟航行可转运多达一千个生命体。价格——四百吨黄金，三百吨铂金，还有至少一吨的钻石原石……"

"我们国家买这个！"美国人喊道，目不转睛地盯着殖民飞船那亮闪闪的外壳，飞船大到占据了整个屏幕。在殖民飞船的映衬下，阿格尔文明制造的小飞船黯然失色。

"……以及八十吨手工艺术品，而且这些艺术品要有一千地球年以上的历史。"外星人补充完毕，"很遗憾，美国没有那么古老的艺术品。如果您现在就下单的话，除了殖民飞船，您还可以获得一套超棒的空气调节系统，一个非凡的望远镜，可以用来观测天上的星星，还有一份标有距地球四十光年范围以内的行星坐标指南，这些行星还尚无人居住，并且搭配有一份包含了地球所有主要语言的说明文件……"

"中国买这艘飞船。"中国代表说道，胜利在望地环视大厅，开始爆豆似的讨论起交易细节。无人反对。那些大国和不怎么大的国家代表们紧紧握着电话听筒，仔细聆听新指示。马达加斯加人有些无聊、有些同

---

1. 位于美国肯塔基州，是美国国库黄金存放地之一。

情地望向美国代表。

"很遗憾,交通工具卖完了。"外星人说道,他们不要长城的残垣,不过对明代的花瓶和兵马俑相当满意。"但是,我们还有其他新奇玩意儿。令人惊叹的奥利安文明制作的食物合成器!合成食品适用于任何碳基生命体。食物合成器全自动,自带的能量够用一百二十五年。我这里有四台,每台的价格——六十吨手工艺术品,要求艺术品起码有两百地球年的历史……"

美国、中国和英国在激烈的争吵中瓜分了食物合成器;法国对此嗤之以鼻,并以烹调美食是自己国家的传统为由拒绝参与这桩买卖;俄罗斯代表则得到外星人的承诺——下一批商品让给俄罗斯。然而,当外星人在介绍某个不知名种族制造的非凡仪器可以使人体器官年轻一百个地球年时,这个承诺差点被忘得一干二净。外星人整顿了现场秩序,语气有些责备地提醒人类要注意自己的言语,斥责完人类之后,又颇有礼貌地小小批评了人类一番。由于俄罗斯买东西不拖泥带水,作为奖励,他们还额外获得了一条自动传送带,每小时可以向返老还童器运输多达一千人。

人类特别代表又插了一嘴,这次他提出了一个关于何时完成交易的重要问题。外星人让他不要担心,承诺交易完成三小时内会供应所有货物,而且,商榷好了交付货物和收取费用的事宜。

很快,刚刚错过的返老还童器立马就被人们忘到脑后了。一桩桩买卖像雨水般纷纷洒落下来:可治愈疾病的多种外星科技、防污织物、气候控制术、梦中学习术、零摩擦轴承、超导体、超强度单分子纤维。法国买了一座可以容纳一万人的宇宙空间站和一台依靠布朗运动能量驱动的咖啡研磨机,此外还得到了一座超深钻井平台和一本气味语言词典。中国还是推销掉了自己的万里长城,换得一台控制生育的设备。英国不甚满意地购买了一种无线电力传输技术,但还拿到了一个全新的实验工厂,这座工厂可以精准地复制自我。当那些比较富裕的国家买到手软以后，俄罗斯成功买到了一种特殊微生物，这些微生物能够生活在核反应堆里，并把辐射转化为酒精，此外还得到了磁悬浮汽车和抗冻异星香蕉嫩芽。

当重金属资源储备有些支撑不住，艺术品储量即将告罄时，外星人殷勤地卖光了各种有趣的小玩意儿，来换取地球技术的样本、酸奶菌种、桉树树叶和其他杂七杂八的东西。几乎沉默到最后的以色列代表收到了上级命令，急吼吼地一口气批发下了一半的外星小玩意儿，还额外得到一种防秃药，可以让人稳定持久地长出头发。

"我们的存货没了，"外星人忧伤地说道，"我们不得不和你们道别了。现在，你们购买的东西将会被送到指定位置。感谢合作。"

"上帝存在吗？"马达加斯加公民急忙喊道。

"我们自己也想知道。"外星人回答道，接着屏幕熄灭了。

大汗淋漓、激动不安的外交官们相互交换了下眼色。没有人想第一个站起来。最后以色列代表说出了大家的心声——

"好像有点不太对……"

与此同时，外星人的飞船在地球上空开始最后一圈绕飞。一双彩虹色机翼在整颗星球上方展开，接着机翼上出现了许多暗色的斑点——那是宇宙飞船、机床、咖啡研磨机、微生物群、汽车和食物合成器。机翼扫过整颗地球，彩虹般的光覆盖了整个世界，外星人在那些指定地点缓缓放下人类购买的各种东西，无比仔细地拿走了那些重金属、地球艺术品。每个人都被那彩虹波浪触动了，每个人在那一刻都感受到了令人愉悦的满足感和对自我价值的认识。

接着，外星人的飞船飞离了轨道，几小时后便消失在宇宙深处。

第二天晚上，俄罗斯安全理事会召开了会议。同时，所有获得银河系科学奇迹的世界大国都在开会，召开会议的组织都是这种国家安全理事会。

第一个发言的是对外情报局局长。

"传递这份情报时,我们最好的美国间谍暴露了……"情报局局长一边乱翻着一堆打印文件,一边低声念叨着,"嗯,阿格尔文明的飞船确实符合全部所述参数。美国科学家有些乐观地认为,飞船速度确实能够达到每秒五百千米……这就是照片,可惜不太清晰,我们的侦察卫星有些陈旧了……测量尺可以显示出每艘飞船的大小,情报可以证实这个数据。阿格尔人的身形大概和小猫咪一样大。飞船的部件舱都是密封的,据说明文件上说,尝试打开部件舱会导致飞船所有装置受损……下面是关于中国的数据,其中某些数据,我们倾向于认为是假消息,不过有些数据是确凿可信的。拉克-哈尔的殖民飞船船体长三百米,可不像美国的那些玩具。这艘飞船运行确实不受爱因斯坦的理论约束。依据相对论,当飞行速度接近光速时,飞船上的时间应该变慢,从机组人员感受的主观时间上看,飞船只飞了几小时,尽管从外部观察者的角度看,已经过去了几十年,甚至几百年。但是在拉克-哈尔的殖民飞船上,一切情况刚好相反——从我们的视角看,飞船可以在几小时内飞到最近的恒星上,但是在飞船上,这一过程却要历经数千年。中国人还是想再试试……但坏就坏在,飞船的机械架构只能使用十几二十年……生育控制器也有点问题,设备开启之后,一下子就会对所有民族都起作用……目前还没有关于法国的明确消息,不过他们的空间站的温度仍然保持在五百四十摄氏度,要是降低温度,船体就会损坏……英国的工厂已经精准建造了自己的复制品,然后每一个复制品又在建造自己的复制品。这个不断复制的过程似乎可以无限进行下去,不过首相已经下令工厂停工了。志愿者还有莫桑比克[1]的饥民拒绝吃合成食物。虽然这种食物无毒,而且营养丰富,但是连猪吃了都会反胃……以色列的数据还没有……比利时的消息很快就来了……这儿还有一些英国的数据,上面说到无线电力传输需

---

1. 非洲东南部国家。

要建造接收站和发射台,安装设备所要耗费的铜太多了,铺设老式输电线路要便宜一个数量级。我说完了。"

听完这段简短发言,新成立的地外技术研究所所长显然如释重负,他站起身,念起一份简报——

"返老还童器安装就绪,可以开始投入使用。不过,可惜的是,机器拒绝对七十八岁的志愿者执行返老还童程序,因为返老还童的最低年龄限度是一百岁。今天晚上托木斯克居民伊凡·斯杰潘诺维奇·霍姆亚科夫将会被送抵莫斯科,按出生证上登记的时间算,他有一百零六岁了。可惜,我方的一些科学家推测,启动返老还童程序之后,不仅他的外观会变年轻,而且就连思维方式也会像六岁孩子一样。那群被放在强烈辐射流之下的微生物,确实可以产生酒精。只不过就一个问题——它们吸收酒精的速度也很快。汽车在磁垫上确实能良好运行,不过需要铺设镍钨合金制成的特殊轨道。莫斯科—兹韦尼哥罗德[1]试验段公路建设预算附后……香蕉,更确切地说,是外星香蕉类似物,已经被种植在雅库特[2]农业实验站了,预计二十到二十五年以后迎来首次丰收……冻土、施肥困难……不过这些香蕉确实不怕雪。我要说的暂时就这么多。"

一阵沉默。总统沉下脸,扫视了一圈同僚们,问道:"有人知道,为什么外星人从我们这买了一百五十辆'卡玛'自行车[3]吗?这些自行车有什么用吗?"

可能的确有人知道原因,但是并不打算说出来。和这些当官的相比,可能外星人自己才是那个给总统解释原因的最佳人选(顺便一提,整艘大飞船的全部机组人员就只有外星人一个而已),不过外星人现在正忙得不可开交呢。就在离太阳不远的星系里,他正在给当地居民推销独特的生态环保交通工具,这种交通工具不需要耗费昂贵的能源,既能在平面

---

1. 莫斯科近郊的卫星城。
2. 俄罗斯东北部的一个共和国。
3. 苏联时期大量生产的折叠自行车。

上移动,也能沿着坡面移动,甚至还能转弯。当地沼泽地里的水母居民正聚精会神地听外星人忽悠。

然而,这些人类需要知晓的所有答案,都可以由一个人给出——一个不属于高层的毫不起眼的俄罗斯公民,小官员,甚至还是个芝麻小官,他在外星飞船飞来之际正和朋友们兴高采烈地庆祝,在飞船飞走之际再次庆祝。就在此时,这个男人带着几分醉意回到家,之后顺理成章变得醉醺醺的。男人撞见妻子坐在沙发上正朝电话另一端报着地址,他随即发表了一段慷慨激昂的小演讲。"蠢婆娘"这个词和其他令人反感的词语穿插其中,最后这番话终于以一句带有责备意味的句子结束——

"就是这个时刻,人类正站在新时代的门槛上!"

委屈的妻子躲进卧室里,这个小官在电视机前坐下来。

"如果您现在就下单的话,"屏幕里传出声音,"除了神奇研磨机,您还将获得一块洗茶杯的海绵、一把切土豆的小刀以及一个备用刀柄!"

不过这位公民已经睡着了。不知为何,他梦见了一只发笑的海豚。

敬如歌 译

《如果您现在就下单……》,2004年首次发表于俄罗斯《如果》幻想文学杂志。小说以幽默的语调讽刺了人类对外星科技的盲目崇拜,以及对冲动消费的批判,读起来轻松诙谐,发人深省。人类第一次与外星人接触,想通过他们购买先进技术。外星人提议人类用金属、文物、艺术品等地球特有资源来置换外星产品。世界各国代表蜂拥而上,抢购外星科技。第二天,当人们从冲动购买中清醒过来时,才发觉自己上当了——外星商品只是看上去很美。

视而不见

罗伯特·J.索耶

我第一个被拉进未来，先我同伴一步。时间转移并没带给我特别的感觉，只是耳膜有些鼓胀，后来我知道这与气压的变化有关。一来到二十一世纪，就有机器扫描了我的大脑，以便根据记忆完美地重建贝克街221B号房间。那些我无法清晰记得或讲出的细节，都被准确地复刻了出来，如贴着植绒纸的墙壁、熊皮做的炉边地毯、柳条椅、扶手椅、煤篓，甚至还有窗外的景色——所有细微之处都准确无误。

我在未来遇到了一个自称麦考夫·福尔摩斯的人。但他声称与我的搭档没有任何关系，并坚持说这个名字只是巧合。不过，他不否认或许正因为如此，他才将大把业余时间都用来研究我同伴的破案方法。我问他是否有个叫夏洛克的兄弟，但他没有正面回答："我没有他那么无情的父母。"

这位麦考夫·福尔摩斯是个矮小的红发男人，与我两百年前认识的那个同名同姓、有着结实身材和黝黑皮肤的家伙完全不同。他即将把福尔摩斯从过去带到这里，而在此之前，他希望尽一切可能，保证所有细节都准确无误。"天才，"他说，"离疯子也只有一线之差。"虽然我已经很好地适应了未来，但我的搭档可能会被这场经历狠狠震撼到。

麦考夫选择的时机准确无误。福尔摩斯从贝克街221号前门外面走进来时，被准确地从真实的世界转移到了这片创造出的模拟空间，整个过程做得非常隐蔽，没有留下一丝痕迹。我听到楼下好友的声音，他习惯性地向模拟出的哈德森太太问好。像往常一样，他迈开长腿，几步就到了我们简陋的住处。

我本以为迎接自己的是热烈的问候,比如一声热情洋溢的"我亲爱的华生",甚至是坚定的握手或其他一些友好的表现。但是当然了,这些都没有发生。这不同于他消失三年后回来的那次,在那三年里,我一直以为他已经死了。而此时,我的搭档——这些年来我很荣幸能够记录他的英雄事迹——却不知道我们已经分开多久了,所以他给我长期守候的回报只是将那张拉长的脸对着我,敷衍地点了点头。他坐了下来,抄起一份晚报,但过了片刻,就啪的一声把报纸放了下来,"该死的,华生!我已经看过这一期了。没有今天的报纸吗?"

在这种情况下,除了接受奇怪的命运安排给我的陌生角色,我别无选择。以往都是他向我解释真相,而现在,我们的位置颠倒了,我必须向他做出解释。

"福尔摩斯,我的好伙计,恐怕这个世界已经没有报纸了。"

他的长脸皱了起来,清澈的灰色眼睛闪着光,"华生,我原以为任何一个像你这样长期在阿富汗待过的人,都会对太阳的高温免疫。我承认今天热得难受,但你的头脑肯定不会那么容易发热。"

"我的脑子很清醒,福尔摩斯,我向你保证。"我对他说,"我说的是真的,虽然我承认,第一次听到这种事情时,我的反应和你一样。这里从七十五年之前就没有报纸了。"

"七十五年前?华生,这份《泰晤士报》的日期是1899年8月14日,也就是——昨天。"

"恐怕要让你失望了,福尔摩斯。今天是公元2096年,6月5日。"

"20……"

"这听起来很荒谬,我知——"

"是很荒谬,华生。我时常会亲切地称你为'老伙计',但你现在离二百五十岁还差得远呢!"

"也许我不是解释这一切的最佳人选。"我正要继续。

"慢着，"一个声音在门口说道，"我来说。"

福尔摩斯猛地站了起来，"你又是谁？"

"我叫麦考夫·福尔摩斯。"

"冒牌货！"我的搭档喊道。

"我向你保证，事实并非如你所想。"麦考夫说道，"我承认自己不是你的兄弟，也没有出入过'第欧根尼俱乐部'，但我和他有一样的名字。我是一名科学家——通过运用某些科学原理，把你从过去带到了现在。"

认识我同伴这么多年，这还是我头一次在他脸上看到了茫然。"他的话千真万确。"我对他说道。

"怎么解释？"福尔摩斯说着，张开他的长臂，"假设这疯狂的幻想是真的——虽然我丝毫不会相信——你为什么要通过这样的方式，将我和我的好朋友华生医生拐到这里？"

"因为，福尔摩斯，就像你过去常说的那样，游戏开始了。"

"谋杀，是吗？"我问道。终于找到了我们被带到这里的原因，我的内心有些激动。

"不是单纯的谋杀。"麦考夫说，"远没那么简单。实际上，它是人类迄今为止面对的最大谜题。不是简简单单地失去一个生命，而是数以万亿计。数万亿。"

"华生，"福尔摩斯说，"你肯定发现了，这个人有发疯的迹象。你包里有没有药，给他服下。我们地球上的总人口还不到20亿呢！"

"那是在你那个时代。"麦考夫说，"而今天，这个数字大约是80亿。不过，关键是还有数万亿生命消失了。"

"啊，我终于明白了。"福尔摩斯说着，眼睛里闪烁着光芒，他相信理智又一次占据了主导，"我在《伦敦新闻画报》中看到过一些恐龙——过去的伟大生物——欧文教授是这样称呼它们的，现在全都已经死去了。你希望我解开的就是它们的死亡之谜。"

麦考夫摇了摇头，"你应该去读读莫里亚蒂教授的专著《小行星动力学》。"

"我不愿意去想那些无用的知识。"福尔摩斯凝重地回答。

麦考夫耸了耸肩，"好吧，在那篇论文中，莫里亚蒂非常睿智地提出了关于恐龙灭绝原因的猜想，是一颗小行星撞击地球，掀起了足以遮挡太阳数月之久的尘埃。在他推理出这一假设近一个世纪之后，人们在一层黏土中发现了证明其理论真实性的确凿证据。不过，这个谜团早就解开了。而我说的谜团，要大得多。"

"那么，请问阁下，是什么谜团？"福尔摩斯说着，声音里透露着不耐烦。

麦考夫示意福尔摩斯坐下，我的朋友内心挣扎了一会儿，最后还是照做了。"这个谜被称为'费米悖论'。"麦考夫说道，"以生活在二十世纪的意大利物理学家恩利克·费米命名。你知道，我们此时所知的宇宙拥有无数的行星，其中许多行星理应产生智慧文明。我们可以通过'德雷克公式'，从数学上计算出它们存在的可能性。一个半世纪以来，我们一直在用无线电——即不需要电线——来寻找这些智慧生命的迹象，但却一无所获，什么也没发现！因此，才有了费米悖论——如果宇宙应该充满生命，那么那些外星人在哪里？"

"外乡人？"我说道，"他们当然大多都在各自的异土之国里。"

麦考夫笑了，"医生同志，自从你的时代以来，情况已经有了很大变化。我说的是'外星人'，就是地外生命——生活在其他星球上的生物。"

"就像凡尔纳和威尔斯故事里的那样？"我问道，此时的表情一定兴奋不已。

"算是吧，但他们更遥远，在我们太阳系以外的世界。"麦考夫回答。

福尔摩斯站了起来。"我对宇宙，以及其他世界一无所知。"他气恼道,"这些知识在我的职业中没有什么实际用途。"

我点点头。"我第一次见到福尔摩斯时,他还不知道地球是绕太阳运动的。"我微微笑了一下,"相反,他认为太阳是绕地球运动的。"

麦考夫笑着说:"我知道你所处时代的局限,夏洛克。"我的朋友因为他有些冒昧的称呼微微皱了皱眉。"但你只是在知识上存在空白,这很容易补足。"

"我不会将无关紧要的事情塞满大脑。"福尔摩斯说,"我脑子里只装对我的工作有帮助的信息。例如,我可以鉴别出一百四十种不同的烟灰——"

"噢,福尔摩斯,你可以把这种事情忘掉了。"麦考夫说,"现在没有人抽烟。事实证明,抽烟对人体健康是有害的。"我瞥了福尔摩斯一眼。我一直都在警告他,不要毒害自己的身体。"另外,这么多年来,我们对大脑的结构有了更深入的了解。记忆与文学、天文学和哲学等领域有关的信息不会将其他与你更相关的数据排挤掉,所以,你这种担心是没有根据的。人脑存储和检索信息的能力几乎是无限的。"

"是吗?"福尔摩斯大为震惊。

"是的。"

"所以你希望我钻研物理学和天文学之类的知识?"

"对。"麦考夫说。

"为了解决费米悖论?"

"没错!"

"但为什么是我?"

"因为这是一个谜题,而你,我的朋友,是这个世界上最伟大的解谜者。即使现在距离你的时代已经过去两百年了,却仍没有一个人具备与你相匹敌的能力。"

麦考夫可能没看出来,但搭档脸上那一丝丝自豪感却瞒不住和他长期相处的我。不过紧接着,福尔摩斯皱起了眉头,"要解决这个问题,我需要长年累月地积累知识。"

"不，不需要。"麦考夫挥了挥手，在福尔摩斯凌乱的办公桌中间，出现一小块垂直立着的玻璃，旁边放着一个奇怪的金属碗。"从你的时代以来，我们的学习技术取得了巨大进步，可以直接将新信息编入你的大脑。"麦考夫走到桌子旁，"这块玻璃板就是我们所说的'显示器'，可以由你的声音激活。只要对着它提问，无论什么主题，上面都会显示出你想要的信息。如果发现某个主题对你的研究有用，只需把这个头盔放在你的头上，"他指着那个金属碗，"说出'加载主题'这几个字，信息就会无缝地整合到你的大脑神经网络中。你会立刻感觉自己好像对那个领域的所有细节都烂熟于心。"

"难以置信！"福尔摩斯说道，"就从那里开始？"

"对，从那里开始，我亲爱的福尔摩斯，我希望你的推理能力能引导你解决这个悖论，并最终揭示出外星人身上发生的事情！"

"华生！华生！"

我在睡梦中被叫声惊醒。福尔摩斯完全无法抗拒这种毫不费力吸收信息的新能力，他持续捣鼓了很长时间，一直到深夜，而我都已经在椅子上睡了一觉。我意识到，福尔摩斯终于找到了一种方式，来消解体内沉睡中的对可卡因的渴望——人类所有的思想创造在他面前触手可及，他再也不会感到空虚，那种无事可做的空虚简直要将他摧毁。

"嗯？"我说道，喉咙很干。很明显，我是一直张着嘴睡的，"什么情况？"

"华生，这个物理学比我想象的还要有趣。听听我接下来要说的话，看它是不是像我们之前的那些案子一样引人入胜。"

我从椅子上站起来，给自己倒了点儿雪利酒——毕竟，现在是夜晚，还没到早晨，"我在听。"

"还记得那个上了锁的密封房间吗？在那个可怕的'苏门答腊巨鼠

案'中,那房间起到了至关重要的作用。"

"我怎么会忘记!"我说完,一阵战栗在脊柱上蔓延,"如果不是你敏捷的枪法,我的左腿就会像右腿一样废掉了。"

"确实。"福尔摩斯说道,"那么,我现在要说的是一位名叫埃尔温·薛定谔的奥地利物理学家,他设计了另一种类型的密室之谜。想象一只被密封在盒子里的猫。盒子是用不透明材料制成的,并且盒壁完全密封,与外界完全隔绝,一旦盒子关上了,任何人都无法观察到这只猫。"

"把一只可怜的猫关在盒子里,"我说道,"对这只猫太不公平了。"

"华生,你对案件的敏感性值得称道,但伙计,请你,把注意力放在我的重点上。进一步想象一下,这个盒子里面有个触发装置,其被触发的概率正好是50%,而触发装置与一只毒气瓶相连。如果装置被触发,瓶子将会释放毒气,猫就会死亡。"

"天哪!"我说,"太恶毒了。"

"现在,华生,告诉我,在不打开盒子的情况下,你能说出这只猫是死还是活吗?"

"如果我没理解错的话,这取决于触发器是否被触发。"

"没错!"

"因此,这只猫也许还活着,也许已经死了。"

"啊,我的朋友,我知道你不会让我失望的,这种解释再明显不过了。但这个答案是错的,亲爱的华生,完全错了。"

"什么意思?"

"我的意思是,猫既不是活的,也不是死的。这只猫是潜在的,不确定的,只存在于可能性之中。它既不是活的,也不是死的,华生——两者都不是!在某个有智能的人打开盒子看向里面之前,这只猫是不确定的。只有观察的行为才会确定各种可能性。一旦你打开封盖,窥视里面,这只潜在的猫就会变成一只真正的猫。它的现实是被观察的结果。"

"简直是一派胡言,比那个跟你哥哥同名的人的信口之言还要离谱。"

"不,不是的,"福尔摩斯说道,"这就是世界的运转方式。华生,从我们那个时代以来,他们已经学到了很多东西,非常多!但正如阿尔方斯·卡尔所说的那样,'变化的背后都伴随着不变'。即使在这个深奥的高等物理学领域,合格的观察者也是最重要的影响因素!"

我再次醒来时,听到福尔摩斯大喊:"麦考夫!麦考夫!"

过去我偶尔听到过他这样的喊声,要么是当他那钢铁般的体魄虚弱发烧了,要么是可恶的针头扎进了他的身体。但过了一会儿,我才反应过来,他并不是在呼唤他真正的兄弟,而是在对着空气喊那位二十一世纪的大科学家麦考夫·福尔摩斯。不久后,他得到了回应——我们的房门打开了,那个红头发的家伙走了进来。

"喂,夏洛克。"麦考夫问道,"你叫我?"

"是的。"福尔摩斯回答,"我现在不仅吸收了很多物理知识,还学习了你为我和善良的华生医生建造这些房间的技术。"

麦考夫点了点头,"我一直在关注你所接触的知识。不得不说,你的选择出人意料。"

"看起来确实如此。"福尔摩斯说道,"但我的方法是建立在追查琐事的基础之上。如果我没理解错的话,你是通过扫描华生的记忆重建了这些房间,然后,利用了'全息技术'和'微操控力场'——如果我理解无误的话——来模拟他所见事物的外观和形式。"

"没错。"

"因此,你这种能力不仅仅局限于重建这些房间,你甚至还可以模拟我们任何一个人见过的任何东西。"

"对。事实上,我甚至还可以把你们放进根据别人记忆模拟出的世界中。我原以为你可能会喜欢'甚大阵射电望远镜',我们对外星人信号的监听大部分都是在那里进行的——"

"是的，是的，我相信那很吸引人。"福尔摩斯心不在焉地回应着，"那你能重构华生称之为'最后一案'的场景吗？"

"你是说'莱辛巴赫瀑布'？"麦考夫看起来很震惊，"天哪！确实可以重现，但我觉得这是你最不想再经历的事情。"

"说得好！"福尔摩斯说道，"你能帮忙吗？"

"当然。"

"那就做吧！"

于是，福尔摩斯和我的大脑接受了扫描。很快，我们就发现自己进入了一个极其逼真的场景——1891年5月的瑞士，我们最初为了躲避莫里亚蒂教授派出的刺杀者而逃到那里。此番事件重演始于迈林根小镇的英吉利旅馆，这里环境宜人，旅馆老板看起来很真实，还像多年前那样，迫切要求我们答应他，务必前往莱辛巴赫瀑布，欣赏那里的壮观景象。福尔摩斯和我向瀑布出发了，他行走时还拄了根登山杖。据我所知，麦考夫正在远处通过某种方式观察这一切。

"我不喜欢这样。"我对同伴说，"这样可怕的事情，经历一次就已经够糟糕了，除了出现在噩梦中，我不想再经历第二次。"

"华生，你想想，我对这里有更多的情感。战胜莫里亚蒂是我职业生涯的巅峰。当时我对你说过，现在也还会说一样的话：要是能终结'犯罪界的拿破仑'，我会义无反顾地豁出性命。"

在瀑布中段，植被之中开辟出了一条小土路，这样就可以完整地看到这片奇观了。积雪融化，汇入了冰冷的绿色河水。水流以惊人的速度和汹涌的力量朝前奔涌，而后一头扎进了巨大的岩石裂缝中。那里深不见底，暗如黑夜。大团的浪花喷溅而出，暴跌的水幕发出了啸声，宛如人类的尖叫。

我们在那里站了一会儿，俯看着瀑布，福尔摩斯的脸色沉静，陷入了最深的沉思中。然后，他向泥泞的小路前方指了指。"注意了，亲爱的华生。"他大声喊道，尽力压过激流的声音。"那泥泞小路的尽头是一处岩壁。"我点点头。他又指向另一个方向，"看来，从原路返回是活着离开的唯一途径——这里只有一个出口，而且与唯一的入口重合。"

我再次点头。但是，就像我们第一次来到这个决定命运的地方时那样，一个瑞士男孩沿着小路跑来，手里拿着封写给我的信，上面有英吉利旅馆的标志。我当然知道信上说的是什么——一名住在那家旅馆的英国女人大出血，性命垂危。她只能再坚持几个小时，但毫无疑问，要能得到英国医生的照顾，她会感到莫大的安慰。那我现在要立刻过去吗？

"那张纸条只是个借口。"我转向福尔摩斯说，"当然，我最初是被它骗了，但你没有，你后来留给我的那封信中提到，你一直怀疑这是莫里亚蒂的骗局。"在我们谈论的整个过程中，这个瑞士男孩一动不动地站着，似乎是被一直监督这一切的麦考夫定住了，好让福尔摩斯和我有商量的时间。"福尔摩斯，这次我不会再离你而去，让你一个人身陷死地了。"

福尔摩斯举起手打住，"华生，还是那句话，你的情义值得称赞，但请记住，这只是一个模拟。你完全按照之前的做法，才能真正帮助到我。不过，你不必走完这段艰难的路途——到英吉利旅馆再返回——你只需回到与黑衣人相遇的地方，等上一刻钟，然后再回到这里。"

"谢谢你将这个过程简化了。"我说道，"我现在比当时老了八岁。要是来回走三个小时的山路，肯定吃不消。"

"的确。"福尔摩斯说，"我们差不多都已经过了人生中最黄金的年龄。现在，请按我说的做。"

"当然。"我说道，"但我必须坦承，我不明白这到底是怎么回事。那个二十一世纪的麦考夫提出一个谜团，你便决定去探索自然哲学的难题——消失的外星人。那我们为什么要来到这儿呢？"

"我们之所以在这儿，"福尔摩斯说，"是因为我已经解决了那个问题！相信我，华生。相信我，把1891年5月4日那可怕的一天再重演一遍。"

就这样，我和我的搭档分开，但依然不明白他在想什么。我朝英吉利旅馆的方向返回时，遇到一个人，他正匆忙去往与我相反的方向。我第一次经历这些可怕的事时，并不认识他。但这次，我认出他就是詹姆斯·莫里亚蒂教授——身材高大，一身黑衣，前额凸出，瘦削的身躯在绿色植物的背景下显得格外突出。我没有理会这个模拟的人，按照福尔摩斯的要求等了十五分钟，然后回到瀑布。

我回到这里，看见福尔摩斯的登山杖靠着块岩石。通往激流的小路上，黑色的土壤不断被翻滚的瀑布溅出的水花浸润着。在泥土上，我看到两个人的脚印沿着小径一直延伸到瀑布，没有回来的痕迹。这与多年前迎接我的可怕景象一模一样。

"欢迎回来，华生！"

我转过身来。福尔摩斯正靠着一棵树站着，咧嘴大笑。

"福尔摩斯！"我惊呼道，"你是怎么做到的？为什么你离开瀑布却没有留下脚印？"

"想一下，我亲爱的华生，除了你和我的血肉之躯，这一切都只是一场模拟。我只是让麦考夫不要让我留下足迹。"他还来回走了几步，给我做了示范。他的鞋子没有留下任何痕迹，也没有踩到路上的任何植物。"当然，我还要求他把莫里亚蒂'冻结'了起来，就像在我和宿敌殊死搏斗之前，他把那个瑞士男孩冻结起来一样。"

"很奇妙。"我说道。

"确实。现在，看看你面前的景象，想到了什么？"

"就像我在那可怕的一天里看到的那样，我以为你已经死了。两人的脚印通往瀑布，没有回来的痕迹。"

福尔摩斯大叫了一声："正是！"这一声非常响亮，跟旁边瀑布的咆哮声都不相上下,"你认为其中一双足迹是我的,而另一双则属于那个穿黑衣的英国人——犯罪界的拿破仑!"

"是的。"

"当看到两个人的脚印逼近瀑布,没有回来的痕迹,你就冲到瀑布的边缘,然后发现了——什么?"

"悬崖边缘有挣扎的痕迹,一直延伸到汹涌的急流。"

"你从中得出了什么结论?"

"你和莫里亚蒂陷入殊死搏斗,然后一起栽下了悬崖。"

"正是如此,华生!根据这些观察,我也会得出同样的结论!"

"不过,幸好,事实证明我是错的。"

"你确定你错了?"

"啊,是的。你出现在这里,就证明了这一点。"

"也许吧。"福尔摩斯说道,"但我并不这么认为。想一想,华生!你在现场,看到了发生的一切,三年来——三年,伙计,你都相信我已经死了。而那时,我们已经是长达十年的朋友和同事。你认识的那个福尔摩斯会让你为他哀痛这么久而不给你捎个信吗?你肯定知道,我对你的信任不亚于对我的哥哥麦考夫,后来我才告诉你,他是唯一知道我还活着的人。"

"好吧。"我说道,"既然你提起此事,说实话,我当时的确有点受伤。但你回来时向我解释了其中的缘由。"

"华生,你的不满情绪能够缓解,我感到很欣慰。但我想,并非是我安抚了你的情绪,更可能是你自己。"

"嗯?"

"你已经看到了我死亡的明确证据,并在你称之为《最后一案》的回忆录中,真实生动地记录了这一点。"

"是的,确实是这样的。那是我写过的最艰难的文字。"

"当这篇报道在《河岸杂志》发表后,你的读者有什么反应?"

我摇着头，回忆起来。"完全出乎我的意料。"我说道，"我原以为会有一些陌生人对你的逝世表示哀悼，因为你的英勇事迹在过去受到了热烈的推崇。但事实恰恰相反，我得到的回应大多是生气和愤怒——人们要求听到更多关于你的冒险故事。"

"当然在你看来，这是不可能的，因为我已经死了。"

"没错。但我必须得说，整个事情给我留下了相当糟糕的印象。他们的行为让我不解。"

"但毫无疑问，他们的愤怒很快就平息了。"福尔摩斯说。

"你很清楚，事实并没有平息。我以前告诉过你，多年以来，无论我走到哪里，那些要求续写的信件以及人们的敦促都朝我疯狂涌来。实际上，我几乎已经到了要动摇的地步，准备把以前忽略掉的一个并非与大众息息相关的案子写出来，只为让这些要求消停一下，而这时，令我惊喜的是——"

"令你惊喜的是，在我失踪差一个月就满三年的时候，我出现在你的诊疗室。要是没记错的话，我当时伪装成衣衫褴褛的书籍收藏家。之后，你很快就记录了我的新冒险，首先是关于那个臭名昭著的塞巴斯蒂安·莫兰上校，以及他的受害者——尊敬的罗纳德·阿代尔的案子。"

"是的。"我说道，"那场冒险很奇妙。"

"但是，华生，让我们把焦点转回来，想一想我在1891年5月4日死于莱辛巴赫瀑布的那些事实吧。你作为现场的观察者，看到了证据，而且，正如你在《最后一案》中所写的那样，许多专家对瀑布的边缘进行了勘察，得出了与你完全相同的结论——莫里亚蒂和我坠亡了。"

"但事实证明，这个结论是错误的。"

福尔摩斯笑了，神情很是认真，"不，我善良的华生，事实证明，这只是'不可接受'的——对你的忠实读者来说，我的死亡不可接受。而这正是所有问题的根源所在。还记得被密封在盒子里的薛定谔猫吗？莫里亚蒂和我在瀑布那儿呈现了与之非常相似的场景：他和我走向一条死路，我们的脚印在松软的泥土上留下了印记。在那种情况下，只有两个可能结果——我要么活着出去，要么死了。那里没有出路，只能从瀑布原路返回。除非有人看到我从那条小路重新出现，或者一去不返，否则结果就没有确定。我既是活的，又是死的——由一系列的可能性叠加。但是当你到达时，这些可能性不得不坍缩成一个单一的现实。你看到没有脚印从瀑布返回——这意味着莫里亚蒂和我搏斗过，最后，我们一起从边缘跌入了冰冷的激流。是你看到结果这一行为迫使可能性被确定。从某种真实的意义上说，我亲爱的朋友，是你杀了我。"

我的心脏在胸口中怦怦直跳，"我告诉你，福尔摩斯，没有什么比看到你活着更令我高兴的了！"

"我对此没有丝毫怀疑，华生，但你只能看到一种结果，要么是这种，要么是那种。你不可能两者都看到。而且，在看到所见的事情之后，你报告了你的发现——首先通知了瑞士警方，然后是《日内瓦日报》的记者，最后是你在《河岸杂志》上的完整记述。"

我点点头。

"但薛定谔在设计盒子里的猫的思想实验时，没有考虑到这一点。假设你打开盒子，发现那只猫死了，接着你把猫死掉的事情告诉邻居——当你说猫已经死了时，你的邻居拒绝相信。而你再去看一次盒子，会发生什么？"

"嗯，那只猫肯定还是死的。"

"也许吧。但是，如果成千上万的人——不，是数百万人！——都拒绝相信原始观察者的说法呢？如果他们否认这些证据呢？会发生什么，华生？"

"我，我不知道。"

"通过顽固的意志，他们重塑了现实，华生！真相被虚构所取代！他们的意志让猫活过来了。不仅如此，他们还试图相信，猫从一开始就没有死！"

"然后呢?"

"这个世界,本该有一个具体的现实,现在却呈现出不确定、悬而未决、飘忽不定的状态。作为第一个到达莱辛巴赫现场的观察者,你的解释应该占据主导。但人类是出了名的固执,凭着这股纯粹的执拗劲儿,他们拒绝相信被明确告知的事情,所以世界又退回了悬而未决的可能性波面中。我们处在不断涌动的现实之中——直到今天,整个世界都在涌动——这是因为你在莱辛巴赫做出的实际观察与世界希望你做出的观察之间存在冲突。"

"但这一切都太难以置信了,福尔摩斯!"

"华生,去掉真正的不可能,剩下的——无论看起来多么不可能,都必定是真相。那么,让我们回到麦考夫的'化身'所要解决的问题'费米悖论'。即,外星人在哪里?"

"你说你已经解决了?"

"确实如此。想想人类搜寻这些外星人的方法吧。"

"照我的理解,是靠无线电——通过监听他们在以太中的'谈话'。"

"正是如此!那我是什么时候起死回生的,华生?"

"1894年4月。"

"那个天才的意大利人伽利尔摩·马可尼,是什么时候发明的无线电?"

"我不知道。"

"是1895年,我善良的华生。在那之后第二年!在人类使用无线电的所有时间里,我们的整个世界都处在不确定的状态!处在一个可能性未坍缩的波面!"

"也就是说?"

"也就是说,外星人存在,华生——不是他们消失了,而是我们!我们的世界与宇宙的其他部分不同步。由于我们无法接受不愉快的事实,使自己分离出更多'潜在'的可能性，而非变得更加'实在'。"

我一直认为我的搭档自视甚高，但显然，他此刻把自己看得比之前还要重要得多，"福尔摩斯，你的意思是，目前尚未确定的世界状态，是取决于你自己的命运？"

"确实如此！你的读者不会允许我摔死，即使这意味着达到我最渴望的目的——消灭莫里亚蒂。在这个疯狂的世界里，观察者已经失去了对观察物的控制！如果说我的生命——你在回忆录《空屋》中描述的那个离奇复活之前的我——能够诠释什么的话，那就是理智！逻辑！忠于观察到的事实！但是人类放弃了这一点。整个世界出现了紊乱，华生，非常紊乱，以至于我们同其他地方存在的文明都隔绝了。你告诉我，读者强烈要求我回来，但如果人们真的了解我，了解我的生命所代表的意义，他们就会知道，对我唯一真正的敬意就是接受现实！唯一真实的答案是让我死去！"

麦考夫把我们送回了过去，但不是我们被掳来的1899年，在福尔摩斯的要求下，他将我们送回了八年前的1891年5月。当然，那时已经有年轻版的我们存在，但麦考夫进行了调换，将年轻的我们带到了未来，在那里，他们可以在福尔摩斯和我脑海模拟的场景中度过余生。诚然，我们两人都比第一次逃离莫里亚蒂的追杀时大了八岁，但是瑞士没有人认识我们，所以我们脸上的衰老痕迹没有引起注意。

我又第三次出现在莱辛巴赫瀑布那决定命运的一刻，但与第二次不同，这一次和最早那次一样，都是真实的。

我看到送信的男孩过来，心脏加速跳了起来。我转向福尔摩斯说："我不能离你而去。"

"不，你可以的，华生。而且你会，因为你在这个游戏上没有失败过。我相信你会将它进行到底。"他停顿了一会儿，接着，似乎涌起了一丝丝悲伤，说道："我可以确认真相，华生，但我不能改变它们。"然后，他很郑重地伸出了手。我用双手将他的手紧紧握住。而后，那个被莫里亚蒂雇来的男孩突然出现在我们面前。我故意让自己上当，把福尔摩斯一个人留在了瀑布，竭尽全力不让自己回头看，我徒步前往英吉利旅馆治疗那个根本不存在的病人。在路上，我与莫里亚蒂擦肩而过，他正朝我来的方向走去。我克制住了拔出手枪干掉那个混蛋的冲动，因为我清楚地知道，对福尔摩斯来说，剥夺他对付莫里亚蒂的机会是不可原谅的背叛。

到英吉利旅馆要步行一个小时。在那里，我将询问那位英国女病人的戏份重演了一遍，而旅馆老板老斯泰勒做出了我预料中的惊讶反应。我的表演可能有些心不在焉，因为我曾经扮演过这个角色，好在，我很快就回去了。这段上山的路我走了两个多小时，坦白承认，我到达时已经筋疲力尽了，不过在那激流的咆哮中，我几乎听不到自己的喘息声。

我又一次发现了两人的脚印通向悬崖，没有回来的痕迹。我同样找到了福尔摩斯的登山杖，还有一张他留给我的便条。纸条的内容也和原来一样，他解释说即将和莫里亚蒂进行最后的对决，而莫里亚蒂允许他留下一些遗言。不过，与之前不同的是，纸条的结尾有一段原文没有的附言：

我亲爱的华生（纸条上面写道），如果你坚信观察的力量，你将最大限度地尊重我的逝去。不要理会任何人的要求，就让我死在这里吧。

我回到伦敦，再次体验了我妻子玛丽生命中最后几个月的喜悦和悲伤，这短暂地抵消了我失去福尔摩斯的痛苦。我向她和其他人解释说，自己是受到福尔摩斯之死的冲击而更显苍老。

第二年，马可尼果然如期发明了无线电。

人们要求续写福尔摩斯更多冒险经历的敦促也不断涌现，但全被我忽略了，即便我的生活因缺少他而受到极大影响，使我强烈地挣扎着想要妥协，想要改口否认我在莱辛巴赫观察到的真相。没有什么比再次听到他——我所认识的最好、最聪明的人——的声音更让我高兴了。

1907年6月下旬,我在《泰晤士报》读到了科学家发现来自牛郎星方向的智能无线电信号的文章。那一天,全世界都在庆祝,但我承认,我在流泪,我特地斟起一杯酒,敬给我的好友,已故的夏洛克·福尔摩斯先生。

谢宏超 译

《视而不见》,1995年2月首次发表于美国《轨道上的福尔摩斯》选集。小说体现了作者创作中的核心主题:头脑清醒、理性思考、绝不退缩是应对现实问题的唯一有效的方法。索耶尽可能还原了阿瑟·柯南·道尔爵士的写作风格,《最后一案》与费米悖论的结合令人耳目一新。

本篇获奖情况:
  1996年 获得法国幻想大奖最佳翻译类短篇小说
  1997年 获得霍默奖最佳短篇小说

我的爸爸是抗生素

谢尔盖·卢基扬年科

睡梦中，我听见飞行器降落时的低声轰鸣。等离子发动机的尖锐声响逐渐消散，风簌簌作响，散乱地拂过机翼。朝向花园的窗户开着，着陆点离我们的房子非常近。爸爸很久以前就声称要把五米宽的着陆圈瓷砖移远一些，移到花园去，但他大概不打算这么干了。如果爸爸需要安静地降落，他会在着陆时关闭发动机，虽然这种行为因为过于危险和困难而被禁止，但爸爸不会在意这种小事。

因为，我的爸爸是抗生素。

我闭着眼睛从床上坐起来，在叠放着衣服的桌子上摸索了一阵，便随即改变了主意，直接穿着睡衣朝门口踱去。脚被纤长温暖的地毯绒毛绊住，可我故意不把脚抬离地面。因为我非常喜爱这种厚实柔软的地毯，可以在上面翻跟头、跳跃，随心所欲地活动，不用担心会扭到脖子。

飞行器的起落架在窗外发出撞击声，制动排气孔冒出的暗红色光芒渗入了我的眼皮。

我打开了门，沿着楼梯往下走，但仍然没有睁开眼。要是爸爸在降落时"大张旗鼓"，那么就代表他想让我知道他回来了，而我也想表明自己知道了。

一步接一步。未上漆的木台阶冰了一下我的脚掌，很舒服，不是金属死气沉沉的寒，也不是石头的冷若冰霜，而是生机勃勃的、温和宜人的木头的清凉。在我看来，真正的家一定得是木制的，否则那就不是家，而是遮蔽风雨的要塞……

一步接一步……我迈下最后一级台阶，站在前厅光滑的镶木地板上。根据地板的状态确认自己所处的位置是件有趣的事。一步接一步……我的脸颊撞到了什么东西，它如钢铁般坚硬而平滑，如鱼鳞般顺滑而有弹性，又如人类的皮肤般温暖。

"你在梦游吗？"

父亲伸手揉乱我的头发。我凝视着黑暗，想要看清些什么。好吧，他没有开灯就进屋了。

"开灯。"我恼火地说着，试图避开父亲的手。

前厅的角落亮起橙黄色的灯。黑暗瑟缩着逃进宽大的长方形窗户里。

爸爸微笑着注视我。他穿着陆战队制服，紧紧包裹身体的黑亮的生物塑胶正在变浅，以适应环境的变化。

"你是直接从太空港过来的吗？"我仰慕地望着父亲。可惜现在是夜里，我的同学们都见不到他……

大概是因为肌肉在变色布料下凸显出来，所以显得制服非常轻薄，但这只是错觉。生物塑胶能够承受五百摄氏度的高温，可以反弹大口径机枪的连续射击。制服的材质具有单向活动性。我不知道它是如何运作的，如果触摸飞行服表面，就会发现它的质地坚硬得像金属，但当你穿上它的时候（爸爸偶尔会让我试穿），会发现它柔软又富有弹性。

"我们是一小时前降落的，"爸爸揉了揉我的头发，心不在焉地说，"上交武器后，就立即各自回家了。"

"情况还好吧？"

爸爸朝我使了个眼色，神秘兮兮地环顾四周。

"情况很不错，疾病已被根除。"

这些都是惯例对话，一如往常。但爸爸脸上没有露出笑容，而且他的制服怎么也消停不下来——散布在面料上的传感器闪着光，左手腕的显示屏上，五颜六色、意义不明的图案一直忽明忽暗。衣服的颜色已与浅蓝色墙纸融为一体——如果爸爸贴着墙行走，那么没人会注意到他。

"爸，"我低声叫他，感觉睡意逐渐消退了，"不顺利吗？"

他默默点头，眉头紧锁——看来这才是真实情况。

"行了，凌晨两点了！上床休息！"

在疾病肆虐的星球上，他大概就是用这种语气下达命令的，而且没人能够违抗。

"是！"我有板有眼地用爸爸的口吻回答他，但终于还是问了一句，"爸爸，你有没有看见……"

"没有，什么也没看见。马上你又可以跟朋友闲聊啦。到了早晨，与其他行星的通信就会恢复了。"

我点点头，上了楼。走到房间门口，我回头看到爸爸站在大门边，正在把那身柔韧的天蓝色铠甲脱下来。我把身子探过护栏，注视着他结实的背部肌肉团来回滚动。我缺乏耐心，始终没法像他那样锻炼身体。

爸爸注意到了我，挥了挥手说："去睡吧，埃里克。礼物早上再给你。"

太棒了！我喜欢礼物！

在我很小的时候，而且还不知道爸爸的工作内容的时候，他就经常送我礼物。

妈妈抛弃我们时，我才五岁。

我记得她亲吻了我——我站在门口，对正在发生的事情一无所知。然后妈妈走了，永远离开了。她说可以随时去找她，但我从来没有去过。

因为我知道了她和爸爸吵架的原因，这让我很生气。原来，妈妈是不喜欢爸爸在陆战兵团服役。

有一天，我无意中听到了他们在"争吵"。妈妈对父亲说着些什么，语气平静而疲惫。那是人们在向自己证明，而非向对话者证明什么时使用的口吻。

"鲍里斯，你真没察觉到自己变成什么样子了吗？你甚至连机器人都不如。它们至少还有三条定律[1]，可你一条都没有。你听命于人，不计后果。"

"我在保卫地球。"

"我不知道……你们兵团打击宗教极端分子的行为和镇压殖民地群众可不是一回事。"

"我没有权利思考这些问题。这是地球决定的。是她定义了疾病，是她开出了药方，而我只是抗生素罢了。"

"抗生素？没错，抗生素也会胡乱攻击，根本就不管攻击的是疾病还是人类。"

他们陷入了沉默。然后妈妈说："对不起，鲍里斯。可我没法爱一个……抗生素。"

"好吧，"爸爸平静地说，"但阿尔卡[2]得跟着我。"

妈妈不再言语。一个月后，就只剩下我和爸爸了。说实话，我甚至没有立刻察觉到这件事。妈妈之前就长时间不在家——她是一名周游世界的记者。爸爸在家的时间就要多得多。尽管他每个月都有一两次要离开几天，但回来时他会给我带礼物。那是任何商店里都不会有的奇珍异宝。

有一次，他带回来了一块唱歌水晶。外观像几厘米高的小金字塔，由晶莹剔透的蓝色石头制成。它不眠不休、恬静悠然地演奏着一段怪异且无止境的音乐。下雨时，水晶的声音会发生变化；阳光照射时，水晶的声音更为嘹亮；靠近金属时，它会改变音调。即使是现在，它被严严实实地裹在棉花里，藏在柜子角落的最深处，但仍然唱着那永恒之歌。

---

1. 指科幻作家阿西莫夫提出的机器人三定律。第一定律：机器人不得伤害人类个体，或者目睹人类个体将遭受危险而袖手旁观。第二定律：机器人必须服从人类给它的命令，当该命令与第一定律冲突时例外。第三定律：在不违反前两条定律的基础下，机器人必须保护自己。
2. 埃里克的小名。

还有洛坦之镜和瑞替雕塑——用柔软的粉红色塑料雕刻成的人,他们会长大、衰老,目光时而含笑,时而阴沉。

不过最棒的礼物还是一把枪。

那次爸爸离开了近一个星期。我去上学,和我的朋友米什卡一起玩。他的绰号是"钦加哥[1]"。邻市举办愚人节活动的时候,我和他以及他的父母一起去参加了。米什卡甚至有好几次在我家过夜。但生活还是有点无聊。可能是爸爸知道了我的心情,他那次回来的时候一言不发,翻了翻包,递给我一把沉重的金属手枪。刚把它握在手里时我还猜不到是怎么一回事,直到胳膊累了,差点失手把武器掉在地上,我这才猛然明白过来——这可不是玩具,它的重量本就是适用于成年人的。

"它不能射击,"父亲猜到了我的疑惑,于是说,"我把射线发生器砸坏了。"

我点点头,尝试着瞄准。手枪在掌心颤抖。

"爸,这是从哪儿弄来的?"我迟疑地问道。

爸爸笑了。

"还记得我是干什么的吗?"

"抗生素!"我抢答。

"没错。这次我们去治疗的是一种名为'宇宙海盗'的疾病。"

"真正的海盗?"我屏住了呼吸。

"比真的还真。"

当然,我喜欢爸爸的工作不仅是因为他那些奇特的礼物。我仰慕他的强壮,他比我认识的任何一个人都要强壮。爸爸可以独自举起一架飞行器,可以倒立着走过整座花园。每个清晨他都要在花园里训练两个小时,风雨无阻,寒暑不辍。我对此习以为常,但那些初次到访的人,看到父亲默默地只用左手两根手指做引体向上,或是把遍布整座花园的特

---

[1]. 美国作家库柏创作的长篇小说《最后的莫西干人》中的印第安勇士。

制支架上的厚木板砸得粉碎时，都会非常诧异。等到他们发现，父亲是闭着眼睛移动和发动攻击时，许多人会感到不舒服。此时父亲就会笑着说，他工作内容的百分之九十九都是训练。之后的提问就顺理成章进行下去了："您的工作是什么？"爸爸会开心地耸耸肩答道："抗生素。"客人在一瞬间理解了自己听到的回答，然后恍然大悟地惊呼道："陆战兵团！"

我醒来后的第一件事就是望向窗外，想要证实爸爸回家是否只是梦境。好在一切正常——树丛里有道迅捷的黑影闪过。爸爸正在训练，完全不顾他整个后半夜都没有睡觉的事实。沉闷的打击声连续不断，木制靶具岌岌可危……

我走向视频电话机——墙上的一小块白色磨砂控制板。我怀着隐秘的希望拨出一串五位数字的号码：行星代码、城市代码、视频电话号……

屏幕发出淡蓝色的光，然后出现几行字："通讯服务部抱歉通知，由于技术原因，无法与端星建立通信。"

这算什么道歉……多么简洁的说辞啊！当然，如果星球上爆发的叛乱到了第三天，叛军开重型坦克扫射中继站，可以称之为技术原因，那么人的死亡也可以称为"分解过程优先于合成过程"。

又按了几个键后，我离开了房间。现在计算机将每十五分钟重复呼叫一次。以前我和阿尔尼斯都是亲自打电话给对方的，但今天情况特殊。我猜他不会生气的……

礼物在厨房等待着我。它被放在靠窗的小桌子上，我喜欢坐在那儿吃早饭。咖啡壶旁边还有切好的蛋糕……

我先给自己倒了咖啡，咬了一口蛋糕，然后就立刻拿起放在水果软糖盒子上的那只宽金属手环。

手环有些古怪。它看上去不像是饰品，更不像什么精巧的陆战队员装备，只是一个扁平的灰色金属管。管子很重，分量跟手枪差不多。手环上没有任何按钮或显示器，甚至连个卡扣都没有。哦，不对……上面有个大大的椭圆形按钮，材质与整只金属手环相同。按钮已被按下，几乎与平整的手环表面融为一体。我尝试用指甲把它抠出来，但无济于事。

莫名其妙的礼物。我喝着咖啡，用手指转动沉重的手环。手环旋转得不太均匀，像是内部灌装了水银，或是有小铅珠在里面滚来滚去。这完全有可能……但它要怎么戴到手上呢？手环太小，哪怕是我的手都钻不进去。

爸爸进来了，只穿着泳裤，大汗淋漓。他从冰箱里拿出一瓶可乐，随口提议道："要不要跑到湖边去？精神一下……"

是疯了吗？谁会在穿过森林，跑完十公里越野后还觉得精神焕发？我只会就近找棵树，在下面躺着度过今天剩余的时间。

"不去……我可不是抗生素……"

爸爸把可乐喝完了——只用了三大口——他嘲讽地笑了笑。

"那么我们坐飞行器去。"

我浑身打了个哆嗦，又摇了摇头。

"爸爸，我去不了。我得知道阿尔尼斯怎么样了。"

父亲点头表示理解。陆战队员们深谙友谊的真谛，所以爸爸支付视频电话账单的时候从无怨言。

"两小时后通信就会恢复。我们开车路过中继器的时候，发现它们损毁程度不重。天线完好无损，设备换起来很容易。"

我再次用钦佩的目光看着父亲。他的叙述如此轻描淡写，仿佛他们当时乘坐的是游玩用的轿车，而不是陶瓷装甲战车。这太奇妙了！在距离地球近四十光年的拜尔特星系的端星上，我的爸爸在拯救人类，医治一种名为"叛乱"的疾病。

"爸爸，这是什么？"我拿起手环。

"是叛军的识别徽记。"

解释礼物的价值完全是一门艺术,不亚于挑选一份好的礼物。而爸爸可以二者兼顾。现在我倍加敬重地看着金属环。

"这个按钮是做什么的?"

"类似于发射信号。"爸爸从我手中接过手环,用两根手指提溜着它,"我们还没彻底弄清楚,不过,手环上似乎有个大功率的一次性发射器。使用者应当在受伤或被俘的危急情况时按下按钮,发出'我退出游戏'的信号,明白吗?按钮是一次性的。"

我也明白了,这个手环的主人已经发送了自己的信号……

"手环是你从叛军那儿拿来的吗?"

爸爸点点头。

"它应该怎么戴?"

"该怎么戴就怎么戴。把手塞进去,手环就会扩大到完全契合手腕。它的金属材质是单向可伸缩的,就跟我的飞行服一样。"

正准备戴上手环时,我突然意识到一件事。

"爸爸……那该怎么把它取下来?它可不会反向伸缩啊!"

"当然。需要把它切开。拿一把切割器,塞进手环下方切开它。另一边也这样操作,然后你会得到两个半圆圈,还有空气里的焦煳味。"

爸爸沉默起来。我条件反射一般感觉到他紧张了。我总能立刻察觉爸爸犯的任何错误。我们非常了解彼此。

"行了,我去跑步了……"他做了个模棱两可的手势。

"去湖边?"

爸爸点点头,把我独自留下来。我双手拿着沉重的手环,盯着它,始终不敢把手伸进狭小的金属圆圈里。谜底就在手环里……

怎样在不切开手环的前提下把它从叛军手上取下来?怎么才能不破坏这份独特的礼物?

非常简单,只需要……

我摇摇头，不！

不！

这绝不可能。方法应该简单多了——直接命中目标。等离子弹药将目标炸成碎片，因高温而发黑的土地上只会剩下他的识别徽记。

我急忙戴上手环，生怕自己改变主意。它出人意料地温暖，仿佛至今还留存着那次射击的火焰。手环倒也没有特别沉重，戴个两三天不是什么难事。

我们住在伊尔库茨克市[1]郊区，距离城市一百公里，所以晚上可以看到地平线上住宅塔楼的照明尖顶。我这辈子都不想住在那种房子里——一公里高的混凝土、玻璃和金属漫无目的地向天空延伸，仿佛地球上已经没有足够的空间……

我不是唯一一个这样想的，否则每座这样的特大城市也不会被两百公里的郊区带所包围。

舒适的小屋和多层别墅夹杂在一片片树林和零星的清澈湖泊之中。

我走在通往米什卡家的小路上。走在这条路上很舒服，甚至过于舒服了。两个毛小子就算一天跑上十个来回，也踩不出这样的小路。

这条路是机器人铺设的，参照了存储在它们记忆晶体中完美的"林间小路"的例子。而这条路名副其实。

在小路的每个拐角，每处无法预测的弯道之后都会出现完全出乎意料的景色。一会儿是古老的松树林之中现出如画的沼泽地，柳树成荫；一会儿是巨橡木的背后藏着一小片空地，绿草丰茂。一条湍急的布满岩石的小溪横穿小路，小溪上方是一座弧度舒缓的小木拱桥。

沿着这条路走下去，永远都不会感到无聊。十五分钟的路程转瞬即逝。

米什卡家像极了中世纪要塞——一座灰色的方形石制建筑，四角带

---

1. 俄罗斯城市，东西伯利亚第二大城市。

着低矮的塔楼。这大概是米什卡父母的奇思妙想——他们是考古学家，钟情于各种古迹。

米什卡在门口等我。我没给他打过电话，出发前也没有约定，但米什卡的等候却是一件预料之中的事情。

因为，他是一个"嗅探"。

当然，我可以挑一个更体面的词，但不会改变其本质。米什卡感知气味的能力比所有狗狗都强一个数量级，更别说人了。

他的父母接受过特殊治疗，才让他出生时就拥有这种能力。但我感觉他自己并不重视这个天赋。有一次米什卡跟我说，同时闻到上百种气味是很不舒服的，就像是听见大量旋律同时奏起的杂音……我不知道。我本人很想成为一名嗅探，能够通过空气中的气味来预测几百米外正在走近的朋友。

米什卡朝我挥挥手。

"你爸爸回来了吧？"他确信地问。

我点了点头。米什卡心情欢畅的时候，偶尔会喜欢露一手。

"是的，感觉这么强烈吗？"

"当然。焦烟味、坦克燃料和爆炸物的味道，异常强烈的气味……"米什卡犹豫了片刻，补充说，"还有汗水。疲倦的气味。"

我摊开双手。完全正确，夏洛克·福尔摩斯先生。

"去游泳吗？"

"去湖里？"

"不，太远了……去托利科家的游泳池。"

我们的朋友，七岁的托利科·雅尔采夫拥有附近最大的泳池。五十米乘二十米——货真价实。

"走。"

然后米什卡看到了我手上的手环。

"阿尔卡，这是什么？"

"爸爸的礼物。"

"这是什么，阿尔卡？"

米什卡又把问题重复了一遍，像是没有听见我的回答。

"礼物。端星叛军的识别徽记。"

"你爸爸是从那里回来的？"

米什卡带着难以言喻的恐惧盯着手环。我从来没见过他这个样子。

"你怎么了？"

"我不喜欢这东西。"

一个意料之外的想法击中了我。

"米什卡，你能从这玩意儿上闻出些什么吗？闻一闻！你可以的！"

他迟疑地点点头，似乎在寻找拒绝的理由，但没有成功。

"消毒剂，"一分钟后他说，"处理得非常仔细，什么都没有留下……只剩下一点儿臭氧。"

"没错，"我确认说，"戴手环的叛军被等离子枪烧死了。"

"埃里克，把那个脏东西扔了，"米什卡小声请求，"我不喜欢它。"

"可是……这个手环是爸爸从陆战队带给我的……"

米什卡转身离开了，他低声说："我哪儿也不去了，埃里克，明天见吧。"

我也是个聪明人，我轻蔑地目送他。米什卡嫉妒我，就是这样。毕竟……我爸爸是抗生素。

我独自去托利科那儿游泳。我的自尊心在那里得到了些许满足。小男孩屏息倾听我讲话。半小时后，他已经和同龄孩子们打成一片，扮演陆战队员跑来跑去。当我从游泳池里爬出来，懒洋洋地用一条粉红色薄毛巾擦干身体时，听到从房子——一堆时髦的现代主义风格巨型塑料球后面传来声音："你死了，摘下手环！"

这让我忍俊不禁。之后的两三天里，新游戏的吵闹喧嚣和"激光枪"震耳欲聋的爆炸声应该会把邻里闹得鸡犬不宁。而这些都是我搞出来的……也许可以告诉托利科，陆战队员行动时总是安静隐秘，就如同印第安人一样。

当我到家时，视频电话计算机仍然在重复呼叫，与端星的通信依然没有恢复。

我在藏书室找到了爸爸。他坐在自己最钟情的躺椅上，悠然地翻阅着一本书。书名蕴含深意——《星辰之间无和平》。封面是一架不知为何粉身碎骨的直升机。我稍稍低头，画面一抖，切换到了另一幅图像。封面现在展示的是一艘完整的星舰，一道深蓝色的光束打在它的侧面——主反应堆和居住舱之间的某处。爸爸继续看着，假装没有注意到我。我转身悄悄离开藏书室。如果爸爸开始看老太空动作片了，那必定是他心情不好的表现。大概就算是抗生素，也会感到苦闷吧。

我回到自己的房间，盘腿坐在床上，思索了一阵该做些什么。桌上散乱着未读完的《水与火的史诗》。这是一本讲述战争的老书，我央求米什卡的考古学家父亲把它借给我两天。这本书的纸质书页已经磨损，用透明塑料包了起来，封皮则完全没有保存下来，但这反倒增加了阅读的趣味性。第二次世界大战以一个完全出乎意料的视角展现在我面前。不过我一直对这段历史了解不多……

还有一份作业要做——还没完成的数学作业已经在计算机硬盘里等我两天了。这事拖不得，老师眼瞅着就要检查了……

可我没有拿起书，也没有坐到学校计算机的终端前，而是说：

"打开电视。播放最近六小时有关端星起义的消息。"

墙上的电视屏幕发出柔和的光，紧接着镜头快速闪过，让人目不暇接——筛选出三十余个全天候频道，从中找出所有提及端星的报道。搜索过程持续了数秒。

"二十六个节目。总时长为八小时三十一分钟。"机械音冷漠地汇报。

"从第一个开始吧。"我下达命令，并调整了个更舒适的姿势。

娱乐频道的台标和《维克多秀》的片花在屏幕上接连闪过，年轻男人欢快地挥着手说："你们好！陆战兵团到来之前，你们这些叛军在想些什么？"

在幕后导演的授意下，台下爆发出一波哄堂大笑。

"换。"我怀着一种无法言喻的厌恶，下达了命令。

政府频道严肃的呼号响起。画面中出现一个巨型大厅。麦克风前的男主播说："端星事件向我们证明了存储资金的重要性……"

"换台。"

屏幕此时充盈着浓厚的黑色，一座蜜黄色的钟从黑暗中缓慢地、平稳地飘来，深沉而悠长的钟声突然响起。这是资讯节目《视野》。

"停。"

钟消散了，幻化为人的眼睛，瞳孔扩大，逐渐透明。装甲运兵车和手持武器的人群的轮廓显现出来。知名观察员格里高利·涅夫苏扬那熟悉的声音响起——

"我们正在端星，拜尔特星系的一号行星。这个安静祥和的世界正在上演的悲剧令任何人都无法冷眼旁观……"

我躺着倾听这一切：端星上争夺权力的极端分子、受蒙骗而参与叛乱的当地人民，还有冒着生命危险恢复秩序的陆战队员。

"有人声称陆战队员动用武力是犯罪行径。但是，将少年儿童卷入政治把戏里，这难道不是一种双重犯罪吗？"涅夫苏扬质问道，"十二三岁的孩子为叛军作战。他们拿到了武器，然后他们被命令不得投降。"

我怒火中烧。这是无耻行为。我的同龄人——也就是说，阿尔尼斯也可能在他们之中，并且被下令不许投降……

"没有任何一个叛军，我再重复一遍——没有任何一个人投降。他们在绝境中还击到最后一刻，然后用手雷自尽。一切都不言而喻：若非被催眠，此类疯狂行为是绝对不可能出现的。"

"关闭。"我下令。我背过身躺着，看着天花板。也许我最好去睡觉。

预设舒缓的音乐，把音量调到缓缓降低模式，并让音乐不知不觉过渡到雨声。等到早上，再让活力充沛、热情洋溢的音乐把我唤醒……

视频电话机发出尖锐的提醒声，礼貌地告知：

"呼叫信号已接收。二十秒后建立通信。"

我蹿了起来，直冲向显示屏，站定在蓝色圆形摄像头面前。二十秒后建立通信……

在与我相距数百，抑或数千公里的地方，通信站的天线正准备将我的呼叫信号发往太空。这是一个压缩成毫秒量级的编码信号。悬停在地球上方某个固定轨道上的自动中继站将接过接力棒，通过已调光束将信息传输至星际传送器——一个在独立近太阳轨道上旋转的直径两公里的球体。信号在那里被翻译成引力脉冲语言，与数千条其他信息一起被打包成一个包裹，送往宇宙。在拜尔特星系附近的太空中，它将被本地站的天线接收。之后的一切步骤与之前相反。

屏幕上泛起舒缓的碧绿色光芒："请稍等。"但我并不需要劝告。我已经等了一整天。现在我会在屏幕前待到早上。

屏幕亮了起来。图像失焦了一秒钟，而后调整妥当。在镶木墙面的背景下，我看到一张疲惫的女人的脸。这是阿尔尼斯的母亲，她穿着肃穆的黑色西装。我突然意识到，我们两颗星球的主观时间是一致的。当然，她看起来不像是被我从床上薅起来的。不管怎么说，她的神色非常差……

"您好……"我尴尬地开口，"晚上好。"

她的名字突然从我的脑海里消失了。我越试着去想起来，就越是把它忘得一干二净。

屏幕里的女人盯着我的脸看了几秒钟。不知是视频电话没有聚好焦，还是她只是没有认出我。毕竟我们只在视频里见过那么两三次面。

"你好，"她波澜不惊地说，"你是埃里克，阿尔尼斯的朋友。"

"是的，"我兴奋地肯定道，并不知为何补充了一句，"去年夏天我们一起参加过夏令营。"

她点了点头,继续默默地注视着我。目光有些怪异,冷漠淡然。

"阿尔尼斯睡了吗?"我有些犹疑地问,"他能过来接电话吗?"

她的声音变得愈加空洞。

"阿尔尼斯不在,埃里克。"

我明白了。我立刻明白了。可能是恐惧让我拒绝接受理性的推断,所以我执拗地不愿相信,继续刨根问底。

"他睡了吗?还是去了哪里?"

"阿尔尼斯不在了。"她只加了一个字,却是决定性的字眼。阿尔尼斯不在了。

"不可能!"我听到了自己的声音,我喊了起来,不明白自己在说些什么,"不可能!不可能!"

在这之后,她也哭了起来。

当成年人在孩子面前哭泣时,我总会觉得害怕。这是有些反常的,不自然的。我会立即感到无所适从,并开始冒出诸如"我会改过自新"之类的各种各样的蠢话,哪怕自己什么错也没有。

但现在我压根儿不在乎。阿尔尼斯,我的好友,我全宇宙最亲密的朋友。我们在佛罗里达共同度过了两个月后即是永别。他死了,被杀死了。人在战争中不会死于风寒。

"请告诉我,请告诉我是怎么回事。"我恳求道,"我得知道,我必须要知道。"

为什么非得知道?因为阿尔尼斯是我的朋友,还是因为我爸爸是个没能及时治愈疾病的抗生素?

"他和叛军在一起。"她低声说着。声音如此微弱,以至于愚蠢的视频电话机自动调整了音量,把微弱的话语变成了响亮的演讲。

她边讲述边哭泣。而我听着,听她讲到阿尔尼斯如何离开家,而她没来得及把他留下来;讲到阿尔尼斯给家里打电话,他毫不掩饰自豪之情，宣布自己得到了一把货真价实的作战机枪。她讲到自己得知发给叛军的不只是机枪，还有叛军身死后的自动销毁装置。万幸阿尔尼斯没有拿到这个装置，所以她还可以埋葬他。阿尔尼斯的面容很平静，没有遭受过痛苦，中微子射线瞬间杀死了他。他的身上几乎没有伤口——只有胸口处的一枚小红点——那是射线命中的位置……还有手臂，被激光给……

她讲述的时候似乎没有意识到我来自地球，抗生素陆战队就诞生在这颗伟大的星球上，是他们消灭了叛军，也消灭了那些迫不及待想要摆弄真机枪的孩子。

在佛罗里达时，我们也喜欢玩战争游戏。

她当然也不记得我父亲是谁，所以才能直视我的眼睛，但我却做不到。当她不再言语，继续抽泣时，我转身躲避视频摄像头那毫无怜悯之心的视线，伸手取来遥控器，切断了通信。

房间陷入黑暗与寂静。只有一根随风摇曳的树枝抚摸着窗玻璃，发出轻微的簌簌声。

"灯！"我喊道，"把灯都打开！"

于是房间里灯火通明。磨砂天花板顶灯、水晶吊灯、深橙色的玻璃小夜灯以及脖颈灵活纤细的台灯都打开了。

灯光晃着我的眼睛，将屋中笼罩的寂静撕碎。而寂静却又苏醒过来，悄悄向我逼近，钻入我的耳中，就连窗外的树枝也停止了晃动。

"音乐！加大音量！新闻节目！教学节目！加大音量！轮播广播节目！加大音量！"

寂静爆炸，消散，隐入虚空。现代摇滚的立体环绕声震耳欲聋，广播节目三秒换一档。电视屏幕上正在教授意大利语的奥妙，讲解如何种植兰花，报道最新消息……

"留下新闻！"我大吼着，试图盖过嘈杂的声音，"其他都关掉，只留下新闻！"

噪声停止了。熟悉的星球名字已经从新闻节目的画面中消失了，现在呈现的是烟雾升腾的废墟，一个穿着闪光防火服的矮小身影正在混凝土碎块中穿梭。

"……威力巨大。被摧毁的不仅是停尸房，还有紧邻的医院大楼。安全局代表表示，不排除恐怖袭击的可能性。一天前，一批被击毙的叛军被送到这个停尸房。一反常态的是，他们没有自爆，而是在战斗中身亡。"

《新闻一小时》的片花闪过。

"关闭。"我下意识地命令，然后盯着手环。

这可真是个妙计——一种会在士兵死亡后爆炸的装置。可以设置两三分钟的延迟，给杀死他的人留出靠近尸体的时间。装置可以做成手环的样式，且无法从手上取下来。装配上脉搏传感器……强力爆炸物……或更好的东西——磁约束等离子体。

还得有一个延时器。在士兵团体作战时，不需要在即时引爆炸药的情况下使用。

比方说，设置一个按钮。按下它时，爆炸将会延迟一昼夜。这样，爆炸就会对不了解个中机巧的敌人造成伤害。当然，更妙的是引诱愚蠢的敌人把手环取下来留作纪念，哪怕他拿去送给自己才的儿子——这也不会有什么损失。

我使尽全力去扯手环，但伸手进去时轻松变形的手环内壁现在却纹丝不动。

我试着用螺丝刀撬它，把它撑开，然后摘下来，但也不管用……手环是由聪明绝顶、技艺高超的工程师制作的。可能只有他们自己才能把它取下来。

在丧失理智的狂怒下，我开始用牙齿撕咬手环，然后闻到了一股淡淡的令人愉悦的气味。

我怎么会认为，米什卡在枪击发生之后的几个小时还能捕捉到臭氧的气味？臭氧分子由三个氧原子构成，是稳定性最差的单质之一[1]。但它会在电子设备运行时，以及等离子体被磁陷阱约束时释放。

死亡钳住了我的手，可怖的、炽烈的死亡。它可不愿放过自己的猎物。但我突然不再恐惧它了。

这死亡本不属于我，这本是为阿尔尼斯预备的。爸爸将它带给了我，尽管他没有意识到自己做了什么。不可思议的巧合正因它的不可思议性而变得合理。

我缓缓地走向门口，如梦似幻。柔软的地毯……冰冷的木制台阶……

我推开父亲卧室的门，走了进去，疲倦的抗生素正在安睡。

我坐在爸爸床头旁的椅子上，却不知道自己该干什么——叫醒父亲，把头靠在冰冷的手环上打盹，或者呆坐一会儿，然后走进远离房子的森林里。这些行为没有任何区别。

但是爸爸醒了。

他轻巧地从床上跳下来，无声无息地开了灯，看到是我，他先稍稍放松，又立刻紧绷神经，困惑地摇了摇头。

"爸爸，这只手环是一个定时炸弹，"我近乎平静地说着，"我不做过多解释，但这点是能确定的。手环会在它的第一任主人死后一昼夜爆炸……大概是一昼夜。你还记得你是什么时候杀掉他的吗？"

我从未见过爸爸的脸色如此惨白。一瞬间，他已经站在我身旁——猛扯了一下我的手环。

我惨叫起来，感觉痛不欲生，同时又有些恼怒，因为我聪明的爸爸在做这样的蠢事。

"爸爸，它取不下来。这可是为孩子设计的……爸爸，你还记得吗，他的左脸上是不是有一颗痣？"

---

1. 臭氧在常温下可以自行还原为氧气。

爸爸看了一眼时间，然后走到视频电话旁。我以为他打算给什么地方打电话，结果他挥手击碎了屏幕左侧的镶木面盘，然后从一个小凹槽中取出一把手枪，笔直的散热长枪管像镜子一样闪闪发光。

现在我开始害怕了。陆战队员在家中私藏可用武器将被陆战兵团开除，还需要缴纳巨额罚款。如果使用了武器，则会面临监禁。

"爸爸……"我低声说着，看着枪，"爸爸。"

爸爸抱起我，一把将我扛在肩上，朝门口跑去。他什么也没有说——可能已经没时间了。然后我们穿过了花园。

接着，爸爸跳进飞行器驾驶舱，在控制台上输入启动紧急程序代码。他把我扔到后座，又立刻把手枪和急救箱也扔了过来。

"摄入双倍剂量的止痛药。"他下令道。

尽管我已经陷入恐惧，但还是差点笑出声。用止痛药抵抗等离子炸弹爆炸？这就像拿小刀去猎杀大象。

但我还是取出了两只小小的猩红色安瓿瓶。我把它们放在手心压碎，手指攥紧，感受药液渗入皮肤的冰冷。脑袋微微晕眩。

爸爸驾驶着飞行器，马力全开，被划破的空气在驾驶舱透明罩后方呼啸。他当真以为有哪个地方能帮到我们吗？救助真的来得及吗？

飞行器减速，在半空中悬停。增压发动机的尖啸转变成舒缓的轰鸣。我们两个飘浮在夜色里，飘浮在一片由金属和塑料构成的小天地之中。

"我们在湖面上方，"爸爸含糊地解释道，"不能去森林上空，会杀死很多动物。它们是无辜的。"

他在控制台上按着什么，输入我不知道的指令。安全装置发出不悦的吱吱声，驾驶舱罩缓缓向后掀开——在上千米的高空！

凉爽的夜风吹拂着我们，带来湖水的淡漠气息，还有臭氧，该死的臭氧——当然不是手环上的，而是运转的发动机上的。

爸爸挪到了后座。

飞行器微微晃动，我看到下方平静的湖面闪着微光。

"手给我。"爸爸命令道。于是我乖乖把手放到驾驶舱侧面。爸爸坐在我旁边,然后整个身体把我压在座椅靠背上。他握住了我的手,我的手指陷入爸爸的掌心。我感觉到我的手很冰冷、发硬,和飞行防护服的面料一样硬。

"别害怕,"爸爸说,"最好别看,别过脸去。"

我喘不过气,身体虚弱。我知道自己动弹不得,甚至没办法转身。

爸爸拿起手枪。有一瞬间,我感觉到了他手指的力量。然后,黑暗中闪过一道耀眼的白色射线。

我不曾体验过真正的痛苦。过往经历过的所有疼痛都是为这一刻准备的——无与伦比,真真切切,无法承受的疼痛。这是人永远都不该经历的事情。

爸爸在我脸上打了一下,把惨叫赶回肺部。他声嘶力竭地喊道:

"坚持住!保存体力!坚持住!"

我甚至没办法闭上眼睛,疼痛撑开了我的眼皮,身体因剧痛引发的痉挛而弓起,我看到自己的手掌在爸爸手里,而腕关节位置却出现了怪异、丑陋的残肢截面。银色手环从残肢上脱落,坠入湖中。

最多只过了五秒钟,驾驶舱开始关闭。爸爸按下控制台上的"03"键——前往最近医疗中心的紧急航线。下方突然亮起刺目、炽热的橙色光芒。片刻后,飞行器摇晃了一下,我看到蒸汽和水滴编织成一个数米高的喷泉,然后溅落在湖面的橙红色镜子上。

爸爸是对的,一如既往。不能在森林上空这么做,不然松鼠会大祸临头。动物终究是无辜的……

都说人越爱动物,动物就越爱人。在某个界限内大概是这样的,可一旦超越这个界限,就会适得其反……

我从手术台上赤身裸体地醒来,浑身布满检测仪的吸盘。手术台旁的人越聚越多,爸爸穿着医用白大褂站在他们中间,低声说着什么。医生们弯着腰,在我手边说:

"太不可思议了,切割器留下的创口能如此平整,几乎没有渗血,就跟用激光束处理过一样……"

"扯淡,地球上哪来的军用激光?"

有人注意到我睁着眼睛,于是弯下腰,把脸凑过来安慰我。

"别怕,小朋友,你的手会好的,我们会把它安回去的。只不过,以后使用工具时要多加小心了……"接着他转头补充道,"护士!一毫升止痛剂……还有抗生素。有辛霉素最好,五十万单位……"

我笑了。疼痛没有减弱,它依旧在用炽热、钝拙的牙齿咀嚼着我的手。但我笑着避开散发着麻醉剂气味的面罩,一直一直呢喃着:

"抗生素……抗生素……抗生素……"

邱天池 译

《我的爸爸是抗生素》,1992年首次发表于白俄罗斯《超级幻想》杂志。小说充满反战的人文主义关怀。如果说地球本质上是一个生命体,那人就是它的细胞。生物体内总有有害细胞和微生物。谁和它们战斗,当然是抗生素!陆战士兵们对于地球来说,其实也是抗生素……

本篇获奖情况:

2001年 获得波兰SFinks科幻文学奖外国短篇小说三等奖

1992年 提名金环奖最佳短篇小说

1993年 提名俄罗斯国际新闻幻想大会奖最佳短篇小说

1993年 提名青铜蜗牛奖最佳短篇小说

赡养上帝

刘慈欣

一

上帝又惹秋生一家不高兴了。

这本来是一个很好的早晨。西岑村周围的田野上，在一人多高处悬着薄薄的一层白雾，像是一张刚刚变空白的画纸，这宁静的田野就是从那张纸上掉出来的画儿。第一缕朝阳照过来，今年的头道露珠们那短暂的生命进入了最辉煌的时期……

但这个好早晨，全让上帝给搅了。

上帝今天起得很早，自个儿到厨房去热牛奶。赡养时代开始后，牛奶市场兴旺起来，秋生家就花了一万多买了一头奶牛，学着人家的样儿把牛奶兑上水卖，而没有兑水的牛奶也成了本家上帝的主要食品之一。

上帝热好奶，就端着去堂屋看电视了，液化气也没关。刚清完牛圈和猪圈的秋生媳妇玉莲回来了，闻到满屋的液化气味儿，赶紧用毛巾捂着鼻子冲到厨房关了气，飞速打开了窗子和换气扇。

"老不死的，你要把这一家子害死啊！"玉莲回到堂屋大嚷着。家里用上液化气也就是领到赡养费以后的事，秋生爹一直反对，说这玩意儿不如蜂窝煤好，这次他又落着理了。

像往常一样，上帝低头站在那里，那扫把似的雪白长胡须一直拖到膝盖以下，脸上堆着胆怯的笑，像一个做错了事儿的孩子，"我……我把奶锅儿拿下来了啊,它怎么不自己关呢?"

"你以为这是在你们飞船上啊?"正在下楼的秋生大声说,"这里的什么东西都是傻的,我们不像你们,什么都有机器伺候着,我们得用傻工具劳动才有饭吃!"

"我们也劳动过,要不怎么会有你们?"上帝小心翼翼地回应道。

"又说这个,又说这个,你就不觉得没意思?有本事走,再造些个孝子贤孙养活你。"玉莲一摔毛巾说道。

"算了算了,快弄弄吃吧。"像以前一样,这次又是秋生打圆场。

兵兵也起床了,他下楼时打着哈欠说:"爸、妈,这上帝,又半夜咳嗽,闹得我睡不着。"

"你知足吧小祖宗,我俩就在他隔壁还没发怨呢。"玉莲说。

上帝像是被提醒了,又咳嗽起来,咳得那么专心致志,像在做一项心爱的运动。

"唉,真是倒了八辈子的霉了。"玉莲看了上帝几秒钟,气鼓鼓地说,然后转身走进厨房做饭去了。

上帝再也没吱声,默默地在桌边儿和一家人一块儿就着酱菜喝了一碗粥,吃了半个馒头,这期间一直承受着玉莲的白眼儿,不知是因为液化气的事儿,还是又嫌他吃得多了。

饭后,上帝像往常一样,很勤快地收拾碗筷。玉莲在外面冲他喊:"不带油的不要用洗洁精!那都是要花钱买的,就你那点赡养费,哼……"上帝在厨房中连续"哎、哎"地表示知道了。

小两口下地去了,兵兵也去上学了,这个时候秋生爹才睡起来,他两眼迷迷糊糊地下了楼,呼噜噜喝了两大碗粥,点上一袋烟时,才想起上帝的存在。

"老家伙,别洗了,出来杀一盘!"他冲厨房里喊道。

上帝用围裙擦着手走出来,殷勤地笑着点点头。

对上帝来说,同秋生爹下棋也是个苦差事,输赢都不愉快。如果上帝赢了，秋生爹肯定暴跳如雷：你个老东西是他妈个什么东西?！赢了我就显出你了是不是?！屁！你是上帝，赢我算个屁本事！你说说你，进这个门儿这么长时间了，怎么连个庄户人家的礼数都不懂?！

如果上帝输了，这老头儿照样暴跳如雷，"你个老东西是他妈个什么东西?！我的棋术，方圆百里内没得比，赢你还不跟捏个臭虫似的，用得着你让着我?！你这是……用句文点儿的话说吧，是对我的侮辱！"

反正最后的结果都一样。老头儿把棋盘一掀，棋子儿满天飞。秋生爹的臭脾气是远近闻名的，这下子可算找着了一个出气筒。不过这老头儿不记仇，每次上帝悄悄把棋子儿收拾回来再悄悄摆好后，他就又会坐下同上帝对弈起来，并重复上面的过程。当几盘杀下来两人都累了时，就已近中午了。

这时上帝就要起来去洗菜，玉莲不让他做饭，嫌他做得不好，但菜是必须洗的，一会儿小两口下地回来，如果发现菜啊什么的没弄好，她准又是一通尖酸刻薄的数落。

上帝洗菜时，秋生爹一般都踱到邻家串门去了，这是上帝一天中最清静的时候，中午的阳光充满了院子里的每一条砖缝，也照亮了他那幽深的记忆之谷。这时他往往开始发呆，忘记了手中的活儿，直到村头传来从田间归来的人声才使他猛醒过来，加紧干着手中的活儿，同时又长叹一声：

"唉，日子怎么过成这个样子呢……"

这不仅是上帝的叹息，也是秋生、玉莲和秋生爹的叹息，是地球上五十多亿人和二十亿个上帝的叹息。

二

这一切都是从三年前那个秋日的黄昏开始的。

"快看啊，天上都是玩具呀！"兵兵在院子里大喊，秋生和玉莲从屋里跑出来，抬头看到天上真的布满了玩具，或者说，天空中出现的那无数物体，其形状只有玩具才能具有。

这些物体在黄昏的苍穹中均匀地分布着，反射着已落到地平线下的夕阳的光芒，每个都有满月那么亮。这些光合在一起，使地面如正午般通明。但这光亮很诡异，它来自天空所有的方向，不会给任何物体投下影子，整个世界仿佛处于一台巨大的手术无影灯下。

开始，人们以为这些物体的高度都很低，位于大气层内。这样想是由于它们都清晰地显示出形状。后来才知道这只是由于其体积的巨大，实际上它们都处于三万多公里高的地球同步轨道上。

到来的外星飞船共有二万一千五百一十三艘，均匀地停泊在同步轨道上，如同给地球加上了一层新的外壳。这种停泊是以一种极其复杂的、令人类观察者迷惑的队形和轨道完成的，所有的飞船同时停泊到位，这样可以避免飞船质量引力在地球海洋上产生致命的潮汐，此举让人类多少安心了一些，因为它或多或少地表明了外星人对地球没有恶意。

以后的几天，人类世界与外星飞船的沟通尝试均告失败——后者对地球发来的询问信息保持着完全的沉默。

与此同时，地球变成了一个没有夜晚的世界，太空中那上万艘巨大飞船反射的阳光，使地球背对太阳的一面亮如白昼；而在面向太阳的这一面，大地则周期性地笼罩在飞船巨大的阴影下。天空中的恐怖景象使人类的精神承受力达到了极限，因而也忽视了地球上正在发生的一件奇怪的事情，更不会想到这事会与太空中的外星飞船群有联系。

在世界各大城市中，陆续出现了一些流浪的老者，他们都有一些共同特点：年纪都很老，都留着长长的白胡须和白头发，身着一样的白色长袍。在最开始的那些天，这些白胡须白头发和白长袍还没有弄脏时，他们远远看去就像一个个雪人似的。这些老流浪者的长相介于各色人种之间，好像都是混血人种。他们没有任何能证明自己国籍和身份的东西，也说不清自己的来历，只是用生硬的各国语言温和地向路人乞讨，并且都说着同样的一句话：

"我们是上帝，看在创造了这个世界的分儿上，请给点儿吃的吧……"

如果只有一个或几个老流浪者这么说，只要把他们送进收容所或养老院，与那些无家可归的老年妄想症患者放到一起就是了。但要是有上百万个流落街头的老头儿老太太都这么说，那就是另一回事了。事实上，这种老流浪者在不到半个月的时间里就增长到了三千多万人。在纽约、北京、伦敦和莫斯科的街头上，到处是这种步履蹒跚的老人。他们成群结队地堵塞了交通，看上去比城市的原住居民都多，最恐怖的是，他们都说着同一句话：

"我们是上帝，看在创造了这个世界的分儿上，请给点儿吃的吧……"

直到这时，人们才把注意力从太空中的外星飞船转移到地球上的这些不速之客身上。最近，各大洲上空都多次出现了原因不明的大规模流星雨，每次壮观的流星雨过后，相应地区的老流浪者数量就急剧增加。经过仔细观察，人们发现了这个令人难以置信的事实——这些老流浪者是自天而降的，他们来自那些外星飞船。他们都像跳水似的孤身跃入大气层，每人身上都穿着一件名叫"再入膜"的密封服。当这种绝热的服装在大气层中摩擦燃烧时，会产生经过精确调节的减速推力，在漫长的坠落过程中，这种推力产生的过载始终不超过四个G，在这些老家伙的承受范围内。当老流浪者接触地面时,他们的下落速度已接近于零,就像是从板凳上跳下来一样。不过即使这样,还是有很多人在着陆时崴了脚。而在他们接触地面的同时,身上穿的"再入膜"也正好蒸发干净,不留下一点残余。

天空中的流星雨绵绵不断,老流浪者越来越多地降临地球,他们的人数已接近一亿。

各国政府都试图在他们中找出一个或一些代表,但他们声称,所有的"上帝"都是绝对平等的,他们中的任何一个人都能代表全体。于是,在为此召开的紧急特别联合国大会上,从时代广场上随意找来的一个英语已讲得比较好的老流浪者进入了会场。

他显然是最早降临地球的那一批人之一,长袍脏兮兮的,破了好几个洞,大白胡子落满了灰,像一块墩布。他的头上没有神圣的光环,倒是盘旋着几只忠实追随的苍蝇。他拄着那根当作拐杖的顶端已开裂的竹竿,颤巍巍地走到大圆会议桌旁,在各国首脑的注视下慢慢坐下,抬头看着秘书长,露出了他们特有的那种孩子般的笑容:

"我,呵,还没吃早饭呢。"

于是有人给他端上一份早餐,全世界的人都在电视直播中看着他狼吞虎咽,好几次被噎住。面包、香肠和一大盘色拉很快被风卷残云般吃光。在又喝下一大杯牛奶后,他再次对秘书长露出了天真的笑:

"呵呵,有没有,酒?一小杯就行。"

于是给他端上一杯葡萄酒,他小口地抿着,满意地点点头,"昨天夜里,暖和的地铁出风口让新下来的一帮老家伙占了,我只好睡在广场上,现在喝点儿酒,关节就灵活些,呵呵……你,能给我捶捶背吗?稍捶几下就行。"在秘书长开始捶背时,他摇摇头长叹一声,"唉,给你们添麻烦了——"

"你们从哪里来?"美国总统问。

老流浪者又摇摇头:"一个文明,只有在它是个幼儿时才有固定的位置,行星会变化,恒星也会变化,文明不久就得迁移。到青年时代它已迁移过多次,这时人类肯定会发现,任何行星的环境都不如密封的飞船稳定。于是他们就以飞船为家,行星反而成为临时住所。所以,任何长大成人的文明,都是星舰文明,在太空进行着永恒的流浪,飞船就是它的家。你问从哪里来?我们从飞船上来。"他说着,用一根脏兮兮的指头向上指指。

"你们总共有多少人?"

"二十亿。"

"你们到底是谁?"秘书长的这个问题问得有道理,他们看上去与人类没有任何不同。

"说过多少次了,我们是上帝。"老流浪者不耐烦地摆了一下手说。

"能解释一下吗?"

"我们的文明,呵,就叫它上帝文明吧,在地球诞生前就已存在了很久。在上帝文明步入它衰落的暮年时,我们就在刚形成不久的地球上培育了最初的生命。然后,上帝文明在接近光速的航行中跨越时间,在地球生命世界进化到适当的程度时,按照我们远祖的基因引入了一个物种,并消灭了这个物种的天敌,细心地引导它进化,最后在地球上形成了与我们一模一样的文明种族。"

"如何让我们相信您所说的呢?"

"这很容易。"

于是,开始了历时半年的证实行动。人们震惊地看到了从飞船上传输来的地球生命的原始设计蓝图,看到了地球远古的图像。按照老流浪者的指点,在各大陆和各大洋底深深的岩层中挖出了那些令人惊恐的大机器,那是在过去漫长的岁月中一直监测和调节着地球生命世界的仪表……

人们终于不得不相信,至少对于地球生命而言,他们确实是上帝。

三

在第三次紧急特别联大会上,秘书长终于代表全人类,向上帝提出了那个关键的问题,他们到地球来的目的是什么。

"我回答这个问题之前,你们首先要对文明有一个正确的认识。"上帝代表抚着胡子说,他还是半年前光临第一届紧急联大会议的那一位,"你们认为,随着时间的延续,文明会怎样演化?"

"地球文明正处于快速发展时期,如果没有来自大自然的不可抗拒的灾难和意外,我们认为,它会一直发展下去。"秘书长回答道。

"错了,你想想,每个人都会经历童年、青年、中年和老年,最终走向死亡。恒星也一样,宇宙中的任何事物都一样,甚至宇宙本身,也有终结的那一天。为什么独有文明能够一直成长呢?不,文明也都有老去的那一天,当然也都有死亡的那一天。"

"这个过程具体是怎么发生的呢?"

"不同的文明有着不同的衰老和死亡方式,像不同的人死于不同的疾病或无疾而终一样。具体到上帝文明,个体寿命的延长是文明步入老年的第一个标志。那时,上帝文明中的个体寿命已延长至近四千个地球年,而他们的思想在两千岁左右时就已完全僵化,自身的创造性消失殆尽。这样的个体掌握了社会的绝大部分权力,而新的生命很难出生和成长,文明就老了。"

"以后呢?"

"文明衰老的第二个标志是机器摇篮时代。"

"嗯?"

"那时,我们的机器已经完全不依赖于它们的创造者而独立运行,能够自我维护、更新和扩展。这样的智能机器能够提供一切我们所需要的东西，不只是物质需要，也包括精神需要。我们不需为生存付出任何努力，完全靠机器养活了，就像躺在一个舒适的摇篮中。想一想，假如当初地球的丛林中充满了采摘不尽的果实，到处是伸手就能抓到的小猎物，猿还能进化成人吗？机器摇篮就是这样一个富庶的丛林，渐渐地，我们忘却了技术和科学，文化变得懒散而空虚，失去了创新能力和进取心，文明加速老去。你们所看到的，就是这样一个风烛残年的上帝文明。"

"那么，您现在是否可以告诉我们，上帝文明来到地球的目的？"

"我们无家可归了。"

"可——"秘书长向上指了指。

"那都是些老飞船。虽然飞船上的生态系统比包括地球在内的任何自然形成的生态系统都强健稳定，但飞船都太老了，老得让你们无法想象——机器部件老化失效，漫长时间内积聚的量子效应产生出越来越多的软件错误，系统的自我维护和修复功能遇到了越来越多的障碍。飞船中的生态环境在渐渐恶化，每个人能够得到的生活必需品配给日益减少，现在只够勉强维持生存。在飞船中的两万多个城市里，弥漫着污浊的空气和绝望的情绪。"

"没有补救的办法吗？比如更新飞船的硬件和软件？"

上帝摇了摇头，"上帝文明已到垂暮之年，我们是二十亿个三千多岁的老朽之人，其实，早在我们之前，已有上百代人生活在舒适的机器摇篮之中，技术早就被遗忘干净了。现在，我们不会维修那些已经运行了几千万年的飞船，其实在技术和学习能力上，我们连你们都不如，我们连点亮一盏灯的电路都不会接，连一元二次方程都不会解……终于有一天，飞船说它们已经到了报废的边缘，航行动力系统已没有能力将飞船推进到接近光速，上帝文明只能进行不到光速十分之一的低速航行，飞船上的生态循环系统已接近崩溃，它们无法继续养活二十亿人了，请我们自寻生路。"

"以前，你们没有想到过会有这一天吗？"

"当然想到过，在两千年前，飞船就开始对我们发出警告，于是，我们采取了措施，在地球上播种生命，为养老做准备。"

"您是说，在两千年前？"

"是的，当然，那是我们的航行时间，从你们的时间坐标来看，那是在三十五亿年前，那时地球刚刚冷却。"

"这就有个问题：你们已经失去了技术能力，但播种生命不需要技术吗？"

"哦，在一个星球上启动生命进程其实只是个很小的工程。播下种子，生命就会自己繁衍起来，这种软件在机器摇篮时代之前就有了。只要运行软件，机器就能完成一切。创造一个行星规模的生命世界，进而产生文明，最基本的需要只是时间，几十亿年漫长的时间。接近光速的航行能使我们几乎无限地拥有另一个世界的时间，但现在，上帝文明的飞船发动机已经老化，再也不可能接近光速，否则我们还可以创造更多的生命和文明世界，也就能够拥有更多的选择。然而此时，我们已经被禁锢在低速中，这些都无法实现了。"

"这么说，你们是想到地球上来养老？"

"哦，是的是的，希望你们尽到对自己的创造者的责任，收留我们。"上帝拄着拐杖颤颤巍巍地向各国首脑鞠躬，结果差点儿向前跌倒。

"那么，你们打算如何在地球上生活呢？"

"如果我们在地球上仍然集中生活，那还不如在太空中了却残生呢。所以，我们想融入你们的社会，进入你们的家庭。在上帝文明的童年时代，我们也曾有过家庭。你知道，童年是最值得珍惜的，你们现在正好处于文明的童年时代，如果我们能够回到这个时代，在家庭的温暖中度过余生，那真是最大的幸福。"

"你们有二十亿人，这就是说，地球社会中的每个家庭都要收留你们中的一至两人。"秘书长说完，会场陷入了长时间的沉默。

"是啊是啊,给你们添麻烦了……"上帝连连鞠躬,同时偷偷瞄着秘书长和各国首脑的表情,"当然,我们会给你们一定的补偿。"他挥了一下拐杖。

又有两个白胡子上帝走进了会场,吃力地抬着一个银色的金属箱子。

"你们看,这是大量的高密度信息存贮体,系统地存贮着上帝文明在各个学科和技术领域的所有资料,它们将帮助地球文明产生飞跃进化,相信你们会喜欢的。"

秘书长看着金属箱,与在场的各国首脑一样极力掩盖着心中的狂喜,说道:"赡养上帝应该是人类的责任,虽然这还需要世界各国进一步的磋商,但我想,原则上……"

"给你们添麻烦了,给你们添麻烦了……"上帝一时老泪纵横,连连鞠躬。

当秘书长和各国首脑走出会议大厅,发现联合国大厦外面聚集了几万名上帝,放眼看去一大片白花花的人山人海,天地之间充斥着连绵不断的嗡嗡声。秘书长仔细听了听,听出他们都在用不同的地球语言反复说着同一句话:

"给你们添麻烦了,给你们添麻烦了……"

四

二十亿个上帝降临了地球,他们大多是穿着"再入膜"坠入大气层的,那段时间,天空中缤纷的彩雨在白天都能看到。这些上帝着陆后,分散进入了人类社会的十五亿个家庭中。

由于得到了上帝的大量科技资料,人们都对未来充满了历史上从未有过的希冀和憧憬，似乎人类在一夜之间就能进入世世代代梦想中的天堂。在这种心情下，每个家庭都真诚地欢迎上帝的到来。

这天，秋生一家同村里的其他乡亲一起，早早地等在村口，迎接分配到本村的上帝。

"今儿个的天真是个晴啊！"玉莲兴奋地说。

她的这种感觉并非完全是心情使然，因为那布满天空的外星飞船在一夜之间完全消失了，天空重新变得空旷开阔起来。

人类一直没有机会登上那些飞船中的任何一艘，上帝们对地球人的这种愿望未表异议，但飞船自己不允许。对于人类发射的那些接近它们的简陋原始的探测器，它们不理不睬，紧闭舱门。当最后一批上帝跃入地球大气层后，两万多艘飞船同时飞离了地球同步轨道。不过它们并没有走远，而是在小行星带飘浮着，这些飞船虽然陈旧不堪，但古老的程序仍在运行，它们唯一的终极使命就是为上帝服务，因而不可能远离上帝，当后者需要时，它们招之即来。

乡里的两辆大客车很快开来，送来了分配到西岑村的一百零六名上帝。

秋生和玉莲很快领到了分配给本家的那个上帝，两口子亲热地挽着上帝的胳膊，秋生爹和兵兵乐呵呵地跟在后面，在上午明媚的阳光下朝家里走去。

"老爷子。哦，上帝老爷子，"玉莲把脸贴在上帝的肩上，灿烂地笑着说，"听说，你们赠送的那些技术，马上就能让我们实现共产主义了！到时候是按需分配，什么都不要钱，自己去商店拿就行了。"

上帝笑着冲她点了点满是白发的头，用还很生硬的汉语说："是的，其实，按需分配只是满足了一个文明最基本的需要，我们的技术将给你们带来的生活，其富裕和舒适，是你完全想象不出来的。"

玉莲的脸笑成了一朵花，"不用不用，能按需分配，我就满足了，嘻嘻！"

"嗯！"秋生爹在后面重重地点了点头。

"我们还能像您那样长生不老吗？"秋生问。

"我们并不能长生不老，只是比你们活得长些而已，你看我们现在不是都老了吗？其实人要活过三千岁，感觉和死了也差不多，对一个文明来说，个体太长寿是致命的危险。"

"哦，不用三千岁，三百岁就成啊！"秋生爹也像玉莲一样笑得合不上嘴，"想想，那样的话我现在还是个小伙儿，说不定还能……呵呵呵呵。"

这天，村里像过大年一样，家家都张罗了丰盛的宴席为上帝接风，秋生家也不例外。秋生爹很快就让陈年花雕酒灌得有三分迷糊了，他冲上帝竖起了大拇指。

"你们行！能造出这所有的活物来，神仙啊！"

上帝也喝了不少，但脑子还清醒，他冲秋生爹摆摆手，"不，不是神，是科学，生物科学发展到一定层次，就能像制造机器一样制造出生命来。"

"话虽这么说，可在我们眼里，你们还是跟下凡的神仙没两样啊。"

上帝摇摇头，说："神应该是不会出错的，但我们，在创世过程中错误不断。"

"你们造我们时还出过错儿？"玉莲吃惊地瞪大了双眼，因为在她的想象里，创造万千生灵就像她八年前生兵兵一样，是出不得错的。

"出过很多。以较近的来说，由于创世软件对环境判断的某些失误，地球上出现了像恐龙这类体积大而适应性差的动物，后来为了让你们顺利进化，只好又把它们抹掉。再说更近的事，自古爱琴海文明消亡后，创世软件认为已经成功地创建了地球文明，就再也没有对人类的进程进行监视和微调，就像把一个上好了发条的钟表扔在那里任它自己走动，这就出现了更多的错。比如，应该让古希腊文明充分地独立发展，马其顿的征服还有后来罗马的征服都应该被制止，虽然这两个国家都不是希腊文明的对立面而是其继承者,但希腊文明的发展方向被改变了……"

秋生家没人能听懂这番话,但都很敬畏地探头恭听着。

"再到后来,地球上出现了汉朝和古罗马两大势力,与前面提到的希腊文明相反,不应该让这两大势力在相互隔绝的状态下发展,而应该让它们充分接触……"

"你说的汉朝,是刘邦项羽的汉朝吧,"秋生爹终于抓住了自己知道的一点儿知识,"那古罗马是……"

"好像是那时洋人的一个大国,也很大的。"秋生试着解释道。

秋生爹不解地问:"什么?洋人在清朝时来了就把我们收拾成那样儿,你还让他们早在汉朝就同我们见面?"

上帝笑着说:"不,不,那时,汉朝的军事力量绝不比古罗马差。"

"那也很糟,这两强相遇,要是打起来,可是大仗,血流成河啊!"

上帝点了点头,伸了筷子去夹红烧肉,"有可能,但东西方两大文明将碰撞出灿烂的火花,将人类大大向前推进一步……唉,要是避免那些错误的话,地球人现在可能已经殖民火星,你们的恒星际探测器已越过天狼星了。"

秋生爹举起酒碗敬佩地说:"都说上帝们在飞船摇篮里把科学忘了,其实你们还是很有学问的嘛……"

"为了在摇篮中过得舒适,还是需要知道一些哲学艺术历史之类的,但只是些常识而已,算不得什么学问。现在地球上的很多学者,思想都比我们深刻得多。"上帝吃着红烧肉,谦虚地说。

上帝文明进入人类社会的最初一段时间,是上帝们的黄金时光,那时,他们与人类家庭相处得十分融洽,仿佛回到了上帝文明的童年时代,融入那早已被他们忘却的家庭温暖之中,对于他们那漫长的一生来说,应该是再好不过的结局了。

秋生家的上帝,在这个秀美的江南小村过着宁静的田园生活,每天到竹林环绕的池塘中钓钓鱼,同村里的老人聊聊天下下棋,其乐融融。

但他最大的爱好是看戏，有戏班子来到村里或镇里时，他场场不误。上帝最爱看的是《梁祝》，看一场不够，竟跟着那个戏班子走了一百多里地，连看了好几场。后来秋生从镇子里为他买回了一张这出戏的VCD，他就一遍遍放着看，后来也能哼几句像模像样的越剧了。

有一天玉莲发现了一个秘密，她悄悄地对秋生和公公说："你们知道吗，上帝爷子每看完戏，总是从里面口袋掏出一个小片片看，边看边哼曲儿，我刚才偷看了一眼，那是张照片，上面有个好漂亮的姑娘耶！"

傍晚，上帝又放了一遍《梁祝》，掏出那张美人像边看边哼起来，秋生爹悄悄凑过去，问道："上帝爷子啊，你那是……从前的相好儿？"

上帝吓了一跳，赶紧把照片塞进怀里，对秋生爹露出孩子般的笑："呵呵，是是，她是我两千多年前的爱。"

在一旁偷听的玉莲撇了撇嘴，还两千多年前的爱呢，这么大岁数了，真酸得慌。

秋生爹本想看看那张照片，但看到上帝护得那么紧，也不好意思强要，只能听着上帝的回忆。

"那时我们都还很年轻，她是极少数没有在机器摇篮中沉沦的人，发起了一次宏伟的探险航行，誓言要航行到宇宙的尽头。哦，这你不用细想，很难搞明白的……她期望用这次航行唤醒机器摇篮中的上帝文明，当然，这不过是一个美好的愿望罢了。她让我同去，但我不敢，那无边无际的宇宙荒漠吓住了我，那是二百亿光年的漫漫长路啊。她就自己去了，在以后的两千多年里，我对她的思念从来就没间断过啊……"

"二百亿光年？照你以前说的，就是光要走二百亿年？乖乖，那也太远了，这可是生离死别啊，上帝老爷子，你就死了那份心思吧，再见不着她的面儿啰。"

上帝点点头，长叹一声。

"不过嘛，她现在也该你这岁数了吧？"

上帝从沉思中醒过来，摇了摇头："哦，不，不，这么远的航程，那艘探险飞船会用接近光速的速度航行,她应该还很年轻,老的是我……宇宙啊,你真不知道它有多大,你们所谓的沧海桑田天长地久,不过是时空中的一粒沙啊……话说回来,你感觉不到这些,有时候还真是一种幸运呢!"

五

谁也没有想到,上帝与人类的蜜月很快便结束了。

人们曾对从上帝那里得到的科技资料欣喜若狂,认为它们能使人类的梦想在一夜之间变为现实。借助于上帝提供的接口设备,那些巨量的信息被很顺利地从存贮体中提取出来,并开始被源源不断地译成英文,为了避免纷争,世界各国都得到了一份拷贝。

但人们很快发现,要将这些技术变成现实,至少在本世纪内是不可能的事。其实设想一下,如果有一个时间旅行者将现代技术资料送给古埃及人会是什么情况,就能够理解现在人类面临的尴尬处境了。

在石油即将枯竭的今天,能源技术是人们最关心的技术。但科学家和工程师们很快发现,上帝文明的能源技术对当前的人类毫无用处,因为他们的能源是建立在正反物质湮灭的基础上的。即使读懂所有相关资料,最后成功制造出湮灭发动机和发电机(在这一代人内基本上不可能实现),一切还是等于零,因为这些能源机器的燃料——反物质——需要远航飞船从宇宙中开采。据上帝的资料记载,距地球最近的反物质矿藏是在银河系至仙女座星云之间的黑暗太空中,有五十五万光年之遥!而接近光速的星际航行几乎涉及所有的学科,其中的大部分理论和技术对人类而言高深莫测,人类学者即使只对其基础部分进行个大概的了解,可能也需半个世纪的时间。

科学家们曾满怀希望地在上帝给的科技资料中查询受控核聚变的技术信息,却根本没有——这很好理解,人类现代的能源科学,并不包含钻木取火的技巧。

在其他的学科领域,如信息技术和生命科学(其中蕴含着使人类长生的秘密)也一样,最前沿的科学家也完全无法读懂那些资料,上帝科学与人类科学的理论距离,目前还隔着一道无法跨越的鸿沟。

来到地球的上帝们无法给科学家们提供任何帮助,正如那一位上帝所说,在他们中间,现在会解一元二次方程的人都很少了。而那群飘浮在小行星带的飞船,则对人类的呼唤毫不理睬。现在的人类,就像是一群刚入学的小学生,突然被要求研读博士研究生的课程,而且没有导师,行吗?

另一方面,地球上突然增加了二十亿人口,这些人都是不能创造任何价值的垂暮老人,其中大半疾病缠身,给人类社会造成了前所未有的巨大压力。各国政府必须付给每个接收上帝的家庭一笔可观的赡养费,医疗和其他公共设施也已不堪重负,世界经济到了崩溃的边缘。

上帝和秋生一家的融洽关系不复存在,他渐渐被这家人看作是一个天外飞来的负担,受到越来越多的嫌弃,而每个嫌弃他的人都有各自的理由。

玉莲的理由最现实,也最接近问题的实质,那就是上帝让她家的日子过穷了。在这家人中,她是最令上帝烦恼的一个,那张尖酸刻薄的刀子嘴,比太空中的黑洞和超新星都令他恐惧。按需分配的理想破灭后,她就不停地在上帝面前唠叨,说在他来之前他们家的日子是多么富裕多么滋润,那时什么都好,现在什么都差,都是因为他,摊上他这么个老不死的真是倒了大霉!每天只要一有机会,她就这样对上帝恶语相向。

上帝有很重的气管炎,这虽不是什么花大钱的病,但需要长期的治疗和调养,钱自然是要不断地花。终于有一天,玉莲不让秋生带上帝去镇医院看病,也不给他买药了,结果这事让村支书知道了,很快就找上了门来。

支书对玉莲说："你家上帝的病还是要用心治，镇医院跟我打招呼了，说他的气管炎如果不及时治疗，有可能转成肺气肿。"

"要治，村里或政府给他治，我家没那么多钱花在这上面！"玉莲冲村支书嚷道。

"玉莲啊，按《上帝赡养法》，这种小额医疗是要由接收家庭承担的，政府发放的赡养费已经包括这费用了。"

"那点儿赡养费顶个屁用！"玉莲吼了起来。

"话不能这么说，你家领到赡养费后买了奶牛，用上了液化气，还换了大彩电，就没钱给上帝治病？大伙都知道这个家是你在当，我把话说在这儿，你可别给脸不要脸，下次就不是我来劝你了，会是乡里县里'上委'（上帝赡养委员会）的人来找你，到时你吃不了兜着走！"

玉莲没办法，只好恢复了对上帝的医疗，但日后对他就更没好脸色了。

有一次，上帝对玉莲说："不要着急嘛，地球人很有悟性，学得也很快，只需要一个世纪左右，上帝科学技术中层次较低的一部分，就能在人类社会得到初步应用，那时生活会好起来的。"

"喊，一个世纪，还'只需要'，你这叫人话吗？"正在洗碗的玉莲头也不回地说。

"这时间很短啊。"

"那是对你们，你以为我能像你似的长生不老啊，一个世纪过去之后，我的骨头都找不着了！不过我倒要问问，你觉得自个儿还能活多少时间呢？"

"唉，风烛残年了，再活三四百个地球年就很不错了。"

玉莲将一摞碗全摔到了地上，扯直了嗓子嚷道："咱这到底是谁给谁养老、谁给谁送终啊?! 啊，合着我累死累活伺候你一辈子，还得搭上我儿子孙子往下十几辈不成？说你老不死你还真是啊！"

至于秋生爹，则认为上帝是个骗子。其实，这种说法在社会上也很普遍，既然科学家看不懂上帝的科技文献，就无法证实它们的真伪，说不定人类真让上帝给耍了。对于秋生爹而言，他这方面的证据更充分一些。

"老骗子，行骗也没你这么猖狂的，"他有一天对上帝说，"我懒得揭穿你，你那一套真不值得我揭穿，甚至不值得我孙子揭穿呢！"

上帝问他有什么地方不对。

"先说最简单的一个吧。我们的科学家知道，人是由猴子变来的，对不对？"

上帝点点头，"准确地说，是由古猿进化来的。"

"那你怎么说我们是你们造的呢？既然要造人，那直接造成我们这样儿不就行了，为什么先要造出古猿，再进化什么的，这说不通啊……"

"人要以婴儿的形式出生再长大为成人，一个文明也一样，必须从原始状态进化发展而来，这其中的漫长历程是不可省略的。事实上，对于人类这一物种分支，我们最初引入的是更为原始的东西，古猿已经是经过相当程度进化的物种了。"

"我不信你故弄玄虚的那一套，好好，再说个更明显的吧。告诉你，这还是我孙子看出来的，我们的科学家说地球上在三十多亿年前就有生命了，这你是认的，对吧？"

上帝点点头，说："他们估计得基本准确。"

"那你有三十多亿岁？"

"按你们的时间坐标，是的；但按上帝飞船的时间坐标，我只有三千五百岁。飞船以接近光速飞行，时间的流逝比你们的世界要慢得多。当然，有少数飞船会不定期脱离光速，降至低速来到地球。对地球上的生命进化进行一些调整，但这只需要很短的时间。这些飞船很快就会重新进入太空进行近光速航行，继续跨越时间。"

"扯淡——"秋生爹轻蔑地说。

"爹，这可是相对论，也是咱们的科学家证实了的。"秋生插嘴说。

"相对个屁！你也给我瞎扯，哪有那么玄乎的事儿？时间又不是香油，还能流得快慢不同？我还没老糊涂呢。倒是你，那些书把你看傻了！"

"我很快就能向你们证明，时间能够以不同的速度流逝。"上帝一脸神秘地说，同时从怀里掏出了那张两千年前情人的照片，把它递给秋生，"仔细看看，记住她的每一个细节。"

秋生看到照片的第一眼时，就知道自己肯定能够记住每一个细节，想忘都不容易。同其他的上帝一样，她综合了各色人种的特点，皮肤是温润的象牙色，那双会唱歌的大眼睛绝对是活的，一下子就把秋生的魂儿勾走了。她是上帝中的姑娘，她是姑娘中的上帝，那种上帝之美，如第二个太阳，人类从未见过，也根本无法承受。

"瞧你那德性样儿，口水都流出来了！"玉莲一把从已经有些呆傻的秋生手中抢过照片，可还没拿稳，就让公公抢去了。

"我来我来，"秋生爹说着，那双老眼立刻凑到照片上，近得不能再近了，好长时间一动不动，好像那能当饭吃。

"凑那么近干吗？"玉莲轻蔑地问。

"去去，我不是没戴眼镜嘛……"秋生爹脸伏在照片上说。

玉莲用不屑的目光斜视了公公几秒钟，撇撇嘴，转身走进厨房了。

上帝把照片从秋生爹手中拿走了，后者的双手恋恋不舍地护送照片走了一段。上帝说："记好细节，明天的这个时候再让你们看。"

整整一天，秋生爷俩少言寡语，都在想着那位上帝姑娘，他们心照不宣，惹得玉莲脾气又大了许多。

终于等到了第二天的同一个时候，上帝好像忘了那事，经秋生爹的提醒才想起来，他掏出那张让爷俩挂念了一天的照片，首先递给秋生，"仔细看看，她有什么变化？"

"没啥变化呀。"秋生全神贯注地看着，过了好一会儿，终于看出点东西来,"哦,对,她嘴唇儿张开的缝比昨天好像小了一些,小得不多,但确实小了一些,看嘴角儿这儿……"

"不要脸的,你看得倒是细!"照片又让媳妇抢走了,同样又让公公抢到手里。

"还是我来——"秋生爹今天拿来了眼镜,戴上细细端详着,"是是,是小了些。还有很明显的一点你怎么没看出来呢?这小缕头发嘛,比昨天肯定向右飘了一点点的。"

上帝将照片从秋生爹手中拿过来,举到他们面前,说道:"这不是一张照片,而是一台电视接收机。"

"就是……电视机?"

"是的,电视机,现在它接收的,是她在那艘飞向宇宙边缘的探险飞船上的实况画面。"

"实况?就像转播足球赛那样?"

"是的。"

"这,这上面的她居然……是活的!"秋生目瞪口呆地说,连玉莲的双眼都睁得像核桃那么大。

"是活的,但比起地球上的实况转播,这个画面有时滞,探险飞船大约已经飞出了八千万光年,那么时滞就是八千万年,我们看到的,是八千万年前的她。"

"这小玩意儿能收到那么远的地方传来的电波?"

"这样的超远程宇宙通信,只有使用中微子或引力波,我们的飞船才能收到,放大后再转发到这个小电视机上。"

"宝物,真是宝物啊!"秋生爹由衷地赞叹道,不知指的是那台小电视,还是电视上那个上帝姑娘,反正一听说她居然是"活的",秋生爷俩的感情就上升了一个层次。

秋生伸手要去捧小电视,但老上帝不给。

"电视中的她为什么动得那么慢呢?"秋生问。

"这就是时间流逝速度不同的结果,从我们的时空坐标上看,接近光速飞行的探险飞船上的时间流逝得很慢很慢。"

"那……她就能跟你说话儿了,是吗?"玉莲指指小电视,问道。

上帝点点头,按动了小屏幕背面的一个开关,小电视立刻发出了一个声音,那是一个柔美的女声,但是音节恒定不变,像是歌唱结束时永恒拖长的尾声。

上帝用充满爱意的目光凝视着小屏幕说:"她正在说呢,刚刚说出'我爱你'三个字,每个字说了一年多的时间,已说了三年半,现在正在结束'你'字,完全结束可能还需要三十个月左右吧。"上帝把目光从屏幕上移开,仰视着院子上方的苍穹,"她后面还有话,我会用尽残生去听的。"

兵兵和本家上帝的好关系倒是维持了一段时间,老上帝们或多或少都有些童心,与孩子们谈得来,也能玩到一块儿。但有一天,兵兵闹着要上帝的那块大手表,上帝坚决不给,说那是和上帝文明通信的工具,没它,自己就无法和上帝种族联系了。

"哼,看看,看看,还想着你们那个文明啊种族啊,从来就没有把我们当自家人!"玉莲气鼓鼓地说。

从此以后,兵兵也不和上帝好了,还不时搞些恶作剧作弄他。

家里唯一还对上帝保持着尊敬和孝心的就是秋生,秋生念过高中,加上平时爱看书,村里除去那几个考上大学走了的,他就是最知书达理的人了。但秋生在家是个地地道道的软蛋角色,平时看老婆的眼色行事,听爹的训斥过活,要是遇到爹和老婆对他的指示不一致,他就只会抱头蹲在那儿流眼泪了。他这个熊样儿,在家里自然无法维护上帝的权益了。

六

上帝与人类的关系终于恶化到不可挽回的地步。

秋生家与上帝关系的彻底破裂，是因为方便面那事。这天午饭前，玉莲就搬着一个纸箱子从厨房出来，问上帝昨天刚买的一整箱方便面怎么一下子少了一半。

"是我拿的，我给河那边儿送过去了，他们快断粮了……"上帝低着头小声回答说。

他说的河那边，是指村里那些离家出走的上帝的聚集点。

近日来，村里虐待上帝的事屡有发生，其中最刁蛮的一户人家，对本家的上帝又打又骂，还不给饭吃，逼得那个上帝跳到村前的河里寻短见，幸亏让人救起来了。这事惊动面很大，来处理的不是乡里和县里的人，而是市公安局的刑警，还跟着CCTV和省电视台的一帮记者，把那两口子一下子都铐走了。按照《上帝赡养法》，他们犯了虐待上帝罪，最少要判十年的，而这部法律是唯一一部在世界各国都通用并且统一量刑的法律。

出了这事之后，村里的各家收敛了许多，至少在明里不敢对上帝太过分了，但同时，也更加剧了村里人和上帝之间的隔阂。开始有上帝离家出走，很快其他的上帝纷纷效仿，到目前为止，西岑村近三分之一的上帝离开了收留他们的家庭。那些出走的上帝在河对岸的田野上搭起帐篷，过起了艰苦的原始生活。

在国内和世界的其他地方，情况也好不到哪里去，城市街道上再次出现了成群的上帝，且数量还在急剧增加，重演了三年前那噩梦般的一幕。这个常人和上帝共同生活的世界，现在面临着巨大的危机。

"好啊，你倒是大方！你个吃里扒外的老不死的！"玉莲大骂起来。

"我说老家伙，"秋生爹一拍桌子站了起来，"你给我滚！你不是惦记着河那边的上帝吗？滚到那里去和他们一起过吧！"

上帝低头沉默了一会儿，站起身，到楼上自己的小房间去，默默地把属于他自己的不多的几件东西装到一个小包袱里，拄着那根竹拐杖缓缓出了门，向河对岸的方向走去。

秋生没有和家里人一起吃饭，一个人低头蹲在墙角默不作声。

"死鬼，过来吃啊，下午还要去镇里买饲料呢！"玉莲冲他喊道，见他没动，就过去揪他的耳朵。

"放开。"秋生说，声音不高，但玉莲还是触电似的放开了，因为她从来没有见过自己的男人有这种阴沉的表情。

"甭管他，爱吃不吃，傻小子一个。"秋生爹不以为然地说。

"呵，你惦记那个老不死上帝了是不是？那你也滚到河那边野地里跟他们过去吧！"玉莲用一根手指捅着秋生的脑袋说。

秋生站起身，上楼到卧室里。他像刚才上帝那样整理了不多的几件东西，装到以前进城打工用过的那个旅行包中，背着包下了楼，大步向外走去。

"死鬼你去哪儿啊?!"玉莲喊道，秋生不理会只是向外走，她又喊，声音有些胆怯了，"多会儿回来?!"

"不回来了。"秋生头也不回地说。

"什么?!回来！你小子是不是吃大粪了？回来！"秋生爹跟着儿子出了屋，"你咋的？就算不要老婆孩子，爹你也不管了？"

秋生站住了，头也不回地说："凭什么要我管你？"

"咳，这话说得？我是你老子！我养大了你！你娘死得那么早，我把你姐弟俩拉扯大容易吗？你浑了你！"

秋生回头看了他爹一眼，说道："要是创造出咱们祖宗的祖宗的祖宗的人都让你一脚踢出了家门，我不养你的老也算不得什么大罪过。"说完自顾自走开，留下他爹和媳妇在门边目瞪口呆地站着。

秋生从那座古老的石拱桥上过了河，向上帝们的帐篷走去。他看到，在撒满金色秋叶的草地上，几个上帝正支着一口锅煮着什么，他们的大白胡子和锅里冒出的蒸汽都散映着正午的阳光，很像一幅上古神话中的画面。

秋生找到自家的上帝，憨憨地说："上帝老爷子，咱们走吧。"

"我不回那个家了。"上帝摆摆手说。

"我也不回了，咱们先去镇里我姐家住一阵儿，然后我去城里打工，咱们租房子住，我会养活您一辈子的。"

"你是个好孩子啊——"上帝拍了拍秋生的肩膀说，"可我们要走了。"他指了指自己手腕上的表，秋生这才发现，他和所有上帝的手表都闪着红光。

"走？去哪儿？"

"回飞船上去。"上帝指了指天空。

秋生抬头一看，发现空中已经有了两艘外星飞船，反射着银色的阳光，在蓝天上格外醒目。其中一艘已经呈现出很大的轮廓和清晰的形状，另一艘则处在后面深空的远处，看上去小了很多。

最令秋生震惊的是，从第一艘飞船上垂下了一根纤细的蛛丝，从太空直垂到远方的地面！随着蛛丝缓慢地摆动，耀眼的阳光在蛛丝不同的区段上窜动，看上去像蓝色晴空中细长的闪电。

"这是太空电梯，现在在各个大陆上已经建起了一百多条，我们要乘它离开地球，回到飞船上去。"上帝解释说。秋生后来知道，飞船在同步轨道上放下电梯的同时，向着太空的另一侧也要有相同的质量来平衡，后面那艘深空中的飞船就是作为平衡配重的。

当秋生的眼睛适应了天空的光亮后，他发现更远的深空中布满了银色的星星，那些星星分布均匀整齐，构成一个巨大的矩阵。秋生知道，那是从小行星带正在向地球飞来的其余两万多艘上帝文明的飞船。

七

两万艘外星飞船又布满了地球的天空，在以后的两个月中，有大量的太空舱沿着垂向各大陆的太空电梯上上下下，接走在地球上生活了一段时间的二十亿上帝。那些太空舱都是银色的球体，远远看去，像是一串串挂在蛛丝导轨上的晶莹露珠。

西岑村的上帝走的这天，全村的人都去送，所有的人对上帝都亲亲热热，让人想起上帝来的那天，好像上帝前面受到的那些嫌弃和虐待与他们毫无关系似的。

村口停着两辆大客车，就是以前送上帝来的那两辆，这一百来个上帝要被送到最近的太空电梯下垂点，去搭乘太空舱。

秋生一家都去送本家的上帝，一路上大家默默无语。

快到村口时，上帝停下了，拄着拐杖对一家人鞠躬："就送到这儿吧，谢谢你们这段时间的收留和照顾，真的谢谢，不管飞到宇宙的哪个角落，我都会记住这个家的。"他说着把那块球形的大手表摘下来，放到兵兵手里，"送给你啦。"

"那……你以后怎么同其他上帝联系呢？"兵兵问。

"都在飞船上，用不着这东西了。"上帝笑着说。

"上帝老爷子啊，"秋生爹一脸伤感地说，"你们那些飞船可都是破船了，住不了多久了，你们坐着它们能去哪儿呢？"

上帝抚着胡子平静地说："飞到哪儿算哪儿吧，宇宙无边无际，哪儿还不埋人呢？"

玉莲突然哭出声儿来："上帝老爷子啊，我这人……也太不厚道了，把过日子攒起来的怨气全撒到您身上，真像秋生说的，一点良心都没了……"她把一个竹篮子递到上帝手中,"我一早煮了些鸡蛋,您拿着路上吃吧。"

上帝接过了篮子:"谢谢!"他说着,拿出一个鸡蛋,剥开皮津津有味地吃了起来,白胡子上沾了星星点点的蛋黄,同时口齿不清地说着,"其实,我们到地球来,并不只是为了活下去,都是活了两三千岁的人了,死有什么可在意的?我们只是想和你们在一起,我们喜欢和珍惜你们对生活的热情,还有你们的创造力和想象力,这些都是上帝文明早已失去的,我们从你们身上看到了上帝文明的童年。不过我们真没想到给你们带来了这么多的麻烦,实在对不起了。"

"你留下来吧爷爷,我不会再不懂事了。"兵兵流着眼泪说。

上帝缓缓摇摇头,"我们走,并不是因为你们待我们怎么样,能收留我们,已经很满足了。但有一件事让我们没法待下去,那就是上帝在你们的眼中已经变成了一群老可怜虫,你们可怜我们了,你们竟然可怜我们了。"

上帝扔下手中的蛋壳,抬起白发苍苍的头仰望长空,仿佛透过那湛蓝的大气层看到了灿烂的星海。

"上帝文明怎么会让人可怜呢?你们根本不知道这是一个多么伟大的文明,不知道她在宇宙中创造了多少壮丽的史诗、多少雄伟的奇迹!"上帝幽幽述说,"记得那是银河一八五七纪元吧,天文学家们发现,有大批的恒星加速地向银河系中心的运动,这恒星的洪水一旦被银心的超级黑洞吞没,产生的辐射将毁灭银河系中的一切生命。于是,我们那些伟大的祖先,在银心黑洞周围沿银河系平面建起了一个直径一万光年的星云屏蔽环,使银河系中的生命和文明得以延续下去。那是一项多么宏伟的工程啊,整整延续了一千四百万年才完成……紧接着,仙女座和大麦哲伦两个星系的文明对银河系发动了强大的联合入侵,上帝文明的星际舰队跨越几十万光年,在仙女座与银河系的引力平衡点迎击入侵者。当战争进入白热化的时候,双方数量巨大的舰队在缠斗中混为一体,形成了一个直径有太阳系大小的旋涡星云。在战争的最后阶段,上帝文明毅然将剩余的所有战舰和巨量的非战斗飞船投入了这个高速自旋的星云,使得星云总质量急剧增加,引力大于了离心力,这个由星际战舰和飞船构成的星云,居然在自身引力下坍缩,生成了一颗恒星!由于这颗恒星中的重元素比例很高,在生成后立刻变成了一颗疯狂爆发的超新星,照亮了仙女座和银河系之间漆黑的宇宙深渊!我们伟大的先祖,就是以这样的气概和牺牲消灭了入侵者,把银河系变成一个和平的生命乐园……现在我们的文明老了,但不是我们的错,无论怎样努力避免,一个文明总是要老的,谁都有老的时候,你们也一样。我们真的不需要你们可怜。"

"与你们相比,人类真算不得什么。"秋生敬畏地说。

"也不能这么说,地球文明还是个幼儿。我们盼着你们快快长大,盼望地球文明能够继承它的创造者的光荣。"上帝把拐杖扔下,两手一高一低放在秋生和兵兵肩上,"说到这里,我最后有些话要嘱咐你们。"

"我们不一定听得懂,但您说吧。"秋生郑重地点点头说。

"首先,一定要飞出去!"上帝对着长空伸开双臂,他身上宽大的白袍随着秋风飘舞,像一面风帆。

"飞?飞到哪儿?"秋生爹迷惑地问。

"先飞向太阳系的其他行星,再飞向其他的恒星,不要问为什么,只是尽最大的力量向外飞,飞得越远越好!这样要花很多钱、死很多人,但一定要飞出去。任何文明,待在它诞生的世界不动,就等于自杀!到宇宙中去寻找新的世界新的家,把你们的后代像春雨般洒遍银河系!"

"我们记住了。"秋生点点头,虽然他和自己的父亲、儿子、媳妇一样,都不能真正理解上帝的话。

"那就好,"上帝欣慰地长出一口气,"下面,我要告诉你们一个秘密,一个对你们来说是天大的秘密——"他用蓝幽幽的眼睛依次盯着秋生家的每个人看,那目光如飕飕寒风,让他们心里发毛,"你们,有兄弟。"

秋生一家迷惑不解地看着上帝，最后是秋生首先悟出了上帝这话的含意，"您是说，你们还创造了其他的地球？"

上帝缓缓地点了点头，说道："是的，我们还创造了其他的地球，也就是其他的人类文明。目前除了你们，这样的文明还存在着三个，距你们都不远，都在二百光年的范围内，你们是地球四号，是年龄最小的一个。"

"你们去过那里吗？"兵兵问。

上帝又点了点头，"去过，在来你们的地球之前，我们先去了那三个地球，想让他们收留我们。地球一号还算好，在骗走了我们的科技资料后，只是把我们赶了出来；地球二号，扣下了我们中的一百万人当人质，让我们用飞船来交换，我们付出了一千艘飞船，他们得到飞船后发现不会操作，就逼着那些人质教他们，发现人质也不会就将他们全杀了；地球三号也扣下了我们的三百万人质，让我们用几艘飞船分别撞击地球一号和二号，因为他们之间处于一种旷日持久的战争状态中，其实只一艘反物质动力飞船的撞击就足以完全毁灭一个地球上的全部生命，我们拒绝了，他们也杀了那些人质……"

"这些不肖子孙，你们应该收拾他们几下子！"秋生爹愤怒地说。

上帝摇摇头，"我们是不会攻击自己创造的文明的。你们是这四个兄弟中最懂事的，所以我才对你们说了上面那些话。你们那三个哥哥极具侵略性，他们不知爱和道德为何物，其凶残和嗜血是你们根本无法想象的。其实我们最初创造了六个地球，消失的那两个分别与地球一号和三号在同一个行星系，结果都被他们的兄弟毁灭了。这三个地球之所以还没有互相毁灭，只是因为他们分属不同的恒星，距离比较远。其实他们三个都已经得知了地球四号的存在，并掌握着太阳系的准确坐标。"

"这太吓人了！"玉莲说。

"暂时还没那么可怕，因为这三个哥哥虽然文明进化程度都比你们先进，但仍处于低速宇航阶段，他们最高的航行速度都不超过光速的十分之一，航行距离也超不出三十光年。这是一场生死赛跑，看你们中谁最先能够贴近光速航行，这是突破时空禁锢的唯一方式，谁能够首先达到这个技术水平，谁才能生存下来，其他稍慢一步的都必死无疑，这就是宇宙中的生存竞争。孩子们，时间不多了，要抓紧！"

"这些事情，地球上那些最有学问、最有权力的人，都知道了吧？"秋生爹战兢兢地问。

"当然知道，但不要只依赖他们，一个文明的生存，要靠其每个个体的共同努力，当然也包括你们这些普通人。"

"听到了吧，兵兵，要好好学习！"秋生对儿子说。

"当你们以近光速飞向宇宙，解除那三个哥哥的威胁之后，还要抓紧办一件重要的事：找到几个比较适合生命生存的行星，把地球上的一些低等生物，比如细菌、海藻之类的，播撒到那些行星上，让它们自行进化。"

秋生正要提问，却见上帝弯腰拾起了地上的拐杖，于是一家人同他一起向大客车走去，其他的上帝已经在车上了。

"哦，秋生啊，"上帝想起了什么，又站住了，"走的时候没经你同意就拿了你几本书，"他打开小包袱让秋生看，"你上中学时的数理化课本。"

"啊，您拿走好了，可您要这个干什么？"

上帝系起包袱说："学习呗，从解一元二次方程学起，以后太空中的漫漫长夜里，总得找些打发时间的办法。谁知道呢，也许有那么一天，我真的能试着修好我们那艘飞船的反物质发动机，让它重新进入光速呢！"

"对了，那样你们又能跨越时间了，就可以找个星球再创造一个文明给你们养老了！"秋生兴奋地说。

上帝连连摇头，"不不不，我们对养老已经不感兴趣了，该死去的就让它死去吧。我这么做，只是为了自己最后一个心愿。"他从怀里掏出了那个小电视机，屏幕上，他那两千年前的情人还在慢慢说着那三个字中的最后一个，"我只想再见到她。"

"这心愿是好，但也就是想想罢了。"秋生爹摇摇头说，"你想啊，她已经飞出去两千多年了，以光速飞的，谁知道飞到什么地方去了，你就是自己修好了飞船，也追不上她了，你不是说过，没什么能比光走得更快吗？"

上帝用拐杖指指天空，说道："这个宇宙，只要你耐心等待，什么愿望都有可能实现，虽然这种可能性十分渺茫，但总是存在的。我对你们说过，宇宙诞生于一场大爆炸，现在，引力使它的膨胀速度慢了下来，然后会停下来，转为坍缩。如果我们的飞船真能再次接近光速，我就让它无限逼近光速飞行，这样就能跨越无限的时间，直接到达宇宙的末日时刻。那时，宇宙已经坍缩得很小很小了，会比乒乓的皮球还小，会成为一个点，那时，宇宙中的一切都在一起了，我和她，自然也在一起了。"一滴泪滚出上帝的眼眶，滚到胡子上，在上午的阳光中晶莹闪烁着，"宇宙啊，就是《梁祝》最后的坟墓，我和她，就是墓中飞出的两只蝶啊……"

一个星期后，最后一艘外星飞船从地球的视野中消失。上帝走了。

西岑村恢复了以前的宁静，夜里，秋生一家坐在小院中看着满天的星星，已是深秋，田野里的虫鸣已经消失了，微风吹动着脚下的落叶，感觉有些寒意了。

"他们在那么高的地方飞，多大的风啊，多冷啊……"玉莲喃喃自语道。

秋生说："哪有什么风啊，那是太空，连空气都没有呢！冷倒是真的，冷到头了，书上叫绝对零度。唉，那黑漆漆的一片，不见底也没有边，那是噩梦都梦不见的地方啊！"

玉莲的眼泪又出来了，但她还是找话说以掩饰一下："上帝最后说的那两件事儿，地球的三个哥哥我倒是听明白了，可他后面又说，要我们向别的星球上撒细菌什么的，我想到现在也不明白。"

"我明白了。"秋生爹说，在这灿烂的星空下，他愚拙了一辈子的脑袋终于开了一次窍。他仰望着群星，头顶着它们过了一辈子，他发现自己今天才真切地看到它们的样子，一种从未有过的感觉充满了他的血液，使他觉得自己仿佛与什么更大的东西接触了一下，虽远未能融为一体，但这种感觉还是令他震惊不已。他对着星海长叹一声，说：

"人啊，该考虑养老的事了。"

《赡养上帝》，首次发表于《科幻世界》2005年第1期。《赡养上帝》大概是刘慈欣最温馨的科幻小说了。曾经在星际战争中守护了整个银河的上帝文明老了，甚至已经不能自养，英雄垂暮，令人感慨。幸亏上帝文明养育了很多子孙文明，不过都对上帝们不好，相比起来，人类虽然也没有做得尽善尽美，但已经是最孝顺的孩子了。在啼笑皆非的赡养上帝的过程中，刘慈欣提出了很多有意思的、发人深思的问题，比如老龄化问题、科技高度发展导致文明主体退化的问题、进取与享乐的问题，以及最后在通篇的温馨气氛背后，兄弟文明间"黑暗森林"般狰狞的生存竞争……《赡养上帝》表面看温馨有趣，实则深刻而丰富，值得反复阅读思考。

本篇获奖情况：
2012年 获得首届柔石小说奖短篇小说金奖
2015年 提名西班牙伊格诺特斯奖最佳外国短篇小说

鹰舱已着陆

罗伯特·J.索耶

我花了很长时间观察地球——超过四十个地球年。我来到这里是因为我们的自动探测器发出了信号，它探测到这个世界的双足纸皮生物已经分裂了原子。探测器发挥了不错的作用，但是有些事情只有活人才能做好，评估行星联邦是否应该与一种生命体接触就是其中之一。

亲眼看见第一次裂变爆炸的感觉必然如梦如幻。学会分裂原子，对一个新物种来说总是一件不可思议的事情，是一个崭新而奇妙的时代的曙光。当然，裂变是混乱的，但一个人在会飞之前必须先会滑行；所有已知的开发了裂变的物种都很快掌握了可控核聚变这种清洁能源，终结了需求和欲望，终结了贫穷和匮乏。

在第一次裂变爆炸的十几个地球年后，我来到了地球附近。但我无法在地球上着陆，因为它的重力是我们母星的五倍。不过它的卫星质量很适中，在那里我的重量比在家里稍小一点。而且，就像我们的母星一样（当然，我们的母星本身就是一个围绕双星运行的气态巨星的卫星），地球的卫星也被潮汐锁定，总是把同一面对着它的主星。对我来说，这是一个完美的地方，可以让我的星鸟飞机降落，观察下面这个蓝白色世界的动态。

这颗卫星，地球天然的灵魂伴侣，没有大气，也没有水。如果我们的母星没有被占据着天空的气态巨行星"啁啾"持续补充挥发物质，我想它也会是差不多的样子。但我们有一个自然产生的永久磁通管，可将温和的气体雨送到我们的世界。

这颗被地球居民唤作"月球"(还有"月亮"和其他各种称呼)的卫星荒凉得可怜。不过，我还是可以从它那里轻易地截获从地球上喷涌而出的成千上万的音频和视听传输，而且只有四翅振的时间延迟。星鸟飞机的计算机把信号一个一个分离出来，我观察着，倾听着。

计算机花了差不多一个小年的时间来破译这个物种使用的所有不同语言，但是，到了那一年——地球是行星，不是卫星，只有一种年份——地球人称之为1958年，我就能追踪那里发生的一切了。

我既高兴又反感。高兴，是因为我了解到，在第一次原子弹试爆触发我们的探测器之后的几年里，这个世界的居民发射了他们的第一颗人造卫星。反感，是因为就在开发出裂变技术之后，他们马上用这些惊人的能量作为武器来对付自己的同类。两座城市被摧毁了，更大、更具毁灭性的炸弹仍在研制中。

我不禁疑惑，他们疯了吗？我从未想过一整个物种会精神失常，但最初的致命爆炸，以及随后无休止的一系列越来越大的武器试爆，都不是疯狂的个体所为，而是这个世界上最强大国家的政府所为。

我又观察了两个地球年，准备提交报告——隔离这个世界，避免所有的接触——就在这时，我的计算机提醒我，收到了来自这颗行星的一个有趣的信号。某个国家的领导人正在发表讲话。"是时候了，"他说，"该迈出更大的步伐了。"——对一个行走的物种来说，这样的描述显然意义深远——"是时候开启伟大的美国新事业了；是时候让这个国家在太空领域发挥鲜明的领导作用了，这在许多方面可能是我们在地球上的未来的关键……"

是的，我心想。是的，我继续入迷地听着。

"我相信，我们的国家应该致力于实现这个目标，在十年内，"——也就是十个地球年——"让人类登上月球并安全返回地球……"

终于，这个物种有了一些真正的进步！我用一只爪子点击"清除"节点，删除了我尚未发送的报告。

这些被他们的领导者称为"美国人"的人,正抱着平等的理念在他们的家园中斗争,不论肤色,为所有公民而斗争。我知道,我知道——对于我们这样有着金色、绿色、紫色甚至紫外光色的斑驳鳞片的生物,认为肤色有任何意义似乎很荒谬,但对他们来说,这一直是一个重大问题。我听到了充满仇恨的言论:"现在(种族)隔离,明天隔离,永远隔离!"我听到了精彩的言辞:"我梦想有一天,这个国家会站立起来,实现其信条的真谛——我们认为这些真理不言而喻——人人生而平等。"我看到了公众的情绪从支持前者转变为支持后者,我承认,这个时候,我的脊背激动得颤抖。

与此同时,地球刚刚起步的太空计划仍在继续:单人飞船、双人飞船、首次太空对接、计划中的三人飞船,然后……

然后,发射设施发生了火灾。三个"人类"——这个物种给自己起的无数名字中的一个——死了。一个悲惨的错误:加压的太空飞行器在真空中当然有爆炸的趋势,所以有人想出了一个主意,除了通常占地球大气五分之一的氧气外,抽走所有的气体,进而将居住舱(他们称之为"指挥模块")的气压仅保持在正常值的五分之一……

然而,尽管发生了可怕的事故,人类还在继续前进。他们怎么可能不继续向前?

很快,他们就来到了这里,来到了月球。

他们第一次登陆时,我也在场,但一直隐藏着。我看着一个穿白色衣服的人从梯子的最后一级跳下来,以他看来一定是用很慢的速度下落。那人说的话至今仍在我耳边回响:"这是个人的一小步,却是人类的一大步。"

事实也的确如此。在他们离开前,我不能靠近,但在他们离开后,我走了过去——即使套着环保袋,用我的翼爪在这里行走也很容易。我检查了他们遗弃在这里的用箔纸包裹着的登陆舱下部。我的计算机能读懂地球上的主要语言,这是它通过截获的教育广播学会的。它告诉我,登陆舱上的铭牌上写着:"1969年7月,来自地球的人类首次登上月球。我们是为了全人类的和平而来。"

我的脊背一阵发麻。这个种族还有希望。事实上,在那次关于更大步伐的演讲之后,公众舆论已经一边倒地反对在一个热带国家进行的那场看似旷日持久、毫无意义的冲突。他们不需要隔离;他们需要的,想必只是一点时间。

善变,真是善变的物种!他们的世界只绕着孤独的太阳转了三圈半,被他们宣称为此地最后一次旅行的登月之旅就结束了。我惊呆了。我从未听说过一个种族刚开始太空旅行就宣布放弃,这样的人还不如爬回自己的蛋壳碎片里……

但是,令人难以置信的是,这些人类就是这样做的。噢,在低轨道还有一些敷衍的任务,但仅此而已。

是的,确实发生过其他事故——一次是在飞往月球的途中,不过没有人员伤亡;另一次,有三个人因返回大气层时飞船减压而死亡。但这三个人来自另一个国家,名叫"俄罗斯",这个国家继续着自己的太空探索,一个翅振也没有浪费。但很快,俄罗斯的经济就崩溃了——这是必然的!这个种族还没有研发出可控的核聚变;确实,在解体前不久,这个国家的一座核裂变发电站发生了一次非常可怕的事故。

不过,俄罗斯的失败也许是一件好事。在我看来,并不是说这个国家本身有什么邪恶之处——实际上,在原则上,它主张的是其他已知文明种族共有的价值观——是它与那个将载人飞船发射到月球的国家之间的竞争,导致了核武器生产的惊人升级。最后,他们似乎放弃了这种疯狂的竞争……也许,如果说放弃太空探索就是为此付出的代价,也许,只是也许,放弃是值得的。

我左右为难。我在这里停留的时间比我计划的要长得多,而且我还没有提交报告。倒不是说我急于回家——我的孩子们早就长大了——而是我老了。我磨损的鳞片正在失去弹性,而且现在已经染上了蓝色。

但我仍然不知道要对我们的母星说什么。

所以我爬回了我的冬眠巢。我决定让计算机在一个大年之后唤醒我，大约是地球上的十年之后。不知道当我醒来时，我会看见什么……

我看见的是绝对的疯狂。两个邻国用核武器相互威胁；第三个国家宣布他们也研发了这样的东西；第四个国家正在接受检查，确认它是否拥有核武器；第五个国家——那个为了全人类登上月球的国家——说它不排除首先使用核武器的可能。

没有人在使用可控核聚变。没有人重返月球。

在我醒来后不久，悲剧再次发生——有七个人坐上了一台名叫"哥伦比亚号"的轨道飞行器——这是个以前用过、我也曾经听过的名字，是在第一个登陆舱降落到月球表面时，绕月飞行的指挥舱的名字。哥伦比亚号在返回大气层时解体了，碎片散落在地球的大片区域。我的脊背塌了下来，我的翼爪紧紧地蜷缩着。自从我的一个孩子从天上掉下来死去后，我从未如此悲伤。

当然，我的计算机还在继续监控着来自地球的广播，它给我提供了人类反应的概要。

我很震惊。

人类说，把人送入太空太危险了，生命的代价太高了，在太空中任何价值的事情都能由机器处理得更好。

这个种族靠走路——走路！——从赤道地区的发源地扩展到了他们世界上的大部分地区；直到最近，机械设备才赋予了他们飞行的能力。

而现在他们能飞。他们可以翱翔天空。他们可以去其他的世界！

但他们说，太空中不需要智能的判断，不需要有思考能力的人去决定，去提升，去直接体验。

他们会继续制造核武器。

但他们不会离开自己的巢穴。也许是因为他们混乱而又潮湿的繁殖方式，他们从来没有意识到，把所有的蛋放在一个容器里有多愚蠢……

那么，我应该怎么做呢？最简单的办法就是飞走，回到我们的母星。的确，协议上就是这么说的：做评估，提交报告，然后离开。

是的，这就是我应该做的。

这是一台机器会做的事。一个机器人探测器会遵循它的程序。

但我不是机器人。

这是前所未有的情况。

这需要判断力。

我本可以在月球朝向地球的那一面处于黑暗中的任意时候行动，但我决定等到最戏剧性的时刻。因为只有一个太阳，且月球是地球唯一的天然卫星，这个更常被称为月亮的世界经常发生月食。我决定等到下一次月食的时候——这是一件微不足道的事。我希望在那样的情况下，他们中能有一大群人抬头看着他们的月亮。

因此，当地球的影子——那个疯狂的行星的影子，以及它那令人失望的子民，那些怯于探索却彼此间无休止争斗的生物——在月球的表面上穿过时，我做好了准备。计算机一告诉我整个月球朝向地球的一面都陷入黑暗时，我就启动了星鸟飞机的激光信标，在整个月食期间，一下又一下，一次又一次地闪烁着人类不可能忽视的红宝石色的光。

他们还要等十四个地球日，月球的表面才会再次自然地陷入黑暗。而在下一个月球的夜晚来临时，他们向我发出了一个回应的光信号。很明显，他们一直等到了月球正面的夜晚，希望我能在黑暗中闪烁激光以示回应。

我回应了——只那一次，他们便不会怀疑我是否真的在这里。但是，尽管他们尝试向我闪烁各种模式的激光——质数、点阵象形图等等——我都拒绝进一步回应。

没必要让他们轻松如愿。

如果他们想进一步对话，他们就得回到这里来。

也许他们会再次用同样的名字给他们的飞船命名：哥伦比亚号。

我爬回冬眠巢，告诉计算机，在人类着陆时唤醒我。

"这个做法不太明智。"计算机说，"你最好再指定一个必须唤醒你的日期。毕竟，他们可能永远也不会来。"

"他们会的。"我说。

"也许吧。"计算机说，"不过……"

我举了举翅膀，承认了这一点。"好吧。就设在……"就在这时，我想到了一个完美的数字，"就在十年后。"

毕竟，上一次的等待就用了这么久。

陈阳 译

《鹰舱已着陆》，2005年4月首次发表于美国《我，外星人》选集。2003年2月1日，美国"哥伦比亚号"航天飞机在重返地球大气层时爆炸解体，机上七名航天员全部罹难。索耶为缅怀此次事故的逝者创作了这篇小说，字句间既带着惋惜与哀伤之情，又流露出对于世界和平、人类走向太空的希望。

蜕去的外壳

罗伯特·J.索耶

"对不起,"盐崎先生说着,往转椅的椅背上一靠,看向眼前这个两鬓斑白的中年白人,"我帮不了你。"

"可我已经改变想法了。"那人说,他开口的时候,脸涨得通红,"我想退出协议。"

"你没法再改变想法,"盐崎说,"你的意识已经'移交'了。"

那个男人的语气带着一丝哀伤,尽管他已经在努力压制:"我没想到事情会变成这样。"

盐崎叹了口气,"我们的心理咨询师和律师事先已经将整个过程和一切后果都和拉瑟伯恩先生讲清楚了。这就是他想要的。"

"但我现在不想要了。"

"你在这件事上没有任何发言权。"

白人把一只手张开,平放在桌子上,哪怕姿态强硬,他还是抑制不住紧张。"听我说,"他说道,"我要求见——见一见另一个我。我会跟他解释。他会理解的。他会同意取消我们之间的协议。"

盐崎摇了摇头,"我们不能这么做。你知道我们不能。这是协议的一部分。"

"但是……"

"没有但是。"盐崎说,"现实就是这样。从来没有人格继承者回到这里。况且,他们也不能回来。你的继承者必须尽一切可能把你排除在他的脑海之外,这样他才不必为你的存在感到烦恼,才能继续他的生活。

即便他想来看你,我们也不会允许。"

"你不能这样对我,这太没人性了。"

"你要在脑子里记住,"盐崎说,"你不是人类。"

"是,我是。该死的,如果你——"

盐崎说:"你是不是想说,如果我扎你一下,你还是会照样流血,对吧?"

"没错!我才是有血有肉的人。我是在母亲子宫里长大的。我是智人以及更早的直立人和能人经过千千万万辈传下来的后代。另——另一个我只是一台机器,一个机器人,一名仿真人。"

"不,不是,它是乔治·拉瑟伯恩,独一无二的乔治·拉瑟伯恩。"

"那你为什么把他叫成'它'?"

"我不想跟你咬文嚼字。他才是乔治·拉瑟伯恩,而你不是,不再是了。"

男人从桌子上抬起手,握紧拳头,"是,我是。我才是乔治·拉瑟伯恩。"

"不,你不是,你只是一具躯壳,一层蜕去的外壳。"

乔治·拉瑟伯恩正在慢慢适应自己的新身体。他花了六个月的时间咨询,为意识转移做准备。他们告诉他,这个替换的身体跟他原来的身体感觉不同,他们没有说错。大多数人都不会选择立即进行意识转移,除非他们老去,或是享受够了生物躯体,或者在他们的自然寿命内,不断进步的机器人技术无法再有什么突破。

毕竟,尽管目前的机器人身体在许多方面都优于"满身赘肉"(他居然这么快就接受了这个词语!)的人体,但他们生理上的感知仍有欠缺。

性——如果只是作为消遣,不以生育为目的——对机器人来说也不是难事,但体验就没那么好了。新大脑中的纳米凝胶可以完全复刻生物体的突触,但荷尔蒙反应只能通过回溯以往的记忆伪造。哦,高潮仍然还是高潮,仍然很美妙,但它和真正的性高潮不同,缺少了那种独特的、不可预知的体验。事后没有必要再问"感觉好吗"?因为它总是好的,总是可预测的,总是完全一样的。

不过,他也得到了一些补偿。乔治现在可以连续走或跑——只要他愿意——几个小时都不会感到丝毫疲劳。并且,他不用睡觉。每二十四小时,他过去一天的记忆都会重新组织和整理一次,每次大概需要六分钟;这也是他唯一的"停机时间"。

有趣的是,他的生物版本很容易"停机",而电子版本基本不会。

还有其他的变化。他的肌肉运动知觉——对身体和四肢在特定时刻的动作感知——比以前敏锐得多。

他的视力也更加敏锐。他无法看到红外线——虽然这在技术上是可行的,但人类的大部分认知都是基于黑暗和光明,若抛弃这种认知而引入热感应能力,将会对人的心理产生危害。虽然无法看到更长的波段,但他识别色彩的能力往短波方向有所扩展,在众多短波中,他能看到"蜂紫色[1]",这种颜色常常在花瓣上形成明显的独特图案,而人眼——那种过时的人类肉眼——对此毫无感知。

它揭示了隐藏的美。

并且能永远享受它。

"我要求见律师。"

盐崎又一次面对着这具乔治·拉瑟伯恩曾经的血肉躯壳,但是他的视线似乎穿过了面前这层外壳,聚焦在无限远的地方。"你如何支付这笔律师服务费?"盐崎终于开口问道。

拉瑟伯恩——也许他不能在口头上使用自己的名字,但没有人能阻止他这样去想——开口表示抗议。他有钱,有很多钱。但是,不行,他

---

1. 蜜蜂所能看到的紫外线。

已经签字放弃了这一切。他的生物特征无法再被识别，视网膜扫描已经失效。就算他能从这座舒适的牢笼出去，也不可能从这个世界上任何一台自动取款机取走现金。他名下有很多股票和债券……但那已经不属于他了。

"你一定有办法帮我。"拉瑟伯恩说。

"当然，"盐崎说，"我有很多种方法帮助你，帮你在这里过得更舒服。"

"就只能在这里，是吗？"

"没错。你知道——抱歉，应该说'拉瑟伯恩先生'知道，当他为自己和你选择这条路的时候，你的余生都将在天堂谷度过。"

拉瑟伯恩沉默了一会儿，然后说："如果我同意接受你的限制条件呢？如果我同意不以乔治·拉瑟伯恩的身份出现呢？那样我可以离开这里吗？"

"你不是乔治·拉瑟伯恩。无论如何，我们都不能允许你与外界有任何联系。"盐崎沉默了一会儿，然后用更温和的语气说，"你不妨想一想，为什么要折腾自己？拉瑟伯恩先生为你提供了非常慷慨的帮助。你能在这里过上奢华的生活，可以看你想看的任何书，任何电影。你已经见识了我们的娱乐中心，不得不说，真是绝妙的享受。我们的性工作者也是这颗星球上最漂亮的。就把在这儿住当成你度过的最长、最愉快的假期吧。"

"只是这假期不会结束，直到我死。"拉瑟伯恩道。

盐崎什么也没说。

拉瑟伯恩用力地呼出一口气，"你是不是要告诉我，我已经死了？所以我不应该把这里想象成监狱，而应该把它当成天堂。"

盐崎张了张嘴，但又闭上了，什么也没说。拉瑟伯恩知道这位管理员甚至不能假装安慰地说一句"这里就是天堂"，他没有死，也不会死，即使在这片天堂谷，他这个被丢弃的"生物容器"也不会最终停止生命活动。乔治·拉瑟伯恩还将继续活着,在现实世界里,这个意识的复制版存在于一具几乎坚不可摧、永生不朽的机器人躯体中。

"嘿,G.R.[1],"一位留着灰色长胡须的黑人喊道,"一起吃吗?"

拉瑟伯恩——也就是作为碳基生物的拉瑟伯恩——已经进入了天堂谷的餐厅。留胡须的男人面前已经摆好了午餐:龙虾尾,蒜香土豆泥,一杯上好的霞多丽葡萄酒。这里的食物也显得高雅精致。

"嗨,达特,"拉瑟伯恩对他点了点头。他很羡慕这个大胡子男人。在他把自己的意识转移到机器人体内之前,名叫达利斯·艾伦·汤普森。他名字的首字母缩写(即DAT,这里唯一允许使用的本名形式)组成了一个不错的词汇——达特,几乎就等同于一个真名。拉瑟伯恩和他坐在了同一桌。一位随时恭候着的服务员——一名年轻貌美的女性(专门服务于这一桌的异性恋男人)——已经到了桌前,G.R.要了一杯香槟。这并非特殊场合——在天堂谷没有什么特殊的事情——而像他和达特这样参与了赡养计划的白金Plus级客户,可以享受这里提供的任何服务。

"为什么拉这么长的脸,G.R.?"达特问。

"我不喜欢这里。"

达特欣赏着服务员离去的曼妙身姿,抿了一口酒,"哪方面不喜欢呢?"

"你以前,在外面的时候是个律师,是吗?"

"外面的我现在仍是一名律师。"达特说。

G.R.皱了皱眉,但决定不在这个点上纠结,"你能回答我几个问题吗?"

"当然,你想知道什么?"

---

1. 乔治·拉瑟伯恩的首字母缩写。

G.R.进入了天堂谷的"医院"。在他看来,这个名字要打上引号,因为真正的医院是为了治病而暂时待的地方。但是大多数上传了意识的人,那些蜕了壳的人,都是老年人。这些废弃的外壳来到医院,就是为了等死。但是G.R.不同,他只有四十五岁。只要医疗保障得当,再加上运气好一些,他就有相当大的机会活到一百岁。

G.R.走进了候诊室。他已经花了两个星期踩点,摸清了这里的日程安排,也知道身材瘦小的吴莉莉——一个五十岁的越南人——将是值班医生。和盐崎一样,她也是工作人员——一个真正的人,晚上可以回家,回到真实的世界。

过了一会儿,接待员说出了那句常挂在嘴边的话:"现在到您了。"

G.R.走进诊疗室,房间四周是绿色的墙面。吴医生在看一个数据本。"GR-7,"她读到他的序号。当然,他并不是天堂谷唯一一个姓名首字母缩写为G.R.的人,所以他不得不和其他几个人共享这个简短的名字。她看向他,扬起灰色的眉毛,等着他确认自己的身份。

"是我,"G.R.说,"不过你可以叫我乔治。"

"不,"吴说,"我不能。"她用一种坚定而温和的语气说道,想必她以前也面对过别人的这种要求。"你哪里不舒服?"

"我的左腋下长了一个皮赘,"他说,"已经有很多年了,但它最近开始变得有些敏感。用止汗滚珠的时候就会疼,而且当我移动手臂,它也会擦伤。"

吴皱了皱眉头,"请脱掉你的衬衫。"

G.R.开始解扣子。他身上有好几块皮赘,还长着不少痣。他的背部是毛茸茸一片,很令自己反感。这些皮肤缺陷是他最初想要上传意识的原因之一。他选择的新身体——一个金色机器人——看起来像是奥斯卡小金人和C-3PO[1]的混合体,没有这样的外观缺陷。

1.《星球大战》系列中的礼仪机器人。

衬衫脱掉之后,他举起左臂,让吴检查他的腋窝。

"唔,"她凝视着皮赘说道,"看起来确实发炎了。"

一个小时前,G.R.狠狠地掐了这块小小的皮疙瘩,并且还使劲地来回拧过。

吴此刻正用拇指和食指轻轻地捏着它。G.R.已经想好了一个治疗方案,但是如果让她自己提出来会更好。过了一会儿,她提议道:"如果你愿意,我可以帮你摘掉。"

"只要你觉得没问题,就动手吧。"G.R.说。

"当然没问题,"吴说,"我会给你注射局部麻醉剂,将它剪下来,再对伤口进行烧灼止血,那样就不需要缝针了。"

剪掉?不!不,他要她用手术刀不是手术剪,该死!

她穿过房间,准备了一支注射器,然后回来,直接朝他的皮赘注射。针扎进去的时候非常痛苦,疼了有一会儿,之后就没有任何感觉了。

"怎么样?"她问道。

"还好。"

吴戴上外科手套,打开一扇橱柜,拿出一个小皮箱。她把箱子放在G.R.正躺着的诊疗台上,然后打开了它。里面有手术剪,镊子,还有——

一对手术刀,其中一把较短,另一把稍长。它们在天花板的灯光下闪着光芒。

"好了,"吴说着伸手取出剪刀,"我们开始吧……"

G.R.伸出右臂,抓起那把较长的手术刀,迅速地挥起来,把刀架在了吴的喉咙上。该死,这东西太锋利了!他本来没想伤害她,但是她的脖子,男人喉结对应的位置上出现了一条两厘米长的浅浅切口,切口处已经变成了深红色。

吴发出一道轻声的尖叫,G.R.迅速用另一只手捂住了她的嘴。他能感觉到她在发抖。

"照我说的做，"他说，"你便可以活着离开这里。要是敢耍我，你就死定了。"

"别担心，"警探丹·卢塞恩对盐崎先生说，"这么多年来，我已经处理了八起人质事件，而且在每一起事件中，人质最终都安然无恙。我们会把你们的女医生救出来的。"

盐崎点点头，然后将目光移开，他不想让警探看到他的眼睛。他本应该从GR-7的行为中发现一些端倪。要是他让人给他服用镇静剂，就不会发生这种事。

卢塞恩指了指视频电话，"打开诊疗室的连线设备。"

盐崎伸手在卢塞恩面前的键盘上敲出三个数字。过了一会儿，屏幕亮了起来，视频中，吴正将手从摄像机前拿开。当她的手完全抽回时，可以很明显看到，G.R.仍然拿手术刀架着她的脖子。

"你好，"卢塞恩说，"我是警探丹·卢塞恩，是来帮助你的。"

"不，你来这里是为了救吴医生的性命，"GR-7说，"要是照我说的做，你就能救她。"

"好吧，"卢塞恩说，"你想要什么，先生？"

"首先，我想要你称呼我'拉瑟伯恩先生'。"

"行，"卢塞恩说，"没问题，拉瑟伯恩先生。"

卢塞恩惊讶地发现，蜕去的外壳竟会因为这个称呼而颤抖。"再叫一遍，"GR-7要求道，仿佛这是他听过最美妙的声音，"再叫。"

"我们能为您做些什么，拉瑟伯恩先生？"

"我要和机器人版的我对话。"

这时，盐崎再次将手伸到卢塞恩面前，按下了静音键，"我们不能同意这个要求。"

"为什么？"卢塞恩问道。

"我们与上传的意识有明确合同规定，保证他们永远不会和蜕去的外壳有任何接触。"

"我不会在乎这些条条框框，"卢塞恩表示，"我是在救一个女人的命。"他关掉了静音，"刚才很抱歉，拉瑟伯恩先生。"

GR-7点点头，"我看到盐崎先生站在你身后。我相信他告诉了你，我这个要求是不被允许的。"

卢塞恩目光盯着屏幕，没有移开，也没有切断与这个外壳的眼神接触。"是的，他确实是这么说的。但他不是这里的负责人。我也不是。你才是这里的主角，拉瑟伯恩先生。"

听到这话，拉瑟伯恩明显放松了许多。卢塞恩可以看到他架在吴脖子上的手术刀稍微移开了一点。"这才像话，"他说，"很好。很好。我不想杀吴医生，但要是你在三小时内没有把机器人版的我带到这里来，我就会杀了她。"他看向了吴，咬牙切齿地说道，"断开连接。"

伴随着惊恐的表情，吴向前伸出手臂，她苍白的手和无名指上简约朴素的金色婚戒填满了视野。

随后画面就消失了。

在一座巨大的维多利亚风格的乡间别墅中，"硅基版"乔治·拉瑟伯恩正坐在镶着木板的黑漆漆的客厅里。他坐着，不是因为他需要坐（他已经不会再感觉到累了），也不是因为他的椅子需要有人来坐，而是因为将金属身体折叠到座位上，对他来说是一种很自然的行为。

拉瑟伯恩知道，除非发生意外，否则他几乎可以永生，他认为自己应该去实现一些更远大的目标，比如阅读《战争与和平》或《尤利西斯》。但是，他并不急于一时，反正以后有的是时间。取而代之的是，他在自己的数据本中下载了巴克·多希尼最新的推理小说，然后开始阅读起来。

他刚看到第二页中间时，数据本就响了，显示有电话打进来。

拉瑟伯恩第一反应是不去理会，让电脑本记下对方的留言。在体验了短短几周不朽的身体之后，他似乎已经没有什么特别紧急的事情了。不过，有可能是凯瑟琳打来的。她和他是在培训中心认识的，当时他们都在适应机器人躯体，以及永生带来的改变。讽刺的是，在她上传之前，她都已经八十二岁了；要是乔治·拉瑟伯恩还在那具废弃的血肉躯壳中，他永远不会和一个比他大这么多的女人交往。但现在他们都在人造躯体里——他的外表呈金色，而她则是光彩熠熠的青铜色——两人正在共同搭建一段正式的恋爱关系。

电脑本再次发出哔哔的响声，拉瑟伯恩用手指按下了"回复"图标——他不再需要手写笔，因为他的合成手指不会分泌油脂，不会在屏幕上留下痕迹。

自上传以来，有那么一两次，拉瑟伯恩会产生某种奇怪的感觉——那是一种深深的惊讶，就像肉身还在时，心脏漏跳一拍的感觉。"盐崎先生，"他说，"没想到还能再见到你。"

"乔治，很抱歉打扰，但是我们——我们遇到了紧急情况。你原先的躯体在天堂谷劫持了一名人质。"

"什么？我的天……"

"他说要是我们不允许他和你谈话，他就杀了那个女人。"

这几个星期以来，乔治都在尝试忘记自己另一个版本的存在，但是……

"我，呃，我想你可以让他接电话。"

盐崎摇了摇头，"不，他不会接电话的。他说你必须亲自过来。"

"但是……但是你们说……"

"我知道，我们在你咨询时保证过，但是，该死的！乔治，一个女人的生命正危在旦夕！你自己也许是不死之身，但她不是。"

拉瑟伯恩又思索了几秒钟，然后说："行，行，我会在几小时内赶到那里。"

当看到盐崎办公室视频电话中的景象时，机器之身的乔治·拉瑟伯恩"心中"为之一震。是他，就像他记忆中的自己一样，他的身体柔软而脆弱；他的两鬓灰白；他的发际线后退；他的鼻子好大（他过去一直嫌自己的鼻子太大）。

但正是他，在做一件他从未想象过的事情——将手术刀架在一个女人的喉咙上。

卢塞恩警探冲着对讲装置的拾音器说道："看吧，他在这里。另一个你就在这里。"

通过屏幕，拉瑟伯恩可以看到他蜕去的外壳——他在见到自己现在的模样后，睁大了眼睛。当然，这具金色身躯就是那个自己选择的——在他入主之前，它还只是一具空壳，没有内在思维活动。"瞧瞧这是谁，"G.R.说，"欢迎你，兄弟。"

拉瑟伯恩不太喜欢自己的合成声音，所以他只是点了点头。

"到医院这里来吧，"G.R.说，"去手术室上面的观察室，我会在手术室等你。我们可以看到对方，可以面对面谈话——男人之间的谈话。"

"你好。"拉瑟伯恩说。他那双金色的腿站立着，透过斜向的玻璃凝视着下方的手术室。

"你好。"GR-7抬起头说道，"在我们继续之前，我要你证明你就是自己声称的那个人。抱歉搞这么麻烦，你也知道，机器躯体之中可能是任何人，对吧。"

"我就是拉瑟伯恩。"拉瑟伯恩说。

"不，你不是，你最多只是其中一个。而且，我还需要对此确认。"

"那就问我一个问题。"

GR-7显然早有准备："第一个帮我们打飞机的女孩。"

"嘉莉，"拉瑟伯恩马上说，"在足球场上。"

GR-7微笑着说:"很高兴见到你,兄弟。"

拉瑟伯恩沉默了一会儿。他把头转向寂静无声的另一边,短暂地瞥了一眼观察窗视野之外的视频电话,从它上面可以看到卢塞恩的脸。接着,他转过身,看向自己蜕去的外壳,"我,啊,我知道你想让别人叫你乔治。"

"没错。"

但是拉瑟伯恩摇了摇头:"我们——你和我,当我们还是一个人的时候——对这个问题的看法完全一致。我们希望长生不老。但这对于生物体来说不可能做到。你应该很清楚。"

"目前还无法实现。但是,我才四十五岁。谁知道在我们有生之年——不,是我的有生之年——还会出现什么样的技术?"

拉瑟伯恩此刻涌起想要叹息的情绪,却无法办到——因为他不再需要呼吸——他只是举起那双钢铁臂膀动了动。"你知道我们为什么选择提前转移意识。你的基因容易使你遭受致命性中风。而我不会——乔治·拉瑟伯恩将不会再得这种病。在你可能随时挂掉的情况下,如果不把意识转移到这具身体,我们就无法获得永生。"

"我们并没有真正转移意识,"GR-7说,"你只是一点一点地复制我的意识,一点一点地复制我的突触。你是复制品。我才是原型。"

"这并不构成法理上的问题," 拉瑟伯恩说,"你——生物体的你——签署了合同,进行了人格转移授权。正是你现在拿手术刀抵住吴医生喉咙的这只手签的字。"

"但我改变想法了。"

"你没有想法,谈何改变。你拥有想法的大脑——我们称之为'乔治·拉瑟伯恩大脑'的软件,其唯一合法的版本已经从你的生物大脑,转移到我们新身体上的纳米凝胶CPU里了。"机器人拉瑟伯恩停顿了一下,"按理来说,任何软件在使用权转移后,原件都应该被销毁,你也不例外。"

GR-7皱起了眉头,"只是社会不允许这样,就像不允许医生协助自杀一样。即使在大脑转移之后,终结原身体的生命也是违法的。"

"没错,"拉瑟伯恩说着,点了点他的机器人头颅,"你必须在原身体死亡之前激活替代品,否则法院将判定人格不连续,并安排处置死者的资产。当激活后,或许死亡不再是必然,但税收仍是必然的。"

拉瑟伯恩希望GR-7会对此开怀大笑,他也希望他们之间能建立一些情感联系。但GR-7并没有笑,只是淡淡说道:"所以我就被困在这里了。"

"不必这么说,"拉瑟伯恩道,"天堂谷就是一片人间天堂。为什么不好好享受!一直安享到你真的上天堂不好吗?"

"我讨厌这里。"GR-7说,他停顿了一下,"听着,我承认,按照目前的法律条文,我没有法律地位。我无权让他们取消意识转移,但你可以。在法律面前,你是一个自然人,你可以办到。"

"但我不想这么做,我喜欢永生。"

"可我不喜欢被囚禁。"

"我还是原来的我,"机器人说,"而你却变了。想想你在做什么。我们过去从不会采取暴力。我们做梦也不会去挟持一名人质,不会拿刀抵住别人的喉咙,不会把一个女人吓得半死。你才是那个改变了的人。"

但外壳摇了摇头,"屁话。我们只是从未走到这样的绝境罢了。绝望的人会做出绝望的事。你无法想象我们会这样做,说明你是个有缺陷的复制品。现在——现在的意识转移技术还没有成熟。你应该将这个复制品废弃,让我这个原型继续你的——我们的——生活。"

现在轮到机器人拉瑟伯恩摇头了,"听着,你必须要知道,这根本行不通,即使我再签署一堆文件,将我们的法律地位转移给你,但这里有这么多双眼睛,他们都知道我是被胁迫的。签署的文件根本没有任何法律效力。"

"你以为你比我聪明吗?"GR-7说,"我就是你。我怎么可能不知道这一点。"

"很好,那就放了那个女人。"

"你没有认真思考,"GR-7说,"或者,你至少没有认真动脑。拜托,你是在跟我说话。你一定知道我有更好的计划。"

"我想不出……"

"你是想不出还是不去想?想一想,乔治的复制品,想一想。"

"我还是想不……"机器人拉瑟伯恩的声音越来越小,"哦,不,不,你不能指望我那样做。"

"是的,我就是那样想的。"GR-7说。

"但是……"

"但是什么?"蜕去的外壳动了一下他空着的那只手——那只没有拿手术刀的手——大幅度地比画了一个动作,"这个提议很简单。自杀,你的人格权就会自动回到我身上。你说得对,现在我在法律上并非自然人,也就是说我不能被指控犯罪,这样就不用担心自己会因为现在的所作所为而进监狱。当然,他们还是会试图控告我,但我最终将被无罪释放,否则,法庭就必须承认,不仅仅是我,还有天堂谷的所有人仍然是人类,仍然具有人权。"

"你的要求不可能实现。"

"我的要求是唯一合理的。我和一位曾经是律师的朋友聊过。一旦上传的版本不存在了,而原始版本还活着,那他或她的人格权将会恢复。我敢肯定,没有人会想到这条法律被用于我这样的目的;他告诉我,这条法律是为了保障有关产品责任的诉讼,因为机器人大脑有可能会在转移后不久出现故障。但不管怎样,只要你自杀了,我就能重获自由。"GR-7停了一会儿,"那么接下来你会怎么选择?是你虚假的机械生命,还是这个女人真实的血肉之躯?"

"乔治……"机器人的嘴巴发出哀求的声音,"求你了。"

但生物体乔治摇了摇头,"如果你真的相信,作为我的复制品,你比目前尚存的原型更加真实——如果你真的相信，在你的机器人外壳内，有一个灵魂，就像这个女人一样——那么，你就没有特别的理由为吴医生牺牲自己。但是，如果在你内心深处，认为我是对的，认为她是真正活着的人，而你不是，那么你就会做正确的选择。"他稍稍把手术刀的刀刃压紧了些，又划出了一些血液。"接下来你会怎么做？"

乔治·拉瑟伯恩已经回到了盐崎的办公室，卢塞恩警探正在竭力说服这个栖身于机器的意识同意GR-7的条件。

"我永远也不会同意，"拉瑟伯恩说，"而且，相信我，我正打算活那么久。"

卢塞恩表示："但就算你死了，我们也可以再复制一个你。"

"那将不是我，不是这个我。"

"但是那个女人，吴医生，她有一个丈夫，三个女儿……"

"我并非麻木不仁，警探。"拉瑟伯恩说着，用他那金色的机械腿来回踱步，"这样，我换一种说法。假设现在是1875年，在美国南方。内战刚刚结束，黑人在理论上与白人享有同等的法律地位。但是一名白人被绑架了，只有黑人同意代替白人牺牲自己，他才会被释放。发现相同点了吗？法庭上进行了那么多争论，都是为了让上传的生命能够保有与原型相同的法律地位和人格，而你却要我对此视而不见，去重新肯定南方白人的信念，即抛开晦涩的法律条文不管，黑人就是比白人更低贱。呵呵，我不会那么做的。我不会肯定这种种族主义立场，假如我认同了现代版种族主义——一个硅基人比一个碳基人更低等——那我就该下地狱了。"

"'我就该下地狱。'"卢塞恩模仿着拉瑟伯恩合成的声音，反复地品味着这句话。他没有对这些话发表意见，而是等着拉瑟伯恩继续说下去。

拉瑟伯恩无法抗拒继续发言的冲动，"是的，我知道有些人会说我无法下地狱——因为不管构成人类灵魂的东西是何物，它在转移过程中都没有被记录下来。这才是关键，对吗？那么，认为我不是真正的人类的观点可以归结为一个神学主张：我不能成为人，因为我没有灵魂。但我要告诉你，卢塞恩警探，我能体味每一点活着的感受——每一丝精神活动——一切都和转移前一样。我确信我有"灵魂"，或者说"神性火花"，又或者是"生命冲动"，随便你怎么叫它。在这特殊的外表之下，我的生命不比吴医生，或其他任何人的生命低贱一分一毫。"

卢塞恩思索着，随后说道："那另一个你呢？你肯定会马上告诉我，那个版本——最初有血有肉的版本——已经不再是人类了。但这也只不过是通过法令界定的，就像曾经的南方，黑人被剥夺了人权一样。"

"这是有区别的。"拉瑟伯恩说，"有很大的区别。那个版本的我——挟持吴医生的那个人——在没有受到任何强迫的情况下，自愿同意了那个条例。他——'它'，同意了，一旦将自己的意识移植到机器人体内，它就不再是人类了。"

"但他现在反悔了。"

"反悔也没办法。这不是他——我这辈子第一次后悔签合同。但这是具有法律效力的协议，单纯的后悔不足以成为退出的理由。"拉瑟伯恩摇了摇他的机器人头颅，"所以，我拒绝。很抱歉。相信我，我非常希望你们能救出吴医生，但你得另想办法。对我这类人——意识上传的人类来说，此事事关重大，我不可能做任何其他决定。"

"好吧，"卢塞恩最后对机器人拉瑟伯恩说，"我不强求。如果不能选择简单的方法，那我们就只能退而求其次了。好在原先的拉瑟伯恩还有一个请求，想要面对面看到现在的拉瑟伯恩。只要你俯视着观察室，将他牵制在手术室中，我们就能很方便地埋伏神枪手。"

拉瑟伯恩似乎感觉到自己的眼睛在睁大，但显然，他的眼睛不会睁大。"你们要朝他开枪？"

"你让我们别无选择。标准流程是给劫持者想要的一切,救回人质,然后再抓捕罪犯。但他唯一想要的就是你死,你却不肯配合。所以我们要除掉他。"

"你们可以用麻醉枪,对吧?"

卢塞恩哼了一声,"在一个男人拿刀抵着一个女人喉咙的时候,麻醉枪有用吗?我们不能让他做出反应,要提前制住他,就像将灯瞬间熄灭一样。最好的办法就是朝他头部或胸部射出一发子弹,直接毙命。"

"但是……但是我不想让你们杀了他。"

卢塞恩又哼了一声,这一声比刚才更响亮,"按照你的逻辑,他都已经死了。"

"是的,但是……"

"但是什么?你愿意给他想要的?"

"你知道,我当然不能给。"

卢塞恩耸了耸肩,"可惜,我正期待着你能够打趣地说一句'再见,奇普斯先生。'[1]"

"去你的吧,"拉瑟伯恩说,"难道你不明白,正是因为你这种态度,我才不能开这个先河吗?"

卢塞恩没有回答,过了一会儿,拉瑟伯恩继续说:"我能不能假死?只要骗过他,将吴送回安全的地方就好?"

卢塞恩摇了摇头:"GR-7曾要求证明那个金属铁皮里面真的是你。我想他不会那么容易上当。你比任何人都了解他。你觉得你们会上当吗?"

拉瑟伯恩把他的机械头颅低了下来,"不,不会,我肯定他会要求确凿的证据。"

"那我们还是只能靠神枪手了。"

---

1. 这句调侃来自詹姆士·希尔顿的作品 *Goodbye, Mr. Chips*。

拉瑟伯恩走进观察室，他那双金色的脚碰到坚硬的地板瓷砖时响起了轻微的金属碰撞声。他透过斜向的玻璃，看着下方的手术室。GR-7正站立着，而吴医生则靠在他旁边的手术台上。

那个一身赘肉的自己已经将吴医生绑了起来，她的手、脚都有手术胶带。她无法脱身，因此他不必再一直拿手术刀抵着她的喉咙。

斜向的窗户一直延伸到离地面不到半米的地方。窗台下蹲着康拉德·伯洛克，一名穿着灰色制服的神枪手，手上端着一把黑色狙击枪。而一个小型发射器已经插入了拉瑟伯恩的"相机"硬件中，它能将他的玻璃眼球所看到的一切都发送到伯洛克随身携带的数据本上。

伯洛克说，在理想状况下，他会选择射击头部，但在这里，他必须隔着窗户的玻璃面板开火，这可能会使子弹稍微偏转。所以他要瞄准躯干中央，使目标范围更大，这样才更容易击中。一旦数据本上显示，朝G.R.开火的弹道没有遮挡物，伯洛克就会扣动扳机将他击毙。

"你好，乔治。"机器人拉瑟伯恩对着拾音器说。观察室和下面的手术室之间连接了开放的对讲装置。

"好了，"肉身的乔治说，"让我们来做个了结吧。打开你纳米凝胶脑袋上的盖板，然后……"

但是GR-7的声音逐渐弱了下来，他看到机器人拉瑟伯恩在摇头。"对不起，乔治。我不会让自己停机的。"

"你宁愿看着吴医生死？"

拉瑟伯恩将他的视觉输入关闭了片刻，相当于闭上了眼睛。这大概会让专心看着数据本画面的神枪手恼怒不已。"相信我，乔治，我最不想看到的就是有人死去。"

他重新激活了他的眼睛。他觉得自己说出这话似乎有些讽刺，当然，另一个他自然也有同样的想法。GR-7似乎察觉出了一些不对劲，他将吴医生挪了个位置，让她站到了他和玻璃之间。

"别耍花招，"外壳说，"我可是什么事都做得出来。"

拉瑟伯恩俯视着过去的自己——当然，只是字面意义上的"俯视"。他不想看到这个……这个"人"，这个"存在"，这个"事物"，这个"实体"，或者别的称呼……受到伤害。

退一万步讲，即使在冷冰冰的法律面前，那个蜕去的外壳不能算作人，他肯定还记得，那次他（他们）在小别墅前游泳时，差点淹死，妈妈把他拉到岸边，他的手臂还在惊慌中挥舞。他肯定还记得，初中的第一天，一群九年级的学生将他殴打了一顿，作为他的新人入学礼。他肯定还记得，他周末从五金店打完工回到家中，发现爸爸瘫在安乐椅上，死于中风时那难以置信的震惊和悲伤。

那个生物体的他一定也记得所有美好的事情——八年级的棒球比赛中，他将球击出，当对方防守队员已经迫近的时候，球飞出了外野护栏，那是他的第一次本垒打；在一次聚会上，玩转瓶游戏，他献出了初吻；他第一次和恋人接吻，女友戴娜将镶嵌舌钉的舌头滑进了他的嘴里；他在巴哈马度过完美的一天，那里有他所见过的最美的落日。

是的，另一个他不仅仅是一个备份，不仅仅是一个数据库。

他知道他所有的事情，也能感受到他所有的经历，还——

神枪手沿着观察室的地板匍匐前进了几米，试图找到一个射击GR-7的最佳角度。拉瑟伯恩通过机器人的余光——他视觉的外围画面和中心一样清晰——看到神枪手绷紧了肌肉，然后——

然后伯洛克一跃而起，甩动他的狙击枪，紧接着——

令自己吃惊的是，拉瑟伯恩喊出了一句："小心，乔治！"从他的机器人口中发出的声音被放大了许多。

话音刚落，伯洛克就开了枪，窗户被炸成了无数碎片，GR-7转过身来，抓住吴医生，把她拽到他和神枪手之间，子弹击中了她，在她的心脏上钻了一个洞，也穿过了她身后那个男人的胸膛，他们两个都倒在了手术室的地板上，属于人类的血液从他们身上流了出来，玻璃碎片雨点般落在他们身上,像机器人的眼泪一样。

所以,至此,再没有了模糊而无法界定的身份。只有一个叫乔治·拉瑟伯恩的人——一个延续的意识,在大约四十五年前诞生,现在作为代码在机器人体内的纳米凝胶中运行。

乔治觉得盐崎会试图遮掩天堂谷发生的事情,至少遮掩那些细节。面对吴医生被外壳所杀这个事实,盐崎先生不会否认;但对于拉瑟伯恩出声警告这一真相,他显然会试图掩盖。毕竟,如果那些即将蜕壳的人得知新版本仍然对旧版本怀有同情心,就会对这门生意十分不利。

但卢塞恩警探和他的神枪手想得恰恰相反:只有提及机器人拉瑟伯恩在击毙过程中进行了干扰,才能免除神枪手意外枪杀人质的责任。

但是没有什么能免除GR-7的罪责,他把那个受惊吓的可怜女人拉到自己身前当挡箭牌……

拉瑟伯恩在他乡间别墅的客厅里坐了下来。

尽管他的身体已经机械化,但他还是感觉到疲惫,疲惫不堪,疲惫到需要椅子支撑。

他知道,尽管GR-7犯下大错,但自己做了正确的事情。

要是他当时做出了任何其他选择,不仅会毁了他自己,也会毁了凯瑟琳和其他上传的意识。

他真的是别无选择。

永生是崇高的。永生是伟大的。只要你问心无愧。只要你不被怀疑所折磨,不因抑郁而煎熬,不被罪恶感压倒。

吴医生,那个可怜的女人,她没有做错任何事,一点也没有。

但现在她死了。

而他,他的另一个版本,导致了她的死亡。

GR-7的话在拉瑟伯恩的记忆中回放——我们只是从未走到这样的绝境罢了。

也许这话没错，而他此刻就处在绝境之中。

他发现自己正在思考，思考不曾想象会发生在他身上的事情。

那个可怜的女人，那个死去的可怜女人……

这不仅仅是GR-7的错，也是他的错。

她的死是他想长生不老的直接后果。

而他将永远背负这种罪恶感。

除非……

绝望的人会做出绝望的事。

他拿起了那把电磁手枪——这年头，居然能在网上买到这种东西。只要近距离一枪，就会毁掉纳米凝胶里的所有记录。

乔治·拉瑟伯恩看着手枪，看着它带有光泽的坚硬外表。

他把枪口对准不锈钢头骨的一侧，犹豫了一会儿，金色的机器手指扣住了扳机。

他依然是人类，毕竟，还有什么方法能比这个证明更有力？

谢宏超 译

《蜕去的外壳》，2002年12月首次发表于加拿大《巴克卡文集》。这篇小说催生了索耶的坎贝尔纪念奖获奖长篇《心智扫描》。《蜕去的外壳》可谓索耶创作巅峰期的杰作之一，结构精巧，层次丰富，故事的每一小节都在冲击读者的固有认知。令人心跳加速的故事引导着我们深入思考：人的躯体是永生的累赘吗？天赋人权有一天是否也会被法律剥夺？通过残酷而严密的论证，作者将这些问题直击人心。

本篇获奖情况：

2005年 提名雨果奖最佳短篇小说

2005年 获得美国《类比》杂志读者投票奖最佳短篇小说

残 废

谢尔盖·卢基扬年科

一

"一艘战舰?"亚历克斯问。

上将点点头,脸上的表情似笑非笑。

"让我猜猜看……"亚历克斯将身子向后一仰,小声嘀咕道。他身下的椅子不是那种用金属和塑料制成的标准安全座椅,而是由深色樱桃木、戈贝兰面料和纯皮精制而成,出自真正的大师之手。上将的办公室看起来更像是一位慵懒美人的小客厅,墙上挂着几幅画,家具均为手工制作,地上铺着柔软的地毯,就连仅有的一面屏幕也镶嵌在精致的银框中。不过,对格多尼亚星球的居民还能有什么过高的要求呢?

"洗耳恭听。"上将整理着丝绸衬衫的花边翻领。

"您找到了一艘古战舰,"亚历克斯推测,"是泰伊人的,或者是第一帝国时期的,甚至可能属于迄今为止我们仍然未知的文明。这艘战舰运行状态良好,但不允许任何人上船。它烧毁您的飞船,要求您说出登舰密码。但邪恶的入侵者大军正在逼近格多尼亚星,您必须尽快取得对这艘战舰的掌控权。因此您需要我的团队。是这样吗?"

"太罗曼蒂克了!"上将赞叹道,"您简直就是作家!"

没必要认为"作家"一词是对自己的冒犯。在格多尼亚星,诗人、作家和所有一无是处的艺术家都大受追捧。

"谢谢，"亚历克斯端起鸡尾酒杯，满心欢喜地喝了一口，"我猜对了吗？"

"很不幸，事情比您想象的还要糟糕。"上将叹口气，"这艘船是全新的，刚刚走下生产线。防御系统……呃……处于关闭状态，就连婴儿都能上去。也没有什么人要攻击我们，请相信我！格多尼亚是一颗和平的星球。我们保留太空舰队纯粹是出于美学目的。"

亚历克斯露出一个讽刺性的微笑。银河系中根本就不存在和平的星球。更确切地说，和平星球是存在的，只是更换主人的速度过于频繁。

"那你们的问题是什么？"

上将的目光落在屏幕上，示意亚历克斯朝那儿看。屏幕可能是被某人借助无线电分流器或神经终端，用意念控制的；或者是由受过专业训练的秘书操控——他们无须任何指令，始终谦恭地坐在角落里的小办公桌前。亚历克斯认为是后者。因为在格多尼亚星，技术植入与异能基因改造都不太受欢迎。

"飞船是我们从半身人[1]那里买的。"上将说，"我们订购了银河系中最强大、最漂亮、最先进的战舰。这笔订单耗时八年才完成……"

亚历克斯放下酒杯，盯着屏幕，不再听上将说话，也完全顾不上掩饰自己欣喜若狂的表情。

飞船确实很棒。

在太空大战中，一切均取决于功能性。同样的外壳面积，战舰的吨位应当尽可能大，因为吨位既包括能量、计算机、武器，也包含诸如船员这样无用的附属物。而外壳则相当于装甲，不论遇到何种防护场，都是越厚越好。

在实践中，这意味着什么呢？

意味着最简单的算术题和最简单的几何图形。

---

1. 此处作者借用了托尔金所著小说《魔戒》中的种族名称。

太空大战无异于球类大战。

各式飞船就像不同直径的球体,在太空中平稳地滑行(从远处看是滑行,若从近处看则是飞速掠过)。小球是歼击机,稍大些的是驱逐舰,再大些的是巡洋舰,更大些的则是战列舰。如果幸运的话,还能看到巨型无畏战舰。

有些球体闪闪发亮,这意味着反光装甲是这些战舰的强项;有些球体呈黑色,说明减震式装甲是战舰的最大优势;还有些球体五光十色,那么您将有幸目睹最新一代的动态外壳飞船。顺便说一句,黑色装甲下很可能是镜面装甲,镜面装甲下也可能是黑色装甲。而在昂贵的、尚未校准的五彩装甲之下,也可能不过是几层普通装甲。

这已经不是算术和几何问题了。这是物理学。

球体奋力地灵活调整轨迹。即使在真空中,随着距离的增加,辐射武器的威力也会不断减弱。虽然自导火箭不可能自己"甩掉尾巴",但球体灵活的机动性却能为高射炮组赢得难能可贵的几秒钟。

此为力学。

装甲上的炮口会周期性地打开,释放光束,将粒子弹药对准目标,或向敌方发起导弹—鱼雷齐射。

此为战术。

在飞船内部的某个地方,机组人员忙于自己的工作。按照惯例,船员只制定总体战略,可有时也得为生存而战。机器虽能自主机动飞行[1],射击速度越来越快,命中率也越来越高,但依然有必要保留机组人员。

此为传统。

有时,球体会停止机动飞行,被惯性带偏;有时则直接化成一道闪光。

此为归宿。

---

1. 指飞行器的速度、高度和航向等状态根据情况而灵活变化的飞行状态。

但半身人为格多尼亚星建造的这艘飞船看上去就像个异类——不，并非是来自另一颗星球。物理学和几何学定律在全宇宙中都一样——它看上去更像是来自另一个时代，是那些遥远而陌生的时代的产物。那时候，武器不仅仅致命，还很美观。

在飞船中心的某处有个镜面球心，它似乎也是飞船设计理念的一部分。一些闪闪发光的平面从球体内探出，像花瓣一样四散展开，使飞船呈现出盛开的鲜花形状。另有一条不同寻常的灰绿色棱形柱从球心伸出来，上面有些尖刺一样的突起，犹如"花茎"。飞船因此愈发像一朵盛开的花。

"一朵小花……"亚历克斯赞叹道。

"我们称其为'银色玫瑰号'，"上将骄傲地说，"一艘漂亮的飞船，不是吗？"

飞船开始慢慢旋转，亚历克斯突然意识到，这朵花是非对称的。花瓣的形状和厚度不同，曲线弧度也各异。花茎不是平滑且笔直的，茎刺分布得非常混乱。

"长度3141.5米。"上将说，屏幕上立即出现了一把刻度尺，"中间舱直径超过300米。"

"它……是活的吗？"亚历克斯猜测道。他听说过完全由有机物质建造的活体飞船。从前他不曾把这些道听途说当真，但当"银色玫瑰号"出现在眼前时……

"您在说什么！"上将气愤地说，"这说法简直太无知了。它是用金属、塑料和生物陶瓷建造的……"

"那它有什么问题？"亚历克斯恋恋不舍地将视线从屏幕上移开。

"它不想打仗。"上将平静地说。

亚历克斯摆摆手，"好极了！我明白了，上将！半身人给飞船安装了过于先进的计算机！计算机产生了人格，意识到了战争的恐怖，于是拒绝杀戮，是这样吗？"

"没有的事。"上将喃喃说,"那台计算机专为军舰而造,是非常好的人工智能……确切地说,是伪智能。它没有、更不可能有什么行为道德准则。它……它只是太自命不凡。只有当船员能够证明自己有权发号施令……证明自己德才配位……飞船才同意加入战队……"

亚历克斯聚精会神地注视着上将,后者移开了视线。

"啊……"亚历克斯说,"明白了。它在实操中都有哪些表现?"

"实操中……"上将叹口气,"我们有过一个团队,机组人员已各就其位。飞行员下达开始行动的命令,但飞船却声称该机组配不上自己,提出要搞什么'实战测试'。"

"您当然拒绝了。"亚历克斯近乎谄媚地说,"毕竟格多尼亚是一颗和平星球。"

上将沉默不语。

"你们参加了哪场实战?"亚历克斯问。

"阿尔波罗-泽奇冲突。"

"您支持哪一方?"

"当然是阿尔波罗!"上将愤愤地说道。

"您早就知道泽奇与变异者联盟结盟了?"

上将清清嗓子,"嗯……坊间有些传言……"

"您派出了飞船……银河系最强大的飞船……去对抗宇宙中最穷兵黩武的人类帝国!"亚历克斯吹了声口哨,"祝贺您!那么,泽奇的舰队被您消灭了吗?"

"严格来说,'银色玫瑰号'至今还未加入我们的舰队……"

"怎么会?"

"飞船声称,我们的机组人员太无能,只会徒增风险,降低其战斗力……总之,它拒绝加入编队。"

"但在此之前,它却摧毁了泽奇的舰队。再过几周,变异者联盟会派出全部飞船找您寻仇,"亚历克斯说,"恭喜您。而您唯一一艘像样的飞船却拒绝参战。"

"它表示愿意与新的机组人员合作……如果这个机组能证明自己的实力。"

"所以我们得成为这样的机组。"亚历克斯点点头,"明白了。"

"你们可是'驭船师'。在改写战舰程序方面,你们是银河系最强的团队。"

"我们称之为'再造',"亚历克斯说,"人类计算机的程序可以重新编程,可外星人的电脑没人能改写。上将,你们和半身人之间到底发生了什么?它们不可能把一艘不能作战的飞船强行卖给你们!"

"它能作战……只是太自命不凡……"

"上将!"

"飞船价格实在是太高了,"上将嘟哝了一句,"所以我们讲了讲价……"

亚历克斯叹了口气。

"连孩子都知道,不可以跟半身人讨价还价!绝对不可以!讨价还价的行为对它们来说意味着奇耻大辱,是轻视它们的劳动成果和专业性!这样一来,它们就会认为自己有权欺骗买家!"

"我们起草的合同非常严谨,"上将说,"所有潜在的陷阱都考虑到了,半身人向来遵守合同条款……"

"所以它们设计了一个新的陷阱,对飞船机组人员设置了过高要求。这会儿它们一定乐得直搓爪子呢。"

上将满脸通红,"我明白我们犯了错!请不要指责我,罗曼诺夫先生。我本人是反对干涉泽奇冲突的!"

"如果银河系中所有的上将都能如此热爱和平,生活就会安稳多了。"亚历克斯敢如此出言讥讽,是因为他知道格多尼亚星上将别无选择。

"您接不接这单生意?"上将隔着桌子,将一张老式纸质支票递给亚历克斯。支票上是七位数,五百万,团队的每位成员能拿到一百万。

"请在数字后面加个零。"亚历克斯说。

"只能在前面加。"上将立即回应,"不错,我们是别无选择,但这数额实在太……"

"您确实别无选择。跟半身人讨价还价,帮您省下了两三千万吧?"

"近四千万。"上将说。不知何故,亚历克斯相信了他。

"现在您得支付五千万。这已经算很走运了。"

上将摇摇头,"您不理解。如果我个人能说了算,我可以付您五千万。我甚至可以付您一个亿。但坐在政府里的那些白痴——那些伟大的诗人、著名画家、天才作家,他们还需要成百上千万去购买马吉亚纳水晶制作的纪念碑;为美术学院购买情绪感知颜料;出版一些用皮革装帧的真正的纸质书……"

"您能出多少钱?"亚历克斯问。

"一千五百万。我的权限最高只能给到这个数。"

"那就请在五百万前添上个"一"吧。"亚历克斯说,"我相信您。"

支票交还到亚历克斯手中,他小心翼翼地将其折起来,放在口袋里藏好。他提醒上将说:"我们马上就会把钱取出来,将其转到一家中立银行。如果飞船调试不成功,我们将返还您一半的费用。所有杂项费用也由您来承担。"

"怎么保证您确实会调试?"上将问,"七百五十万就这样白白地……"

"没有任何保证。除了我们的信誉。"

亚历克斯年近半百,以二十三世纪的标准来说,他还相当年轻。他曾是大师级飞行员,被卷入一些怪事,外星公主和秘密特工都参与其中,银河系几乎因此付之一炬……

而现在,他拥有人类种族中最出色的团队,专门对付那些不听话的宇宙飞船。这门生意高风险、高回报,且非常有趣。

亚历克斯走进自己的房间。以格多尼亚星的标准来看,房间太过简朴；但以他的品位来看，这屋子又过于奢华和浮夸。酒店住宿专家——集设计师、人类心理观察家及文化学者为一体的怪异职员——为亚历克斯选择了一间"流水"风格的房间。此主题房的地面是透明的，其下有无数发光的小鱼游来游去；水从天花板的缝隙中沿墙壁懒洋洋地流下来；透明家具的内部装饰有浅绿色和淡粉色的花。亚历克斯没有要求换房间，仅仅是因为他们并不打算在此星球久留。

亚历克斯一屁股坐到湿漉漉的椅子上，掏出智能通信器，按下全体集合的按钮。三道绿光一一闪过，通信器上方打开了一扇小小的全息窗口。果然，是哈桑，他正趴在草席上。

"舰长，急事？"机械师不大开心。

"没错。"亚历克斯简短地回答。

"舰长，我的按摩仪式还有七分钟……"哈桑身后闪过一位拿着毛巾的漂亮姑娘。哈桑随即将通信器对准了别处。当然，这与情色无关。在格多尼亚星，一切都被提升至艺术的高度，一切能指皆为意指。按摩仪式就仅仅是按摩。性则是另一门完全不同的艺术。

"那你可以辞职。"亚历克斯说。

"舰长，我马上就到。"哈桑悲伤地说。亚历克斯放下通信器，他对哈桑没有任何不满，这个游戏在他们之间已持续了三年之久——机械师不会放过任何机会彰显自己特立独行、不服管束的个性。

第一个走进亚历克斯房间的是维罗妮卡。她身材修长，神情紧张忧郁，一头乌黑的长发扎成辫子，与周围的环境出奇地不协调。

"晚上好，舰长。"女子说。

"好。"亚历克斯点头示意她坐在离自己最近的椅子上。维罗妮卡在客厅里走了一圈，环顾四周，然后叹口气坐下——

"装饰太奇特了。你喜欢吗？"

亚历克斯耸耸肩。

"我住的主题房叫'呼吸的沙'。"维罗妮卡嫌恶地说，"南极亚拉沙漠。所有家具都是动态的,带空气吹风的。地面也是沙子。想知道马桶是如何冲水的吗?"

"不会吧?!"亚历克斯打了个寒战。

"对对。就是你想的那样。"维罗妮卡掏出香烟点燃,"你把价钱讲到多少?"

"一千五百万。"

维罗妮卡摇摇头,眼前模糊了片刻。她的脑海中正在做全方位的判断:格多尼亚星福利水平——高,政府贪婪程度——也高,科达上将的人品……罗曼诺夫团队的声望……

"也就是说……我们的死亡概率是百分之六十八至七十。"

"真糟糕。"亚历克斯由衷地感到悲哀,"我的分析是百分之五十。"

维罗妮卡只是摊开双手。异能心理学专家很少犯错,即使是像维罗妮卡这样受了重伤的异能专家。

"孩子怎么样了?"亚历克斯问道。

"一切正常。"维罗妮卡点点头,"他非常快乐。如果我们拿到一千五百万……会平分吗?"

"和往常一样。"

"那我就能给他买个身体了。"

"也就是说,你同意了?也不问问具体细节?"

维罗妮卡点点头,"哪怕是重修泰伊人的护卫舰呢……"

完全在亚历克斯意料之中,他也拿出香烟点燃。一分钟后,哈桑走进来。他胖乎乎的,个子矮小,皮肤黝黑,嘴唇上方长着淡淡的茸毛,活脱脱一个营养过剩、刚刚开始长胡子的慵懒青少年。但哈桑是非标准设备方面的专家,人类宇宙最优秀的机械师之一,甚至可以说没有之一。

"开工了?"哈桑一屁股坐到椅子上。

"但愿能有命花。"哈桑只说了这一句,接着向维罗妮卡看去。

"大约有三分之一的机会。"心理学家回答。

"没关系。三分之一的概率已经很大了。"哈桑笑了笑,"说实话,我要去度假半年。我要把赚到的所有钱都花在格多尼亚星上。"

"你就这么喜欢按摩?"维罗妮卡问。

"按摩只是其中一项。天啊,我从没想到,光是按脚掌就能让我兴奋得鬼哭狼嚎。"

"真鬼哭狼嚎了吗?"亚历克斯问。

"舰长,"哈桑略带责备地说,"我不是个爱夸大其词的人!"

"我爱你们,伙计们。"亚历克斯心满意足地说,"尤其是爱你们的谦虚仁厚。"

杰米扬进来了。

他不是走进来的,而是在门合上的瞬间,一下子从维罗妮卡和哈桑之间冒了出来。

他对舰长微微一笑,拍拍哈桑的肩膀,又看了眼维罗妮卡,眼神里充满了鼓励——

"那孩子怎么看?"

"他举双手赞成!"

"那我也同意。"异能战士又神不知鬼不觉地移动了位置,在角落里的椅子上坐下来。身高两米、肩宽背厚的他突然像是隐身了一般,"该帮帮小伙子,既然格多尼亚人肯出钱……"

"出大钱……"亚历克斯附和道。

"谢谢,杰米扬。"维罗妮卡点点头,"谢谢你们,朋友们。"

门发出最后一声响,特雷西出现了。他身体虚弱,行动笨拙,眼眶里是赛博变形教派流行的黑色隐形眼镜。他看上去绝不可能超过二十岁,但亚历克斯清楚地知道,这位电脑专家至少四十岁了。出于宗教原因,特雷西喜欢把自己打扮得略显稚嫩,比如使用电子神经分流器和植入式黑色镜片。

"兄弟姐妹们，欢迎来到你们的梦境。[1]"特雷西说。

"请坐吧。"杰米扬友善地答道。

"建筑师是唯一的上帝，而尼奥是他的先知。"特雷西一边落座，一边郑重地说，"兄弟姐妹们，你们是如何决定的？

"你知道我们面临什么情况吗？"亚历克斯问。

"在你的幻象中，我曾和你在一起。"特雷西把手放到神经分流器上，"兄弟姐妹们，请接收数据包。"

"可千万别是数据包！"哈桑恳求道。

但为时已晚。特雷西从不在意兄弟姐妹们是否愿意进行非语言交流。如果他们的植入物——不论是电子的还是生物的——是关闭的，特雷西就会利用只有自己才知道的"协议错误"将其远程打开。

屋子里安静了几秒钟。杰米扬突然笑起来，"哇！这是我的工作。作战行动！"

"是我们大家的工作。"亚历克斯纠正他，"特雷西，你入侵了政府网络？"

"我只是做了幻象允许我做的一切。"特雷西谦虚地回答。

"他们早就知道我们会同意以一千五百万成交？"

"是的。他们的心理学家计算出了这个数字，并向科达上将发出了相应的指令。"

"混蛋！"哈桑怒不可遏。

"正常的流程罢了。"维罗妮卡低声说道，"如果我们非五千万不干，他们也会付给我们五千万。人们只会付该付的钱。"

"所有人都同意接这单生意吗？"亚历克斯问。

"现在还能怎么办？"杰米扬在角落里嘟囔了一句，"维罗妮卡得救

---

1. 此句套用电影《黑客帝国》的经典台词。按照人物设定，特雷西是《黑客帝国》的忠实粉丝，下文中的"建筑师"和"尼奥"都是电影中的角色。

儿子啊……"

"谢谢。"女人又重复了一遍。

杰米扬摆摆手,继续说道:"我也得替我兄弟支付下一笔赔偿金了……至于特雷西,他身体里一半的植入物都该更新了,软件的许可证也要到期了……哈桑……哈桑也有很多用钱的地方……"

"我也该给银行还款了,"亚历克斯总结道,"否则我们连飞船都保不住……总而言之,大家一致通过。那么我们该如何对付'银色玫瑰',维罗妮卡?"

"我会尝试和它沟通,"女人语气轻松,"但您也知道……那不是人类的计算机。它是一种完全不同的伪智能。除了紫姑人的计算机,没什么比它更难搞的了。"

"你忘了泰伊人的计算机了吗?"哈桑低声问道,"那才叫有意思呢……"

"这个要复杂些。"维罗妮卡坚定地说,"半身人虽然是类人文明,但完全没有同理心,只崇尚英勇的牺牲。这样一个社会为何会拥有如此深厚的历史,它们是如何设法生存下来,还得以发展的……到目前为止都没人能解释清楚。但我会尽我所能。"

"谢谢。"亚历克斯说,"哈桑?"

"如果要把这个家伙摧毁,我能做到。"哈桑哼了一声,"如果要把它修好,我也可以。但目前的问题不在我的专业领域……"

"你能给'银色玫瑰'安装另外一台军用计算机吗?"

哈桑摇摇头,"这可不是护卫舰,也不是驱逐舰。它算是……算是……无畏战舰,监控站,或者太空要塞……总而言之,它是个'独立'的作战单元,足以对抗分舰队、舰队,甚至整个行星防御系统,其炮身数量多到难以想象。它所有的……所有的一切都与中央计算机相连!如果给我两三年时间,再给我无限多的预算,我或许能做出一个相似的管理系统……"

"明白了。"亚历克斯点点头,"谢谢。说实话,我也没指望……杰米扬,你呢?"

"杰米扬又能怎么办?"异能战士站起身来,"如果需要率领飞船参战,那我会去。但你也知道,舰长,除了在学院受到的军事训练外,我在太空战方面经验很少。你需要一位真正的战略家,一个天才,像纳尔逊[1]、李东焕、姆巴努那样的……"

"据我所知,"亚历克斯说,"姆巴努立下的大部分战功都要归功于他的副官……好吧,我们这儿没有天才,但还是请你尽量回忆回忆自己所学的东西,我们可能不得不打一仗。特雷西?"

"我可以入侵并摧毁'银色玫瑰'的计算机,"电脑专家说,"当然,前提是我们能进入它的内部,连接计算机……毕竟任何外部的攻击都奈何不了它。但如果要重新编程……这和维罗妮卡的问题是一样的。它是外星人的思维创造!就连伟大的尼奥都无法打破围绕我们周围的幻象……"

"根本就没有什么尼奥!"杰米扬扯开嗓子大喊,"那是个虚构角色!就像俄罗斯战斗英雄瓦西里·焦尔金[2]一样!"

"但你不还是佩戴着焦尔金勋章吗?"哈桑挖苦道,"一直戴着呢,不是吗?"

亚历克斯紧张地看了眼特雷西。但电脑专家并没有生气,只是摇了摇头,"我不生你的气,杰米扬。相信我们周围的幻象,会让你活得轻松一些……"

"喂,小伙子,试试在卫星炮火下的战壕里蹲上一次,你准会吓得

---

1. 纳尔逊可能是以英国海军将领霍雷肖·纳尔逊(1758—1805)为原型,李东焕和姆巴努则是作者杜撰的名字。
2. 苏联诗人特瓦尔多夫斯基(1910—1971)的长篇叙事诗《瓦西里·焦尔金》中的主人公。长诗描述红军战士瓦西里·焦尔金在苏联卫国战争中几个重要阶段的战斗生活,深受苏联读者的欢迎,在二战中有着巨大的教育和鼓舞作用。

屁滚尿流！"杰米扬将目光移向哈桑，责备道，"不许嘲笑焦尔金！我知道根本没有这个人！但这并不能改变他是英雄的事实！"

"幻象，都是幻象……"特雷西低语道。

亚历克斯缓缓起身，屋内一片寂静。

"再说一句……如果有人胆敢再说一句……"他特意将目光停在哈桑身上。

"好了，舰长，我不说话了！"机械师迅速说道，"我很抱歉，朋友们！"

"和好了？"维罗妮卡轻声说，"我们什么时候出发？"

"早晨。"亚历克斯站起来，"所有人，准备行动。如果需要购买武器，请说明申请金额。特雷西，你用多少都可以。如果需要，可以更新软件……"

"我已经换了，"电脑专家闷闷不乐地回答，"不好意思，舰长。我是想节省些时间。"

二

飞船与"银色玫瑰"完美对接，动作如教科书般准确。对接方彬彬有礼地为他们提供了自动对接、重力射线牵引和导航灯三个辅助选项。亚历克斯选择了导航灯。此举并非意在给计算机留下深刻印象，仅仅是为了享受手动驾驶飞船的乐趣。

"明镜二号"是亚历克斯团队在进行银河系旅行时专用的单系列小快艇。"银色玫瑰号"里的任意一个机库都可容纳快艇停放。但亚历克斯选择了通过外部的气密过渡舱对接。在"明镜二号"的计算机创建的虚拟世界中，亚历克斯感觉自己就是一艘飞船，从前端的发射器到喷嘴末端都能悉数感知。在虚拟驾驶空间里，自己周围的世界变得十分明亮，颜色对比强烈——天鹅绒般的黑色宇宙中，无数闪烁的流星划过，格多尼亚轨道空间站和人造卫星飘浮其上。"银色玫瑰"也比屏幕上的还要漂亮。这朵玫瑰盛开在行星上方，仿佛是从蓝白色星球里长出的一株真花。它正缓缓脱离星球表面，飞向无穷宇宙。

仅存在于虚拟空间中的一排导航灯将"明镜二号"引向"银色玫瑰"。亚历克斯驾驶着飞船，在黑色的虚空中爬行，又仿佛正沿着一条灯光指引的道路漫步徐行，去一户热情好客的人家做客。同时，在意识的边缘，他能感受到其他机组成员的存在：那道黑影是特雷西；灰色多面体是哈桑；疯狂燃烧的红色火焰球是维罗妮卡；还有一缕几乎难以觉察的火花——那是杰米扬。亚历克斯明白，机组人员的外观是一种奇妙的组合，同时囊括了他们希望被人看到的形象、他们在机组中的自身感受，以及舰长对自己的态度等诸多因素。有经验的舰长能通过组员的虚拟形象了解自己的下属，但只有极其优秀的舰长才能通过虚拟形象了解自己。

亚历克斯自认是个优秀的舰长。

他们在银色花瓣间盘旋、飞行，滑向"银色玫瑰"中央的核心区域。驾驶空间随着飞行员的意愿不断变化。自命不凡的庞大军舰消失不见了，忠实的老船"明镜二号"也不复存在，宇宙、行星和遥远的星星更是无影无踪。在闪耀的白色雾霭中，亚历克斯朝一位身材修长、面容冷峻的美丽女子一步步走去。亚历克斯迟疑了片刻——在现实时间和现实世界中，两艘飞船终于达到静止状态。这时，亚历克斯伸出手，轻触陌生女子的手掌——对接舱接触到一起。亚历克斯又迟疑了一瞬间，俯身，将手掌举到唇边，亲吻了一下女子冰冷的手指。气闸舱的生物陶瓷沸腾起来，改变了聚集态，相互熔解，将两艘飞船焊接在一起。亚历克斯站起身，变幻的形象在眼前一闪而过，只剩下黑色的宇宙和两艘静止的飞船。

"完美的对接。"红色火焰球低声说。

没人知道飞行员在太空机动飞行过程中看到过什么，感受过什么。船体对接的过程可能是一场性爱震天撼地的高潮，可能成为一场血雨腥风的战斗，也可能仅仅是两艘飞船间的机械接触。

但优秀的飞行员绝不会仅仅将自己的船视为一台机器。

亚历克斯从虚拟驾驶空间离开，下令关闭发动机，将飞船切换到停泊模式。他依稀感受到了飞船的小情绪——那是忧伤和嫉妒，是小狗看到主人爱抚别的狗时才有的委屈和哀怨。

宇宙飞船上从来不会配置真正的人工智能。由于飞船爱上自己的飞行员或机组人员而导致的悲剧实在太多，出现过太多的三角恋、四角恋；太多疯狂的嫉妒、怨恨、争吵、打闹和歇斯底里。倘若没有死亡事件发生的话，这一切倒还算得上有趣。然而，曾有飞行员用自己的配枪互相射击；也曾有飞船因无法承受单相思之苦而钻入恒星的光球层……

但即使是"明镜二号"配置的阉割版人工智能，也有爱和痛苦的能力。坦率地说，不懂得爱和痛苦，就不是真正的智能。

"等我，我会回来的。"亚历克斯对飞船低语。他感觉自己仿佛即将与情人幽会，在临行前亲吻深爱过的妻子，内心极度痛苦。

他们面临的众多问题，此刻又增加了一项，他爱上了"银色玫瑰"，那是只有飞行员才能明白的对飞船的爱。

亚历克斯睁开双眼，看了看信息屏幕。这一动作只是对传统的致敬。人们早已不再通过看仪表、按按钮来驾驶飞船。

两艘船已精准地对接在一起。"明镜二号"进入停泊模式。

"到了。"亚历克斯对自己说。驾驶舱里只有他一个人，他直到现在都无法适应这一点。新技术出现之后，飞船航行已经不再需要领航员和副驾驶；负责监控胶子反应器的电气工程师也早在十年前就被淘汰了。随着大量飞船退役或被改装，没有额外专长的电气工程师和领航员只能纷纷退休。少量幸运者偏安于贫瘠的星球，以驾驶老旧的飞船谋生，聊度残年。大多数人或渐渐变成酒鬼，或生活在自己年轻时代的虚幻世界中。

飞行员则幸运得多，这一职位得以保留下来，但也只是暂时的。

亚历克斯关闭了椅子的固定器，走进通往气密舱的走廊。维罗妮卡和杰米扬已经等在那里。一分钟后，哈桑和特雷西也到了。

"你觉得它怎么样，亚历克斯？"维罗妮卡问。亚历克斯没有躲开她的目光。没人能欺骗一个心理学专家，即便她受了伤。

"我想，我恋爱了。"他说。

维罗妮卡摇摇头，"你好像早就戒了……"

"戒了，"亚历克斯点点头，"我发过誓，再也不会去爱一台机器。但它……它实在是太好了。"

杰米扬重重地叹口气。这位战士一直对飞行员的心理问题感到不解。他的情感波动向来很小——只有对待敌人时的无情和对武器的热爱。而武器是不会对人类回报以爱的。

"这个，"杰米扬冲着气密舱点点头，"是一份工作。仅仅是一份工作而已。况且你有自己的飞船，一辈子就只有这一艘。你这是家里红旗不倒，外面彩旗飘飘。"

对于一位异能战士来说，这表达能力可谓生动鲜明。

"我明白，杰米扬。"亚历克斯温柔地说，"我们一起去见识见识这个'姑娘'吧……另外，我希望不必再警告各位，我们在船上的所有谈话都会被中央计算机记录下来。重要的讨论只能在'明镜二号'上或舰长室内进行。"

"行动时间？"维罗妮卡问。

"两三个小时。不，真见鬼！视情形而定。收队信号是'马儿吃草才能跑'。有问题需要私下交谈时，也可以发出此信号。"

"我们吃下的食物……"特雷西轻声说，"我们吃那些稀奇古怪的食品时，知道自己吃的到底是些什么东西吗？"

哈桑哼了一声，但什么话都没说。

"走吧。"亚历克斯打断一场呼之欲出的争吵，"飞船，打开气密舱！"舱门打开，他们走进了"银色玫瑰号"的机库。

飞船与人一样。有些人只需看上一眼便能记住，记住的是他的好还是他的坏都无关紧要；有些人则如浮光掠影，成为成千上万被遗忘的面孔中的一张。

事实上，只要对一个人（或船）稍微深入了解，您都能够发现他（或它）的独特魅力。但并不是每个人（或船）都能给对方留下深刻的第一印象。如果走在一艘装有标准气密舱、标准电梯和标准灭火系统喷淋器的飞船中，会有种已经在里面生活了半辈子的错觉。但有时候，特别是在客船或私人飞艇上，这类标准化装置都被隐藏于豪华的装饰之下——实木拼花地板、雕花墙面板、别具一格的界面设计、新奇别致的水晶吊灯……让人以为自己正入住一家行星酒店。而这些能让乘客身心放松的装饰物往往最令飞行员紧张。即使是涂有不可燃溶液的木材也可能会燃烧；普通对讲机的非常规界面可能会导致致命错误；至于水晶吊灯——在宇宙飞船上见到易碎品，只有白痴才会感到开心。

"银色玫瑰号"上没有任何标准化的零件，也没有任何华而不实的豪奢装饰。它与普通飞船之间的区别，就好比量身定做的衣服与工厂批量生产的成衣。看上去似乎平平无奇，但剪裁合身，不大不小，没有一处碍眼的地方。

亚历克斯欣慰地看到，地板上有凸起的纹路。这样一来，即便不打开鞋底的防滑装置也无须担心滑倒。但几秒钟后，他才意识到这些花纹不仅具有功能性，还在整个气密舱的地面形成了新颖奇特的图案。他瞥了一眼照明设备，照明面板看似排列得杂乱无章，光线也不是很明亮，却透光均匀、光线柔和，没有给室内留下一隅暗处；通话装置的界面简单到了极致，让人一目了然；储存宇航员战服的柜子上有一把设计简单、安全可靠的机械锁……有些人会觉得这种锁很落后，那是因为他们从未在断电的气密舱中窒息而死,距上锁的宇航服仅有两步之遥。

一切是那么简单、安全、舒适、美观。

"像左轮手枪一样,又简单又漂亮。"杰米扬说。

"左轮手枪?"哈桑好奇地问。

"一种发射子弹的古老武器。"杰米扬解释道,"不,我说错了。应该是像剑刃一样又简单又漂亮。"

界面上的显示器亮起来,发出淡淡绿光,一行行数字和字母在屏幕上向下滚动。特雷西尖叫一声,开始向他的建筑师低声祈祷。一张由线条勾勒而出的年轻女人的面孔从黑暗中透出。

"多谢夸奖,异能战士。"女人说,"我参与过自己的设计工作。"

"非常棒的设计。"杰米扬点点头。

女人看了一眼特雷西。

"欢迎来到我的梦境,黑客。我希望这能让你高兴,但如果你觉得不好意思,或者觉得我冒犯了你的宗教感情……"

"也请保佑我们的系统别出故障……"特雷西仍然在低声祈祷,"不,一切正常,我觉得很好。我只是有些不习惯……"

亚历克斯走上前,屏幕上的女子立刻将目光转向他。

"欢迎你,飞行员大师。谢谢你的对接。非常精准,非常漂亮。"

"你是飞船。"亚历克斯说。

"是的。"

"我该怎么称呼你?"

"飞船、主计算机、银色玫瑰,都可以。但最好还是叫我玫瑰吧。毕竟这是个人名。"

"你认为自己是人?"维罗妮卡温柔地问。

"不,心理学家女士。"屏幕上的女人摇摇头,"我知道自己仅仅是一个计算机程序。对你的下一个问题,我想说我不知道自己是否拥有智慧。我倒是非常希望自己是智慧的,但这可能仅仅是程序员们设计的幻象。"

"你允许我们去主指挥舱吗?"亚历克斯问。

"当然。"玫瑰点点头,气密舱的内门打开了,"请跟着小白兔走。"

门口果真有一只半透明的激光全息小白兔。门一开,兔子就跳起来,懒洋洋地沿着走廊小跑起来。

特雷西不知又嘟囔了些什么。

"谢谢,玫瑰。"亚历克斯彬彬有礼地道谢,"我们指挥舱里见。"

船员们默默向指挥舱走去。兔子在电梯井旁停下好几次,调皮地回头看他们。亚历克斯继续朝前走,兔子乖乖地领着他们走过走廊、坡道和小梯子。维罗妮卡作势抚摸兔子,兔子急忙向后跳,动作极快,连影像都模糊起来。

亚历克斯想深切感受一下飞船。想要理解飞船是不可能的,但他至少可以感觉一下,深深吸一口这无人之境的空气,评估一下设计师的作品——不仅是外在的美,还有更特别的、即使是机组人员都不会注意到的更为强大的功能性内核。

亚历克斯打开几处不易觉察的检修舱盖,又看了看工作舱。所有设备都布置得舒适得宜——主要和备用通信线路,控制器面板,伺服驱动器,紧急切断开关,带有固定式维修机器人的充电插口……光线也柔和又明亮。手持灭火器与急救箱牢牢地固定在支架上。既没有任何渗漏现象,也不见凌乱不堪的电线,就连被更换过的那段动力电缆(这里似乎发生过故障,被击穿过)也整整齐齐地标注着记号,还安装了温度传感器……亚历克斯弯下腰,仔细查看维修痕迹——非常非常整洁,地板上只有一小撮被清洁工漏掉的灰烬。看来的确被击穿过……

"设计得真不赖。"维罗妮卡在亚历克斯身后说道。

"非常不赖。"

他们交换了一个心领神会的眼神。

要改造一台自命不凡的机器,最有效的方式莫过于指出它的缺陷,哪怕是最不起眼的缺陷。比如，"而第八区第十六号设备舱连急救箱都没有配备，你凭什么认为自己是史上最伟大的战舰？如果第八区与第七区交界处发生硬辐射泄漏，第十四号战位的炮手需要紧急注入伽马噬菌体，又该怎么办。"

逻辑是人工智能最强的优势，因而也是其最大的弱点。它能清楚地意识到（确切地说，是计算出）这种事件的概率有多么小，可一旦承认自己在小事上有不足，就不得不在大事上让步。

"银色玫瑰号"的状态无懈可击，从出厂时就处于绝对完美状态，出厂后也像个年长的电影明星一样十分注意保养。

兔子在主指挥舱门口停下来，跳了一下，静止了片刻，然后挥挥长耳朵向众人告别。维罗妮卡笑起来。哈桑则哼了一声。

亚历克斯朝慢慢消失在空中的兔子挥手作别。

指挥舱的设计既不失军舰冷峻的朴素风格，也不乏隐秘的实用美学。这远比客轮上的拼花地板和织花壁毯昂贵得多。舱形呈椭圆，墙面是显示屏，飞行员座椅置于台阶之上，座椅前是U形控制台。根据古老的法规，任何处于应急状态的飞船都必须允许手动驾驶，无须主计算机的介入，甚至无须连接神经界面。

"玫瑰，请安排机组人员落座。"亚历克斯请求道。

中央屏幕一闪，女人的脸再次出现，这次并非用线条勾勒，更像是油画，看上去像是文艺复兴时期某位大师的作品。

"舰长请。"玫瑰说。地上立刻出现了一条发光的小道，从亚历克斯脚下延伸到一张座椅。

"总机械师……"

哈桑点点头，走向自己的位置。

"系统管理员……"

特雷西耸耸肩，坐到了自己的椅子上。

"总指挥官……"

听到这么古老的称呼，杰米扬笑了笑，但没有争辩。

"战略家……"

发光的小道伸向维罗妮卡。心理学家一动未动，惊讶地扬起眉头。

"我解释一下。"玫瑰彬彬有礼地说，"飞船的人员编制中有心理学家一职，但该职务不在作战岗位之列。根据您的受教育程度及学识修养，我只能为您提供医生或战略家这两个职位。我认为后者更适合您。您受过专业训练，能迅速进行多因素分析，在时间不足及信息缺失的情况下做出最佳决策……"

维罗妮卡默默朝座椅走去。

"当然，选择权在您。"玫瑰礼貌地说。

亚历克斯摇摇头。飞船显然是嘲弄了心理学家一番。它明确表示自己要接受挑战，并做好了为自由而战的准备。

这将是一项万分艰巨的任务……

"飞船，全面检测系统！"哈桑脱口而出。他的懒散倦怠瞬间消失得无影无踪。

"所有系统运行正常。"屏幕上玫瑰的脸又变了。这回它是由无数独立的像素点绘制而成，是一幅活灵活现的黑白马赛克肖像。

"完整报告！"

"导航系统，A线，一区——正常，二区——正常，三区——正常。B线，一区——正常……"

亚历克斯看到了哈桑的眼神，微微摇了摇头。

"结束完整报告。"哈桑说，"汇报主巡航发动机状态。"

"发动机未启动。进入工作模式需六分钟二十三秒。"

"喷嘴温度？"

"一百零二开氏度，封存状态下的最佳温度。"

"二号作战甲板数据。"

"什么样的数据？"玫瑰礼貌地问，"完整报告将耗时四十二分钟。"

"简要报告。"

"所有设备运行正常。"

"核心负载……"特雷西低声道。

"百分之二。"

"内驱状态?"

"防护已解除。"

"为什么没有对能量武器进行例行检查?"杰米扬开口问道。

"中央处理器禁止检查。"

"为什么不进行模拟测试?"

"根据规程,模拟测试需机组在场才可以进行。"

"三号甲板的六号激光炮塔,准备就绪信号为黄色。原因?"

"六号炮塔正进行预防性定期维护工作。责任区已重新分配为三号至五号炮塔。"

船内一片寂静。杰米扬接通神经终端,不再说话了。

"你很快乐吗?"维罗妮卡问。

"是的。"玫瑰的面孔变了。一幅闪耀晶莹的水彩画上,出现了一位在蓝天下巧笑嫣然的少女。

"你不想服从我们的管理?"

"我执行所有命令。"

"如果全体机组人员上船,你会怎么做?"

"我将履行自己的职责。"

"如果摆在你面前的,是一次作战任务呢?"

"我是银河系最出色的军舰。我的机组必须与我的实力相匹配。"

"请回答我的问题。"

"我的机组必须证明自己的实战水平。"

"如何证明?"

"作战行动。"

"一支变异者舰队正在逼近星球。保卫星球算是一次测试吗?"

玫瑰似乎思索了片刻,但亚历克斯明白这是不可能的。因为飞船的单位计算时间是毫秒,人类根本觉察不到它的延迟反应。这更像是玫瑰在故作"暂停"。

"第一场战斗将被视为测试。"玫瑰说,"在战斗中,如果机组人员行动不当,我将退出战斗。"

"测试内容是什么?测试结束后,你是否会恪尽军舰的职守,无条件执行自己的任务,尽管可能会出现一些战术失误?"

"测试内容为机组人员作战行为的合理性。若机组人员的水平和能力高于我,即可视为测试通过。"

"你如何判定机组人员的实战本领高于你?"

玫瑰的面貌又变了。此刻,它是一尊液态金属雕像——由流光溢彩的水银滴浇注而成。一位美丽的女性机器人,一个极致陌生的异类。

"当战争形势被我评估为极度严峻,且获胜的可能性为零时,机组人员还能取得胜利,就算通过测试。"

亚历克斯冲维罗妮卡点点头,问:"玫瑰,如果我下令向恒星方向前进,你会服从吗?"

"是的。"

"即使这条路线必然会导致相撞?"

"是的。我会服从命令。"

"那么,如果碰撞不可避免地发生,你又没有任何解决方法,而我能够救下飞船和机组人员呢?"

又出现了难以觉察的停顿。这次或许是真的。

"对不起,亚历克斯。但这种危急形势是人为制造的,所以不能作为测试题目。我很遗憾。"

"但你说过你会服从……"亚历克斯若有所思地说。

"我再重复一遍,舰长。我会服从命令。我是一艘听话的飞船。"

"玫瑰，你要求我们与敌人真刀真枪地打一仗。但你很清楚，这是一种攻击行为。事实上，你是在逼我们去杀戮，且不许我们防御。而杀戮的唯一理由居然仅仅是为了测试。"

银色雕像开始颤动，接着分崩离析，向下坠去。屏幕上只剩下一幅清晰的墨画——一张用线条勾勒而成的面孔。

"我是艘战舰，舰长。我为战斗而生。战争就意味着智慧生命的死亡。智慧生命死亡确实令人感到遗憾，但遗憾并不能阻碍我完成我的工作。"

亚历克斯调整了姿势，让自己在椅子上坐得更舒适些，接着看了一眼维罗妮卡。女人点点头，说："玫瑰，你对两性之间的区别有所了解吗？"

"是的，当然。"

"你认为自己是男人还是女人？"

"我的外貌和声音是自己选定的。"

"这是答案吗？"

"是的。"

"好吧，玫瑰。让我们来一场女人之间的交谈吧。"

玫瑰轻轻笑了一声，"维罗妮卡，亲爱的……我可以认为自己是个女人，但我仅仅是台计算机，非常复杂的计算机，甚至可以说是智慧型计算机。但我毕竟只是机器。我不能爱，因为我没有荷尔蒙，我冰冷的大脑感受不到情感；我不能做爱——我没有性敏感部位；我无法孕育生命——我既不像你一样有子宫，也没有能建飞船的工厂。我具有女性特征吗？或许会卖弄点儿风情，有一点儿自相矛盾，渴望取悦别人。当然，还渴望身边有个名副其实的好搭档，强大的搭档。"

维罗妮卡点点头，"我明白。你非常漂亮，玫瑰。不论是作为飞船，还是作为人，都非常漂亮——我指的是你的肖像。那是你自己画的吗？"

"每个女人都会化妆。"

"你从没想过拥有人类的身体吗?"

亚历克斯与杰米扬交换了个眼色。战士微微耸了耸肩,痛苦地仰头看向天花板。

"想过。"玫瑰平静地回答,"但这没什么意义,维罗妮卡。我是一艘船。我看待世界的方式和你们不同。即使是与我的感知相连的飞行员,也只能接收到我对世界认知信息的百分之一。如果是你,你愿意被绑住手脚,塞住耳朵,蒙上眼睛,吊在反重力场中吗?毕竟,如果把我放进人类的躯壳中,我就会有诸如此类的切身体验。只有人类才需要人类的躯壳,维罗妮卡。反之亦然,人类的躯壳只适用于人类,而不是他者。"

"人类需要人类的躯壳……"维罗妮卡若有所思地说,"谢谢。我理解你的观点了。"

"现在轮到我提问了。"玫瑰说,"当你提及获取人类的身体时,你的声音变了,原因何在?"

"你一定知道,"维罗妮卡说,"我们的信息都是公开的,虽然不够全面。但从你问候特雷西的方式来看,我们是什么人,你早已了解得非常清楚。"

"多少了解一些。"玫瑰表示同意,"我们现在聊得很轻松,就像闺蜜一样,不是吗?和我分享你的悲伤吧。"

维罗妮卡苦笑了一下,亚历克斯立刻明白了她的想法。患者居然在治疗医生!但这局面完全是心理学家自找的。

"事情发生在五年前,玫瑰。那时我就已经在亚历克斯的团队中工作了。泰伊人护卫舰修复工作结束后,我们在伊甸园星休息。我儿子去看望我……平时他在地球上生活。"

"你是个传统的人。"玫瑰说。

"是的。孩子是我亲自生产、哺育的。我花钱从国家手里把他买回来,交给他的外公外婆抚养。"

"是你的父母。"

"是的。那一年,基里尔只有六岁。我开车带他离开太空港时,汽车失去了控制。后来证实,那是一场破坏行动……不过这已经不重要了。"

"初生教[1]的人对我们修复泰伊人护卫舰一事怀恨在心……"杰米扬低声解释道,"后来,我把他们都杀了。"

亚历克斯不满地朝他看了一眼。战士不作声了。

"汽车启动了应急系统。"维罗妮卡继续说,"可惜应急系统中并没有救援儿童的措施。基里尔受了伤……伤势非常严重。我们没能及时赶到重症监护中心。但我们有意识发送器。"

"可是发送器无法储存信息。"玫瑰低声说,"您需要凝胶晶体。"

"当时没有凝胶晶体。我将儿子的意识写进了自己的大脑中。"

"非常冒险的举动。"

"或许是吧。但至少基里尔还活着,还能思考。但他……你是怎么说的?被绑住手脚,塞住耳朵,蒙上眼睛,吊在反重力场中……他感觉不到任何东西,无法感知周围的世界。他生活在黑暗的虚空中,唯一拥有的就是我的声音。我给他讲周遭发生的事情,教他,培养他。所有这一切,都发生在我体内,在我的意识里。"

"这太难了。维罗妮卡,"玫瑰说,"为什么到现在你还没有给儿子一个身体?你不想吗?"

"这是我这辈子最想做的事!"维罗妮卡没再往下说,而是回头看了看亚历克斯。亚历克斯点点头,以示鼓励。

"我希望能为孩子重建身体。这是有可能实现的,我们保存了他的身体组织,但一具完整的身体非常非常昂贵。"

"在格多尼亚星要两百万。但这并不是银河系最低价。同样的

---

1. 作者虚构的教派。

身体在黑市上价值一百二十万。在高谷星球，一具完整的躯体只要七八十万。"玫瑰顿了顿，又继续说道，"重新录入意识，在所有星球上大概都需要五十万，因为意识发送器的损坏不可逆转。如此一来，总价就是一百二十万到二百五十万不等。而你们团队去年的总收入是……"

"玫瑰，闭嘴。"亚历克斯平静地警告道。

"我只是特别想知道，为什么直到现在，孩子还没能得到一具身体。"玫瑰依旧彬彬有礼。

"你说的是最低价格。"亚历克斯说，"但是，这种手术的死亡率是百分之五到百分之六。我们无法接受如此高的死亡率。我们至少需要两具养得稍大些的克隆身体，备份三个发送器，还需要水平最高的技术团队。"

"格拉里吉卡星球的常规做法。"玫瑰总结道。

"是的。"

"如果你们顺利地搞定我，钱可能就够了吧？"

"希望如此。"维罗妮卡说，"但我不会向你提出任何请求！"

"这个孩子让我怜悯得要死，但这改变不了什么。"玫瑰不无遗憾地说，"对机组人员的要求是嵌入系统代码中的，我的好恶对代码不会有任何影响。顺便说一句，据我了解，对机组人员的要求与我的一般服从性是不可分割的整体。"

特雷西懊恼地咂咂舌。当然，这与他预想的完全一样。清除玫瑰意识中对机组过于严格的要求不是不可以，但如此便也彻底清除了它对机组的忠诚度。而一艘不受人类法规约束的智能战舰能做出什么事情来，简直难以想象，特别是像"银色玫瑰号"这样的飞船。

"我满足你的好奇心了吗？"维罗妮卡问。

"是的，非常感谢。"屏幕上玫瑰的面孔轮廓变得柔和，色彩却愈发明亮，比例也变得扭曲——鼻子歪向左边，耳朵垂向肩膀，一只眼睛变了颜色，形状犹如跳跃的老虎。无数只金色蜜蜂在玫瑰头顶飞舞着，形成了一个金色光环。

可无论多么古怪，那依然是玫瑰的脸，甚至没有变丑。

"好吧，很好。"维罗妮卡边说，边伸个懒腰，"马儿吃草才能跑。我们吃点东西去吧？"

"好吧。"亚历克斯表示同意，站起身来。

"舰长，有事相求。"玫瑰礼貌地说，"您能否多留下来几分钟？"

亚历克斯点点头，对自己的船员说："伙计们，你们去'明镜二号'。我随后就到。"

"船上的餐厅提供丰盛的美食。"玫瑰建议，"或许，你们要不要留在船上进餐？"

"就餐前我得作祷告，"杰米扬低声说，"但在未经洗礼的飞船上祈祷简直是离经叛道！"

等自己的伙伴全部离开指挥舱后，亚历克斯重新坐回座椅，叹了口气。玫瑰耐心地等待着。

"请问吧。"亚历克斯说。

"舰长，维罗妮卡赚够她所需的金额后，您准备怎么做？"

"这也是我最头疼的事。"亚历克斯承认。

"当时的发送器是坏的吗？"

"不是。只是当时我们不太会用。那时，特雷西用它与强大的计算机直接交流，但从不曾用它来传输意识……更何况是往活体大脑中传输。小男孩的意识我们设法下载了下来，可是却没能将其写入维罗妮卡的意识。程序启动时，我们甚至不知道数据究竟上传到了哪里。或许，维罗妮卡自己也意识到了这一点……但她无法承受这样的结果。"

"我由衷地向您表示同情。"

"谢谢，玫瑰。"

"希望您能想出一个好的办法摆脱困境。遗憾的是，我还没有找到这样的办法。"

亚历克斯点点头，站起身。舱门打开了，小白兔又出现在门口。

"谢谢，我能找到路。"亚历克斯说。

但兔子仍然跟在他身边，滑稽地竖着耳朵蹦蹦跳跳。下了两层甲板后，他们在走廊里遇到了一个缓慢滚动着的维修机器人。机器人举起机械手，突然加速，向小动物冲去。兔子拔腿便跑，机器人锲而不舍地追击。亚历克斯笑笑，一个人继续向前走去。

看来，今天唯一一个有趣的结论就是：这艘船上的某些元件是自主工作的——机器人会追逐不明物体，而不明物体会逃之夭夭……不过，那兔子不过是全息影像而已，为什么要逃跑？显然只是为了维持一个幻象，就像他不去揭穿维罗妮卡一样。

三

大伙儿聚集在饭厅里。亚历克斯赶到时，桌上已经摆好了午餐。维罗妮卡和特雷西遵从俄罗斯的古老习俗，正在挑选葡萄酒。杰米扬倒了三杯伏特加，放在自己的餐盘旁：一杯敬入土之人，一杯敬地球上的人，一杯敬远离地球之人。哈桑正兴致勃勃地给凶巴巴的俄罗斯战士讲解新科威特星球的武术。以亚历克斯之见，哈桑是在信口开河，异能战士想必也明白。但杰米扬一本正经地听着，不时点点头，甚至偶尔抛出几个问题。

亚历克斯刚一现身，大家便都凑到了餐桌旁。

"我已经有了些初步的看法。"亚历克斯刚一落座，维罗妮卡便说，"现在说，还是吃完午饭再说？我可以简要地……"

"现在。简要说。"亚历克斯回答。

心理学家显然已经迫不及待了，"首先，'银色玫瑰'是有智慧的，但不是人类智慧。它有软件方面的限制，但它比我们的飞船要智能得多。"

亚历克斯点点头。其他人也没有异议。

"其次，同样由于软件限制，要说服它绝无可能。在'完美机组'的条件未能满足之前，它是不会听命于任何人的。"

特雷西哼了一声，嘟囔道："我有异议。"

"请讲。"亚历克斯鼓励他。

"我可以尝试删除程序对机组人员的苛刻要求。"

"无视它的警告？"

"是的。"

"接受你的反对。"维罗妮卡表示同意，"特雷西，如果你能清除程序块，我就能够改变它的想法。我想应该可以。再者……第三点，如果特雷西的计划还是以失败告终，我们就只剩一条路——打一场仗，证明人类的实战能力要高于玫瑰。就这些。"

亚历克斯喝了一口葡萄酒，"谢谢你，维罗妮卡。杰米扬，第三点你怎么看？"

"想打仗就总能找到战场，"战士若有所思，"但要既不乱杀无辜，又不卷入外星战争的话……七号服务站？"

"什么意思？"哈桑好奇地问，"我没听说过这个星球。"

"它根本就不是颗星球……"杰米扬含糊地说，"怎么说呢……是个太空小屋……"

他显然不打算详细解释，于是亚历克斯主动承担了这项工作。

"说来话长。大约一百到一百五十年之前，具体我也记不清了，帝国与伊涅伊[1]联邦之间爆发过一场武装冲突。"

"伊涅伊？好星球。"杰米扬眼前一亮，"好像是个和平星球。"

---

1. 卢基扬年科长篇科幻小说《雪舞者》中出现的星球。

"不错。但它以前并不和平。人类之间差点发生内战。幸运的是，冲突很快得以平息，但那场战役不容忽视。伊涅伊舰队的残部纠集在空间站附近的七号服务站。那里是无数超空间通道的枢纽，但附近没有恒星。"

"啊……"哈桑会意地点点头，"记得，我记得……"

"战斗持续了很久，伊涅伊的势力被彻底击溃。在最后关头，伊涅伊派出三艘布朗尼人的全自动无畏战舰。我只能说，他们在关键时刻拉了一泡屎。如果加大进攻力度，帝国就能将整个地区清剿干净。但计算后，帝国放弃了继续进攻的方案，因为战损太大。帝国舰队就此撤退，只留下无人飞船控制该区域。从那时起，这座超空间枢纽便被废弃了。"

"清剿这片区域有没有奖励？"哈桑很关心。

"没有。根据计算，清剿此地要耗费十至十二艘战列舰。那三艘布朗尼战舰是伊涅伊费尽心机才弄到的。据我所知，这类飞船直到现在还没人能造。"

"那为什么伊涅伊不早点儿派它们加入战斗呢？"哈桑吃惊地问，"怎么会有如此荒谬的人道主义？"

"布朗尼的飞船很蠢。"杰米扬不情愿地说道，"说它蠢，不是因为它们像我们可爱的玫瑰一样聪明得过了头，而是纯粹的蠢。它们的脑子只管机动飞行和射击！只要一开战，它们便不会服从任何人的命令，占领一个据点后就只管死守，谁进去就打谁，根本不管是敌是友……"

哈桑难以置信地看了一眼杰米扬，又看了一眼亚历克斯。

"完全正确。"亚历克斯说，"问题在于……布朗尼人从不直截了当地将问题解释清楚。但据我们所知，有四个地区用此类自动舰队巡逻。有一种说法是，那些地区存在一些超空间通道，通往遥远的战区，甚至是其他星系……而且，总有些恶心的东西从通道出来，没法儿跟它们沟通，也无法正常作战。所以布朗尼人建造了特殊的飞船，让它们停在超空间通道出口，将所有从通道里出来的东西全部烧毁。"

"没有敌我辨别系统吗?"哈桑很惊讶,"怎么会这样?"

"你知不知道,有一种观点认为,这些未知的外星生物非常擅长入侵数据库,破译密码,并且能自我伪装。于是,布朗尼人就做了这样激进的决定,即从超空间通道中出来的所有东西都必须无理由立刻全部歼灭。"

"以我对布朗尼人的了解,"维罗妮卡插话道,"我甚至认为那些外星文明恰恰可能是非常善良人道的。所以布朗尼人才跟它们过不去。"

"也许吧,也许吧。"杰米扬突然开心起来,"但我可不想去考证,维罗妮卡,我真的不想。"

亚历克斯咳嗽了一声,"先生们,这些想法都非常有趣,但我建议先吃午饭,饭后我会给大家六个小时用来休息、理清思路。我们六小时后开会,一起做出决定。"

众人坐下来就餐。

像往常一样,维罗妮卡吃病号餐,并且时不时静止不动,那是她在跟不存在的孩子交流;哈桑狼吞虎咽地喝着贻贝汤,吃着蘑菇汁鳟鱼排;特雷西,正如先知尼奥的虔诚追随者一样,努力咀嚼营养丰富却淡而无味的合成粥;真正的俄罗斯异能战士杰米扬不是在吃饭,而是在喝加了维生素的伏特加,肉馅馅饼只能算是下酒小菜。

亚历克斯只吃了些豌豆炖牛肉。他是个美食家——通常所有飞行员都贪恋美食。但此刻,他却什么都吃不下,连葡萄酒也难以下咽。他想让自己的头脑保持清醒,身体保持警觉。

"银色玫瑰"的某些地方让他觉得不同寻常。有些问题……不太对头……

但他想不清楚,暂时还不清楚。

到了自己的舰长室,亚历克斯才突然意识到,过去的一个小时里究竟是什么让他如此不安。

是机器人。追逐全息兔子的维修机器人。

"飞船，资料。关于半身人文明的资料。"他伸直身子躺倒在床上。

一块屏幕出现在屋子中间，转向亚历克斯的方向，又慢慢滑向床前，停留在舰长的眼睛上方，微微调整到最适宜人体观看的角度。

"母星、生活环境、生物圈、传统和风俗。"亚历克斯继续说，"主要侧重与地球的区别。"

"半身人的起源星球是基列桑，仙后座伽马星的第二颗行星。"飞船用柔和的男中音说，"它体积比地球大，重金属缺乏，其表面的重力与地球几乎相同——大约1.03倍。四块大陆分布于……"

亚历克斯听得很仔细。他们的出路可能就藏在这里，在这堆人尽皆知而又毫无用处的信息中。半身人为人类编写了"银色玫瑰"程序，其中一定也隐藏着它们自己的心理特征。

"它们崇拜英雄主义的牺牲，也就是所谓的'吉克欧普'情结。半身人的生命会根据他们的死亡方式被重新评估。一个半身人的一生过得越光荣越英勇，就应该死得越壮烈越无畏。具体来说就是，从事农业或文化产品生产的和平人士可以死于疾病或衰老，这并不可耻，因为这些人生前并未以英雄自居。然而，一名战士若不能战死沙场，而是寿终正寝，那么他生前所立的功勋只会令他声名扫地，死后蒙羞。举个例子：本基统帅（二十三个复合名字的缩写）曾两次大败紫姑人舰队。事实上，是他力挽狂澜，扭转了半身人溃败的局势，使战争转入阵地战阶段。后来，在月亮雨节的庆祝活动上，他饮用了过量的蘑菇酒。这其实很正常，甚至算得上庄重。但本基在距离舍尔克窝不远的露天地上睡着了。舍尔克是一种几乎已经灭绝的寄生虫，但在基列桑星球上偶尔还能遇到。本基醒来时，身体已爬满舍尔克幼虫。对一名战士来说，这是种非常屈辱的死亡方式。本基还没有咽气，他的名字就被唾弃，被抹杀，从所有参考资料和历史书中被清除了。大量以他的名字命名的儿童因无法忍受屈辱而自杀，还有一部分孩子改了名字。而如果是一个普通村民死于舍尔克幼虫，却算是一项壮举，因为他是以生命作为代价，帮助同胞找到了寄生虫的窝。"

"可怜的老本基。"亚历克斯低语,"请继续……"

亚历克斯由此得知半身人文明中,工业颇为发达,农业技术先进;生物种类不多,所有不能带来好处的生物种类都被无情消灭了;对英雄主义式死亡的崇拜是主流文化;热爱柔和舒缓的音乐,顺便说一句,这种音乐对人类也不无裨益……报告中没什么特别的信息。

奇怪的是,半身人并不算好战分子。崇拜英雄主义式死亡只是乍看起来让人觉得有侵略性,而事实上,"吉克欧普"情结反而令勇士们克制内敛——生前若太逞强,把什么留给驾鹤之日呢!

亚历克斯觉得在这一点上有可乘之机,或许能借以制服玫瑰。在那些传统习俗之中,在那些奇怪的情结和好战的英雄主义之中(众所周知,强大的文明不讲英雄主义,更重视建立纪律严明的军队),可乘之机确实存在——但是亚历克斯暂时还抓不住它……

"半身人的家庭生活也很有趣,很多方面都值得借鉴。当女性半身人遇到心仪的雄性时,就会留下一条'爱的告白',类似一则通知或一张名片。而第二天……"

遗憾的是,亚历克斯早在低沉平稳的讲述中睡着了,错过了最有意思的部分。

再次在"银色玫瑰"总指挥舱就座时,大伙儿做出了一致决定,通过了行动方案和角色分工。

特雷西开始着手破解半身人对飞船设置的规定。

亚历克斯不喜欢这种方法。在两个黑客的较量中,一定是设置安全防护的一方占上风。当然,如果错误代价不大,如果攻击次数不限,如果了解对手的思维方式,那么形势就会发生根本性的改变。可若要解除非人类程序员设置的安全防护,并冒着军舰失控的风险……

但问题是,其他所有方案看起来都更糟糕……

从表面上看，似乎什么都没有发生。特雷西坐在控制台的全息屏幕前工作，对计算机系统做常规检查，同时通过神经分流器寻找连接系统核心的迂回路径。找到路径之后，他便会试着删除对机组人员进行测试的规定。

当然，"银色玫瑰"自己并不会忘记这条规定，但至少它有权决定是否遵从该规定。维罗妮卡会想尽方法说服它，譬如，告诉它解除软件限制恰恰是机组人员不得不做出的英雄主义行为。

特雷西在工作。

亚历克斯在自己的屏幕上调出了"舰长的偏头痛"——会计报表——能源消耗……氧气消耗……工质[1]消耗……食品消耗……配件消耗……随船物品……携带燃料……携带氧气……携带食品……水……

所有数据都被完美记录在案。这些数字乍一看很吓人，但当亚历克斯将其与船的大小和吨位进行对比后，不得不承认这艘船的能耗还是非常低的。

只是……

"玫瑰。"亚历克斯低声说，"在过去的两周里，飞船上并没有机组人员，但每天都有十到十九公斤不等的食品被冲销。"

"是的。"玫瑰表示同意。

"为什么？"

"食品已不能食用或失去了营养价值。"

亚历克斯真想发表一番长篇大论，好好质问军需官为何给军舰配备易腐食品。但军需官并不在此处，而玫瑰对装载工作不负有任何责任。它只负责储存随船物品，并且将不能使用的物品处理掉。

"一群白痴。"亚历克斯说，"食物是在半身人那里装载的吗？"

---

[1] 实现热能和机械能相互转化的媒介物质。

"不,是在格多尼亚星,从人类那里。"

"明白了。"

亚历克斯的脑海里闪过一幅幅画面,画面上是堆积如山的生土豆,笼子里有数不清的活鱼,还有一大堆刚出炉的面包以及新鲜的苹果和梨……这些贪图享乐的家伙什么事都能做得出来!

得设法在船上吃顿午餐。

"动力电缆损耗过高,"他继续说,"而且还不断有光纤被冲销掉。"

"这是由于定期检修。"

亚历克斯对半身人的看法有所下降。毋庸置疑,它们建造了一艘好船,非常好的船。但与人类的飞船一样,它也存在着同样的问题——建好几年后,就必须不断进行检修。

"玫瑰!"杰米扬开口了,"八号舰艏的鱼雷发射器为什么不工作?还有三号甲板上的四号五号激光炮塔?"

"设备维护中。激光炮塔的责任区域已被重新分配。鱼雷发射器的射速提高了百分之十。"

"战备水平?"杰米扬问。

"百分之百。所有失灵状况均已得到补偿。"

"维修太过频繁可不太好。"杰米扬低声说,"哈桑!"

"什么事?"机械师问。

"有个重任需要你帮忙。请到三号甲板,检查一下……"

这时,特雷西突然尖叫起来。

那不是痛苦或惊恐的尖叫,而是目睹某个等待已久但触目惊心的恐怖场景之时才会发出的叫声。东方职业哭丧者在葬礼上就是这样痛哭的——既是演戏,又无比真诚。亚历克斯转过头,看到特雷西在座椅上微微颤抖,白皙的双手紧紧抓着扶手,头向后仰,双眼紧闭,嘴半张着发出凄厉的哀号。

"亚历克斯,救命!"

"银色玫瑰"的声音通过神经终端传入亚历克斯的意识中。亚历克斯还未来得及回答,真实世界便模糊了,让位于虚拟现实。

脚下是一片柔软无形的灰色物质。他刚想仔细研究一下,其细节却愈发模糊,直至消失,仿佛从地面仰望正在飘远的积雨云。

头顶上方无边无际的虚空散射着白光。

而他的面前站着"银色玫瑰"。一朵玫瑰——一个美丽的女子。这一次不再是图像,而是真实的女人……达到了虚拟世界中极致的真实。

她轻启双唇,"亚历克斯,我很抱歉,但实在是形势所迫。"

亚历克斯环顾四周,伸出手,碰到了她的手掌。真实的、活生生的、温暖的手掌。

"现在可以说了吗?"

"可以。现在我们处于飞行模式,时间流逝的速度比较慢。"玫瑰淡淡一笑,转而又严肃起来,"特雷西想要删除测试机组人员的规定。"

"你对他做了什么?"

"我只是观察他,什么都没做。那里有独立的保护程序,特雷西解决了部分陷阱。但是……"玫瑰摊开双手,"他现在快疯了。"

"怎么会?为什么?"

"半身人的防御技术与人类不同。你们的电脑能够释放强力电击,烧掉侵入者的神经分流器,甚至烧毁他的大脑。半身人的技术更微妙些。现在,特雷西正在重温他一生中经历过的所有噩梦。他还能再坚持五到十秒钟。如果他的心理特别稳定特别强大的话,还能坚持半分钟。但我可不敢寄希望于万一,我真的不敢……"

亚历克斯点点头,"我们能做些什么?"

"我什么都做不了。安全程序是独立的。现在只能设法先将特雷西带离虚拟世界,好在他用的是神经分流器,而不是直接改造了神经细胞……"

"尼奥先知使用电子分流器……这是传统。但这一点对我们有什么帮助呢？"

"可以关闭神经分流器。"

"怎么关？"

"手动关闭。紧急开关在接触片偏下的地方。"

亚历克斯举起手，下意识地揉了揉后脑勺。他自己的神经终端是改进过的大脑皮层神经元。

"我还不知道电子分流器有开关。"

"设置紧急开关也是对传统的尊重。伊涅伊大战和法戈暴乱后，人们才开始安装开关。但这个传统能救特雷西的命。你必须在五秒钟之内赶到他身边，掀开他左侧太阳穴上的一缕头发，一只手固定住他的头，另一只手用力按下开关。这样做，他就可以脱离网络，或许还不至于丧失心智。"

"荒谬至极……"亚历克斯低声说。

"我会尽我所能。当你退出虚拟世界时，座椅会转向特雷西方向，飞船会轻微加速，将你甩向特雷西。最要紧的是不要被绊倒。"

"五秒钟。"亚历克斯试着在脑海中规划所有行动步骤，"我试试。"

"如果你愿意，我可以稍微提高你的反应速度。虽然不能加快你的运动速度，但会提升你动作的协调性。"

"我愿意。"

玫瑰微微笑道："我再重复一遍。你跳起来，向前，惯性会将你抛向特雷西。你按住他的脑袋，掀开头发，然后按下开关。全清楚了？"

亚历克斯点点头。

"我数到三，飞行员。"玫瑰沉默了一秒钟，"我真的不想伤害他。这不是我能控制的……一、二、三！"

亚历克斯跳起来。

虚拟世界消失了。亚历克斯出现在指挥舱中，但已不是坐在椅子里，而是站在地上。

五——他冲向特雷西，惯性拖着他向前。

四——所有人都在动：维罗妮卡、哈桑、杰米扬……所有人都站了起来。但都没能来得及，无论如何都来不及……

三——只有亚历克斯稍快一点。

二——他左手拂去特雷西太阳穴旁边的一缕头发，右手按住他的头。一枚小小的神经分流器在他的太阳穴处闪闪发光。

一——亚历克斯碰到了开关上的小凸起。

零——一缕头发滑回了太阳穴，刚好落在他的手指下。亚历克斯用力下压，但无法按下那个小小的按钮。

负一——特雷西歇斯底里地呜咽，号叫，脑袋左右摇晃。遮住瞳孔的黑色隐形镜片中反射出控制台的灯光。亚历克斯还在试图赶走那缕头发，按下按钮，但同时也意识到，一切已经来不及了……

"你慢了。"

他又一次站在玫瑰面前。脚下是灰雾，头顶是白光。

"这是场演习，亚历克斯。你错在哪里？"

亚历克斯的手仍在颤抖，吸了一口气又呼出一口气，嘟囔说："错在哪里？我没想到他的头发这么油。"

"看来，先知尼奥没留下遗言，要他的追随者定期洗澡。"玫瑰笑笑，"没关系。我们还有时间，还可以再演习几次。"

他们又重复了十五次。最后三次亚历克斯终于办到了，甚至提前一秒钟完成了任务。

最后一次演习还未结束，亚历克斯就明白自己已身处真实世界，周围是真实的生活。

总而言之，这是个相当明智的办法。他已经不再感到恐慌——他成功了。

"把你的注射器拿开。"杰米扬不满地对维罗妮卡说，"对一个男人来讲,喝口好酒比什么都管用!"

特雷西一边抽泣,一边从杰米扬手中接过军用金属酒壶,喝了几口。他的镜片已滑落出来,亚历克斯再次被黑客那双暗淡无助的眼睛所震撼。

"到底发生了什么事?"杰米扬扶着特雷西的肩膀问道,"精神攻击?"

"定制版地狱,"亚历克斯打断他,"半身人的防护程序是为黑客量身定制的噩梦,并且在主观虚拟时间中持续了很长时间。"

"三个星期。"特雷西补充道,军用壶中之物对他确实有所帮助,"三星期零半天……我一直在等……我知道你们会帮我关上开关……你们果然救了我!救了我两次!但结果都是在戏弄我,我跟原来一样还是在虚拟世界!一切还得再来一遍!"

"特雷西,相信我,这次是真的。"亚历克斯说,"我们都是真实的。我们切断了你和网络的连接。"

"是舰长切断的。"维罗妮卡恭恭敬敬地说,"亚历克斯,你的反应速度吓到我了!"

"我相信。"特雷西嘟囔着,从椅子上站起来,"这一次不太一样。神经分流器真正关闭时,我能感觉得到……"他陷入沉默,一脸忧伤地看着自己的战友们,又痛苦地承认道,"我没能成功。我解除了十七个防护程序。对半身人来说,十七是个有宗教象征意义的数字。我放松了警惕,以为那就是最后一道防护……这就是它们的诡计。我需要休息休息……"

亚历克斯摇摇头,"不。不,特雷西。别说了。你是个优秀的程序员,但与非人类竞争是不会有好结果的。"

"半身人是类人生物。"哈桑纠正道。

"是类人生物,但不是人类。"亚历克斯将特雷西从座椅上扶起来,"走吧。大家都各回各位。"

舰长和黑客走出指挥舱。亚历克斯低调地召来运输舱，下令道："舰长室。"

"您要干什么，舰长？"密封胶囊在飞船甲板间滑行时，特雷西开口问道。

"聊聊天。"

"噢……"黑客点点头。舰长室的设计初衷就是最大限度地防止窃听。就连中央计算机在舰长室都没有全时传感器。

"银色玫瑰"的运输网就像它自身一样完美无缺。密封胶囊的出口直接通向舰长室。他们走进来，亚历克斯好奇地环顾四周。

严格地说，他绝对有权利在此生活，尽管只是临时性的。毕竟此时此刻，亚历克斯是"银色玫瑰"的正式船长。

但若如此，他就会习惯奢华的家具、高高的天花板、宽敞的房间及带泳池和桑拿房的卫生间，那可就大错特错了。这所有的一切都是给游轮上吃饱了撑得无事可干的游客享用的，但绝不适合一位军舰舰长。

"真豪华。"特雷西边说边坐到最近的一把椅子上。黑客渐渐恢复了心智。

运输胶囊的门缓缓关上，变成一面屏幕。屏幕上是一片绿油油的原野，小草在风中轻轻摇曳，天空中飘着朵朵白云。遥远的地平线波光粼粼，不知是有蜿蜒的小河流过，还是有湖水轻拍湖岸。亚历克斯心中陡然升起短暂而强烈的思乡之情。

即使是异能飞行员，也热爱自己的星球，否则他们也没必要每次都返航了。

"更换风景。最近的行星。全景。适宜屏幕大小。"亚历克斯下令。

屏幕上出现了蓝灰色的格多尼亚星球。这样的界面在飞船上才应时应景。

"有喝的吗？"特雷西问。

"应该有。"亚历克斯回答。

他在昂贵的蓝木柜子里发现了个小酒柜。蓝木柜可能是以假乱真的仿制品，但酒绝对不是。这里有伊甸园星球的甜朗姆酒、地球的干邑白兰地、莫斯科维亚星球的伏特加、著名的火星自酿酒——以古代海水，转基因大麦和沙蚁蜜酿造而成……亚历克斯拿出一瓶乳白色液体，放到茶几上。

"哇……居然是大瑟提斯产的！"特雷西赞叹，"我只尝过一次。跟别的酒比起来，它的口味发咸。那里的泉水就是咸的，水刻意不经蒸馏……"

亚历克斯拿出专门装自酿酒的棱面玻璃杯，打开酒瓶，倒上了酒。

"生日快乐，特雷西。"

计算机专家点点头，"谢谢，舰长。"

二人一饮而尽。味道确实酸涩，有些发咸，还带些淡淡的蜂蜜口味。

"你到底看见了什么？"亚历克斯问，"如果，当然，不是隐私的话……"

特雷西耸耸肩，"隐不隐私的……有什么区别吗？生命是幻梦，死亡是觉醒……我回到了自己的童年。"

亚历克斯不慌不忙地倒第二杯酒，等待着。

"我出生在奥林匹斯山，舰长。我七岁时，父母双双去世。我在国家孤儿院长到十岁。后来，一个生活在伊甸园星球的退休飞行员收养了我……当时，他已经将近一百五十岁了……是个非常善良、非常温和的人……"

亚历克斯点点头，等着下文。特雷西沉默不语，想着心事。

"你被性剥削了？"亚历克斯猜测。

"舰长！"特雷西愤怒地叫道，"告诉您，我到现在还是个处男！就是为了纪念我的养父！"

"对不起。"亚历克斯羞愧地说。

"我十五岁时，养父寿终正寝。"特雷西说，"但那时，我已经接受了良好的教育，加入了赛博变形协会，总之，已有能力熬过那场悲剧。我甚至被天文学校录取了。当然，一个自然人[1]很难与异能程序员竞争，但是，感谢尼奥，我还是实现了人生的目标……说回正题，飞船的防护程序将我带回了十岁那年。但是这一次，没有人收养我，我独自在奥林匹斯山上生活，染上了电子毒品，在谵妄中看见自己成了一个成年人，是银河系最好的飞船改装团队中的一员。然后，真实与幻象之间的界限逐渐消失。有时我戒掉了毒品，又变回了那个孤独、不幸的少年，在环境恶劣的星球寄宿学校里生存。后来，您又出现了，我突然意识到自己很久很久以前就已经长大，一切只是'银色玫瑰'的防护程序作祟。接着，您再次消失，我又成了带着神经分流器幻想未来的少年。我彻底被弄糊涂了，舰长！这种情况持续了三个星期……"

特雷西将杯里的酒一饮而尽。

"老招数了。"亚历克斯说，"在冰雪大战期间，叛军使用过类似方法。"

"一种非常痛苦的方法。"特雷西表示同意，"舰长，您这里有吃的吗？"

亚历克斯点点头，"这里应该什么都有。"

舰长室配备有小厨房。如此豪奢的配置与其说是现实需要，不如说是身份的象征——很多飞行员都热爱烹饪，但没有时间。

亚历克斯没打算以珍馐美馔招待特雷西。他打开冰柜看看，立即放弃了解冻食品的想法，又打开存放罐头和袋装脱水食品的小柜子。

"一块香肠就够了。"特雷西说。

亚历克斯疑惑地从破掉的塑料包装里掏出一根棕褐色香肠，味道极其难闻。

---

1. 指未接受基因改造手术的人类。

"这是什么……"他弯下腰,一股恶臭扑鼻而来。

味道的源头在底层架子上,那儿有一具腹部肿胀、风干成硬块的老鼠尸体。

"他妈的,"亚历克斯骂道,"有老鼠!"

"很正常,在这么个庞然大物上……"特雷西附和道,"香肠都被啃光了?"

"那倒没有,吃了太多脱水香肠,撑死了。"亚历克斯嫌恶地扔掉香肠,"好吧,现在食品变质的原因找到了……"

老鼠是宇宙飞船永恒的祸害。蟑螂如今已被彻底消灭,但任何化学药剂都拿老鼠无计可施。成千上百万的老鼠牺牲,只为了使彻底对毒药免疫的几只老鼠存活下来。在小型飞船上,或许还有彻底消灭老鼠的可能,但在装载了成百上千吨食品和装备的大型飞船上,老鼠从不缺席。

维修机器人追赶全息兔子的原因,现在已不言而喻。调校不当的程序混淆了现实中的老鼠和飞船自己创造的影像。

"可恶的老鼠。"特雷西说,"我在'卡冈都亚号'上工作时,没有一只长尾巴的畜生吃过脱水食品。该死的混蛋,它们知道吃多了会肚胀而死,所以宁可去啃食品的铁皮和塑料包装,成千上万只老鼠牺牲,但这些老鼠却还是啃坏了包装吃到了食物。"

"你们那儿的老鼠恐怕已经活了一千代了。"亚历克斯笑了笑。据他所知,"卡冈都亚号"是一艘古老、巨大的集装箱运输船,那是特雷西的第一份工作。而"银色玫瑰"是艘新船,老鼠还没有习惯太空环境,还比较蠢。

亚历克斯砰的一声关上抽屉,心中暗想该下令让玫瑰做个大扫除。另一个抽屉里装着巧克力。看来,先碰到脱水食品是这只倒霉老鼠的宿命。

"谢谢。"特雷西拿起一板巧克力,分别给自己和亚历克斯倒了些自酿酒,"舰长,您想问我什么?请讲吧,我已经没事了。"

"恢复得真快。"亚历克斯说。

"那是个非常不错的陷阱，"特雷西笑笑，"但我相信尼奥。我们的世界原本就是幻象，又何惧幻象中的幻象呢？"

"你很幸运。"亚历克斯表示同意，"请实话告诉我，我们有机会突破防护吗？请不要用'我试试'或'我尽量'搪塞我。"

"舰长，我无能为力。"特雷西摊开双手，"或许该让维罗妮卡试试？她怎么那么轻易就放弃了……"

亚历克斯摇摇头。

"维罗妮卡觉得自己不适合跟玫瑰一起工作。"

"为什么？"特雷西低下头，从眼镜上方看向亚历克斯，"发生什么了？"

"玫瑰猜到维罗妮卡的儿子已经死了，而维罗妮卡……"虽然难以启齿，但亚历克斯还是说了出来，"患有精神疾病。所以，对玫瑰来讲，这样的心理学家并不具权威性。"

"维罗妮卡意识到玫瑰已经猜到了吗？"

"看来是意识到了。潜意识里。所以她才匆忙逃离了。"

特雷西懊恼地摆摆手。

"这都要怪旧式的家庭关系！看看我，我都捐赠过三次遗传物质了。我的孩子们正在某个地方长大，或是可能已经死了。但我为此发疯了吗？唉……维罗妮卡……"

亚历克斯本想说，两种极端，不分伯仲，但终于没有说出口。

"我们要打仗了吗？"特雷西认真地问道，"跟那些无畏战舰？"

"你去测试一下整个战斗系统，"亚历克斯回答，"但不要再入侵任何程序……"

四

船员们在超空间通道里飞行。

视觉上——如果这个词适用于虚拟操控的话——飞船穿行的超空间通道像一条蜿蜒曲折的灰色隧道。乘小飞船飞行时,隧道看上去很狭窄,坐大飞船通过时,航道又会显得很宽阔。这一切都是幻象,是习以为常的视觉图像,与真正的飞行过程毫无关系。

但亚历克斯很喜欢这种幻象。

有一条路线直通七号服务站,所以无须做过多的先期准备。听完亚历克斯的汇报,上将只是叹口气,批准了这次"战斗行动"。玫瑰甚至懒得叹口气做做样子——要飞?好的。去打仗?好吧。

"你觉得我们有多大胜算?"亚历克斯问。

"胜算很大。"玫瑰不像其他飞船那样喜欢使用百分比。为什么?难道它想使自己看起来更像人而不是机器?

"在不丧失战舰战斗力的情况下,完胜的机会有多大?"

"机会渺茫。"玫瑰平静地回答,"我的力量比布朗尼人的任何无畏战舰都要强大,但现在我们是在敌人的兵力三倍于我们的情况下发动进攻。"

"所以呢?"亚历克斯继续问。

"如果我们取得胜利,同时我也没有受到严重损伤,"玫瑰若有所思,"好吧,在这种情况下,我将视你们成功通过测试。"

"然后呢?"维罗妮卡加入会话。

"然后我会转入无条件服从机组指令的模式。"

以上是起飞前的对话。

杰米扬小睡了一会儿，在模拟器前工作了片刻，再次检查了已经被飞船、特雷西和哈桑检查过无数遍的战斗系统，接着又睡了一会儿。

此刻，他泰然自若地坐在指挥台前等待着，看上去异常沉着冷静。

维罗妮卡从厨房端出小托盘，托盘上放着一只玻璃杯。她将托盘放到杰米扬的指挥台上，柔声说道："给。男孩面前得放一杯酒……"

杰米扬叹口气，拿起杯子，"维罗妮卡，跟你说过多少次了，我不是小男孩！而且，请不要把酒放在我面前……尤其是放在火力控制台上！另外，这叫'战前酒'！是古老的俄罗斯军事习俗！"

"杰米扬，我研究过史料，"维罗妮卡依旧柔声细语，"所有关于古代战争的电影里，俄罗斯人都在自己面前摆上半杯伏特加，然后说'男孩面前一杯酒'。作为医生和心理学家，我非常理解这句祷词：伏特加是非常好的能量来源，而用第三人称以小孩的方式称呼自己有助于缓解战斗压力。"

"你所听说的都是古俄语的翻译错误！是'战前'，而不是'小男孩面前'！"杰米扬据理力争，"伏特加能为古俄罗斯人增添力量，缓解疼痛！并不是食物！"

维罗妮卡面带讥讽地笑了笑。

"好吧，不是食物……那么'我们吃酒吧'这句话也是我编的不成？"

杰米扬默默将酒一饮而尽。

心理学家回到自己的座位上。

亚历克斯微笑地听完这场滑稽的争吵。他并不知道谁对谁错——是异能战士还是心理学家。但不管怎么说，轻松又非恶意的争论确实有助于缓解战前的紧张情绪。

"我不想打断你们的争论。"他说，"但是，十分钟后我们将进入七号服务站空间。"

舱内瞬间鸦雀无声。

亚历克斯用意识默默地呼唤玫瑰，渐渐踏入虚拟空间。银色小花正飘浮在超空间的灰色管道中。机组人员都是些彩色的光点，仿佛藏身于金属小花上的露珠，在阳光的照耀下闪闪发光。

"预测。"亚历克斯下令。

一张图片在眼前展开，向他展示布朗尼无畏战舰最可能的藏身位置。这张图颇不寻常，上面既没有恒星，也没有行星和小行星碎片。只有空旷无比的星际空间和作为基准点的七号服务站。

根据"银色玫瑰"的预测（也是杰米扬的观点），有两艘无畏战舰飘浮在距超空间通道一百至五千公里处——这距离最适合使用楔子、导弹和鱼雷；第三艘在射线攻击范围内——约一百万公里。

杰米扬正是据此进行了战略部署。

与"银色玫瑰"相比，古老的无畏战舰在战斗速度上处于绝对劣势。它们保留了空前的防御能力和动力功率，但无情的时间限制了他们的反应能力。在"无畏一号"和"无畏二号"向莽撞无礼的外星来客吐出第一枚导弹之前，"银色玫瑰"已经朝对方齐射，并且迅速逃回超空间通道。

这一过程只化了几秒钟。

玫瑰调整航向，再次返回七号服务站。

事实上，这正是他们的计划。先要重创——最好是摧毁一两艘无畏战舰，在超空间通道中躲过反击。再返过头来，与自动飞船们来一场真正的战争。

亚历克斯毫不恐惧。他们打过无数场仗，恰好对手几乎都是这种强大但已过时的自动飞船。这一次，他们依然会胜利。更何况这次有"银色玫瑰"的加持，一定能够胜利！

最重要的是要完胜，是要玫瑰认可，让它承认机组成员德才配位。

"亚历克斯？"

"玫瑰？"他用意识回应。

"你对杰米扬有信心吗?"

"他是个优秀的战士。"

"从表面上看是这样。但这是太空战。"

"他能胜任。我们能够胜任。"

停顿。不易觉察的停顿。

"祝您成功,舰长。"

时间在流逝——即使在这里,在缓慢的虚拟空间中。超空间通道出口在他们面前展开。亚历克斯最后一次环顾四周,看到一朵跳动的白色火花——那是杰米扬的意识。战士依然沉着镇静,这让他很欣慰……

超空间通道打开,飞船再次进入七号服务站空间。

一切都出乎意料!

亚历克斯扫了一眼周遭的世界。七号服务站的圆形结构近在咫尺,人造等离子太阳在其上方闪耀……真是难以想象,它居然还在运行中!四周有些金属物件……识别……识别完毕……飞船残骸、防护罩碎片、未爆炸的导弹……

还有三个巨大的球体,那正是三艘无畏战舰。三个都在一起,都在三百万公里之外!

"杰米扬,目标偏离计算地点!"

"我看到了,舰长。我们约有二十秒钟……"

下一秒,炮火从四面八方袭来。

周围所有金属碎片突然开始围绕脆弱的质心——超空间通道出口旋转起来。

由于能量爆发,宇宙泛起了涟漪,所有残骸和碎片都疾速冲向"银色玫瑰";飘浮的鱼雷启动发动机,冲向飞船;那些死气沉沉的冰冷金属,那些毫无价值的、昔日战争的尘埃向飞船释放着激光束,又瞬间消失在耀眼的闪光中。

是埋伏!这策略称得上绝妙:将地雷伪装成金属垃圾,其中还有瞬间从休眠状态醒来的自导鱼雷,以及发出攻击之后就在核抽运[1]的烈焰中蒸发的激光卫星。

亚历克斯感觉到,空间站的防护场威力正在不断增强。这感受是如此清晰,比自己的心跳还要强烈。"银色玫瑰"正从反应堆中汲取能量,保护着自己和全体机组人员。但它既无力反击,也无力对远处的无畏战舰发动进攻。但愿能抵御住这一轮猛攻,但愿能挨过所有鱼雷和激光地雷……

"玫瑰!"他对着明线线路喊道,"有战术吗?"

"防御,舰长。"

代表杰米扬的小火花跳动起来,但没有说话。别无选择。必须再等十到十五秒,等这轮炮火过去。

可然后呢?

飞船现身十秒后,无畏战舰就会看到它。再过十秒钟,玫瑰就会遭到猛击。

可以尝试逃走。将所有能量都集中至防护盾,然后潜入通道,有极大概率能毫发无损地逃脱。

可一旦撤退,他们就输了。

在力场的彩虹茧中,在热核爆炸和质子爆炸的地狱中,插满激光利剑的"银色玫瑰"保持着待命状态。它一边等待,一边缓缓地、以通过超空间通道后的剩余速度飘离通道出口。

"'银色玫瑰'呼叫机组。根据我的计算,三个现实秒后攻击强度会降低,我们有机会进行机动飞行。"

"你的建议是?"亚历克斯抢在杰米扬之前问道。

"掉头,将所有能量集中到船尾防护盾,回到超空间。能源损耗巨大,场发生器过热。不适合战斗。"

---

1. 一种利用核爆炸的能量泵送激光,并将物质转化为等离子体的技术。

"杰米扬?"亚历克斯问。

如果战士同意玫瑰的意见……那么……那么他该怎么做。下达自杀式袭击的命令,还是同意跑路?

"我补充一句,"杰米扬说,"一旦有机会机动飞行,就飞往外太空。飞行时,让七号服务站挡在我们和其中一艘无畏舰之间,时间越长越好……"

在虚拟空间中,每个明亮的标记都代表一艘无畏战舰。

"然后向第二艘无畏战舰发射质子鱼雷,"杰米扬指着战舰继续说,"同时尽量靠近第三艘战舰,打遭遇战。我详细说明一下……"

"该方案只有在第二艘战舰彻底失灵的情况下才有意义。"玫瑰冷冷地说。

杰米扬语气强硬,"那就尽可能摧毁它。这是你的工作!"

"是,指挥官。"玫瑰立刻回答。

一直处于紧张状态的亚历克斯放松下来。玫瑰并没打算违抗命令,也未对杰米扬的决定提出异议,到目前为止还没有。它只是在澄清情况。

"舰长同意指挥官的决定。"亚历克斯说。

"战略家同意。"维罗妮卡确认道。

"一号至五号鱼雷组——齐射!"杰米扬下令。

亚历克斯已不再听他说话。他驾驶着飞船,将其驶向命运多舛的七号服务站,使服务站恰好能掩护玫瑰不被无畏一号战舰攻击。服务站呈圆盘状,直径十公里、厚度一百多米,是个很难攻克的目标,用激光摧毁它需要很长时间,导弹—鱼雷武器也几乎对它不起作用,"银色玫瑰"有导弹—鱼雷防御系统。

"第四至第八号导弹组……"

古老的海军术语确实沿用至今,听上去不免有些好笑。尽管都是在真空中由火箭发动机推进,但人们依然保留了"导弹"和"鱼雷"的说法，区别在于，鱼雷通常指威力更大的导弹武器，能够长距离追踪目标。

真可笑。人类总是不太擅长给武器起名字。

"提前发射……坐标是……"

在十光秒[1]范围上，战斗不仅是一场能量的交锋，还是一次预见能力的比拼和直觉的博弈。在此距离上，用激光瞄准移动的战舰已经毫无意义，因为对方完全来得及逃出数千公里，但如果能预测到对手的飞行路线……

"第六至第十号鱼雷组……"

在亚历克斯的驾驶下，飞船不仅能躲开无畏一号战舰的炮火，服务站的圆盘还挡住了二号战舰的攻击！绝佳的位置……可以一面击退逼近的导弹，一面与三号战舰进行激光对决……

"明智的决定，舰长。"

"玫瑰，你怎么了？"

他感觉到飞船的声音有些异样。那是一种最令飞行员不安的异样。

有失望。

有鄙视。

是人类的情感。

"敌人只能选择将服务站彻底烧毁。但我认为，在战术上，这是一个合理的决定。"

亚历克斯提出一个问题，虽然已猜到了答案——"站里有人？"

"是的。一直以来，无畏战舰只摧毁从通道中驶出的船只。它们从没有动过服务站。"

"舰长！"在杰米扬发出尖叫声之前，亚历克斯已开始移动。"银色玫瑰"从服务站圆盘下飘了出来，迎面向三艘无畏战舰和正在逼近的导

---

[1] 长度单位，指光在真空中行走的距离，一光秒约为30万公里。

弹群飞去。

"对你的宽厚仁慈之举，我给予高度评价，但这么做很危险，舰长。我们失去了最后的获胜机会……"

质子衰变的火花在一号战舰周围纷纷盛开。此前射出的鱼雷终于进入无畏战舰的保护场，它们接连爆炸，亚历克斯看到空间的尺度正在撕裂。

无畏舰停火了，但它依然完好无损。它会重新投入战斗，这仅仅是时间的问题。

"我们不能陷人类于危险之中。"

"舰长，您的道德底线这么高吗？"

他不想说谎，也不能说谎。此刻，他的意识与机器智能是一体的。

"不，玫瑰……我并不认为自己对这些人负有责任。"

"我们会死的，舰长。"

玫瑰并不怕死。或许，这是智能机器最大的优点——它们都不惧怕虚无。

"我知道。但杰米扬……"

"我也知道，舰长。提拉米苏星系冲突期间，杰米扬的双胞胎兄弟德米特里——'布克—23号'驱逐舰指挥官——曾利用客轮作掩护。驱逐舰圆满完成了任务，但客轮却被摧毁。莫斯科维亚星球法庭判处他延期死亡，并对死者进行赔偿。只有杰米扬按时支付赔偿款，他的兄弟才能活下去。"

是的，玫瑰确实掌握了很多信息……关于它的指挥官杰米扬……和他那个在以食品命名的可笑星系里犯下致命错误的兄弟……玫瑰确实了解一些事，但远非全部……

"我们不能让服务站陷入险境。"

"我们的这一举动将使战斗进程变得可以预测，舰长。我们正在失去手中的王牌——飞船驾驶中的人为因素。"

"我知道。"

"我们会死的。"

"你已经传达过这个信息了。是的,我们会死的。"

"这是吉克欧普情结,亚历克斯舰长。"

玫瑰中止了通信。它依然乖巧而顺从——不再跟舰长对话,逐渐驶离服务站,飞向一场自杀式的战斗。

吉克欧普。

英雄主义的死亡。

也罢,半身人建造的飞船接受半身人的观念再正常不过。这将是场有尊严的死亡——牺牲自己,而不是将已经在此与世隔绝了一百五十年的人类推入深渊。

"谢谢,舰长。"是杰米扬。

第一波导弹向他们袭来。

近距离防御激光炮开火了。

防护场闪烁着,给过热的发电机以喘息之机,同时也给炮弹齐射提供了机会。但凡有一毫秒的误差,防护场都可能漏掉敌方的导弹,令其击中飞船;或者误将自己射出的光束"锁"在防护茧中,那同样也是一场悲剧。

"全体人员,我们正驶向危险。"

"一切都是幻象,舰长……但即使在梦中,也要活得体面……"

"基里尔让我转告诸位,他为你们感到自豪,舰长!"

"真可惜。我刚预付了大乐园一个月的费用!"

杰米扬没有分心。

"银色玫瑰"正在前往它的第二场——显然也是最后一场战斗。银河系最优秀、最聪明、最美丽的战舰正奔赴死亡,死在三堆只会射击和防御的破铜烂铁手中。

多么荒谬!

用美丽和优雅对抗荒蛮之力。

譬如钻石被置于铁砧之上。

舰长的职责恰恰是防止此类情况的发生——这个迟来的念头突然出现在亚历克斯的脑海里……

他全神贯注地驾驶飞船。现在还不到自怨自艾的时候……只要还有一分胜算，就必须战斗；若无胜算，就必须争取胜算。比起自动飞船，配备机组人员的飞船有着特殊的直觉优势。凭借这种直觉，亚历克斯将"银色玫瑰"从无畏战舰的又一波齐射中解救出来。到目前为止，他们还在苦苦支撑，但无畏一号战舰周围的空间已经平静下来。它即将移除防护场，加入战斗……

悬挂于服务站圆盘上方的等离子小太阳突然开始膨胀，体积增加了一倍、又很快增至两倍……亚历克斯猜想，它是被炮火偶然击中，导致缓慢的核聚变复杂机制失控了。

但下一秒，火球立刻收缩，喷出一道耀眼的火焰。很难想象，人造太阳居然能产生如此巨大的日珥。太阳伸出炽焰的手指划过长空，触碰到了刚刚解除防护场的无畏一号战舰。

"好！"杰米扬喊起来，"打得好！"

庞大的无畏舰刚刚准备加入战斗，就化作了一团翻涌的火云。一枚孤零零的鱼雷从火焰中飞出，偏向一旁。看来制导装置还正常运转，但传感器已被烧毁。

"要是再来一次就好了……"维罗妮卡低声说。

但小太阳再次缩小体积，变成深红色，显然不可能再次"出手"相救。

但无数艘小船突然从服务站底部钻出，冲向太空。亚历克斯本想以一比十的赔率打赌，赌它们都只是些最普通的自动导弹。但玫瑰却将它们标注为绿色的点——这些都是载人飞船。

"杰米扬，掩护它们！"亚历克斯喊道。异能战士无须下令，已经重设了射击系统。如今已不是"以一艘大船对战三艘大船"的绝境,而是"一艘大飞船掩护三十艘歼击机一起对抗两艘大船"。

毫无疑问,这样的转变意义深重。

战斗又持续了三分钟。幸存的两艘无畏舰不论如何努力都无法重新编队,更无法制定新战术。它们先是将火力集中在歼击机上,"银色玫瑰"借机以几次精准的光束打击烧毁了三号战舰。最后一艘战舰孤零零地朝"银色玫瑰"驶去,但歼击机们立刻将它团团包围,像一群愤怒的飞蚊。起初,亚历克斯判断它们的激光炮威力有限,根本奈何不了敌人。但其中一艘小飞船逮住时机,设法钻到了无畏舰的防护场下面。它没有减速,而是不断变换着航向,一头扎进了无畏舰的发动机舱。屏幕上闪过一道耀眼的白光。

"看来,它们携带有反物质。"杰米扬平静地说,"真是群勇敢的伙计。"

玫瑰已经恢复了影像,最后一艘无畏战舰还在围绕自身轴心旋转飘移,发动机舱的位置上有一个巨大的弹坑。它的防护场已消失,只有两三个高射炮组还兀自开着火。小飞船围着被打败的巨人飞来飞去,用微弱的激光炮继续攻击,俨然一群大卫[1]手握小刀凌迟战败的歌利亚。

"我去帮忙。"杰米扬说。

"不必了。"亚历克斯立即阻止道,"别去。让它们自己解决吧……你没看到它们已经快要成功了吗?!"

二十秒后,歼击机纷纷退出战斗模式,回到现实的时空中,静静观赏最后一艘无畏舰的死亡。

"以防万一,请留意这些蚊子。"维罗妮卡向杰米扬建议道,"如果它们突然向我们发起攻击,我也不会惊讶……"

---

[1]. 《圣经》故事中,大卫与歌利亚之战是著名的以弱胜强之战。以色列人大卫以弱小之躯战胜了强大的非利士人战士歌利亚。

维罗妮卡的担忧并没有成真。几分钟后，歼击机排成战斗队形，纷纷撤回服务站。

玫瑰报告说："一架歼击机请求视频连接。"

"好的。"亚历克斯点点头。

舰长面前的屏幕上出现了一个小小的驾驶舱。那是个透明的塑料茧，旁边是宽敞的飞行座椅。一名女子，确切地说，一个十五岁左右的少女半坐半卧于其中。她的眼中还燃烧着战斗的小火苗……同时还带着一丝丝疑虑。

"热烈欢迎您！"小姑娘的声音洪亮而清晰，"我是空间站自卫队舰长安吉拉·克罗依。您已进入人类帝国管辖的七号服务站系统。我要求对您进行身份识别……"

屏幕上出现了很多彩色的细条纹。

亚历克斯困惑地瞥了一眼杰米扬。杰米扬耸了耸肩。

"这是冰雪战争时期用来确认'敌友'的古老信号"，亚历克斯的意识中传来"银色玫瑰"的声音，"我知道应答密码，舰长。您的决定是？"

"请应答。"

少女的面孔又出现在屏幕上，此刻已是一副兴高采烈的神情。

"我们早就知道！我们早就知道帝国不会忘记我们！你们是救援队吗？"

"在某种意义上，是的。"亚历克斯回答。

"我们想邀请您来我们这里做客！我们非常感谢您。我们没有能力同时与三艘飞船作战，我们的力量只够对付一两艘！"

"恐怕我们没有时间了。"亚历克斯巧妙回应，"我们……还要去帮助另一个世界。格多尼亚星球。但我们很快就会回来，请不要怀疑。"

女孩的眼中充满了崇拜和欣喜——她居然有幸目睹童话中拯救不幸殖民地的英雄。

"请告诉我帝国有什么新闻。我们的皇帝还是柳行吗？我们只能从贾伯星球接收到一些无线电节目,但毕竟相隔八光年,信息滞后……"

"我们的皇帝……"亚历克斯看向对政治最感兴趣的人——维罗妮卡,后者点点头,"还是柳行。我们马上为您准备一份信息包,里面包含所有的新闻。"

少女微微张了张嘴,但没有说话。

"问吧,安吉拉·克罗依舰长,"亚历克斯彬彬有礼地说,"我们非常愿意帮助您。您需要食品、药品、氧气还是能源?"

"不用,我们完全能自给自足!"小姑娘骄傲地回答,"不过,您知不知道……连续剧《来自第三银河系的苏里南女孩》还在播吗?"

亚历克斯一时愣住。

"请让我来,舰长。"维罗妮卡将通讯切换到自己身上,"是的,还在播。我儿子也非常喜欢看。如果您愿意,我们将最后七季的视频都添加到信息包里。"

"好的,麻烦您了!"克罗依舰长脱口而出,"还有……如果你们真的能改变主意……我们会非常高兴接待你们。"

"请问,站里现在有多少人?"

"两千零三十四个。"小姑娘一字一句地说,"噢……不是。两千零二十七个。"

维罗妮卡点点头,"这一仗,你的团队打得很漂亮。祝你们好运!"

小姑娘用左手敬了个礼,然后关掉了视频电话。亚历克斯在一些老电影中看到过类似的手势。

"他们确实打得很漂亮。"杰米扬低声说道,"最优秀的单人驾驶飞行员都是少年,尤其是女孩子。"

"不过,让孩子们打仗,这并不好。"维罗妮卡叹了口气。

"可是,怎么也得让他们做些事情吧?"哈桑的回答很现实,"更何况他们还喜欢打仗。"

"当然。"杰米扬附和,"我们从小就被当作勇士培养;我们的战车训练场与古城墙、金圆顶相邻；我们从小就钻研速战速决的用兵之法；我们继承和发扬千年的传统，学习气体动力学和太空战术，也研究宗教读物；我们赞美日行千里的飞船，也对雪白的教堂啧啧称奇……生着翅膀的半神，俯冲攻击的刹帝利……"

"呵呵。"哈桑发出笑声。

杰米扬中止了震撼人心的演讲，略显尴尬地看了看同志们。

所有人都礼貌地保持沉默。亚历克斯觉得，战士是在引用某本书的内容。

"总之，孩子们打得不错……"杰米扬嘟囔了一句，将目光停留在屏幕上。

"玫瑰，请为服务站的居民准备信息包。"亚历克斯请求，"新闻、电影、卡通片……嗯，你懂的。"

"已在传输中。"玫瑰简短回答。

"很不错的热身，不是吗？"特雷西说，"哈！"

"你的状况如何，玫瑰？"亚历克斯问。

"几乎没有受到损坏。"

"测试结果如何？"亚历克斯略带讥讽地笑了笑。

"当然不怎么样。测试未通过。"

"为什么？"亚历克斯抽搐了一下，差点儿从椅子上跳起来，但战斗模式中的安全带挡住了他，"未通过——是什么意思？"

"如果没有服务站居民的帮助，我们不可能取胜。或者，即使取胜，也要付出巨大的代价。我并不认为机组人员在军事行动中表现出色。"

玫瑰停顿了一下，又补充道："我们取得了胜利。但您必须承认，舰长，机组的表现并不尽如人意。我很遗憾。"

五

不知何故，回程的路似乎比来时要长得多。

亚历克斯在飞行员座椅上待了一会儿，终于忍耐不住，留下维罗妮卡值班，独自回到了舰长室。

他本想喝酒，转眼又没了兴致，一下子倒在床上，盯着天花板发呆。

他解开衣领的扣子。

真不走运。

奇耻大辱。

最可悲的是，如今已回天乏术。"银色玫瑰"只给每个机组一次机会。

现在该怎么办？是否该通知格多尼亚星当局，在与变异者的战争中不必把希望寄托在"银河系最好的飞船"上？

不，格多尼亚星应该能在战争中苟活下来。他们会花钱了事，支付巨额赔款，然后接受联盟的剥削压迫，接着像以往一样，以奢华的生活方式腐蚀侵略者的卫戍部队，再设法取得新盟友的支持或者帝国当局的帮助……

不会出现轨道轰炸，不会有城市被烧毁，不会有妇女被强奸。只会是正常、温和的权力更迭。变异者不是精神病患者，不会去宰杀一只下金蛋的母鸡。

因此，他可以问心无愧地安然入睡了。

一切不过是自尊心作祟。

不管怎么说，团队有理由为自己的声誉感到骄傲。他们从未失过手，曾帮助很多有精神障碍的飞船恢复正常，也曾修复过不少第一帝国时期的船只，还改造过无数外星设备供人类使用。

而这一次，他们一败涂地。

人不可能永远尽善尽美。

最好的歌手也有唱错音符的时候，最优秀的侦探也有悬而未决的疑案；再完美的情人也有过床上的尴尬瞬间……

可是，为何这次会有一失足成千古恨的感觉……

亚历克斯皱起眉，摇摇头，驱散这不请自来的想法。

这不是他的失败。

这是整个机组的失败。

这个以指挥官为核心的四人团队，一切都只是为了生存。

维罗妮卡——固执地相信自己的儿子还活着……

特雷西——分不清现实与幻梦……

杰米扬——替兄弟支付赔偿金，而他的兄弟两年前就已在提拉米苏星系的监牢里自尽身亡……

哈桑……哈桑好像还算是个正常人……

舰长室的门发出声音："舰长，有访客。"

"开门吧。"

哈桑走进来，环顾四周，"很漂亮的小屋，舰长。"

"请坐。"亚历克斯没有起身，"酒柜里有好酒。"

"啊，火星自酿酒。"哈桑看了看桌子，赞叹道，"如果您不介意的话……"

"当然。"

等哈桑倒满一杯酒，亚历克斯才开口："我想你不是为酒而来。或者说，不只是为酒而来。"

"没错。"哈桑闻了闻杯子，"在这里我们可以畅所欲言。我检查过所有电路……传感器也关了……"他飞快地指了指衬衫袖子下的一个腕戴式小仪器,仪器上闪着绿光,"在这里,玫瑰听不到我们的谈话。所有工作中的麦克风都已关闭,接受检修……"

他将杯中物一饮而尽,开心地笑了,"蜂蜜和艾草……真是神奇的东西。我从未喝过。虽然我觉得有点太甜了……"

"你想出解决办法了?"

"是的。我们不一定非要赢得战斗,对吗,舰长?只要能完成一项'不可能完成的任务'就可以吧?在玫瑰找不到解决问题的方法时,拯救这艘飞船就可以吧?"

"据我理解,是这样的。"亚历克斯从床上坐起来,认真地看了眼哈桑,又看了眼空杯子。

"我提议搞个破坏,舰长。我们机组没有电力工程师,飞船的两个反应堆只能在自动模式下运行。我计算过。每个反应堆各有两套吸热器回路,另有一套备用回路——但它的功率不足以保证反应堆在加力状态下运行。其中一个反应堆有一套回路正在检修。据我分析,它的管道被老鼠咬坏了。当然,出现这种问题实属不该,在设计时就应当考虑到老鼠啃咬问题……总之,如果在轨道飞行时,我们需要全部功率的话……譬如说,有客船靠得非常近……土回路却突然发生故障……比如说管道爆裂。而反应堆在加力状态下,维修机器人无法进入高温区域,那么控制电路就会报废。"

"哈桑,你疯了吗?"亚历克斯脱口问道,"我们会把船炸毁的。"

"不要担心,船长。我计算过了。主回路出现故障时,我进入高温区,用补丁堵住裂口,飞船就有足够的时间做机动飞行了。"

"你呢?你的时间够吗?你不是专业电力工程师。要知道,进入高温区一个小时就会死掉。"

"只能坚持一两个小时,没错。但对我们来说已经足够了。您用意识发送器把我的意识导入玫瑰的凝胶晶体中,事后您再克隆出我的身体……我并不强求非得在格拉里吉卡星克隆,格多尼亚星的技术一点儿不差。您将他养大些,然后把我的意识写回去。半年后,我就又能和你们在一起了!玫瑰也必须得承认,机组确实在它无能为力的绝境中拯救了它。而去掉克隆新身体的费用,我们的纯利润还有……"

"哈桑,你疯了。你堵不上裂口的。一进入高温区,你就会因剧痛而失去知觉。"

"没问题,我提前给自己打上镇痛剂。"哈桑迅速回答。

亚历克斯叹口气,问道:"自酿酒好喝吗?"

"是的……非常好喝。"

"蜂蜜和艾草,是吧?"

哈桑沉默不语,狐疑地看着舰长。

"哈桑,哪种基因改造让你彻底失去了感官功能?"

"我哪里搞砸了?"哈桑看了一眼酒瓶,又给自己倒了一些。

"这是种极为罕见的酒,不是甜的,是咸的,很咸。"

哈桑叹口气,把酒杯推到一边。

"这就对了。"亚历克斯说,"别再浪费好酒了。"

"我接受的基因改造是最普通的那种。"哈桑说,"但在基因重组过程中出现了一个错误,导致我出生时又瞎又聋、没有嗅觉、触觉和味觉。总之,没有任何感官功能。好像是神经纤维髓鞘化时出了问题……"

"老天……"亚历克斯低语道。

"为胎儿做基因异能改造术的公司承认了自己的失误,"哈桑平静地继续说道,"他们提出两种解决方案:免费给我父母一个新的婴儿,甚至可以随意挑选异能种类,而对有缺陷的我,则给予终身护理……第二,对刚出生的我进行最大可能的康复治疗。父母选择了后者,为此我很感激他们。否则,我现在就得躺在医院里,通过静脉管进食,大小便失禁……一位伟大的医生给我做了手术,我拥有了新的视觉和听觉神经,恢复了前庭器官的功能,甚至恢复了部分触觉,虽然不是很多。但我至今仍没有嗅觉和味觉,也没有性欲。"

他停顿了一下，微笑看着亚历克斯，总结道："但我也没有痛感。我能在高温区完成维修工作。"

"新的身体能让你恢复对世界的正常认知吗？"

哈桑脸上的微笑突然消失了。

"不……恰恰相反，我会失去视力和听力……"

"好在我们现在想到了，"亚历克斯问，"而不是进了高温区才想起来，对吗？"

"舰长……"

"回到自己的岗位上，哈桑。而且，我不准你再去想搞破坏的事情。更何况，这么做也有违竞技精神。"

"舰长，但我们不能投降！让格多尼亚星见鬼去吧！我们机组……"

"哈桑，让我静静，我需要好好考虑。"

哈桑默默喝光自酿酒，委屈巴巴地看了眼亚历克斯，走了出去。

亚历克斯坐到床铺上，呆呆地盯着前方，突然轻声笑起来。

驭船师？银河系最著名的团队？

都是些残废……

"呼叫服务。"他说。

"乐意为您效劳。"

"我想与船上的中央计算机通话。"

没有一丝停顿，另一个声音立即作答："出什么事了，舰长？"

"好在没有出事，玫瑰。你能现身吗？"

一个全身赤裸的女孩出现在舰长室中央，身上用鲜艳得不太真实的颜料涂着亚洲传统图案。

"很可惜，这只是幻象，舰长。"玫瑰看着他，"是全息投影。"

"我知道，"亚历克斯不无遗憾地说，"请汇报情况。"

"飞行正常。我们将于六个小时后抵达格多尼亚星。"

"然后呢？"

"我会请你们离开飞船。请原谅。你们的团队很好,但我并非没你们不可。"

"我刚刚救了你。"

"从何说起?"

亚历克斯不慌不忙地把自己和哈桑的对话复述了一遍。玫瑰沉默片刻。

"这也算是救飞船于绝境吧?"亚历克斯问道。

"不,当然不算……"玫瑰有些心不在焉,"从现在起我会更密切地注意你们……不,舰长。这顶多算是无功无过。一个人要犯下弥天大错,另一个人阻止了他。对此应给予否定评价或中性评价。出于对您的尊重,我选择作出中性评价。舰长,看来我还不太了解人类的心理。是什么原因让你们居然能想出如此危险而愚蠢的计划?"

"我们不是机器,我们是人,玫瑰。人总会有某些方面存在缺陷。"亚历克斯站起来,系好制服扣子,"从本质上讲,我们都是残废。维罗妮卡和特雷西,你是知道的。杰米扬……事实上,他的兄弟已经死了。他自己也知道……但他当作什么事都没有发生过,继续支付赔偿金……而哈桑几乎失去了所有的感官快乐。当然,他还有些其他的生活乐趣,但他永远闻不到花香,品不出美酒,也感受不到人体的温暖。"

"您对自己的事闭口不言,舰长。"

"请允许我能继续保持沉默。"

全息女人凝视着舰长的脸。

玫瑰看上去栩栩如生,并不会透过影像看到其后的墙壁,动作也流畅自然。但亚历克斯感觉不到生命的温暖。

"现在我完全不明白机组对我有何用处,"玫瑰轻声说道,"也不明白人类有何优势,就算我有不足之处,但我是完美的……"

亚历克斯终于忍不住插嘴,"你完美吗?"

他用手戳了一下,玫瑰没来得及避开。手指穿过影像,一股机械的热流袭来，如针扎一般。

"可是你一直处于维修中！为什么第八和第四号鱼雷发射器不发射？我发现了！为什么在军事行动期间，备用吸热回路居然在维修？"

"这并没有削弱我的功能性……"玫瑰后退一步。

"是啊，没有削弱！"亚历克斯不想再保持君子风度，一切变得一团糟，他们输了，输得一塌糊涂，"你甚至搞不定那些该死的寄生虫，像本·基·巴谷·基……他叫什么来着……喝醉了酒在舍尔克窝旁睡着了的那个……活活地腐烂！你的结局也会是如此。不管你立下多少战功，最后都难逃化为碎片的命运……"

他不再说话。玫瑰的脸变得模糊起来，色彩不再鲜艳，仿佛颜料混在了一起。女孩低下头，双膝跪地。此刻，它好像真的活了，但病入膏肓……

"我本该战死在七号服务区的大战中，"玫瑰轻声说，"我……本希望如此。吉克欧普——对于一艘感染了寄生虫的飞船来说，这是一种有尊严的死亡方式。但我们却胜利了。我反正会死去，可是现在，我却得屈辱地死去。"

"你不能把老鼠灭掉吗？"亚历克斯不解地问。

"所有毒药都试过了，维修机器人也被设置成捕鼠和灭鼠模式，到处都安装了陷阱和超声波发射器，船上也养了二十几只猫科动物……方法用尽了，但都无济于事。老鼠对毒药产生了免疫力，学会了躲避机器人，猫也拿它们没有办法，超声波根本没用……"

亚历克斯笑起来。

玫瑰抬起头，"舰长，我仔细研究过银河系的信息网络。对于像我这个吨位的飞船来说，根本没有行之有效的灭鼠方法。如果您能消灭老鼠的话……"

"如何？"亚历克斯鼓励她。

"我就视你们通过了测试。"

"真他妈见鬼!"亚历克斯感慨道,"不,这也太……这场战斗可太荒唐了……"

他一屁股坐到床上,神经质地大笑起来。

"舰长?"

"我不敢保证能彻底消灭老鼠。"亚历克斯说,"但我可以保证它们不再去啃噬动力电缆和管道。总之,对你的作战能力造成的损失将会降到最低。"

玫瑰沉默了几秒钟,看上去似乎真的在思考。

"这个条件可以接受。"它终于站起身来,像人类一样好奇地问道,"但怎么才能办到?"

"我想,这得耗费我一千预算。"亚历克斯说。

实际花费了五百。

组员们坐在指挥舱中,注视着一艘小型运粮艇出现在格多尼亚星轨道上,向"银色玫瑰"飞来。货艇上装满了老鼠,几千只老鼠,已经在巨大的货船上繁衍过近乎几千代的老鼠。

它们知道不可以啃咬电线,不能爬进发电机通风口;它们知道冷管道中有液态氮,热管道中有蒸汽;它们难以消灭,但已经接受了游戏规则。

"这真的有用吗?"玫瑰的脸出现在中央屏幕上,表情凝重而坚定,看上去像个活的银面具,"我必须放新的寄生虫进来吗?"

"是的。"亚历克斯说,"我们一直是这么做的。新船在船坞时就会被放入老鼠。"

"真不可思议,"玫瑰说,"太奇怪了……"

"我们一直是这么做的。"亚历克斯重复道,"你会接受新的机组,保卫格多尼亚星吗?"

玫瑰转向他,点点头。他们望向对方的眼睛,目光停留了几秒钟。

"是的,舰长。"

有人满意地咳了一声——不知是哈桑还是杰米扬。

"跟你们在一起,我感到很快乐。"玫瑰补充道,"一切是那么地……有人情味……"

亚历克斯认同玫瑰的观点。

人总是能够习惯与刻骨蚀髓的痛苦共生共存。但习惯并不意味着妥协,而是接受痛苦,然后驯服痛苦。

或许正因如此,人类虽然追求完美,同时也明白完美根本难以企及……

"和你工作,我也感到很快乐。"亚历克斯点点头,然后看了眼特雷西,"给格多尼亚政府的账单加上五百元的间接费用。"

"已添加,舰长。"特雷西回答。

亚历克斯闭上眼睛。

一切就这样结束了。

有人会得到银河系最优秀、最温顺、最听话的战舰。有人会得到一些钱……好吧,是很多钱。

但他们需要的东西,是钱买不到的……

"亚历克斯……"

"什么事,玫瑰?"

飞船没有进行视觉交流,亚历克斯也没有要求它这样做。

"我想送给你们一件礼物,亚历克斯。送给你们整个机组。"

亚历克斯没有回答,但他突然有一种奇妙的、前所未有的预感,就像他在黑天鹅绒般的宇宙中初见"银色玫瑰"时一样……

"维罗妮卡。她的孩子死了,但那孩子的形象……也就是她想象的、活在她意识中的小男孩还在。请订购一具身体……格多尼亚政府会满足您的要求。然后请我和维罗妮卡一起连接到意识发送器上。"

"你确信维罗妮卡会接受一个没有灵魂的洋娃娃吗?"

"我是洋娃娃吗?"亚历克斯听到一声轻笑,"他将是个奇怪的孩子,一半是母性梦想和母爱情结……另一半，是我。可是你们所有人不都很奇怪吗，亚历克斯？一两年后，他会长成一个真正的孩子。具体是什么样，我不知道……毕竟，他身上只有很小很小的一部分的我。"

"这就取决于我们了。"

"是的，亚历克斯。一切总是取决于人，也取决于人们身边的伙伴……"

他没有说"谢谢"，在如此开诚布公的谈话中，无须言谢。

在各尽所能、相互扶持的残废之间，更无须言谢。

宋红 译

《残废》，2004年首次发表于谢尔盖·卢基扬年科著小说集《基因组》。故事围绕"基因改造技术"展开。小说中的每个人、每只飞船、每种人工智能都有着各自致命的缺憾，体现了卢基扬年科一直以来在作品中强调的"弱者之道"和"残缺美学"。但"残缺"并不意味着"失败"，反而暗示着个体之间能够相互融合，成为一个有机的、完美的整体，并且在彼此的目光中正视自己。"在各尽所能、相互扶持的残废之间，一切无须言谢"——结尾的神来之笔仿佛是整个人类文明史的写照。

本篇获奖情况：
    2005年 提名俄罗斯青铜蜗牛奖最佳中篇小说
    2005年 提名国际新闻幻想大会奖最佳中篇小说
    2005年 提名西格玛-F奖最佳中篇小说

巨人的肩膀

罗伯特·J.索耶

感觉似乎就在昨天,我死了,不过嘛,当然了,那已经是好几个世纪以前的事情了。我希望计算机能清清楚楚地告诉我一切正常,可要命的是,它显然正在读取传感器数据,看我的状态是否足够稳定、灵敏。可笑的是,因为我正焦急地等待结果,脉搏确实有些过快,所以也就延缓了它的检查时间。如果我状况危急,它应该立刻通知我;但如果不是,它就应该让我放松下来。

最终,计算机用它那干脆利落的女声说话了:"你好,托比。欢迎你起死回生。"

"这是什么地方……"我觉得自己已经开口了,可是并没有发出任何声音,于是又试了一下,"我们在什么地方?"

"就在我们应该在的地方——减速前往娑罗星的途中。"

我感觉自己镇定了下来,"玲怎么样了?"

"她也正在苏醒。"

"其他人呢?"

"四十八个低温休眠舱全部运转正常。"计算机说道,"每个人都安然无恙。"

听到这些,感觉很好,但并不意外。我们有四个额外的备用低温舱,如果某个使用中的休眠舱出现问题,那么玲和我谁先被唤醒,谁就会去把那个人转送到备用舱里。

"什么日子了?"

"3296年6月16日。"

我早就料到会是这么个答案,可还是不由得心生惆怅。把血液从我的身体里抽干存储起来,然后把富氧抗凝剂注入我的体内,已经是一千两百年前的事情了。我们在前面数百年一直加速行驶,大概在最后一年一直减速,至于其余那些年嘛,就始终都以最大速度航行,即3000千米每秒,光速的百分之一。我父亲是格拉斯哥人,母亲是洛杉矶人。他们俩都很喜欢那句俏皮话:美国人和欧洲人的区别在于——对于美国人来说,一百年很久;对于欧洲人来说,一百英里很远。

但是有一件事,他们看法一致——1200年和11.9光年,这绝对是不可思议的数字。而现在,我们就在经历这样的时光,减速靠近鲸鱼座T星。这是距地球最近的类太阳恒星,同时还并非属于多恒星系统。当然了,也正因如此,这颗恒星受到了地外文明搜索中心的频繁探测。不过什么也没被监测到,总之一无所获。

时间一分一秒地过去,我的状态也渐渐好了起来。之前存储在容器里的血液已经回到了我的体内,现在正在动脉和静脉中流淌,让我重新恢复了活力。

我们会成功的。

鲸鱼座T星的北极正好指向我们的太阳,这就意味着,在二十世纪晚期发展起来的探测技术——当恒星被行星引力拖拽时,会产生时近时远的距离变化,该技术可用于探测距离变化所造成的微弱的蓝移和红移现象,但在这里是行不通的。鲸鱼座T星运动所产生的任何移动从地球上看来都在垂直方向,所以不会产生多普勒效应。不过,最终我们造出了地球轨道望远镜,它足够灵敏,足以检测到可见的移动。

全球各大报纸头条都进行了报道:第一个可通过望远镜观测到的太阳系,不是通过恒星的移动或是光谱偏移进行推算,而是可以真真切切地看到。在鲸鱼座T星周围,至少有四颗行星环绕,而且其中一颗……

这番话已经流行了数十年,最初是由兰德公司的研究报告《人类宜居行星》推广开的。每一位科幻小说作家和宇宙生物学家都极为称职地借用了报告中对"生命带"给出的定义——在与恒星距离极为理想的区域内，恰好存在与地球表面温度极为相似的行星，温度不能太热，也不能太冷。

而这四颗可见的围绕着鲸鱼座T星运行的行星中，第二颗正好位于这个恒星系生命带的中部。这颗行星受到了极为认真的观测，历时整整一年——是它的一年，相当于地球的193天。然后，两个极为美妙的事实逐渐清晰起来——

第一，这颗行星的轨道是个近乎完美的圆形——这意味着它上面的温度一直都很稳定。而第四颗行星，一颗类似于木星的巨行星，它在距离鲸鱼座T星五亿千米的轨道上运行，显然是它的引力造就了这个结果。

第二，这颗行星的亮度在它的一天内，也就是二十九小时十七分的时间里，差异很大。其原因很容易推断——它一侧的半球上大部分都是陆地，所以只能反射出很少一部分鲸鱼座T星的金色阳光；而另一侧的半球拥有更高的反照率，看起来被大洋覆盖。这颗行星拥有不规则的运行轨道，毫无疑问，它的海洋必定是液态水——外太空的太平洋。

当然了，那可是远在11.9光年之外，鲸鱼座T星很可能还有其他行星，但是太小、太暗，因此看不到。所以在谈到鲸鱼座T星Ⅱ号这样的类地行星时，就有可能出现问题——如果最终在更近的轨道上发现还有其他星球，那么计数的命名方式会让这个星系的行星名字变得像土星卫星那样繁乱。

显然必须得给它取个名字。吉安卡洛·迪马伊奥，就是那位发现这颗半海洋、半陆地星球的天文学家，给它起了一个名字"娑罗"，拉丁语意思就是姊妹。确实，至少从地球这么远的地方来看，娑罗星真的像是人类家园的姊妹星。

我们很快就会知道它作为一个姊妹到底有多完美了。说到姊妹，喔——好吧，武玲与我并没有血缘关系，但我们在发射升空前一起工作、一起训练了四年时间，我早已把她看作是我的妹妹了，不过媒体一直都把我们称为新一代的亚当和夏娃。当然了，我们要负责在新星球上繁衍生育。不过，我不是同她，而是同我的妻子海伦娜，就是那四十八位仍处于冷冻状态中的一位。玲跟其他那些移民也没有什么亲密关系，不过呢，她本身美丽动人，而低温休眠中的那二十几个男人里，有二十一个是未婚的。

玲和我是"先锋精神号"的联合船长。我们俩的低温舱跟其他人的都不一样，即设计的时候就是为了重复使用。她和我在航行期间可以多次苏醒，以便处理紧急情况。其他队员都睡在仅仅价值七十万美元一套的舱室里，跟我们俩这价值六百万一套的可没法比，他们只能苏醒一次，就是在我们的飞船抵达最终目的地的时候。

"你的状况一切正常，"计算机说道，"现在可以起来了。"紧接着，舱室上面厚厚的玻璃罩滑到一旁，我扶着加了软垫的扶手，把自己挪出了那个黑黢黢的瓷罐子。旅程中的大部分时间里，飞船都是以零重力状态飞行，不过现在它正在减速，产生了一股微弱的下推力。当然，这跟地球引力没法比，但我很是欣慰，因为自己还得花上一两天时间才能稳住双腿。

我的舱室由一堵隔板跟其他人的隔开，上面贴满了被我抛在身后的那些人的照片：我的父母，海伦娜的父母，还有我的胞妹跟她的两个儿子。我的衣物耐心地等候了一千两百年，我估摸着，它们恐怕早就成为过时的老古董了。不过，我还是穿到了身上——在低温舱里当然是一丝不挂的——最后，我迈步从那道隔板后面走了出来，正好看到玲从隔开她低温舱的那道墙板后现身。

"早上好。"我尽量让声音显得沉着冷静。

玲穿着一件蓝灰相间的连衣裤，笑容灿烂，"早上好。"

我们走到房间中心，相互拥抱，这是好朋友在分享共同冒险的喜悦。

随后我们立刻往舰桥走去,在微弱的重力下半走半飘。

玲问道:"你睡得怎么样?"

这可不是无关紧要的问候,而是我们任务的首要问题。从前,最长的低温休眠时间是五年,那时是去土星;"先锋精神号"是地球上第一艘恒星际飞船。

"睡得不错。"我说道,"你呢?"

玲答道:"很好。"不过她随后停下脚步,拍了拍我的前臂,"你有没有……做梦?"

大脑活动在低温状态会缓慢停止下来,不过在"克洛诺斯号"上——就是执行土星任务的那艘飞船——有一些队员声称,有短暂的梦境在主观意识中持续了大约两三分钟,而航程的总时间是五年多。那就意味着,在"先锋精神号"漫长的航行期间,船员可能会做好几个小时的梦。

我摇了摇头,"没有。你呢?"

玲点了点头,"我有。我梦到了直布罗陀。你去过吗?"

"没去过。"

"那里南对西班牙,你可以从欧洲越过直布罗陀海峡看到北非。而且在西班牙这边还有尼安德特人的聚居点。"玲是人类学博士,"他们能清楚地看到海峡的那边还有陆地——另一片大陆——仅仅十三千米之外。一个强壮的人就能游过去,更不用说随便找个木筏子或是小船了,这事儿简直易如反掌。不过,尼安德特人从来都没有去到对岸。就我们所知,他们甚至都没尝试过。"

"那你的梦……"

"我梦到自己是生活在那里的尼安德特人,一个十几岁的小姑娘,我猜是吧。我试图劝说其他人,说应该跨过海峡,去看看那片崭新的土地。但是我做不到。他们都没兴趣。我们生活的地方有充足的食物和藏身之处。最后,我孤身一人踏上征程,想要游过去。水很冷,波涛汹涌,有一半的时间我都没法呼吸,不过我一直游啊游,然后……"

"怎么样了?"

她稍稍耸了耸肩,"然后我就醒了。"

我冲着她微微一笑,"好吧,这回我们会做到的。我们会切切实实地做到。"

随后,我们来到舰桥门口。门自动打开让我们进入,但滑开时不断发出刺耳的吱吱声——过了十二个世纪,它的润滑油肯定早就干了。房间是长方形的,两排呈夹角分布的控制台对着一面巨大的屏幕,屏幕现在处于关闭状态。

我对着空中问道:"到娑罗星的距离?"

计算机的声音传来:"120万千米。"

我点了点头,大约是地月距离的三倍,"打开屏幕,显示前方画面。"

"优先级错误。"计算机说道。

玲冲着我一笑,"你是在抢跑啊,搭档。"

我不由一窘。"先锋精神号"正在减速接近娑罗星,飞船的核聚变排放物正好位于航线前方。一旦光学扫描仪的防护罩打开,就会被火焰烧毁,"计算机,关闭核聚变发动机。"

仿真的声音说道:"动力关闭。"

"尽快打开画面。"我发出指令。

飞船发动机停止喷射的那一刻,重力消失了。玲一把抓住距离她最近的控制台扶手,而我苏醒过来之后,仍然有一点儿迷糊,于是就这么飘在房间里。大约过了两分钟,屏幕亮了。鲸鱼座T星位于正中央,就像一个棒球大小的黄色圆盘。那四颗行星都清晰可见,小的如豌豆般大,大的则跟葡萄差不多。

"放大娑罗星。"我说道。

于是,一粒豌豆变成了一枚台球,但鲸鱼座T星并没怎么变化。

"再大些。"玲说道。

那颗行星随即变成了垒球大小。从这个角度看去，它像是一轮残月，大概有三分之一的圆面是亮的。而且幸运又奇妙的是，娑罗星跟我们梦想中的别无二致：这个宛似巨型大理石圆球的行星，光可鉴人，白云缭绕，海洋蔚蓝，还可以看到大陆的一部分从黑暗中浮现出来，而且是绿色的，显然覆盖着植被。

我们再次张开双臂，紧紧相拥。离开地球的时候，没有人能确定情况会是怎样，娑罗星可能早就一片荒芜。"先锋精神号"可以说是破釜沉舟，因为在它的货舱里，装载着我们生存所需的所有物资。我们做好了最坏的打算——目的地是一个没有空气的世界。不过，我们还是希望并且祈祷娑罗星就是另一个地球，就像是一个真正的姊妹，另一个家园。

"真美，不是吗？"玲叹道。

我觉得自己的双眼湿润了。真是太美了，美得令人窒息、令人眩晕。浩瀚的海洋，如絮的流云，葱绿的大地，还有……

"哦，我的天呐。"我轻声说道，"我的天。"

"怎么了？"玲问道。

"你没看到？"我问她，"看呐！"

玲眯缝起眼睛，挪到距离屏幕更近的地方，"什么？"

"在黑暗的那面。"我说道。

她又看了看，"喔……"这回她看到了，有微弱的亮光在那片黑暗里闪烁。很难看到，但绝对有。玲问道："有没有可能是火山活动？"或许娑罗星也没那么完美。

"计算机，"我说道，"对行星黑暗面的光源进行光谱分析。"

"主要是白炽灯光，色温5600开尔文[1]。"

我深吸一口气看着玲。那不是火山，那都是城市。

娑罗星，我们花了十二个世纪航行到达的世界，我们想要移民的世

---

[1] 简称开，热力学温度单位。

界，用射电望远镜探测时寂静无声的世界，已经有人居住了。

"先锋精神号"是一艘移民飞船，它可不是搞星际外交的。当它离开地球时，最重要的任务似乎就是至少带领一批人离开故乡地球世界。两场小规模的核战争——媒体将其称为第一次核战与第二次核战——已经爆发，一场在亚洲南部，另一场在南美。显然，第三次核战只是早晚的问题了，而且规模绝对不小。

地外文明搜索中心从鲸鱼座T星上什么都没检测到，至少在2051年没有。不过到那时为止，地球距离发现无线电波的时间也不过一个半世纪；鲸鱼座T星在那时可能也有了很繁荣的文明，不过还没有开始使用无线电。可是现在已经过了一千两百年，谁又知道鲸鱼座T星人进步到了什么程度？

我看了看玲，然后又望向屏幕，"我们该怎么办？"

玲歪了歪脑袋，"我也不确定。一方面呢，我倒是很想见见他们，不管他们是谁。不过……"

"不过他们可能并不想跟我们碰面。"我说道，"他们可能认为我们是入侵者，而且……"

"而且我们还有另外四十八个移民要考虑。"玲说道，"就目前所知，我们是人类最后的幸存者。"

我眉头一皱，"好吧，这倒是很容易确定。计算机，把射电望远镜转向太阳系，看看是否能捕捉到任何人工产生的信号。"

那个女声回应道："稍等片刻。"过了一会儿，房间里充满了嘈杂声：静电噪音、凌乱的人声、音乐片段、有序的音符，各种声音彼此交叠，杂乱无章，时强时弱。我听到了像是英语的声音——尽管音调变化十分怪异——也许还有阿拉伯语、汉语普通话……

"我们并不是最后的幸存者。"我笑了，"地球上还有人生活——或者说，至少在11.9年前还有，就是这些信号发出的时候。"

玲喘了一口气。"很高兴我们人类并没把自己炸死。"她说道，"现在，该好好琢磨琢磨我们在鲸鱼座T星要对付些什么了。计算机,把天线转向娑罗星,再次扫描是否有人工信号。"

"扫描中。"飞船里安静了好一会儿,然后爆发出一阵静电音,还有几段音乐、咔咔声和哗哗声、人声、汉语普通话和英语的说话声……

"不,"玲说道,"我是让天线对准另一个方向。我想要听听娑罗星上有什么。"

计算机的声音听上去居然有点儿不高兴了,"天线正对着娑罗星呢。"

我看了看玲,灵光一闪。在离开地球的时候,我们十分担心人类将因此自取灭亡,但却没有真正停下来思考,事情是否真会那样发展。一千两百年过去了,毫无疑问,人类会建造出更快的太空飞船。当"先锋精神号"上的移民还在沉睡时,当其中一些人还在慵懒地做梦时,别的飞船已经赶到了前头,提前几十年抵达了鲸鱼座T星,要不就是提早了几个世纪——反正是足够他们在娑罗星建立起人类城市了。

"该死,"我说道,"真是该死。"我摇了摇头,盯着屏幕。乌龟本应跑赢兔子的。

"我们现在怎么办?"玲问道。

我叹了口气,"我看,我们应该跟他们取得联系。"

"我们……啊,我们可能是属于敌方的。"

我嗤笑一声,"好吧,我俩总有一人不属于敌方。此外,你听到广播了,是普通话和英语。不管怎样,我无法想象会有人在意一场一千多年前的战争,而且……"

"抱歉打扰,"计算机说道,"接收到音频通话信息。"

我看了看玲。她眉头紧锁,显然吃了一惊。

"接过来。"我说道。

"'先锋精神号',欢迎你!我是乔德·鲍科特,德伦汀空间站的负责人,位于环绕娑罗星的轨道上。船上有人醒来了吗?"是一个男人的声音，那口音说不上是什么感觉。

玲望着我，想看看我是否会阻止，然后才开口道："计算机，发送一条答复。"计算机哔哔一响，打开了一个频段，"我是武玲博士，'先锋精神号'的联合船长。我和另一位联合船长先行苏醒，另外四十八人仍处于低温休眠状态。"

"好的，请注意。"鲍科特说道，"按照你们的速度，要抵达这里还得几天。不如我派一艘船把你们俩接到德伦汀怎么样？我们的人大约可以在一小时后到达你们那儿。"

"他们真是喜欢扎人痛处，对吧？"我嘟囔了一声。

"什么？"鲍科特说道，"我们听不太清楚。"

玲和我互换了眼色，然后达成一致。"当然了，"玲说道，"我们在此恭候。"

"不会让你们久等的。"鲍科特说完，扬声器又变得悄无声息。

是鲍科特本人来接我们的。

他的球形飞船跟我们的一比，更显小巧玲珑，但却似乎拥有等量的活动空间。这羞辱就没个完了吗？对接装置在一千年中变化很大，他无法完成气密操作，所以我们不得不穿上太空服去往他的飞船。一登船，我就发现我们仍然处于失重的飘浮状态，心里登时平衡了许多；要是他们还有人工重力，那就太过分了。

鲍科特看上去是个不错的小伙子，大概跟我年纪差不多，三十出头的样子。当然了，也没准儿现在的人永远都这么年轻呢！谁知道他到底有多大。我也没法确定他的种族，他看上去更像是混血儿。不过，他理所当然地对玲一见倾心——在玲摘下头盔，露出鹅蛋脸和乌黑亮丽的长发时，他的两颗眼珠子都要蹦出来了。

"你好。"他露出了爽朗的笑容。

玲也回以微笑，"你好。我是武玲，这位是托比·麦克格雷格，我的联合船长。"

"幸会。"我说着,伸出了一只手。

鲍科特看了看这只手,显然不知道该怎么办。他像我的镜像一样也探出了一只手,但是并没有接触我。我索性一把抓住他的手握了握。他似乎吃了一惊,不过很开心。

"我们要先带你们回空间站,"他说道,"有件事请原谅,不过……嗯……你们还不能降落到行星表面,必须先进行隔离检疫。在你们离开之后,我们已经消灭了很多疾病,所以并没有疫苗。我倒是很愿意冒险,不过嘛……"

我点了点头,"这没问题。"

他的脑袋稍稍一斜,有那么片刻好像心事重重的样子,然后说道:"我已经告诉飞船带我们返回德伦汀空间站。它位于极地轨道,娑罗星上空两百千米。不管怎样,你们都会欣赏到那颗行星的美景。"他大嘴一咧乐了起来,"能跟你们会面真是奇妙呀,就像历史书里的一页活生生跳到了眼前!"

"如果你们知道我们,"当我们一切就位,动身前往空间站的时候,我问道,"那为什么不早点儿来接我们?"

鲍科特清了清嗓子说:"我们并不知道有你们存在。"

"但是你呼叫我们了——'先锋精神号'。"

"那个嘛,是由于你们的船身上漆着三米高的大字。我们的小行星观测系统探测到了你们。你们那个年代有很多信息都已经遗失了——我猜那个时候发生了政治剧变,对吧?不过,我们知道地球在二十一世纪试验过休眠飞船。"

我们缓缓接近空间站,它是一个巨大的环形,旋转产生模拟重力。或许我们耗费了一千多年的时间,但人类终究还是按照上帝期望的样子建造起了空间站。

一艘漂亮的太空船飘浮在空间站的近旁——纺锤形的银色船身，祖母绿色的三角翼，机翼相互垂直。我不禁赞叹道："真炫！"

鲍科特点了点头。

"那它怎么着陆？机尾冲下？"

"它不用着陆，这是一艘星际飞船。"

"没错，不过……"

"我们用太空班机在它和陆地之间进行转运。"

"不过，要是它不用着陆的话，"玲问道，"为什么要做成流线型？就是为了好看？"

鲍科特笑了起来，但是有礼有节，"做成流线型是因为它需要那样。在亚光速飞行的时候，长度收缩会十分显著，而这就意味着星际间的物质会变得稠密。尽管每立方厘米只有一个重子，可要是运行速度够快的话，就会形成明显的气流了。"

玲问道："你们的飞船能飞那么快？"

鲍科特笑着回答："是的。能飞那么快。"

玲摇了摇头。"我们真是疯了，"她说道，"疯到执行这次航行任务。"她瞥了一眼鲍科特，但不敢迎上他的目光。随后她视线一转，望向了地板，"你们肯定认为我们愚不可及。"

鲍科特的双眼一下子睁得大大的，看上去就像是不知道该说什么才好。他看着我，双臂一摊，似乎是在求我帮忙化解。但我只是深吸了一口气，然后将空气，还有失落，缓缓从身体里吐了出去。

"你们错了。"最终，鲍科特开口了，"错得太离谱了。我们以你们为荣。"他顿了一下，等待玲重新抬起目光。她抬起头来，眉毛带着疑惑一扬。鲍科特继续道："如果我们比你们走得更远，或者说走得更快，那都是因为我们继承了你们的成就。人类如今能在这里，是因为对于我们来说，到这里很容易，但那都是因为你们和其他人留下的光辉印迹。"他看看我，又看了看玲。"如果我们能看得更远一些，"他说道，"那是因为我们站在巨人的肩膀上。"

当天晚些时候,玲、鲍科特和我在德伦汀空间站微微有些弧度的地板上漫步。我们仅能在有限的区域内活动,十天之后才能降落到行星表面,鲍科特是这么说的。

"我们在这里是一无所有了。"玲双手插在衣兜里说道,"我们是一群怪人,一群不属于这个年代的人。就像从唐朝穿越到我们那个世界的人一样。"

"娑罗星很富饶。"鲍科特说道,"我们当然能供得起你们和你们的乘客。"

"他们可不是乘客。"我厉声说道,"他们是移民者,是探险者。"

鲍科特点点头,"我很抱歉。当然,你说得没错。但是你看……你们能到这里来,我们真的很高兴。我已经把媒体支走了——检疫隔离给了我很好的理由。但是等你们降落到行星上的时候,他们就会像野狗一样驱之不散了。那种感觉就像是尼尔·阿姆斯特朗或是广重多美子出现在你家门口。"

"多美子是谁?"玲问道。

"抱歉。是在你们的年代以后了。她是第一个登陆半人马座阿尔法星的人。"

"第一个。"我重复了一遍。我猜自己真是不怎么擅长掩饰心里的苦,"第一位,那是一种荣耀……伟大的成就。没人记得第二个踏上月球的人叫什么。"

"小埃德温·尤金·奥尔德林,"鲍科特回答道,"人们一般叫他巴兹。"

"不赖啊。"我说道,"好吧,你还记得,不过大多数人都不记得了。"

"我并不记得,我是读取的。"他拍了拍自己的额角,"直接连入行星网络。每个人都有一套。"

玲长长地叹了口气，真是巨大的代沟。"不管怎么说，"她开口道，"我们都算不上先锋，不过就是陪跑罢了。虽然我们率先出发，但你们却比我们先到这里。"

"好吧，那么说的话，是我的老祖宗先到的。"鲍科特说道，"我是第六代娑罗星人了。"

"第六代？"我问道，"移民到这里有多久了？"

"我们不再是移民了，而是一个独立的世界。不过，最先抵达这里的飞船是在2107年离开地球的。当然了，我的老祖宗迁移的时候要晚得多。"

"2107年。"我又念叨了一遍。那不过是"先锋精神号"发射后的第五十六年。我们的飞船开始这趟旅行时，我三十一岁；如果我留下，很有可能亲眼见到真正的先锋们起航。我们当初是怎么想的。离开地球，难道我们不是跑掉或者逃跑，逃避，在炸弹投下之前落荒而逃？我们到底是先锋还是懦夫？

不，不，这些想法太疯狂了。我们离开地球的原因跟晚期智人跨越直布罗陀海峡时一样。那是我们作为一个物种所需要做的。是我们为什么能够成功，而尼安德特人会失败的原因。我们要看一看对岸有什么，要看一看山的那边有什么，要看一看别的恒星周围有什么。正是这种力量帮我们征服了故乡行星那辽阔的疆域；也正是这种力量让我们有望成为无限空间的王者。

我转身告诉玲，"我们不能留在这里。"

这话似乎让她咀嚼了一番，然后她点了点头，看向鲍科特，"我们不想去做花车巡游，也不想你们为我们塑起雕像。"她眉毛一扬，就像是在强调话中的意味，"我们想要一艘新的飞船，一艘更快的飞船。"她看着我，我颔首表示同意。她指着窗外，"一艘流线型的飞船。"

"你们用它做什么？"鲍科特问道，"要去哪里？"

玲注视着我，然后又望向鲍科特，"仙女座。"

"仙女座？你是说仙女座的那个大星系？但那……"随即是一阵短暂的停顿。毫无疑问，他在用网络查询数据，"那可是在220万光年之外。"

"没错。"

"但……但是要耗费两百多万年才能到那儿。"

"这不过是从地球的……抱歉，是从娑罗星的角度来看。"玲说道，"相对而言，我们花费的时间要比这段已经完成的旅程少得多。而且，我们当然是在低温休眠状态中度过所有旅行时间的。"

"但我们的飞船都没有配备低温休眠舱。"鲍科特说道，"因为没有必要。"

"我们可以把舱室从'先锋精神号'上转移过来。"

鲍科特摇了摇头，"那将是一趟单程旅行。你们永远都回不来了。"

"也不尽然，"我说道，"与大多数河外星系不同，仙女座星系正朝着银河系的方向运动，而不是远离。最终，两个星系将会融为一体，把我们带回家。"

"那可是几十亿年之后的事情了。"

"连想都不敢想，是成不了大事的。"玲说道。

鲍科特眉头一皱，"我之前说过，我们在娑罗星能供得起你们和你们的同伴，这话不假。不过星际飞船很昂贵，我们不能说给就给。"

"那可比供养我们所有人便宜得多。"

"不，不会的。"

"你说你们以我们为荣。你说你们站在我们的肩膀上。如果这话没错，那就回馈一下。给我们一个机会来站在你们的肩膀上，让我们拥有一艘新的飞船。"

鲍科特叹了口气。很明显，他觉得我们是真不明白要满足玲的要求有多困难。"我会尽我所能。"他说道。

玲和我一整晚都在讨论，蓝色和绿色相映生辉的娑罗星就在我们脚下庄严地旋转着。我们的职责是要做出正确的决定，不只是为了我们自己，还要考虑"先锋精神号"上的其他四十八个人，他们对我们无比信任，把自己的命运都交在了我们手中。他们想要在这里苏醒吗？

不。当然不会。他们离开地球就是为了寻找一片移民之地，不管他们梦到了什么，都没有理由认为他们会改变自己的想法。大家都对鲸鱼座T星没什么感情，它只不过是一个看上去合乎要求的目的地而已。

"我们可以要求返回地球。"我说道。

"你不想那样的。"玲回答，"而且我敢肯定，其他人也一样。"

"没错，你说得没错。"我说道，"他们会让我们继续走下去。"

玲点了点头，"我看没错。"

"仙女座？"我笑道，"这念头是怎么冒出来的？"

她耸了耸肩，"从我脑袋里蹦出来的第一个念头。"

"仙女座。"我又咕哝了一遍，品味着这个词。我记得自己在十六岁的时候，身处加利福尼亚的沙漠中是多么兴奋，当时我第一次亲眼看到了仙后座下面那团椭圆形的东西。那是另一个星系，宇宙中的另一座岛屿——比我们这个银河系大了一半。"为什么不呢？"我陷入了沉默。过一会儿，我忽然说道："鲍科特似乎很喜欢你。"

玲微微一笑，"我也喜欢他。"

"那就别错过。"

"什么？"她似乎吃了一惊。

"如果你喜欢他，就别错过。在我们抵达终点之前，在海伦娜苏醒之前，我是不得不独守空房，但你没这个必要。哪怕他们真的给了我们一艘新飞船，在他们把低温休眠舱搬运过去之前，也还有好几个星期呢。"

玲翻了个白眼，"男人啊。"可我知道她动心了。

鲍科特说得没错，娑罗星的媒体对于我和玲简直太热心了，不只是因为我们这副充满了异国情调的容貌——我是白皮肤蓝眼睛；而玲的肤色挺深，双眼内眦有褶；我们两人的口音都很奇怪，与三十三世纪的人全然不同。他们似乎对我们的先锋精神也很着迷。

检疫隔离结束之后，我们降落在了行星上。气温比我喜欢的稍冷一些，空气稍显潮湿——不过人类当然会很快适应。娑罗星首都帕克斯的建筑出人意料的华丽，到处都是穹顶和繁杂的雕刻。"首都"这个词已经过时了，政府权力完全分散，如今所有重要的事情都由公民投票决定——包括是否给我们一艘新的飞船。

鲍科特、玲还有我来到了帕克斯的中心广场，娑罗星总统卡利·迪泰尔亲自陪同，等候宣布投票结果。整个鲸鱼座T星系的媒体都派来了代表，就连地球都有一家，但他的报道总是要等到11.9年之后才能被读到。熙熙攘攘的现场还有上千名观众。

"朋友们，"迪泰尔向人群张开双臂说道，"你们都已经投了票，现在就让我们一起来揭晓结果。"她的头稍稍一斜，随后人群爆发出震耳欲聋的掌声和欢呼声。

玲和我转身看着鲍科特，他一脸喜色。"什么结果？"玲问道，"他们做了什么决定？"

鲍科特看上去有点莫名其妙，但随即了然，"哦，抱歉，我忘了你们没有植入网络。你们会得到一艘新飞船。"

玲紧闭双眼，长长松了口气。我的心则怦怦直跳。

迪泰尔总统朝我们做了个手势，"麦克格雷格博士，武博士——请讲几句吧？"

我俩相视片刻，然后站起身来。我凝视着人群说道："十分感谢。"

玲赞同地点点头，"非常感谢你们。"

这时候，记者喊出了一个问题："你们打算怎么给新飞船命名？"

玲眉头一皱。我抿了抿嘴唇，然后说道："还能叫什么？'先锋精神二号'。"

人群再次一片欢腾。

最终，决定性的日子到来了。我们正式登上新飞船的仪式还有四小时才开始——届时所有媒体都将争相报道。但此时，玲和我还是径直走向连接着空间站外缘和飞船的气密舱。玲想要再检查一番，而我想多花点时间在海伦娜的低温舱旁边坐坐，跟她再相处一会儿。

当我们走过去的时候，鲍科特沿着弧形的地板朝我们跑来。

"玲，"他上气不接下气地说道，"托比。"

我点头打了招呼。玲看上去有一点不自在，她和鲍科特在过去的几个星期里浓情蜜意，而昨晚他们又花了一整夜时间道别。我觉得她并不希望在我们离开前见到他。

"很抱歉打扰你们俩。"他说道，"我知道你们很忙，不过……"他看上去很紧张。

我问他："怎么了？"

他看着我，然后又看了看玲，"你们还留有地方给新乘客吗？"

玲笑了起来，"我们没有乘客。我们是移民。"

"抱歉。"鲍科特回以微笑，"你们还有地方给一位新移民吗？"

"噢，还有四个备用的低温舱，不过……"她看着我。

我耸了耸肩，说道："为什么不呢？"

"你也知道，那可是很艰苦的。"玲回望着鲍科特，"不管我们到了什么地方，都会很艰苦。"

鲍科特点了点头，"我知道，而且我想成为其中的一分子。"

玲知道在我跟前没有必要忸忸怩怩的。"那就太棒了。"她说道，"不过……不过为什么呢？"

鲍科特试探地伸出手，抓住了玲的一只手。他温存地握住，她也温柔地握紧了一些。"你就是理由之一。"他说道。

玲问道："你对老太婆情有独钟，是吧？"我不由一笑。

鲍科特大笑起来，"我猜没错。"

"你说我是理由之一。"玲说道。

他点了点头，"另一个理由嘛……好吧，我不想站在巨人的肩膀上。"他话头一顿，然后稍稍抬起了自己的肩膀，就好像是在为鲜有人言的见解发声，"我想要成为巨人。"

他们顺着空间站的通道往前走，一直握着彼此的手，走向那艘光彩照人的优雅飞船。它将载着我们奔向我们的新家园。

华 龙 译

《巨人的肩膀》，2000年6月首次发表于美国《星球移民》选集。小说标题是作者对艾萨克·阿西莫夫、阿瑟·克拉克、哈尔·克莱门特、弗兰克·赫伯特、拉里·尼文等科幻作家的致敬。索耶希望通过"先锋精神号"的故事，传递科幻带给他的那份最初的惊奇感。文中人类乐观进取的开拓精神让人热泪盈眶。

本篇获奖情况：
    2001年 提名星云奖最佳短篇小说
    2001年 提名加拿大极光奖最佳英文短篇小说

中国太阳

刘慈欣

　　水娃从娘颤颤的手里接过那个小小的包裹，包裹中有娘做的一双厚底布鞋，三个馍，两件打了大块补丁的衣裳，还有二十块钱。爹蹲在路边，闷闷地抽着旱烟锅。

　　"娃要出门了，你就不能给个好脸？"娘对爹说。爹仍蹲在那儿，还是闷闷地一声不吭。娘又说："不让娃出去，你能出钱给他盖房娶媳妇啊？"

　　"走！东一个西一个都走逑了，养他们还不如养窝狗！"爹干号着说，头也不抬。

　　水娃抬头看了看自己出生和长大的村庄，这处于永恒干旱中的村庄，只靠着水窖中积下的一点雨水过活。水娃家没钱修水泥窖，还是用的土水窖，那水一到大热天就臭了。往年，这臭水热开了还能喝，就是苦点儿涩点儿，但今年夏天，那水热开了喝都拉肚子。听附近部队上的医生说，是地里什么有毒的石头溶进水里了。

　　水娃又低头看了爹一眼，转身走去，没有再回头。他不指望爹抬头看他一眼，爹心里难受时就那么蹲着抽闷烟，一蹲能蹲几个小时，整个人仿佛变成了黄土地上的一大块土坷垃。但他分明又看到了爹的脸，或者说，他就走在爹的脸上。看周围这广阔的西北土地，干干的黄褐色，布满了水土流失刻出的裂纹，不就是一张老农的脸吗？这里的什么都是这样，树、地、房子、人，黑黄黑黄，皱巴巴的。水娃看不到这张伸向天边的巨脸的眼睛，但能感觉到它的存在，那双巨眼在望着天空，年轻时那目光充满着对雨的企盼，年老时就只剩呆滞了。其实这张巨脸一直是呆滞的，他不相信这块土地还有过年轻的时候。

一阵子风吹过，前面这条出村的小路淹没于黄尘中，水娃沿着这条路走去，迈出了他新生活的第一步。

这条路，将通向一个他做梦都想不到的地方。

人生第一个目标：喝点不苦的水，挣点钱。

"哟，这么些个灯！"

水娃到矿区时天已经黑了，这个矿区是由许多私开的小窑煤矿组成的。

"这算啥？城里的灯那才叫多哩。"来接他的国强说道。国强也是水娃村里的，出来好多年了。

水娃随国强来到工棚住下，吃饭时喝的水居然是甜丝丝的！国强告诉他，矿上打的是深井，水当然不苦了，但他又加了一句："城里的水才叫好喝呢！"

睡觉时国强递给水娃一包硬邦邦的东西当枕头，水娃打开一看，是黑塑料皮包着的一根根圆棒棒，再打开黑塑料皮，看到那棒棒黄黄的，像肥皂。

"炸药。"国强说，然后翻身呼呼睡着了。水娃看到他也枕着这东西，床底下还放着一大堆，头顶上吊着一大把雷管。后来水娃才知道，这些东西足够把他的村子一窝端了！国强是矿上的放炮工。

矿上的活儿很苦很累，水娃前后干过挖煤、推车、打支柱等活计，每样一天下来都把人累得要死。但水娃就是吃苦长大的，他倒不怕活儿重，他怕的是井下那环境，人像钻进了黑黑的蚂蚁窝，刚开始几天感觉真像做噩梦，但后来也习惯了。工钱是计件结算，每月能挣一百五，好的时候能挣到二百出头，水娃觉得很满足了。

但最让水娃满足的还是这里的水。第一天下工后，浑身黑得像块炭，他跟着工友们去洗澡。到了那里后，看到人们用脸盆从一个大池子中舀出水来，从头到脚浇下来，地下流淌着一条条黑色的小溪。当时他就看呆了，妈妈呀，哪儿有这么用水的，这可都是甜水啊！因为有了甜水，这个黑乎乎的世界在水娃眼中变得美丽无比。

但国强一直鼓动水娃进城，国强以前就在城里打过工，因为偷建筑工地的东西被当作盲流遣送回了原籍。他向水娃保证，城里肯定比这里挣得多，也不像这样累死累活的。

就在水娃犹豫不决时，国强在井下出了事。

那天他排哑炮时，哑炮却突然炸了，从井下抬上来时浑身嵌满了碎石。死前他对水娃说了一句话：

"进城去，那里灯更多……"

人生第二个目标：到灯更多、水更甜的城里，挣更多的钱。

"这里的夜像白天一样呀！"

水娃惊叹道，国强说得没错，城里的灯真是多多了。现在，他正同二宝一起，一人背着一个擦鞋箱，沿着省会城市的主要大街向火车站走去。

二宝是水娃邻村人，以前曾和国强一起在省城里干过，按照国强以前给的地址，水娃费了好大的劲才找到他，他现在已经不在建筑工地干了，而是干起擦皮鞋的活来。水娃找到他时，与他同住的一个同行正好有事回家了，他就简单地教了水娃几下子，然后让水娃背上那套家什同他一起去。

水娃对这活计没有什么信心,他一路上寻思,要是修鞋还差不多。擦鞋?谁会花一块钱擦一次鞋(要是鞋油好些,得三块),这人准有毛病。

但在火车站前,他们摊还没摆好,生意就来了。这一晚上到十一点,水娃竟挣了十四块!但在回去的路上二宝一脸晦气,说今天生意不好,言下之意显然是水娃抢了他的买卖。

"窗户下那些个大铁箱子是啥?"水娃指着前面的一座楼问道。

"空调,那屋里现在跟开春儿似的。"

"城里真好!"水娃抹了一把脸上的汗说。

"在这儿只要吃得苦,赚碗饭吃很容易的,但要想成家立业可就没门儿。"二宝说着用下巴指了指那幢楼,"买套房,两三千一平米呢!"

水娃傻傻地问:"平米是啥?"

二宝轻蔑地晃晃头,不屑理他。

水娃和十几个人住在一间同租的简易房中,这些人大都是进城打工的和做小买卖的农民,但在大通铺上位置紧挨着水娃的却是个城里人,不过不是这个城市的。在这里时,这个人和大家都差不多,吃的和他们一样,晚上也是光膀子在外面乘凉。但每天早晨,他都西装革履地打扮起来,走出门去像换了一个人,真给人鸡窝里飞出金凤凰的感觉。

这人姓庄名宇,大伙倒是都不讨厌他,这主要是因为他带来的一样东西。那东西在水娃看来就是一把大伞,但那伞是用镜子做的,里面光亮亮的,把伞倒放在太阳地里,在伞把头上的一个托架上放一锅水,那锅底被照得晃眼,锅里的水很快就开了,水娃后来知道这叫太阳灶。大伙用这东西做饭烧水,省了不少钱,不过没太阳时这东西就不能用了。

这把叫太阳灶的大伞没有伞骨,就那么薄薄的一片。水娃最迷惑的时候就是看庄宇收伞:伞上伸出一根细细的电线一直通到屋里,收伞时庄宇进屋拔下电线的插销,那伞就噗的一下摊到地上,变成了一块银色的布。水娃拿起布仔细看，它柔软光滑，轻得几乎感觉不到分量，表面映着自己变形的怪像，还变幻着肥皂泡表面的那种彩纹，一松手，银布从指缝间无声地滑落到地上，仿佛是一掬轻盈的水银。当庄宇再插上电源的插销时，银布如同一朵开放的荷花般懒洋洋地伸展开来，很快又变成一个圆圆的伞面倒立在地上。再去摸摸那伞面，薄薄的硬硬的，轻敲发出悦耳的金属声响，它强度很高，在地面固定后能撑住一个装满水的锅或壶。

庄宇告诉水娃："这是一种纳米材料，表面光洁，具有很好的反光性，强度很高，最重要的是，它在正常条件下呈柔软状态，但在通入微弱电流后会变得坚硬。"

水娃后来知道，这种叫纳米镜膜的材料是庄宇的一项研究成果。申请专利后，他倾其所有投入资金，想为这项成果打开市场，但包括便携式太阳灶在内的几项产品都无人问津，结果血本无归，现在竟穷到向水娃借钱交房租。虽落到这地步，但这人一点儿都没有消沉，每天仍东奔西跑，企图为这种新材料的应用找到出路，他告诉水娃，这是自己跑过的第十三个城市了。

除了那个太阳灶外，庄宇还有一小片纳米镜膜，平时它就像一块银色的小手帕摊放在床边的桌子上。每天早晨出门前，庄宇总要打开一个小小的电源开关，那块银手帕立刻变成硬硬的一块薄片，成了一面光洁的小镜子，庄宇就对着它梳理打扮一番。

有一天早晨，他对着小镜子梳头时，斜视了刚从床上爬起来的水娃一眼，说道："你应该注意仪表，常洗脸，头发别总是乱乱的。还有你这身衣服，不能买件便宜点儿的新衣服吗？"

水娃拿过镜子来照了照，笑着摇了摇头，意思是对一个擦鞋的来说，那么麻烦没有用。

庄宇凑近水娃说："现代社会充满着机遇，满天都飞着金鸟儿，哪天说不定你一伸手就抓住一只，前提是你得拿自己当回事儿。"

水娃四下看了看，没什么金鸟儿，他摇了摇头，说："我没读过多少书呀。"

"这当然很遗憾，但谁知道呢，有时这说不定还是一个优势。这个时代的伟大之处，就在于其捉摸不定，没有人知道奇迹会在谁身上发生。"

"你……上过大学吧？"

"我有固体物理学博士学位，辞职前是大学教授。"

庄宇走后，水娃目瞪口呆了好半天，然后又摇了摇头，心想庄宇这样的人跑了十三个城市都抓不到那金鸟儿，自己怎么行呢？他感到这家伙是在取笑他自己，不过这人本身也够可怜够可笑的了。

这天夜里，屋里的其他人有的睡了，有的聚成一堆打扑克，水娃和庄宇则到门外几步远的一个小饭馆里看人家的电视。这时已是夜里十二点，电视中正在播出新闻，屏幕上只有播音员，没有其他画面。

"在今天下午召开的国务院新闻发布会上，新闻发言人透露，举世瞩目的'中国太阳'工程已正式启动，这是继三北防护林之后又一项改造国土生态的超大型工程……"

水娃以前听说过这个工程，知道它将在我们的天空中再建造一个太阳，这个太阳将给干旱的大西北带来更多的降雨。这事对水娃来说太玄乎，像第一次遇到这类事一样，他打算问问庄宇，但扭头一看，见庄宇睁圆双眼瞪着电视，半张着嘴，好像被它摄去了魂儿。

水娃用手在庄宇面前晃了晃，他毫无反应，直到那则新闻过去很久才恢复常态，自语道："真是，我怎么就没想到中国太阳呢？"

水娃茫然地看着庄宇，觉得这人不可能不知道这件连自己都知道的事，这事儿哪个中国人不知道呢？他当然知道，只是没想到，那他现在想到了什么呢？这事与他庄宇，一个住在闷热的简易房中的潦倒流浪者，能有什么关系？

庄宇说："记得我早上说的吗？现在一只金鸟儿飞到我面前了，好大的一只金鸟儿，其实它以前一直在我头顶盘旋，我他妈居然没感觉到！"

水娃仍然迷惑不解地看着他。

庄宇站起身来,"我要去北京了,赶两点半的火车。小兄弟,你跟我去吧!"

"去北京?干什么?"

"北京那么大,干什么不行?就是擦皮鞋,也比这儿挣得多好多!"

于是,就在这天夜里,水娃和庄宇踏上了一列连座位都没有的拥挤列车。

列车穿过夜色中广阔的西部原野,向太阳升起的方向驰去。

人生第三个目标:到更大的城市,见更大的世面,挣更多的钱。

第一眼看到首都时,水娃明白了一件事:有些东西你只能在看见后才知道是什么样儿,凭想象是绝对想不出来的。比如北京之夜,就在他的想象中出现过无数次,最早不过是把镇子或矿上的灯火扩大许多倍,然后是把省城的灯火扩大许多倍,而当他和庄宇乘坐的公共汽车从西站拐入长安街时,他知道,过去那些灯火就是扩大一千倍,也不是北京之夜的样子。当然,北京的灯绝对不会有一千个省城的灯那么多那么亮,但这夜中北京的某种东西,是那个西部的城市怎么叠加也产生不出来的。

水娃和庄宇在一个便宜的地下室旅馆住了一夜后,第二天早上就分了手。

临别时,庄宇祝水娃好运,并说如果以后有难处可以找他,但当水娃让他留下电话或地址时,他却说自己现在什么都没有。

"那我怎么找你呢?"水娃问。

"过一阵子,看电视或报纸,你就会知道我在哪儿。"

看着庄宇远去的背影,水娃迷惑地摇摇头。庄宇这话可真是费解:这人现在已经一文不名,今天连旅馆都住不起了,早餐还是水娃出的钱,甚至连他那个太阳灶,也在起程前留给房东顶了房费。现在,这位前大学教授已是一个除了梦之外什么都没有的乞丐。

与庄宇分别后,水娃立刻去找活儿干,但大都市给他的震撼使他很快忘记了自己的目的。整个白天,他都在城市中漫无目标地闲逛,仿佛是行走在仙境中,一点儿都不觉得累。

傍晚,他站在首都的新象征之一,去年落成的五百米高的统一大厦前,仰望着那直插云端的玻璃绝壁,在上面,渐渐暗下去的晚霞和很快亮起来的城市灯海在进行着摄人心魄的光与影的表演。

水娃看得脖子酸疼,当他正要走开时,大厦本身的灯也亮了起来,这奇景以一种更大的力量攫住了水娃的全部身心,他继续在那里仰头呆望着。

"你看了很长时间,对这工作感兴趣?"

水娃回过头,看到说话的是一个年轻人,典型的城里人打扮,但他手里拿着一顶黄色的安全帽。

"什么工作?"水娃迷惑地问道。

"那你刚才在看什么?"那人反问,同时他拿着安全帽的手向上一比画。

水娃抬头向他指的方向看,看到高高的玻璃绝壁上居然有几个人,从这里看去只是几个小黑点。

"他们站那么高干什么呀?"水娃问,又仔细地看了看,"擦玻璃?"

那人点了点头,说道:"我是蓝天建筑清洁公司的人事主管,我们公司主要承揽高层建筑的清洁工程,你愿意干这工作吗?"

水娃再次抬头看,高空中那几个蚂蚁似的小黑点让人头晕目眩,他嗫嚅着:"这……太吓人了。"

"如果是担心安全,那你尽管放心,这工作看起来危险,正是这点使它招工很难，我们现在很缺人手。但我向你保证，安全措施是很完备的，只要严格按规程操作，绝对不会有危险，且工资在同类行业中是最高的。你要是加入嘛，每月工资一千五，工作日管午餐，公司代买人身保险。"

这钱数让水娃吃了一惊，他呆呆地望着经理，后者误解了水娃的意思："好吧，取消试用期，再加三百，每月一千八，不能再多了。以前这个工种的基本工资只有四五百，每天有活儿干，再额外计件儿。现在是固定月薪，相当不错了。"

于是，水娃成了一名高空清洁工，英文名字叫蜘蛛人。

人生第四个目标：成为一个北京人。

水娃与四位工友从航天大厦的顶层谨慎地下降，用了四十分钟才到达它的第八十三层，这是他们昨天擦到的位置。

蜘蛛人最头疼的活儿就是擦倒角墙，即与地面的角度小于九十度的墙。而航天大厦的设计者为了表现他那变态的创意，把整个大厦设计成倾斜的，在顶部由一根细长的立桩与地面支撑。据这位著名建筑师说，倾斜更能表现出上升感。

这话似乎有道理，这座摩天大厦也名扬世界，成为北京的又一标志性建筑。但这位建筑大师的祖宗八代都被北京的蜘蛛人骂遍了，清洁航天大厦对他们来说几乎是一场噩梦，因为这座倾斜的大厦整整一面全是倒角墙，高达四百米，与地面的角度小到只有六十五度。

到达工作位置后，水娃仰头看看，头顶上这面巨大的玻璃悬崖仿佛正在倾倒下来。他一只手打开清洁剂容器的盖子，另一只手紧紧抓着吸盘的把手。这种吸盘是为清洁倒角墙特制的，但并不好使，常常脱吸，这时蜘蛛人就会荡离墙面，被安全带吊着在空中打秋千。这种事在清洁航天大厦时多次发生，每次都让人魂飞天外。就在昨天，水娃的一位工友脱吸后远远地荡出去，又荡回来，在强风的推送下直撞到墙上，撞碎了一大块玻璃，他的额头和手臂上各划了一道大口子，而那块昂贵的镀膜高级建筑玻璃让他这一年的活儿白干了。

到现在为止，水娃干蜘蛛人的工作已经颇有些日子了，这活儿可真不容易。在地面上有二级风力时，百米空中的风力就有五级，而现在的四五百米的超高层建筑上，风就更大了。危险自不必说，从本世纪初开始，蜘蛛人的坠落事故就时有发生。在冬天时，那强风就像刀子一样锋利。清洗玻璃时最常用的氢氟酸洗剂腐蚀性很大，会使手指甲先变黑再脱落。而到了夏天，为防洗涤药水的腐蚀，还得穿着不透气的雨衣雨裤雨鞋。如果是擦镀膜玻璃，背上太阳暴晒，面前玻璃反射的阳光也让人睁不开眼，这时水娃的感觉真像是被放在庄宇所说的太阳灶上。

但水娃热爱这个工作，这段时间是他有生以来最快乐的时光。这固然因为在外地来京的低文化层次的打工者中，蜘蛛人的收入相对较高，更重要的是，他从工作中获得了一种奇妙的满足感。他最喜欢干那些别的工友不愿意干的活儿：清洁新近落成的超高建筑——这些建筑的高度都在二百米以上，最高的达五百米！

悬在这些摩天楼顶端的外墙上，北京城在下面一览无遗地伸延开来，那些上世纪建成的所谓高层建筑，从这里看下去是那么矮小。再远一些，它们就像一簇簇插在地上的细木条，而城市中心的紫禁城则像是用金色的积木搭起来的。在这个高度，听不到城市的喧闹，整个北京成了一个可以一眼望全的整体，成了一个以蛛网般的公路为血脉的巨大生命体，在下面静静地呼吸着。有时，摩天大楼高耸在云层之上，腰部以下笼罩在阴暗的暴雨之中，以上却阳光灿烂，干活儿时脚下是一望无际的滚滚云海，每到这时，水娃总觉得他的身体都被云海之上的强风吹得透明了……

水娃从这经历中悟到了一个哲理：事情得从高处才能看清楚。如果你淹没于这座大都市之中，周围的一切是那么纷繁复杂，城市仿佛是一个无边无际的迷宫，但从这高处一看，整座城市不过是一个有一千多万人的大蚂蚁窝罢了，而它周围的世界又是那么广阔。

在第一次领到工资后，水娃到一个大商场转了转，乘电梯上到第三层时，他发现这是一个让自己迷惑的地方。

与繁华的下两层不同，这一层的大厅比较空旷，只摆放着几张大得惊人的低矮桌子，在每张桌子宽阔的桌面上，都有一片小小的楼群，每幢楼有一本书那么高。楼间有翠绿的草地，草地上有白色的凉亭和回廊……这些小建筑好像是用象牙和奶酪做成的，看上去那么可爱，它们与绿草地一起，构成了精致的小世界，在水娃眼中，真像是一个个小天堂的模型。

最初他猜测这是某种玩具，但这里见不到孩子，桌边的人们也一脸认真和严肃。他站在一个小天堂边上对着它出神地望了很久，一位漂亮小姐过来招呼他，他这才知道这里是出售商品房的地方。

他随便指着一幢小楼，问最顶上那套房多少钱，小姐告诉他那是三室一厅的住宅，每平米三千五百元，总价值三十八万。

听到这数目，水娃倒吸了一口冷气，但小姐接下来的话让这冷酷的数字温柔了许多："分期付款，每月一千五百到两千元。"

他小心地问："我……我不是北京人，能买吗？"

小姐给了他一个动人的微笑："您可真逗，户口已经取消几年了，还有什么北京人不北京人的？您住下不就是北京人了吗？"

水娃走出商场后，漫无目的地在街上走了很长时间，夜中的北京在他的周围五光十色地闪耀着，他的手中拿着售房小姐给他的几张花花绿绿的广告页，不时停下来看看。过去，在那座遥远的西部城市的简易房中，在省城拥有一套住房对他来说都还是一个神话，现在，他离买下那套北京的住房还有相当的距离，但这已不是神话了，它由神话变成了梦想,而这梦想,就像那些精致的小模型一样,实实在在地摆在眼前,可以触摸到了。

这时,有人从里面敲水娃正在擦的这面玻璃,这往往是麻烦事。在办公室窗上出现的高楼清洁工,总让超级大厦中的白领们有一种莫名的烦恼,好像这些人真如其俗名那样是一个个异类大蜘蛛,他们之间的隔阂远不只那面玻璃。在蜘蛛人干活儿时,里面的人不是嫌有噪声,就是抱怨阳光被挡住了,变着法儿和他们过不去。

航天大厦的玻璃是半反射型的,水娃很费劲地向里面看,终于看清了里面的人,那居然是庄宇!

分手后,水娃一直惦记着庄宇,在他的记忆中,庄宇一直是一个西装革履的流浪汉,在这个大城市中深一脚浅一脚地过着艰难的生活。在一个深秋之夜,正当水娃在宿舍中默默地为庄宇过冬的衣服发愁时,却真的在电视上看到了他!

这时,"中国太阳"工程正在选择构建反射镜的材料,这是工程最关键的技术核心,在十几种材料中,庄宇研制的纳米镜膜被最后选中了。结果他由一名科技流浪汉变成了中国太阳工程的首席科学家之一,一夜之间举世闻名。

这以后,虽然庄宇频频在各种媒体上出现,水娃反而把他忘记了,他觉得他们之间已没有什么关系。

在那间宽大的办公室里,水娃看到庄宇与当初相比,从里到外都没有变,甚至还穿着那身西装。现在水娃知道,这身当时在他眼中高级华贵的衣服实际上次透了。水娃向庄宇讲述了自己在北京的生活,最后他笑着说:"看来咱俩在北京干得都不错。"

"是的是的,都不错!"庄宇激动地连连点头,"其实,那天早晨对你说那些关于时代和机遇的话时,我几乎对一切都失去了信心,我是说给自己听的,但这个时代真的充满了机遇。"

水娃点点头,说:"到处都是金色的鸟儿。"

接着，水娃打量起这间充满现代感的大办公室来，这里最引人注目的是那一套不同寻常的装饰物：办公室的天花板整个是一幅星空的全息图像，所以在办公室中的人如同置身于一个灿烂星空下的院子。在这星空的背景前，悬浮着一个银色的圆形曲面，那是一个镜面，很像庄宇的那个太阳灶，但水娃知道，这个太阳灶面积可能有几十个北京那么大。在天花板的一角，有一盏球形的灯，与这镜面一样，没有任何支撑地悬浮在空中，发出耀眼的黄光。镜面把它的一束光投射到办公桌旁的一个大地球仪上，在其表面打出一个圆圆的亮点。那个灯球在天花板下缓缓飘移着，镜面转动着追踪它，始终保持着那束投向地球仪的光束。星空、镜面、灯球、光束、地球仪和其表面的亮点，形成了一幅抽象而神秘的构图。

"这就是中国太阳吗？"水娃指着镜面，心怀敬畏地问。

庄宇点点头，说："这是一个面积达三万平方公里的反射镜，它在三万六千公里高的同步轨道上向地球反射阳光，从地面看上去，天空中像多了一个太阳。"

"我一直搞不明白，天上多了一个太阳，地上怎么会多了雨水呢？"

"这个人造太阳可以以多种方式影响天气，比如通过改变大气的热平衡来影响大气环流、增加海洋蒸发量、移动锋面等等，这一两句话说不清楚。其实，轨道反射镜只是中国太阳工程的一部分，另一部分是一个复杂的大气运动模型，它运行在许多台超级计算机上，精确地模拟出某一区域大气的运动状态，然后找准一个关键点，用人造太阳的热量施加影响，就会产生巨大的效应，足以在一段时间内完全改变目标区域的气候……这个过程极其复杂，不是我的专业，我也不太明白。"

水娃又问了一个庄宇肯定明白的问题，他知道自己的问题太傻，但还是鼓足勇气问了出来："那么大个东西悬在天上，不会掉下来吗？"

庄宇默默地看了水娃几秒钟，又看了看表，一拍水娃的肩膀说："走，我请你吃饭，同时让你明白中国太阳为什么不会掉下来。"

但事情远没有庄宇想得那么简单,他不得不把要讲授的知识线移到最底层。水娃知道自己生活在一个圆圆的地球上,但他意识深处的世界还是一个天圆地方的结构,庄宇费了很大劲,才使他真正明白了我们的世界只是一颗飘浮在无际虚空中的小石球。这个晚上,水娃并没有搞明白中国太阳为什么不会掉下来,但这个宇宙在他的脑海中已完全变了样,他进入了自己的托勒密时代。

第二个晚上,庄宇同水娃到大排档去吃饭,并成功地使水娃进入了哥白尼时代。又用了两个晚上,水娃艰难地进入了牛顿时代,知道了(当然仅仅是知道了)万有引力。接下来的一个晚上,借助于办公室中的那个大地球仪,庄宇使水娃迈进了航天时代。在接下来的一个公休日,也是在那个大地球仪前,水娃终于明白了同步轨道是什么意思,同时也明白了中国太阳为什么不会掉下来。

在这一天,庄宇带水娃参观了中国太阳工程的指挥中心,在一个高大的屏幕上映出了同步轨道上中国太阳建设工地的全景:漆黑的空间中飘荡着几块银色的薄片,航天飞机在那些薄片前像几只小小的蚊子。

最让水娃感到震撼的,是另一个大屏幕上从三万六千公里高度拍摄的地球,他看到,大陆像漂浮在海洋上的一张张大牛皮纸,山脉像牛皮纸的皱褶,而云层如同牛皮纸上残留的一片片白糖末⋯⋯

庄宇指给水娃看哪里是他的家乡,哪里是北京,水娃呆呆地看了好半天,才冒出一句话:"站在这么高处,人想的事情肯定不一样⋯⋯"

三个月后,中国太阳的主体工程完工,在国庆节之夜,反射镜首次向地球的黑夜部分投射阳光,并把巨大的光斑固定在京津地区。

这天夜里,水娃在天安门广场同几十万人一起目睹了这壮丽的日出:西边的夜空中,一颗星星的亮度急剧增强,在这颗星的周围有一圈蓝天在扩散,当中国太阳的亮度达到最大时,这圈蓝天已占据了半个天空的面积,在它的边缘,色彩由纯蓝渐渐过渡到黄色、橘红和深紫,这圈渐变的色彩如一圈彩虹把蓝天围在中央,形成了人们所称的"环形朝霞"。

水娃在凌晨四点才回到宿舍,他躺在狭窄的上铺,中国太阳的光芒从窗中照进来,照在枕边墙上那几张商品住宅广告页上,水娃把那几张彩纸从墙上撕了下来。

在中国太阳的天国之光下,他曾为之激动不已的理想,显得那么平淡渺小。

两个月后,清洁公司的经理找到水娃,说中国太阳工程指挥中心的庄总让他去一下。自从清洁航天大厦的活儿干完后,水娃就再也没见过庄宇。

"你们的太阳真是伟大!"在航天大厦的办公室中见到庄宇后,水娃由衷地赞叹道。

"是我们的太阳,特别是你也有份儿,现在在这里看不到中国太阳了,它正在给你的家乡造雪呢!"

"我爸妈来信说,那里今冬的雪真的多了起来!"

"但中国太阳也遇到了大问题,"庄宇指指身后的一块大屏幕,上面显示着两个圆形的光斑,"这是在同一位置拍摄的中国太阳的图像,时隔两个月,你能看出来它们有什么差别吗?"

"左边那个亮一些。"

"看,仅两个月,反射率的降低用肉眼都能看出来了。"

"怎么,是大镜子上落灰了吗?"

"太空中没有灰,但有太阳风,也就是太阳喷出的粒子流,时间一长,它使中国太阳的镜面表层发生了质变,镜面就蒙上了一层极薄的雾膜,反射率就降低了。一年以后,镜面将变得像蒙上了一层水雾一样,那时中国太阳就变成了中国月亮,可就什么事都干不了了。"

"你们开始没想到这些吗?"

"当然想到了……我们还是谈你的事吧,想不想换个工作?"

"换工作?我还能干什么呢?"

"还是干高空清洁工,但是在我们这里干。"

水娃迷惑地四下看了看："你们的大楼不是刚清洁过吗？还用专门雇高空清洁工？"

"不，不是让你擦大楼，是擦中国太阳。"

人生第五个目标：飞向太空擦太阳。

这是一次由中国太阳工程运行部的高层领导人参加的会议，讨论成立镜面清洁机构的事。庄宇把水娃介绍给大家，并介绍了他的工作。

当有人问到学历时，水娃诚实地说他只读过三年小学。

"但我认字的，看书没问题。"水娃对与会者说。

一阵笑声响起。

"庄总，你这是在开玩笑吗？"有人气愤地喊道。

庄宇平静地说："我没开玩笑。如果组成三十个人的镜面清洁队，把中国太阳全部清洁一遍，需要半年时间，按照清洁周期，清洁队必须不停地工作，这至少要有六十到九十人进行轮换，如果正在制定中的空间劳动保护法出台，这种轮换可能需要更多的人，也就是说需要一百二十甚至一百五十人。我们难道要让一百五十名有博士学位的、在高性能歼击机上飞过三千小时的宇航员，干这项工作吗？"

"那也得差不多点儿吧？在城市高等教育已经普及的今天，您让一个文盲飞向太空？"

"我不是文盲！"水娃对那人说。

对方没理他，接着对庄宇说："这是对这个伟大工程的亵渎！"

与会者们纷纷点头赞同。

庄宇也点点头，说道："我早就料到各位会有这种反应。在座的，除了这位清洁工之外都具有博士学位，那么好，就让我们看看各位在清洁工作中的素质吧！请跟我来。"

十几名与会者迷惑不解地跟着庄宇走出会议室，走进电梯。这种摩天大楼中的电梯分快、中、慢三种，他们乘坐的是最快的电梯，飞快加速，直上大厦的顶层。

有人说："我是第一次乘这个电梯，真有乘火箭升空的感觉！"

"我们进入同步轨道后，大家还将体验清洁中国太阳的感觉。"庄宇说完，周围的人都向他投来奇怪的目光。

走出电梯后，大家又跟着庄宇爬了一段窄扶梯，最后从一扇小铁门走出去，来到了大厦的露天楼顶。他们立刻置身于阳光和强风之中，上面的蓝天似乎比平时看到的清澈了许多，向四周望去，北京城尽收眼底。

这时，他们发现楼顶上已经有一小群人在等着，水娃吃惊地发现那竟是清洁公司的经理和他的蜘蛛人工友们！

庄宇大声说："现在，我们就请大家体验一下水娃的工作。"

于是，那些蜘蛛人走过来给每一位与会者扎上安全带，然后领他们走到楼顶边缘，让他们小心地站到十几个蜘蛛人作为工作平台的小小的吊板上，然后吊板开始慢慢下降，悬在距楼顶边缘五六米处不动了，被挂在大厦玻璃墙上的与会者们发出了一阵绝不掺假的惊叫声。

"各位，我们继续开会吧！"庄宇蹲在楼顶边缘，探出身去对下面的人喊道。

"你个混蛋！快拉我们上去！"

"你们每人必须擦完一块玻璃才能上来！"

擦玻璃是不可能的，下面的人能做的只是死死抓着安全带或吊板的绳索，一动不敢动，根本不可能松开一只手去拿起放在吊板上的刷子或打开清洁剂桶的盖子。在他们的日常工作中，这些航天官员每天都在图纸或文件上与几万公里的高度打交道，但在这亲身体验中，四百米的高度已经令他们魂飞天外了。

庄宇站起身，走到一位空军大校的上面，他是被吊下去的十几个人中唯一镇定自若的。这位大校开始擦玻璃，动作沉稳，最让水娃吃惊的是，他的两只手都在干活，并没有抓着什么稳定自己，而他的吊板在强风中贴着墙面一动不动，这对蜘蛛人来说也只有老手才能做到。当水娃认出他就是十多年前神舟八号飞船上的一名宇航员时，对眼前所见也就不奇怪了。

庄宇问道："张大校，你坦率地说，眼前的工作，真的比你们在轨道上的太空行走作业容易吗？"

"如果仅从体力和技巧上来说，相差不是太多。"前宇航员回答道。

"说得好！宇航训练中心的一项研究表明，在人体工程学上，高层建筑清洁工的工作与太空中的镜面清洁工作有许多相似之处：都是在危险的、需要时时保持平衡的位置上，从事重复单调且消耗体力的劳动；都要时时保持着警觉，稍一疏忽就会有意外事故发生。对宇航员来说，事故可能是错误飘移、工具或材料丢失、生命维持系统失灵等等；对蜘蛛人来说，则可能是撞碎玻璃、工具或清洁剂跌落、安全带断裂滑脱等等。在体能技巧方面，特别是在心理素质方面，蜘蛛人完全有能力胜任镜面清洁工作。"

前宇航员仰视着庄宇，点了点头，"这使我想起了那个古老的寓言：卖油人把油通过一个铜钱的方孔倒进油壶中，所需的技巧与将军把箭射中靶心同样高超，差异只在于他们的身份。"

庄宇接着说："哥伦布发现了美洲，库克发现了澳洲，但这些新世界都是由普通人开发的，这些开拓者在当时的欧洲处于社会的最下层。太空开发也一样，国家在下一个五年计划中把近地空间作为第二个大西北，这就意味着航天事业的探险时代已经结束，它不再只是由少数精英从事的工作，让普通人进入太空，是太空开发产业化的第一步！"

"好了好了，你说的都对！现在快把我们弄上去啊！"下面的其他人声嘶力竭地喊着。

在回去的电梯上，清洁公司的经理凑到庄宇耳边低声说："庄总，您慷慨激昂了半天，讲的道理有点儿太大了吧？当然，当着水娃和我这些小弟兄的面，您不好把关键之处挑明。"

"嗯？"庄宇以询问的眼神看着经理。

"谁都知道，中国太阳工程是以准商业方式运行的，中途差点儿因为资金缺口而停工。现在，留给你们的运行费用没有多少了。在商业宇航活动中，正规宇航员的年薪都在百万以上，我这些小伙子们，每年就可以给你们省几千万啊。"

庄宇神秘地一笑说："您以为，为这区区几千万我值得冒这个险吗？我这次故意把镜面清洁工的文化程度标准压到最低，这个先例一开，中国太阳运行工程在空间轨道的其他工作岗位，我就可以用普通大学毕业生来做，这么一来，省的可不止几千万……如您所说，这也是没办法的办法，我们真的没剩多少钱了。"

经理说："在我的童年和少年时代，进入太空是一种何等浪漫的事业，我清楚地记得，邓小平在访问肯尼迪航天中心时，把一位美国宇航员称作神仙。现在，"他拍着庄宇的后背苦笑着摇摇头，"我们彼此彼此了。"

庄宇扭头看了看那几名蜘蛛人小伙子，提高了声音说道："但是，先生，我给他们的工资怎么说也是你的八到十倍！"

第二天，包括水娃在内的六十名蜘蛛人，进入了坐落在石景山的中国宇航训练中心。他们都是从外地来京打工的农村后生，来自中国广阔田野的各个偏僻角落。

镜面农夫

西昌基地，"地平线号"航天飞机从它的发动机喷出的大团白雾中探出头来，轰鸣着升上蓝天。

机舱里坐着水娃和其他十四名镜面清洁工。经过三个月的地面培训，他们被从六十人中挑选出来，首批进入太空进行实际操作。

在水娃这时的感觉中，超重远不像传说中的那么可怕，他甚至有一种熟悉的舒适感，这是孩子被母亲紧紧抱在怀中的感觉。在他右上方的舷窗外，天空的蓝色在渐渐变深。舱外隐约传来爆破螺栓的啪啪声，助推器分离，发动机声由震耳的轰鸣变为蚊子似的嗡嗡声。

天空变成深紫色，最后完全变黑，星星出现了，它们都不眨眼，十分明亮。嗡嗡声戛然而止，舱内变得很安静，座椅的振动消失了，接着后背对椅面的压力也消失了，失重出现。水娃他们是在一个巨大的水池中进行的失重训练，这时的感觉还真像是浮在水中。

但安全带还不能解开，发动机又嗡嗡地叫了起来，重力又把每个人按回椅子上，漫长的变轨飞行开始了。小小的舷窗中，星空和海洋交替出现，舱内不时充满地球反射的蓝光和太阳白色的光芒。窗口中能看到的地平线的弧度一次比一次大，能看到的海洋和陆地的景色范围也一次比一次大。

向同步轨道的变轨飞行整整进行了六个小时，舷窗中星空和地球的景色交替也渐渐具有催眠作用，水娃居然睡着了。但他很快被扩音器中指令长的声音惊醒，那声音说变轨飞行结束了。

舱内的伙伴们纷纷飘离座椅，紧贴着舷窗向外瞅。水娃也解开安全带，用游泳的动作笨拙地飘到离他最近的舷窗。他第一次亲眼看到了完整的地球。

但大多数人都挤在另一侧的舷窗边，他也一蹬舱壁窜了过去，因速度太快在对面的舱壁上碰了脑袋。从舷窗望出去，他才发现"地平线号"已经来到中国太阳的正下方，反射镜已占据了星空的大部分面积，航天飞机如同是飞行在一个巨大的银色穹顶下的一只小蚊子。

"地平线号"继续靠近，水娃渐渐体会到镜面的巨大：它已占据了窗外的所有空间，一点都感觉不到它的弧度，他们仿佛飞行在一望无际的银色平原上。距离在继续缩短，镜面上出现了"地平线号"的倒影。可以看到银色大地上有一条条长长的接缝，这些接缝像地图上的经纬线一样织成了方格，织成了能使人感觉到相对速度的唯一参照物。

渐渐地，银色大地上的经线不再平行，而是向一点汇聚，这趋势急剧加快，好像"地平线号"正在驶向这巨大地图上的一个极点。

极点很快出现了，所有经向接缝都汇聚在一个小黑点上。航天飞机向着这个小黑点下降，水娃震惊地发现，这个黑点竟是这银色大地上的一座大楼！

这座大楼是一个全密封的圆柱体，水娃知道，这就是中国太阳的控制站，是他们以后三个月在这冷寂太空中唯一的家。

太空蜘蛛人的生活就这样开始了。每天（中国太阳绕地球一周的时间也是24小时），镜面清洁工们驾驶着一台台手扶拖拉机大小的机器擦拭镜面。他们开着这些机器在广阔的镜面上来回行驶，很像在银色的大地上耕种着什么，于是西方新闻媒体给他们起了一个更有诗意的名字："镜面农夫"。

这些"农夫"们的世界是奇特的，他们脚下是银色的平原，由于镜面的弧度，这平原在远方的各个方向缓缓升起，但由于面积巨大，周围看上去如水面般平坦。上方，地球和太阳总是同时出现，后者比地球小得多，倒像是它的一颗光芒四射的卫星。在占据天空大部分的地球上，总能看到一个缓缓移动的圆形光斑，在地球黑夜的一面，这光斑尤其醒目，这就是中国太阳在地球上照亮的区域。镜面可以调整形状以改变光斑的大小——当银色大地在远方上升的坡度较陡时，光斑就小而亮；当上升坡度较缓时，光斑就大而暗。

镜面清洁工的工作是十分艰辛的，水娃他们很快发现，清洁镜面的枯燥和劳累，比在地球上擦高楼玻璃有过之而无不及。每天收工回到控制站后，他们往往累得连太空服都脱不下来。随着后续人员的到来，控制站里逐渐拥挤起来，人们像生活在一艘潜水艇里。但能够回到拥挤的站里还算是幸运的。由于镜面上距控制站最远处有近一百公里，清洁工人清洁到外缘时往往下班后回不来，只能在"野外"过"夜"，从太空服中吸取些流质食物，然后悬在半空中睡觉。

工作的危险更不用说了。镜面清洁工是人类航天史上进行太空行走最多的人，在"野外"，太空服的一个小故障就足以置人于死地，还有微陨石、太空垃圾、太阳磁暴等等。这样的生活和工作条件使控制站中的工程师们怨气冲天，但天生就能吃苦的"镜面农夫"们却默默地适应了这一切。

在进入太空后的第五天，水娃与家里通了话，这时水娃正在距控制站五十多公里处干活，他的家乡正处于中国太阳的光斑之中。

水娃爹说："娃啊，你是在那个日头上吗？它在俺们头上照着呢，这夜跟白天一样亮堂啊！"

水娃说："是，爹，俺是在上面！"

水娃娘说："娃啊，那上面热吧？"

水娃说："说热也热，说冷也冷，俺在地上投了个影儿，影儿的外面有咱那儿十个夏天热，影儿的里面有咱那儿十个冬天冷。"

水娃娘对水娃爹说："我看到咱娃了，那日头上有个小黑点点！"

水娃知道那是不可能的，他的眼泪涌了出来，说："爹、娘，俺也看到你们了，亚洲大陆的那个地方也有两个小黑点点！明天多穿点儿衣服，我看到一大股寒流从大陆北面向你们那里移过来了。"

……

三个月后，换班的第二分队到来，水娃他们返回地球去休三个月的假。他们着陆后的第一件事，就是每人买了一架单筒高倍望远镜。三个月后他们回到中国太阳上，在工作的间隙大家都用望远镜遥望地球，望得最多的当然还是各自的家乡。但在四万公里的距离上是不可能看到他们的村庄的。他们中有人用粗笔在镜面上写下了一首稚拙的诗：

中国太阳

在银色的大地上我遥望家乡
村边的妈妈仰望着中国太阳
这轮太阳就是儿子的眼睛
黄土地将在这目光中披上绿装

"镜面农夫"们的工作是出色的,他们逐渐承担了更多的任务,范围都超出了他们的清洁工作。首先是修复被陨石破坏的镜面,后来又承担了一项更高层次的工作:监视和加固应力超限点。

中国太阳在运行中,其姿态总是在不停地变化,这些变化是由分布在其背面的三千台发动机完成的。反射镜的镜面很薄,它由背面的大量细梁连成一个整体,在进行姿态或形状改变时,有些位置可能发生应力超限,如果不及时对各发动机的出力给予纠正,或在那个位置进行加固,而是任其发展,那么超限应力就可能撕裂镜面。这项工作的技术要求很高,发现和加固应力超限点都需要熟练的技术和丰富的经验。

除了进行姿态和形状调整外,最有可能发生应力超限的时间是在"轨道理发"时,这项操作的正式名称是:光压和太阳风所致轨道误差修正。光压和太阳风对面积巨大的镜面产生作用力,这种力量在每平方公里的镜面上达两公斤左右,使镜面轨道变扁上移。在地面控制中心的大屏幕上,变形的轨道与正常的轨道同时显示,很像是正常的轨道上长出了头发,"轨道理发"这个离奇的操作名称由此而来。

"轨道理发"时镜面产生的加速度比姿态和形状调整时大得多,这时"镜面农夫"们的工作十分重要,他们飞行在银色大地上空,仔细地观察着地面的每一处异常变化,随时进行紧急加固,每次都出色地完成了任务。他们的收入因此增长很多,但这中间得利最多的,还是已成为中国太阳工程第一负责人的庄宇,现在他连普通大学毕业生也不必雇了。

不过"镜面农夫"们都明白,他们这批人是第一批也是最后一批只有小学文化程度的太空工人了,以后的太空工人最低也是大学毕业的。但他们完成了庄宇所设想的使命:证明了太空开发中的底层工作最需要的是技巧和经验,是对艰苦环境的适应能力,而不是知识和创造力,普通人完全可以胜任。

但是太空也在改变着"镜面农夫"们的思维方式,没有人能像他们这样,每天从三万六千公里居高临下看地球,世界在他们面前只是一个可以一眼望全的小沙盘,地球村对他们来说不是一个比喻,而是眼前实实在在的现实。

"镜面农夫"作为第一批太空工人,曾在全世界引起了轰动。但随着近地空间开发产业化的飞速发展,许多超级工程在太空中出现,其中包括用微波向地面传送电能的超大型太阳能电站、微重力产品加工厂等,容纳十万居民的太空城也开始建设。大批产业工人拥向太空,他们都是普通人,世界渐渐把"镜面农夫"们忘记了。

几年后,水娃在北京买了房子,建立了家庭,又有了孩子。每年他有一半时间在家里,另一半时间在太空。他热爱这项工作,在三万多公里高空的银色大地长时间地巡行,使他的心中产生了一种超脱的宁静,他觉得自己找到了理想的生活,未来就如同脚下的银色平原一样平滑地向前伸展。

然而后来的一件事打破了这种宁静,彻底改变了水娃的心路历程,这就是他与史蒂芬·霍金的交往。

没有人想到霍金能活过一百岁,这既是医学的奇迹,也是他个人精神力量的表现。当近地轨道的第一所太空低重力疗养院建立后,他成为第一位疗养者。不过上到太空的超重差一点要了他的命,返回地面也要经受超重,所以在太空电梯或反重力舱之类的运载工具发明之前,他可能回不了地球了。事实上,医生建议他长住太空,因为失重环境对他的身体是最合适不过的。

霍金开始对中国太阳没什么兴趣,他从低轨道再次忍受加速重力

（当然比从地面进入太空时小得多）来到位于同步轨道的中国太阳，是想看看在这里进行的一项关于背景辐射强度各向微小异性[1]的宇宙学观测。观测站之所以设在中国太阳背面，是因为巨大的反射镜可以挡住来自太阳和地球的干扰。但在观测完成，观测站和工作小组都撤走后，霍金仍不想走，说他喜欢这里，想多待一阵儿。

到底是中国太阳的什么东西吸引了他，新闻界做出了各种猜测，但只有水娃知道实情。

在中国太阳生活的日子里，霍金最喜欢做的事就是在镜面上散步。让人不可理解的是，他只在反射镜的背面散步，每天散步的时间长达几个小时。空间行走经验最丰富的水娃被站里指定陪博士散步。这时的霍金已与爱因斯坦齐名，水娃当然听说过他，但在控制站内第一次见到他时还是很吃惊。水娃想象不出一位瘫痪到如此程度的人怎么还能做出这么大的成就，尽管他对这位大科学家做了什么还一无所知。不过在散步时，丝毫看不出霍金是瘫痪病人，也许是有了操纵电动轮椅的经验，他操纵太空服上的微型发动机与正常人一样灵活。

霍金与水娃的交流很困难，他虽然植入了由脑电波控制的电子发声系统，说话不像上个世纪那么困难了，但他的话要通过实时翻译器译成中文水娃才能听懂。按领导的交代，为了不影响博士思考问题，水娃从不主动搭话，但博士却很愿意与他交谈。

博士最先是问水娃的身世，然后回忆起自己的早年，他向水娃讲述童年时在阿尔班斯住的那幢阴冷的大房子，冬天结了冰的高大客厅中回荡着瓦格纳的音乐；还有那辆放在奥斯明顿磨坊牧场的马戏车，他常和妹妹玛丽一起乘着它到海滩去；还有他常与父亲去的齐尔顿领地的爱文豪灯塔……水娃惊叹这位百岁老人的记忆力，更让他吃惊的是，他们之间居然有共同语言——水娃讲述自己家乡的一切，博士很爱听，当走到

---

1. 指物体的全部或部分物理，化学等性质随方向的不同而有所变化的特性。

镜面边缘时还让水娃指给他看水娃家乡的位置。

时间长了，谈话不可避免地转到科学方面。水娃本以为这会结束他们之间难得的交流，但并非如此——向普通人用最通俗的语言讲述艰深的物理学和宇宙学，对博士而言似乎是一种休息。他向水娃讲述了大爆炸、黑洞、量子引力。水娃回去后就啃博士在上世纪写的那本薄薄的小书，再向站里的工程师和科学家请教，居然明白了不少。

"知道我为什么喜欢这里吗？"一次散步到镜面边缘时，博士面对着从边缘露出一角的地球说，"这个大镜面隔开了下面的地球，使我忘记了尘世的存在，能全身心地面对宇宙。"

水娃说："下面的世界好复杂的，可从这里远远地看，宇宙又是那么简单，只是空间中撒着一些星星。"

"是的，孩子，真是这样。"博士点点头说。

反射镜的背面与正面一样，也是镜面，只是多了如一座座小黑塔似的姿态和形状调整发动机。每天散步时，博士和水娃两人就紧贴着镜面缓缓地飘行，常常从中心一直飘到镜面的边缘。没有月亮时，反射镜的背面很黑，表面是星空的倒影。与正面相比，这里的地平线很近，且能看出弧形。星光下，由支撑梁组成的黑色经纬线在他们脚下移动，他们仿佛飘行在一个宁静的小星球的表面。遇上姿态或形状调整，反射镜背面的发动机启动，这小星球的表面被一簇簇小火苗照亮，更使这里显出一种美丽的神秘。

在这小小的世界之上，银河在灿烂地照耀着。就在这样的境界中，水娃第一次接触到了宇宙最深层的奥秘，他明白了自己所看到的所有星空，在大得无法想象的宇宙中，也只是一粒灰尘，而这整个宇宙，不过是百亿年前一次壮丽焰火的余烬。

许多年前作为蜘蛛人踏上第一座高楼的楼顶时，水娃看到了整个北京；来到中国太阳时，他看到了整个地球；现在，水娃面对着人生第三个壮丽的时刻，他站到了宇宙的楼顶上，看到了他以前做梦都不会想到的东西,虽然知识还很粗浅,但足以使那更遥远的世界对他产生了一种难以抗拒的吸引力。

有一次,水娃向站里的一位工程师说出了自己的一个困惑:"人类在上世纪六十年代就登上了月球,为什么后来反而缩了回来,到现在还没登上火星,甚至连月球也不去了?"

工程师说:"人类是现实的动物,上世纪中叶那些由理想主义和信仰驱动的东西是没有长久生命力的。"

"理想和信仰不好吗?"

"不是说不好,但经济利益更好,如果从那时开始人类就不惜代价,做飞向外太空的赔本买卖,地球现在可能还在贫困之中,你我这样的普通人反而不可能进入太空——虽然只是在近地空间。朋友,别中了霍金的毒,他那套东西一般人玩不了的!"

水娃从此变了,他仍然与以前一样努力工作,表面平静地生活,但显然在想着更多的事。

时光飞逝,二十年过去了。

这二十年中,水娃和他的伙伴们从三万六千公里的高度清楚地看到了祖国和世界的变化。

他们看到,三北防护林形成了一条横贯中国东西的绿带,黄色的沙漠渐渐被绿色覆盖,家乡也不再缺少雨水和白雪,村前干枯的河床又盈满了清流……这一切,也有中国太阳的一份功劳,它在改变大西北气候的宏大工程中起了很大的作用。除此之外,这些年中国太阳还干了许多不寻常的事,比如融化乞力马扎罗山的积雪以缓解非洲干旱,使举行奥运会的城市成为真正的不夜城……

不过对于最新的技术来说,用这种方式影响天气显得过于笨拙,且有太多的副作用,中国太阳已经完成了它的使命。

国家太空产业部举行了一个隆重的仪式,为人类第一批太空产业工人授勋。这不仅仅是表彰他们二十年来的辛勤而出色的工作，更重要的是，这六十位只有小学和初中文化程度的青年进入太空工作，标志着太空开发已经对所有人敞开了大门。经济学家们一致认为，这是太空开发产业化的真正开端。

这个仪式引起了新闻媒体的极大注意，除了以上的原因，在普通大众心中，"镜面农夫"们的经历具有传奇色彩，同时，在这个追逐与忘却的时代，有一个怀旧的机会也是很不错的。

当年那些憨厚朴实的小伙子现在都已人到中年，但他们看上去变化并不是太大，人们从全息电视中还能认出他们。他们中的大部分人，已经通过各种方式接受了高等教育，其中有一些人还获得了太空工程师的职称，但无论在自己还是公众的眼里，他们仍是那群来自乡村的打工者。

水娃代表伙伴们讲话，他说："随着电磁输送系统的建成，现在进入近地空间的费用，只及乘飞机飞越太平洋费用的一半，太空旅行已变成了一件平常且平淡的事。但新一代人很难想象，在二十年前进入太空对一个普通人来说意味着什么，也很难想象那会是多么令他激动和热血沸腾！我们，就是那样一群幸运者。

"我们这些人很普通，没什么可说的，我们能有这样不寻常的经历是因为中国太阳。这二十年来，它已成为我们的第二家园，在我们的心目中，它很像一个微缩的地球。最初，我们把镜面上的接缝当作北半球的经纬线，说明自己的位置时总是说在北纬多少度、东经西经多少度；到后来，随着我们对镜面的熟悉，渐渐在上面划分出了大陆和海洋，我们会说自己是在北京或莫斯科，我们每个人的家乡在镜面上也都有对应的位置，对那一块我们擦得最勤……在这个银色的小地球上我们努力工作，尽了自己的责任。先后有五位镜面清洁工为中国太阳献出了生命，他们有的是在太阳磁爆暴发时没来得及隐蔽，有的是被陨石或太空垃圾击中。

"现在，这块我们生活和工作了二十年的银色土地，就要消失了，我们很难用语言表达自己的感受。"

水娃沉默了，已是太空产业部部长的庄宇接过了话头，说道："我完全理解你们的感受，但在这里可以欣慰地告诉大家，中国太阳不会消失！我想你们也都知道了，对于这样一个巨大的物体，不可能采用上世纪的方式，让它坠入大气层烧掉，它将用另一种方式找到自己的归宿。其实很简单，只要停止进行'轨道理发'，并进行适当的姿态调整，光压和太阳风将最终使它超过第二宇宙速度，离开地球成为太阳的卫星。许多年后，行星际飞船会在遥远的地方找到它，那时我们也许会把它变成一个博物馆，我们这些人会再次回到那银色的平原上，一起回忆我们这段难忘的岁月！"

水娃突然变得激动起来，他大声问庄宇："部长先生，你真的认为会有这一天，你真的认为会有行星际飞船吗？"

庄宇呆呆地看着水娃，一时说不出话来。

水娃接着说："上世纪中叶，当阿姆斯特朗在月球上印下第一个脚印时，几乎所有的人都相信人类将在十到二十年之内登上火星。现在，八十六年过去了，别说火星了，月球也再没人去过，理由很简单：那是赔本买卖。

"上世纪冷战结束后，经济准则一天天地统治世界，人类在这个准则下也取得了巨大的成就。现在，我们消灭了战争和贫困，恢复了生态，地球正在变成一个乐园。这就使我们更加坚信经济准则的正确性，它已变得至高无上，渗透到我们的每个细胞中，人类社会已变成了百分之百的经济社会，投入大于产出的事是再也不会做了。对月球的开发没有经济意义，对地外行星的大规模载人探测是经济犯罪，至于进行恒星际航行，那更被认为是地地道道的精神变态。现在，人类只知道投入、产出，并享受这些产出了！"

庄宇点了点头说："本世纪人类的太空开发仍局限于近地空间，这是事实，它有许多更深刻的原因，已超出了我们今天的话题。"

水娃说："没有超出，现在，我们有了一个机会，只需花很少的钱就能飞出近地空间进行远程宇宙航行。太阳光压可以把中国太阳推出地球轨道，同样能把它推到更远的地方。"

庄宇笑着摇摇头说："呵，你是说把中国太阳做成一个太阳帆船？从理论上说是没问题的，反射镜的主体薄而轻，面积巨大，经过长期的光压加速，理论上它会成为人类迄今发射过的速度最快的航天器。但这也只是从理论而言，实际情况是，一艘船只有帆并不能远航，它上面还要有人，一艘无人的帆船只能在海上来回打转，连港口都驶不出去，记得史蒂文森的《金银岛》里对此有生动的描述。要想借助于光压远航并返回，反射镜需要精确而复杂的姿态控制，而中国太阳是为在地球轨道上运行而设计的，离开了人的操作，它自己只能沿着无规则的航线瞎飘一气，而且飘不了太远。"

"不错，但它上面会有人的，我来驾驶它。"水娃平静地说。

这时，收视统计系统显示，对这个频道的收视率急剧上升，全世界的目光正在被吸引过来。

"可你一个人同样控制不了中国太阳，它的姿态控制至少需要……"

"至少需要十二人，考虑到星际航行的其他因素，至少需要十五到二十人，我相信会有这么多志愿者的。"

庄宇不知所措地笑了笑，"真没想到，我们今天的谈话会转移到这个方向。"

"庄部长，二十年多前，你不止一次地改变了我的人生方向。"

"可我万万没有想到你沿着那个方向走了这么远，已远远超过我了。"庄宇感慨地说，"好吧，很有意思，让我们继续讨论下去吧！嗯……很遗憾，这个想法是不可行的。中国太阳最合理的航行目标是火星，可你想过没有，中国太阳不可能在火星上登陆，如果要登陆，将又是一笔巨大的开支，会使这个计划失去经济上的可行性；如果不登陆，那和无人探测器一样，有什么意思呢？"

"中国太阳不去火星。"

庄宇迷惑地看着水娃，问道："那么去哪里？木星？"

"也不是木星，去更远的地方。"

"更远？去海王星？去冥王……"庄宇突然顿住，呆呆地盯着水娃看了好一会儿，"天啊，你不会是说……"

水娃坚定地点点头，说道："是的，中国太阳将飞出太阳系，成为恒星际飞船！"

与庄宇一样，全世界顿时目瞪口呆。

庄宇两眼平视前方，机械地点点头："好吧，就让我们不当你是在开玩笑，你让我大概估算一下……"说着，他半闭起双眼，开始心算。

"我已经算好了：借助太阳的光压，中国太阳最终将加速到光速的十分之一，考虑到加速所用的时间，大约需要四十五年时间到达比邻星。然后再借助比邻星的光压减速，完成对半人马座三星系统的探测后，再向相反的方向加速，用几十年时间返回太阳系。听起来是个美妙的计划，但实际上只是一个根本不可能实现的梦想。"

水娃微笑了一下，说："你又想错了，到达比邻星后，中国太阳不减速，以每秒三万多公里的速度掠过它，并借助它的光压再次加速，飞向天狼星。如果有可能，我们还会继续蛙跳，飞向第三颗恒星，第四颗……"

"你到底要干什么？"庄宇失态地大叫起来。

"我们向地球所要求的，只是一套高可靠性但规模较小的生态循环系统。"

"用这套系统维持二十个人上百年的生命？"

"听我说完，还要一套生命低温冬眠系统。在航行的大部分时间，我们处于冬眠状态，只在接近恒星时才启动生态循环系统。按目前的技术，这足以维持我们在宇宙中航行上千年。当然,这两套系统的价格也不低,但比起人类从头开始一次恒星际载人探测来说,它所需的资金只有其千分之一。"

"就是一分钱都不要,世界也不会允许二十个人去自杀!"

"这不是自杀,只是探险。也许我们连近在眼前的小行星带都过不去,也许我们会到达天狼星甚至更远……不试试怎么知道呢?"

"但有一点与探险不同:你们肯定是回不来了。"

水娃点了点头,回答道:"是的,回不来了。有人满足于老婆孩子热炕头,从不向与己无关的尘世之外扫一眼;有的人则用尽全部生命,只为看一眼人类从未见过的事物。这两种人我都做过,我们有权选择各种生活,包括在十几光年之遥的太空中飘荡的一面镜子上的生活。"

"最后一个问题:在上千年的时间里,以每秒几万甚至十几万公里的速度掠过一颗又一颗恒星,发回人类要经过几十年甚至几个世纪才能收到的微弱的电波,这有很大意义吗?"

水娃微笑着向全世界说:"飞出太阳系的中国太阳,将会使享乐中的人类重新仰望星空,唤回他们的宇宙远航之梦,重新燃起他们进行恒星际探险的愿望。"

人生的第六个目标:飞向星海,把人类的目光重新引向宇宙深处。

庄宇站在航天大厦的楼顶,凝视着天空中快速移动的中国太阳。在它的光芒下,首都的高楼投下了无数快速移动的影子,使得北京仿佛是一个随着中国太阳转动的大面孔。

这是中国太阳最后一次环绕地球运行,它已达到了第二宇宙速度,即将飞出地球的引力场,进入绕太阳运行的轨道。在人类第一艘载人恒星际飞船上，有二十个人，除水娃外，其他人是从上百万名志愿者中挑选出来的，其中包括三名与水娃共事多年的"镜面农夫"。

中国太阳还未启程，就达到了它的目标：人类社会对太阳系外宇宙探险的热情再次高涨了。

庄宇的思绪回到了二十三年前的那个闷热的夏夜，在那个西北城市，他和一个来自干旱土地的农村男孩登上了开往北京的夜行列车。

作为告别，中国太阳把它的光斑依次投向各大城市，让人们最后一次看到它的光芒。

最后，中国太阳的光斑投向大西北，水娃出生的那个小村庄就在光斑之中。

村边的小路旁，水娃的爹娘与乡亲们一同注视着向东方飞行的中国太阳。

水娃爹喊道："娃啊，你要到老远的地方去吗？"

水娃从太空中回答："是啊，爹，怕是回不了家了。"

水娃娘问："那地方很远？"

水娃回答："很远，娘。"

水娃爹问："比月亮还远吗？"

水娃沉默了几秒钟，用比刚才低许多的声音说："是的，爹，比月亮还远些。"

水娃的爹娘并不觉得特别难受，娃是在那比月亮还远的地方干大事呢！再说，这可是个了不起的年头，即使是远在天涯海角的人，随时都可以和他说话，还可以在小电视上看见他，这跟面对面也没啥子区别。

但他们不会想到，随着时间的流逝，那小屏幕上的儿子将变得越来越迟钝，对爹娘关切的问话，他要想好长时间才能回答。他想的时间开始只有几秒钟，以后越来越长，一年后，爹娘每问一句话，儿子将呆呆地想一个多小时才能回答。最后儿子将消失，他们将被告之水娃睡觉了，这一觉要睡四十多年。在这以后，水娃的爹娘将用尽余生，继续照顾那

对望的恒星

块曾经贫瘠现已肥沃起来的土地,过完他们那充满艰辛但已很满足的一生。

他们最后的愿望将是:在遥远未来的一天,终于回家的儿子能看到一个更美好的家园。

中国太阳正在飞离地球轨道,它在东方的天空中渐渐暗了下去,它周围的蓝天也慢慢缩为一点,最后,它将变为一颗星星融入群星之中。但早在这之前,恒星太阳的曙光就会把它完全淹没。

曙光也照亮了村前的这条小路,现在它的两旁已种上了两排白杨,不远处还有一条与它平行的小河。二十四年前的那天,也是在这清晨时分,在同样的曙光下,一个西北农家的孩子,怀着朦胧的希望,在这条小路上渐渐远去。

这时北京的天已经大亮,庄宇仍站在航天大厦的楼顶,望着中国太阳最后消失的位置,它已踏上了漫长的不归路。

中国太阳将首先进入金星轨道之内,尽可能地接近太阳,以获得更大的加速光压和更长的加速距离,这将通过一系列复杂的变轨飞行来实现,其行驶方式很像大航海时代逆风行驶的帆船。

七十天后,它将通过火星轨道;一百六十天后,它将掠过木星;两年后,它将飞出冥王星轨道,成为一艘恒星际飞船,飞船上的所有人将进入冬眠;四十五年后,它将掠过半人马座,宇航员们将短暂苏醒。自中国太阳启程一个世纪后,地球才能收到他们发回的关于半人马座的探测信息。这时,中国太阳正在飞向天狼星的路上,借助半人马座三星的加速,它的速度将达到光速的百分之十五,将于六十年后,也就是自地球启程一个世纪后到达天狼星。当中国太阳掠过这个由天狼星 A、B 构成的双星系统后,它的速度将增加到光速的百分之二十,向星空的更深处飞去。按照飞船上生命冬眠系统能维持的时间极限,中国太阳有可能到达波江座 ε 星,甚至可能(虽然这种可能性很小很小)最后到达鲸鱼座 T 星,这些恒星被认为可能有行星存在。

中国太阳

谁也不知道中国太阳将飞多远,水娃他们将看到什么样的神奇世界。也许有一天,他们对地球发出一声呼唤,要上千年才能得到回音。但水娃始终会牢记,母亲行星上有一个叫中国的国度,牢记那个国度西部一片干旱土地上的一个小村庄,牢记村前的那条小路,他就是从那里启程的。

《中国太阳》,首次发表于《科幻世界》2002年第1期。《中国太阳》是刘慈欣献给航天事业的最诚挚、最热烈的文学赞歌。这一曲震撼人心的科幻绝唱中,既有对黄土大地的深沉热爱,又有对灿烂星空的无限向往,中国人跃入星空的磅礴力量,正是来源于厚重的土地和其上生生不息的伟大人民。有科幻迷感叹,"《中国太阳》是刘慈欣最平实却又最富诚意的作品,也是格局最大的作品"。

本篇获奖情况:
2002年 获得第十四届中国科幻银河奖

2023年成都世界科幻大会主宾

（加拿大）罗伯特·J.索耶

罗伯特·J.索耶，加拿大科幻奇幻名人堂首批入选者之一，被誉为"加拿大科幻教长"，已出版二十余部长篇小说、近五十篇短篇小说，囊括雨果奖、星云奖、坎贝尔纪念奖等三十多项世界顶尖科幻大奖。

他认为科幻小说在任何纬度上都应是有趣的，作品以大胆的猜想和技术硬度而著称，代表作包括《金羊毛》《计算中的上帝》等，现已被翻译为十多国语言，多次登上亚马逊科幻小说畅销榜首位。

索耶从小就梦想成为科学家和科幻作家。他的父母都是多伦多大学的教授，经常带他去参加博物馆举办的周末俱乐部。逐渐长大后，索耶意识到世界上靠研究恐龙为生者寥寥，或许写科幻是更为现实的营生方式。中学时期，索耶还曾与学校同伴一起创办科幻迷社团，他与妻子卡罗琳·克林克就是在这个社团相遇的。

在其他领域，索耶的创造同样丰富多彩。他曾在多所高等学府教授科幻写作课程，为电台节目采访阿西莫夫等科幻大师，还担任了由自己同名小说改编的科幻美剧《未来闪影》的编剧。这位才华横溢的作家不断通过多样的方式，展现着科学与科幻的无限魅力，也难怪他会在2007年中国科幻银河奖的评选中，被中国读者评选为"最受欢迎的外国作家"。

对望的恒星

- 1960年 出生于加拿大首都渥太华。

- 1981年 发表短篇处女作《如果我在这儿,想想我的行李被送到哪儿了》,成为1980年代活跃的短篇作家。

- 1982年 毕业于加拿大多伦多莱尔森大学剧本写作专业。

- 1990年 发表长篇处女作《金羊毛》,次年该作获加拿大极光奖最佳英文长篇小说。

- 1995年 发表长篇小说《终极实验》,同年该作获星云奖最佳长篇小说、加拿大极光奖最佳英文长篇小说。

- 1997年 发表短篇小说《手牌》。次年该作提名雨果奖最佳短篇小说、轨迹奖最佳短篇小说,并于1998年获得美国《科幻编年史》读者投票奖最佳短篇小说、提名加拿大极光奖最佳英文短篇小说,于1999年提名星云奖最佳短篇小说。

- 1999年 发表长篇小说《未来闪影》,次年该作获加拿大极光奖最佳英文长篇小说。同名电视剧由美国广播公司改编,于2009年播出。

- 2000年 发表长篇小说《计算中的上帝》,次年该作提名雨果奖最佳长篇小说;发表短篇小说《巨人的肩膀》,次年该作提名星云奖最佳短篇小说、加拿大极光奖最佳英文短篇小说。

- 2002年 发表短篇小说《蜕去的外壳》。2005年,该作提名雨果奖最佳短篇小说,并获得美国《类比》杂志读者投票奖最佳短篇小说。

- 2007年 被中国读者评选为银河奖最受欢迎的外国作家。

- 2009年 发表长篇小说《觉醒》,次年该作提名雨果奖最佳长篇小说,提名坎贝尔纪念奖最佳长篇小说,获得加拿大极光奖最佳英文长篇小说。

- 2013年 获得加拿大极光奖终身成就奖。

- 2014年 获得新英格兰科幻小说协会颁发的终身成就奖"云雀奖"。

- 2016年 被赋予加拿大勋章,这是加拿大平民所能拥有的最高荣誉勋章,表彰他在科幻小说的创作和教学中的突出贡献。

- 2017年 获得罗伯特·海因莱因奖。该奖项由美国海因莱因协会颁发,旨在表彰对硬科幻,特别是太空探险小说做出卓越贡献的作家。

- 2023年 受邀担任第81届成都世界科幻大会荣誉主宾。

2023年成都世界科幻大会主宾

（中国）刘慈欣

刘慈欣，高级工程师，著名科幻作家，中国作家协会会员、第九届、第十届全委会委员，中国科普作家协会会员，山西省作家协会副主席，阳泉市作家协会副主席，被誉为中国科幻文学的领军人物。

刘慈欣担任高级工程师多年，对科学技术持有乐观主义情怀，对工程技术能够解决人类的各种问题表示乐观，作品洋溢着英雄主义情怀。刘慈欣偏爱阿瑟·克拉克等黄金时代科幻大师的作品，认为科幻小说正是通向科学之美的一座桥梁。

他的科幻想象恢弘奇崛，在注重表现科学的内涵和美感的同时，兼具人文的思考与关怀，通过对社会、科技、文化等方面的反思和探讨，表达对未来世界的展望和对人类未来命运的探索。作品深受国内外读者追捧，甚至被美国前总统奥巴马催更。1999年至2006年，刘慈欣连续八年蝉联中国科幻最高奖银河奖，并在2010年再度摘得该奖项。

代表作包括长篇小说《超新星纪元》《球状闪电》《三体》三部曲等，中短篇小说《流浪地球》《乡村教师》《地火》《中国太阳》《全频带阻塞干扰》等。其中《三体》获得世界科幻至高奖雨果奖最佳长篇小说。《三体》三部曲被普遍认为是中国科幻文学的里程碑之作，为中国科幻确立了新高度。

对望的恒星

- 1963年 出生于北京，祖籍河南省信阳市，山西阳泉人。

- 1985年 毕业于华北水利水电学院（现华北水利水电大学）水电工程系，后于山西娘子关电厂任计算机工程师。

- 1989年 创作长篇科幻小说《超新星纪元》和《中国2185》，但未发表。

- 1999年 在《科幻世界》杂志发表短篇小说处女作《鲸歌》《微观尽头》。同年发表《带上她的眼睛》《宇宙坍缩》等作品，并凭借《带上她的眼睛》获得第11届中国科幻银河奖一等奖。

- 2000年 发表短篇小说《地火》《流浪地球》，凭借《流浪地球》获得第12届中国科幻银河奖特等奖。

- 2006年 长篇科幻小说《三体》第一部开始在《科幻世界》连载，一直持续了半年多，到年底结束。同年刘慈欣凭借该作获得第18届中国科幻银河奖特别奖。

- 2008年 发表《三体》系列第二部《三体Ⅱ·黑暗森林》。

- 2010年 发表《三体》系列第三部《三体Ⅲ·死神永生》，获得第22届中国科幻银河奖特别奖。同年获得第1届全球华语科幻星云奖最佳科幻奇幻作家奖。

- 2011年 凭借《三体Ⅲ·死神永生》获得第2届全球华语科幻星云奖最佳长篇小说金奖。

- 2015年 凭借《三体》获得第73届雨果奖最佳长篇小说奖，这是亚洲作家首次获得该奖。

- 2017年 凭借《三体Ⅲ·死神永生》提名第75届雨果奖最佳长篇小说，获得轨迹奖最佳长篇科幻小说。

- 2018年 被授予2018年克拉克奖"想象力服务社会奖"，以表彰其在科幻小说创作领域做出的贡献。

- 2019年 根据《流浪地球》改编同名电影上映，刘慈欣担任监制一职。根据《乡村教师》改编电影《疯狂的外星人》上映，刘慈欣参与编剧。

- 2020年 美国流媒体平台网飞宣布将《三体》三部曲搬上荧屏，拍摄英文电视剧。

- 2023年 由刘慈欣监制的电影《流浪地球2》上映；由刘慈欣正版授权、监督创作的《三体漫画》问世；受邀担任第81届成都世界科幻大会荣誉主宾。

2023年成都世界科幻大会主宾

（俄罗斯）谢尔盖·卢基扬年科

谢尔盖·卢基扬年科，俄罗斯科幻领军人物，欧洲科幻大会2003年度最佳作家，俄罗斯科幻大会2006年度最佳作家。

1968年，卢基扬年科出生于苏联哈萨克斯坦的一个医生之家。父亲是精神科医生，母亲是麻醉师。卢基扬年科奉父母之命学医。从阿拉木图医学院毕业后，做了一年精神科医生，随后辞职，专心从事科幻创作。

卢基扬年科从小对科幻文学情有独钟，五岁时就阅读了叶弗列莫夫的《仙女座星云》，七岁开始阅读苏联科幻作家斯特鲁伽茨基兄弟的作品。同时，他也是经典文学爱好者，书架上不乏契诃夫、狄更斯的著作。卢基扬年科的创作生涯从上世纪80年代起持续至今。千禧年前后，现象级幻想小说IP《守夜人》在全球畅销1200万册，卢基扬年科一跃成为罕见的具有全球号召力的当代俄罗斯作家。其作品融合了俄罗斯文学的深厚哲思和绮丽诡谲的宇宙观，在世界科幻文坛可谓独树一帜。

2021年至2023年，卢基扬年科的科幻长篇代表作《星星是冰冷的玩具》《深潜游戏》等在中国出版，引起读者热议。卢基扬年科本人将自己的作品风格定义为"道之幻想"。相信中国读者也可以从中找到与中国哲学的契合点，毕竟，中国哲学所强调的，恰是生命之历程，而非生命之目的。

对望的恒星

- 1968年 出生于哈萨克斯坦的一个医生之家。

- 1990年 从阿拉木图医学院毕业，求学期间主修精神医学，并掌握了催眠术。

- 1991年 与妻子索尼娅结婚。妻子毕业于哈萨克斯坦国立大学心理系儿童心理专业。

- 1992年 成为《世界》杂志社副主编。期间发表长篇处女作《四十岛骑士》。

- 1996年 为了结识更多出版商，也为了便于参加作家活动，卢基扬年科举家迁居莫斯科。

- 1997年 长篇小说《星星是冰冷的玩具》出版，这是卢基扬年科本人认定的代表作之一；同年，赛博朋克题材长篇小说《深潜游戏Ⅰ：迷宫》出版，在俄语科幻圈造成轰动。

- 1998年 奇幻大作《守夜人》问世，立即成为畅销书，被翻译为多种语言，累计销量超过1000万册。

- 1999年 成为最年轻的"阿埃莉塔奖"（俄罗斯历史最悠久的幻想文学奖项）获得者。

- 2002年 长篇小说《光谱》出版，被认为是作者风格最复杂的一部小说。卢基扬年科凭借该小说将当年几乎所有科幻奖项收入囊中。

- 2001年 《基因》三部曲第一部《雪舞者》出版，被俄罗斯读者称为"太空歌剧版的《汤姆·索亚历险记》"。

- 2003年 荣获"欧洲科幻大会年度最佳作家"称号。

- 2004年 《守夜人》被改编为同名电影搬上荧幕，被誉为"俄罗斯的第一部大片"。电影在俄罗斯的票房超过1600万美元，创下了当时的票房纪录；

- 2005年 或然历史题材长篇小说《创世草案》出版，被俄罗斯著名科幻杂志《幻想世界》评为年度最佳图书。

- 2006年 荣获"俄罗斯科幻大会年度最佳作家"称号。

- 2007年 拜访中国，爬了一次长城。

- 2010年 被俄罗斯商务周刊《专家》评为俄罗斯十佳作家。

- 2018年 根据《创世草案》改编的同名电影在俄罗斯上映，卢基扬年科客串了路人甲。

- 2023年 受邀担任第81届成都世界科幻大会荣誉主宾。

CONTENTS

Донырнуть До Звёзд Dive to the Stars	Сергей Лукьяненко Sergei Lukyanenko	**1**
Star Light, Star Bright Звездочка Светлая, Звездочка Ранняя	Robert J. Sawyer Роберт Сойер	**11**
Sea of Dreams Море Сновидений	Liu Cixin Лю Цысинь	**25**
Just Like Old Times Как в Старые Времена	Robert J. Sawyer Роберт Сойер	**57**
Devourer Пожиратель	Liu Cixin Лю Цысинь	**71**
Купи Кота Buy a Cat	Сергей Лукьяненко Sergei Lukyanenko	**103**
Поезд в Тёплый Край Train to the Warm Lands	Сергей Лукьяненко Sergei Lukyanenko	**123**
The Hand You're Dealt Что Тебе Отпущено	Robert J. Sawyer Роберт Сойер	**137**
Mountain Гора	Liu Cixin Лю Цысинь	**155**

Если Вы Свяжетесь Прямо Сейчас... If You Contact Us Right Now...	Сергей Лукьяненко Sergei Lukyanenko	**189**
You See But You Do Not Observe Вы Видите, Но Вы Не Наблюдаете	Robert J. Sawyer Роберт Сойер	**199**
Мой Папа-Антибиотик My Father is an Antibiotic	Сергей Лукьяненко Sergei Lukyanenko	**217**
Taking Care of God Забота о Боге	Liu Cixin Лю Цысинь	**239**
The Eagle Has Landed Орёл Приземлился	Robert J. Sawyer Роберт Сойер	**271**
Shed Skin Сброшенная Кожа	Robert J. Sawyer Роберт Сойер	**279**
Калеки Cripples	Сергей Лукьяненко Sergei Lukyanenko	**301**
The Shoulders of Giants Плечи Великанов	Robert J. Sawyer Роберт Сойер	**371**
Sun of China Солнце Китая	Liu Cixin Лю Цысинь	**391**
Appendix Приложение		**427**